COLLECTION
FOLIO DOCUMENTS

Jérôme Pierrat

# Mafias, gangs et cartels

## La criminalité internationale en France

Denoël

# *Introduction*

Faut-il revoir nos classiques ? On s'était habitué à nos voyous corses, lyonnais, parisiens, marseillais, on se familiarisait à peine avec les caïds des cités et voilà que de nouveaux venus font leur apparition sur la scène criminelle. Une effraction qui n'est que le corollaire d'un phénomène plus global. Depuis quelques années, la planète criminelle s'est transformée. Aux côtés des mafias traditionnelles — turque, japonaise, chinoise, italienne, italo-américaine — a émergé un nouveau crime organisé. Des organisations et des groupes, nés des bouleversements géopolitiques, qui se sont rapidement développés et structurés. Jusqu'à, pour certains, jouer dans la même cour professionnelle que leurs cousins plus anciens. Ceux-là parlent russe, géorgien, nigérian, lituanien, albanais, bulgare, espagnol avec l'accent colombien, etc.

Pour prospérer, ces acteurs nouveaux et anciens ont su profiter — entre autres — de la mondialisation de l'économie, noyant leurs trafics dans l'augmentation des flux financiers et des échanges commerciaux. Le crime organisé, entrepreneur d'un capitalisme clandestin, prospecte en permanence de nouveaux marchés. Pour se déplacer, il doit y trouver un intérêt : avoir quelque chose à vendre, à prendre, des fonds à blanchir, investir ou encore un relais « logistique » à utiliser, déjà disponible, ou à installer. Et pourquoi pas, si les conditions s'y prêtent, s'enraciner durablement ?

La présence de ces prédateurs internationaux est attestée chez nombre de nos proches voisins européens : en Belgique, aux Pays-Bas, en Allemagne, en Grande-Bretagne, en Suisse, en Italie — et pas uniquement leurs représentants indigènes —, sans parler de l'Espagne dont l'auberge malfrate est en surréservation.

La France serait-elle épargnée ? Certains crient au loup sans préciser où ils l'ont vu, d'autres jugent sa venue improbable. On entend de-ci de-là — et souvent vaguement — parler de mafia russe, de filles de l'Est, de réseaux africains… Pourtant aux côtés de quelques affaires médiatiques, le lecteur découvre parfois, au gré des pages faits divers, des brèves en apparence insignifiante. Mais, à la deuxième lecture, elles se révèlent troublantes. On y évoque le lynchage par dix compatriotes d'un Tamoul sri-lankais en banlieue parisienne, l'arrestation de receleurs lituaniens de fausse monnaie dans des villes de province, de pirates malaisiens de cartes bancaires…

Ces affaires-là portent la marque d'un certain professionnalisme ou à tout le moins d'une franche détermination. Mais bien qu'elles permettent d'écarter l'hypothèse d'un crime ou d'un délit commis « par hasard » ou par nécessité, elles pourraient aussi être le fait d'individualistes ou d'associés d'occasion… bref de professionnels qui, s'ils sont organisés, bossent quand même à leur compte. Or ce n'est pas le cas, et c'est bien pour cette raison qu'ils nous intéressent

Comme son titre l'indique, ce livre ne concerne que les mafias, gangs, cartels et autres organisations et groupes criminels d'envergure internationale. Leurs représentants sont protéiformes : depuis le mafieux aux airs d'homme d'affaires jusqu'au petit délinquant, cheville ouvrière d'une entreprise criminelle à grande échelle. Nous les observerons tous[1], sans pratiquer de distinction entre le « crime organisé » et la « délinquance spécialisée », comme le font certaines polices européennes (espagnole par exemple) ou les services de renseignement français qui ne s'intéressent qu'à la première espèce. Le contre-espionnage, notamment, focalise sur les éléments jugés déstabilisateurs pour le pays : les Balkans, considérés comme un trou noir surarmé et très agité au milieu de l'Union européenne, ou encore les capitalistes dévoyés d'Asie du Sud-Est, de Chine et particulièrement de la sphère russophone pour les liens ambigus que certains entretiennent avec leur classe politique. Pour les « espions », au-delà de la délinquance pure (trafic de drogue, traite des êtres humains, vols, etc.), le crime organisé, défini par le volume financier injecté dans le système économico-légal, rime principalement avec menaces économiques. Ce qui donne, dans le désordre et de manière non exhaustive : blanchiment, déstabilisation des marchés, corruption, piratage… Autant de matières, à la frange du légal et de

1. En nous appuyant notamment sur des sources policières, de gendarmerie, douanières, judiciaires, orales et surtout écrites, françaises comme étrangères, et dans tous les cas confidentielles.

l'illégal, dont seraient spécialistes les criminels russes, leurs collègues caucasiens, et plus largement ceux que l'on appelle les *affairistes*…

# 1

## *Ces milliards qui viennent de Russie*

Neuilly-sur-Seine, vendredi 13 février 2004, 21 heures. Pavel Oustilovski est abattu de deux balles de 9 mm dans le hall d'entrée de son immeuble, rue Soyer. La première l'a atteint au ventre, la seconde en pleine tête. Toutes deux sont tirées à bout portant sur cet ancien champion de boxe de Saint-Pétersbourg, qui revenait de la salle de sport. Âgé de 35 ans, Pavel était arrivé à la fin des années quatre-vingt-dix en France, en provenance de Suisse où il avait travaillé pour une société à capitaux russes. Après s'être occupé de l'accueil de concitoyens à Paris (ce qui lui avait valu d'être placé sur écoute par la DST qui les avait finalement interrompues…), il avait monté grâce à l'argent d'un de ses clients une société de transport à Versailles — il s'était d'ailleurs brouillé avec son investisseur qui lui réclamait des comptes et qu'il avait « éconduit ». L'homme gérait en parallèle une société civile immobilière, tandis que sa compagne s'occupait d'un restaurant russe, le *Moscou*, situé près de la place Clichy à Paris. Au moment de son exécution, Pavel — à qui l'on connaissait également quelques différends pour une histoire de femmes — était sans emploi, mais son ordinateur porte la trace d'importants flux financiers suspects, en l'occurrence des dizaines de millions d'euros.

Une commission rogatoire pour blanchiment aggravé est alors délivrée à la brigade de recherche et d'investigations financières de Paris. Selon l'enquête, l'ancien boxeur, sans argent ni business à lui, pour ne pas dire qu'il était « à la rue », jouait vraisemblablement les « gestionnaires de fortunes » associé à deux compatriotes. Des hommes que les policiers auraient aimé interroger, s'ils ne s'étaient empressés de disparaître après son meurtre…

À défaut d'identifier l'origine des fonds, les enquêteurs de la BRIF retrouvent au cours de leurs investigations trois Mercedes manquantes dans une autre affaire russe dont ils ont la charge depuis dix-huit mois : Kama Trade[1].

S'il n'existe aucun lien de cause à effet entre les deux affaires, Pavel entretenait visiblement des relations avec plusieurs personnages mis en cause dans ce dossier de blanchiment international, dont l'épicentre est à Paris et qui est présenté comme l'un des plus importants au monde.

Un homme abattu de deux balles sur fond de mouvements d'argent obscurs d'un côté, des centaines de millions qui transitent par des circuits financiers internationaux, avec des comptes en banque et des sociétés qui s'emboîtent comme des poupées russes de l'autre… En quelques mots, tous les ingrédients de deux scénarios de films noirs à la mode de l'Est. Depuis plus de quinze ans et l'apparition des premiers Russes fortunés,

1. Voir p. 43.

le mot «mafia» est sur toutes les lèvres. La fantasmatique «mafia russe» a été la star des années quatre-vingt-dix. L'Europe occidentale ne guettait plus les chars et les casquettes de l'Armée rouge à l'horizon, mais les limousines blindées et les chapkas des nouveaux parrains de Moscou et de Saint-Pétersbourg. Des Igor, Boris et autres Vladimir s'apprêtaient à débarquer avec des cohortes de prostituées, des camions d'armes de guerre, des bataillons de tueurs à gages… enclins à éradiquer le milieu français et à fondre sur le pays. À la place, ce sont des millions qui ont déferlé. par dizaines, par centaines. Sans que l'on sache très bien quelle est leur origine et à qui ils appartiennent. Ce qui les rend d'autant plus inquiétants aux yeux des services de renseignement. La mafia russe n'a pas usurpé sa réputation. En une dizaine d'années elle s'est hissée au sommet de la hiérarchie criminelle, passant du stade de la délinquance spécialisée à celui de crime organisé, en profitant des formidables opportunités qui lui étaient offertes par l'un des plus grands bouleversements géopolitiques de l'histoire contemporaine. À la faveur de ces années chaotiques, les truands ont pris pied dans la sphère légale pour ensuite se policer à l'image de la société russe. Le capitalisme sauvage issu de l'ex-bloc soviétique a ainsi engendré une créature économique ambiguë, l'Affairiste, que les policiers ont du mal à cerner.

### *1994 : les Russes débarquent*

En 1994, on observe avec circonspection l'installation de ces «nouveaux Russes», comme on les appelle par opposition à l'ancienne immigration des Russes blancs qui ont fui la révolution bolchevique.

Ces hommes d'affaires se posent dans les beaux quartiers de la capitale et sur la Côte d'Azur, pour le plus grand bonheur du secteur immobilier alors en plein marasme. Les billets de banque pleuvent sur les demeures cossues, déclenchant les soupçons des observateurs. En 1994, 11 milliards de francs en provenance de Russie sont transférés en France. Mais seuls six dossiers d'investissements sont soumis à l'approbation de la direction du Trésor comme l'exige la loi… Une grosse partie des fonds a d'abord transité par d'autres pays européens, comme l'Allemagne.

Dans la deuxième moitié des années quatre-vingt-dix, les achats de villas sur la Riviera française pour des dizaines de millions de francs se multiplient : à Saint-Jean-Cap-Ferrat, à Nice, à Roquebrune-Cap-Martin, au Cap-d'Antibes, à Beaulieu-sur-Mer, à Cannes, à Beausoleil…

En 2000, 483 Russes résidant sur le territoire et ayant fait l'objet d'un signalement d'un service de police français ou étranger sont dans le collimateur des autorités françaises : 260 d'entre eux sont installés en région parisienne, dont une écrasante majorité dans le 16ᵉ arrondissement parisien (avenue Foch, rue du Ranelagh, avenue Victor-Hugo), dans le 15ᵉ et le 8ᵉ et à Neuilly-sur-Seine ; 148 sont installés en Provence-Alpes-Côte d'Azur et 75 en Rhône-Alpes, en Savoie et dans le pays de Geix, aux portes de la Suisse.

D'après les Renseignements généraux entre 2001 et 2004, 238 millions d'euros ont été investis par des ressortissants de l'ex-URSS sur la Côte d'Azur dans des biens immobiliers (35 en 2001 ; 116 en 2002 ; 62 en 2003 et 105 en 2004)… Sans préciser toutefois si ces investissements relèvent tous du blanchiment. Les policiers s'interrogent, mais ils parviennent rarement à identifier l'origine des fonds. D'autant que si les premiers arrivants, peu au fait des us et coutumes locales, débarquaient avec des valises de liquide et étaient signalés rapidement à Tracfin[1] les montages se sont sophistiqués depuis. Pourtant, le système dit des « poupées russes », le plus couramment utilisé, est plutôt simple : une Société civile immobilière est créée par un homme de paille étranger. Ce dernier achète des biens immobiliers avec l'argent des commanditaires déposé dans une banque off-shore puis viré sur le compte bancaire de la SCI. Ensuite, l'homme de paille ouvre un compte en France au nom de la SCI et, muni de son chéquier, se rend chez le notaire. Les associés de la société peuvent alors céder leur part en blanc sous seing privé, pour les vendre à un tiers sans repasser devant le notaire. Une simple lettre manuscrite suffit. Le bien peut ainsi passer de main en main… et le propriétaire rester dans l'ombre. Cerise sur le gâteau, chaque changement de propriétaire permet de blanchir de nouvelles sommes sans revenir en France.

Difficile dès lors de savoir qui se profile derrière ces millions. De quoi entretenir la confusion et laisser courir l'imagination.

Surtout que, ces dernières années, les mafieux russes, après avoir primitivement accumulé des capitaux, ont endossé le costume d'hommes d'affaires. Selon

1. Cellule française de lutte antiblanchiment.

Alexandre Eline, le vice-directeur du département de la lutte contre le crime organisé au ministère de l'Intérieur russe[1], plus de 2 000 sites industriels sont contrôlés par des organisations criminelles, dont une vingtaine de très grosses entreprises, pour la plupart situées dans la région de Moscou, de la Volga et de l'Extrême-Orient et actifs dans les secteurs des produits chimiques, des métaux, des compagnies de transports et jusqu'à la gestion de certains ports. Au total 450 groupes criminels de plus ou moins grande importance influeraient sur la situation économique et sociale. Et pour Vladimir Ovtchinski, ancien chef d'Interpol Russie entre 1997 et 1999 : « Une très grande partie de l'économie russe a des racines criminelles et plusieurs anciens caïds de la pègre sont aujourd'hui des locomotives de l'économie russe et du pouvoir russe actuel. »

Une situation qui n'aide pas à y voir clair. Selon ce policier spécialiste de la délinquance financière : « Lorsqu'une entreprise complice blanchit l'argent du crime organisé, elle l'injecte dans ses activités, son chiffre d'affaires grossit et ses impôts avec. Si ensuite elle investit dans l'immobilier ou dans les "affaires" (avec le risque supplémentaire qu'elle importe ses méthodes commerciales) en France et déclenche ainsi une enquête de notre part pour savoir si elle possède une surface financière adéquate, les Russes nous répondront que de leur côté tout est clair. C'est tout le problème de l'"affairisme", à mi-chemin entre le légal et l'illégal. Et faute de pouvoir réprimer, on fait prospérer le crime organisé. Certains juristes en Europe prônent de prendre

1. *AFP*, 31 janvier 2007.

en compte le caractère indépendant du blanchiment et de ne plus le considérer comme la conséquence d'une infraction. »

Les enquêtes françaises aboutissent effectivement rarement. Pour invoquer le blanchiment, les investigateurs doivent prouver que l'argent est le produit d'infractions pénales dans le pays d'origine. Dans ce cas, seules les autorités russes peuvent le faire et la coopération dans ce domaine est soumise aux aléas de la vie politique locale et des liens des objectifs avec le pouvoir. « Les autorités jouent le jeu lorsque ça les arrange… », poursuit laconique le policier. Et cet autre d'ajouter : « Leur collaboration n'est jamais désintéressée. Lorsque ce sont eux qui nous demandent d'intervenir en nous signalant des "cas", nous prenons les informations avec précaution… C'est souvent que le type est dans leur collimateur pour d'autres raisons. » En résumé, la coopération judiciaire franco-russe en matière de crime organisé est « très médiocre et extrêmement difficile ».

Sauf en mai 2003, mais c'est l'exception qui confirme la règle. La BRIF avait dans le collimateur depuis juin 2002 deux hommes d'affaires, l'un vendeur de pipelines, l'autre de métaux et de pétrole, qui avaient massivement investi en France par l'intermédiaire d'un avocat et d'un commissaire aux comptes, tous deux français. Le système était classique : des SCI montées en France avec des capitaux prêtés par des sociétés étrangères, derrière lesquelles se dissimulaient nos deux affairistes. Les prêts montés avec des conventions de remboursement *in fine* couvraient l'achat, les travaux, l'entretien, etc., les deux « propriétaires officieux » étant de simples locataires. Ces derniers n'ont pas eu de chance. Pour une fois, la police fédérale fiscale russe née en 1991 a travaillé main dans la main avec ses collègues français. Ses enquêteurs ont établi l'infraction primaire en Russie (les pipelines étaient vendus à des sociétés occidentales qui les payaient à une obscure société londonienne — cette dernière ne versant au final qu'un petit pourcentage de cette somme à la société russe), et travaillé en temps réel, se déplaçant en France, accueillant les policiers parisiens, mettant les suspects sur écoutes, communiquant après chaque opération, etc. Jusqu'à l'arrestation des deux Russes et de leur avocat français et la saisie de leur patrimoine (entre autres deux châteaux en Seine-et-Marne et dans l'Oise, deux appartements parisiens), y compris monégasque (un appartement à Monaco et des comptes bancaires) évalué à 15 millions d'euros. Sans compter les Bentley, Porsche, et autres Mercedes et BMW. Dans ce monde parfait, un Russe a tout de même échappé aux filets policiers… averti par l'un des dirigeants de la police fiscale qui s'est fait payer le service 600 000 euros, comme le confirment les écoutes. Depuis, ce suspect, que les autorités ne veulent pas lâcher, ne quitte plus la Russie. La collaboration policière était trop belle pour durer. Le service a par la suite été dissous et ses agents reclassés massivement au MVD (les services), voire au gouvernement au poste de Premier ministre.

Certes, dans ce dossier les sommes blanchies ne provenaient pas directement d'activités criminelles, mais la conduite des affaires avait de quoi intriguer. Les transferts de documents de banque à banque en Russie se faisaient sous la conduite d'escortes armées et le domaine économique dans lequel évoluent les deux hommes est propice, comme on va le voir, au mélange des genres.

*Le grand pillage*

Quand bien même l'argent investi serait blanchi, il n'est pas forcément le produit d'une activité mafieuse, ce que tient à souligner cet avocat russo-parisien agacé par l'amalgame qui fait de tous les hommes d'affaires russes des mafieux : « Dans les années qui ont suivi l'effondrement du système soviétique, nous avons assisté à un processus d'optimisation fiscale de l'ensemble de la société, une évasion massive de capitaux qui ne sont jamais revenus. En Russie, le prélèvement s'effectuait à la source, sur les dividendes des entreprises. Aujourd'hui, l'impôt sur le revenu est fixe, soit 13 %, mais avant les taxes pouvaient représenter 99 %. » Conséquence, la majorité des entrepreneurs ont fraudé le fisc et surtout cherché à placer leurs capitaux en sécurité à l'étranger pour éviter aussi toute saisie en prévision des changements de régime. Le chaos économique des années quatre-vingt-dix a ajouté à la confusion : « Les Russes sont victimes de leur propre système. Au début des années quatre-vingt-dix, la société s'est criminalisée et même les hommes d'affaires ont adopté des techniques "mafieuses" en cas de différend commercial. Aujourd'hui les affaires civiles sont obligées d'être jugées dans les trois mois, donc les différends se résolvent de manière moins violente. »

Mais, à l'époque, la Russie a sombré dans le chaos. L'ensemble de l'économie est privatisé. Les entreprises d'État doivent s'adapter à l'économie de marché et trouver elles-mêmes des débouchés pour survivre. Des pans entiers de l'industrie tombent aux mains des futurs oligarques, de jeunes diplômés alors proches du pouvoir. C'est la « famille » des banquiers et des industriels proches de Boris Eltsine qui ont bâti leur fortune à l'ombre du Kremlin. Le pays est pillé de ses ressources et les bénéfices vite placés à l'étranger. Le tiercé gagnant du business est alors composé d'anciens de la nomenklatura et de leurs protégés, de gangsters et de membres du KGB. Notamment les agents installés en Occident et qui se sont spécialisés dans les montages financiers discrets du temps de l'URSS.

Face à la débâcle généralisée de la fin des années quatre-vingt — la croissance est nulle, l'industrie est au plus bas, et l'autre grande mamelle de l'économie soviétique, le pétrole, ne va pas mieux —, la nomenklatura estime plus sûr d'assurer ses arrières et commence le pillage en règle du pays, par l'entremise du Département international du comité central en charge de la politique extérieure du parti et du financement des partis communistes étrangers[1]. En 1990, le DI décide de transférer des milliards de dollars du parti vers des sociétés écrans privées en URSS et à l'étranger en recourant au savoir-faire du KGB en matière de montage de sociétés écrans, de paradis fiscaux et de blanchiment de capitaux. Dans les années quatre-vingt, ses agents avaient pour le compte du DI fondé de nombreuses banques et autres entreprises dans des pays aux législations souples (Grèce, Italie, Portugal et Chypre) pour y transférer des

1. Paul Klebnikov, *Parrain du Kremlin*, Robert Laffont, 2000.

milliards via la banque soviétique du commerce extérieur. Le système était simple : une entreprise, faux nez du KGB, achetait à la mère patrie des matières premières à des prix inférieurs à ceux du marché international qu'elle revendait au prix fort. La différence finançait les partis frères et les opérations extérieures des services.

Le trésor du parti (dont de nombreux biens immobiliers) suit le même type de circuits montés par les espions en disponibilité à l'étranger. Les services confient l'argent à des millionnaires du marché noir et de la vodka[1] ainsi qu'à des voyous et aux anciens du KGB. Argent que personne ne rend et que les bénéficiaires laissent à l'étranger.

En 1992, alors que l'URSS a cessé d'exister depuis quelques mois, les prix, excepté ceux des matières premières qui sont sous-évalués, sont libérés pour absorber l'excédent de roubles. L'État s'étant retiré, tous les candidats à leur exportation sont alors les bienvenus. D'autant que les raffineries et les autres grosses unités de production ne savent à qui vendre et comment être payées. Elles s'adressent alors à des opérateurs privés spécialisés dans l'export en gros. Mais, pour obtenir ces marchés, mieux vaut être proche du pouvoir ou du KGB et savoir manier le bakchich. Et, pour les conserver, mieux vaut passer les bonnes alliances avec des professionnels de la violence comme les criminels. Le

1. En 1986, Gorbatchev lança une campagne antialcoolique qui eut pour effet de raréfier l'alcool et d'en augmenter le prix et par conséquent de développer une production clandestine dans les kolkhozes et autres usines agroalimentaires grâce à des appuis politiques. Les revenus illicites furent réinvestis dans les premières entreprises privées : restaurants et magasins.

pétrole arrive en tête de gondole des bonnes affaires et nombre des sociétés qui obtiennent les licences d'exportation de l'or noir sont aux mains du crime organisé. Il leur a suffi de menacer les employés du ministère qui les attribue.

Les bénéfices du pétrole permettent ensuite d'acheter toutes sortes de biens de consommation pour les vendre en Russie. Et d'investir ces gains dans le rachat des entreprises d'État, alors cédées à 10 % de leur valeur. En 1993 et 1994, c'est la grande braderie en Russie.

L'ensemble des exportations est privatisé. Le schéma est quasiment toujours le même. Les directeurs des usines montent une société commerciale à qui ils revendent la production à crédit. La société oublie de la payer et l'argent reste en Suisse ou ailleurs. Le directeur se rend ensuite à Moscou demander des crédits à faible taux d'intérêt pour compenser le manque de liquidités, et fait ainsi coup double. Évidemment, ce juteux business suscite des jalousies et crée des rivalités. Mieux vaut avoir de solides associés pour durer. Les règlements de comptes sont nombreux entre les groupes qui convoitent les partenariats avec les producteurs, et les directeurs d'usines retors ne sont pas épargnés par les balles. La quasi-totalité des profits réalisés à l'étranger ne revient jamais dans les caisses des sociétés exportatrices et atterrit sur les comptes d'obscures sociétés commerciales enregistrées dans des paradis fiscaux. Ou à Chypre, qui accueille dans les années 1992 à 1994 des centaines de sociétés commerciales et financières en affaire avec la Russie, grâce à un vieil accord fiscal avec l'île qui permet aux entreprises de droit chypriote de rapatrier des bénéfices de Russie sans payer les 20 % de taxes dues, mais seulement 4 % aux autorités chypriotes. Ce système fonctionnait à merveille du temps du KGB. Du coup, des dizaines de grandes entreprises russes ont créé des joint-ventures avec des homologues chypriotes. En tout, 4 000 sociétés russes seraient enregistrées dans l'île et selon le Centre américain d'études stratégiques et internationales une centaine de milliards de dollars y aurait atterri dans les années quatre-vingt-dix.

### Vory v Zakone *et nouveaux gangsters*

Au début des années quatre-vingt-dix, le crime organisé est devenu un acteur incontournable de la nouvelle Russie. Pour reprendre l'image de Klebnikov[1] il constitue le troisième côté de la pyramide avec les officiels et les hommes d'affaires. Ces derniers lui paient la taxe bien sûr (la *Krytcha* — le « toit », autrement dit la protection), mais, en l'absence d'État de droit, s'appuient également sur elle pour faire tourner les affaires. Le meurtre est devenu le plus sûr moyen de régler les contentieux, pour éliminer un créditeur ou recouvrer une dette. En 1994, Moscou voit tomber 181 hommes d'affaires, banquiers, mafieux, victimes de tueurs à gages anciens du KGB ou des forces spéciales. L'année suivante 216 pour la capitale et 2 500 pour l'ensemble du pays.

En l'absence de toute garantie légale, l'économie privée naissante a dû s'autoréguler. Et s'appuyer sur d'autres « shérifs » du marché. Les groupes criminels se sont ainsi immiscés dans les affaires des entreprises,

1. *Op. cit.*

d'abord comme protecteurs contre d'autres prédateurs, puis comme partenaires en plaçant leurs membres à l'intérieur pour en vérifier les comptes et enfin, ultime étape, en entrant dans leur capital. En 1997, 11 % des entrepreneurs russes reconnaissaient avoir eu recours à la force, 42 % en avoir fait l'expérience et 53 % payer régulièrement pour leur protection[1].

Au printemps 1993, Boris Eltsine estimait que les deux tiers des structures commerciales de son pays étaient liées au crime organisé et, un an plus tard, il surenchérissait ajoutant que le pays se transformait en superpuissance du crime. Le ministre de l'Intérieur évaluait que 40 % des affaires privées, 60 % des entreprises publiques (soit pour les deux catégories 40 000 entreprises) et 85 % des banques avaient des liens avec le crime organisé. Treize dirigeants du secteur bancaire avaient d'ailleurs été assassinés.

En 1993-1994, le pays où règnent l'anarchie et la corruption serait en passe de tomber entre les mains de la mafia. Les caïds paradent dans les pages people des magazines en compagnie d'hommes politiques influents. On susurre le nom des bandes et de leurs chefs que l'on devine à l'abri derrière les vitres teintées des Mercedes 600 noires sans plaque d'immatriculation qui sillonnent à pleine vitesse les artères de la capitale, escortés par des 4 × 4 remplis de gardes du corps. Les règlements de comptes sont quotidiens et les portraits des victimes s'étalent dans les journaux à la rubrique faits divers. Les pierres tombales des parrains sont gravées à leur effigie

1. Vadim Volkov, *Les Entreprises de violence dans la Russie post-communiste*, Politix, vol. 49, 2000.

grandeur nature comme au cimetière de la ville d'Iekaterinbourg. Les boss y posent *post mortem* en costume italien, coupe de champagne à la main, accoudés à la portière de leur berline allemande préférée. Bref, le Chicago des années vingt fait pâle figure comparé à la situation russe.

Mais d'où sortent les gangs ? Sous l'empire soviétique cohabitaient déjà deux formes de criminalité. Celle des cols blancs, des apparatchiks du parti qui, surtout à partir de 1964 et l'arrivée au pouvoir de Brejnev, baignent dans une corruption généralisée et profitent de tous les trafics et celle des bas-fonds incarnée par la caste des *Vory v Zakone*, « voleurs dans la loi[1] » qui domine la pègre composée des *blatnoï*, les voyous. Ces voleurs constituent l'aristocratie du milieu. Pour certains, cette élite daterait de l'époque tsariste ; pour d'autres, des années vingt-trente. Ce qui est sûr, c'est que ce groupe des « voleurs avec un code » est né dans les camps de détention et s'est répandu par l'entremise du système pénitentiaire à l'ensemble du territoire. La fraternité était régie par un strict code de loi qui lui interdisait notamment toute collaboration sous quelque forme que ce soit avec les autorités et toute forme de travail légal et obligeait ses affidés à rompre avec leur famille biologique. Ses membres étaient cooptés, subissaient une initiation au cours de laquelle ils adoptaient un surnom et arboraient nombre de tatouages symboliques qui les « situaient » (nombre d'années de prison, spécialités, etc.) aux yeux de leurs collègues. Hors les murs, les voleurs dans la loi versaient la majorité de leurs

1. *Ibid.*

revenus illégaux dans un fonds commun, l'*obshchak*, destiné à assister les prisonniers notamment. Quant au code de conduite, des tribunaux étaient chargés de le faire respecter. La Seconde Guerre mondiale eut raison de la forme orthodoxe de la caste. Afin d'obtenir des remises de peine, certains *Vory* endossèrent l'uniforme pour lutter contre les nazis. Mais nombre d'entre eux, libérés entre-temps et de retour dans les camps pour de nouveaux délits, se virent reprocher leur attitude. En 1947, la « guerre des chiennes » (comme on l'appelle communément) mettant aux prises les frères ennemis éclata dans le système concentrationnaire soviétique. L'année suivante, sous l'impulsion de *Vory* charismatiques, le code fut assoupli et certaines formes de collaborations avec l'État furent désormais tolérées. Avec pour conséquence un match retour menés par les exclus assoiffés de vengeance. Vers 1950, enfin, une énième version des *Vory* apparut qui abolit les carcans de la confrérie. Ils représentent alors 6 à 7 % de l'ensemble des truands et sont à 80 % pickpockets de profession. Les années soixante et soixante-dix vont leur redonner une certaine vigueur. Entre-temps, le marché noir et la production clandestine se sont développés de manière spectaculaire. À la fin de l'ère Khrouchtchev (1964), des ateliers clandestins (les *Tsekhi*) couverts par l'ensemble du système, des forces de l'ordre aux hommes politiques jusqu'aux directeurs d'usines qui fournissent les matières premières, tournent à plein régime. On y fabrique les biens de consommation introuvables de ce côté du rideau de fer. Leurs « dirigeants » (les *Tsekoviki*) amassent des fortunes et deviennent rapidement la cible des *Vory* qui les rackettent. Ces « millionnaires rouges » sont alors pris entre deux feux : les apparatchiks qui les couvrent et les truands qui les pressurent. Dans les années soixante-dix, nombre d'entre eux, las d'être « taxés » par la pègre, s'associent avec elle. Lorsque Gorbatchev arrive au pouvoir en 1985, les deux mafias « d'en haut et d'en bas » se partagent le gâteau. La perestroïka et son chaos vont permettre à ceux d'en bas de donner leur pleine mesure.

Durant la période de transition (1985-1991), une nouvelle génération de criminels émerge qui met en coupe réglée les grandes villes. Contrôlant chacun un territoire, ces groupes appelés *Brigada* œuvrent dans le racket, le trafic de drogue et de véhicules volés, la prostitution. Leurs membres sont pour la plupart issus de clubs sportifs : lutteurs, haltérophiles, boxeurs. À leur tête, une *Avtoritet* (autorité) qui règne sur des brigadiers eux-mêmes en charge de leur propre groupe. Celui-ci est composé d'équipes dirigées par des *boeviki* et qui alignent chacune quelques soldats, les *torpedy*. Les plus grosses bandes vont se rassembler au sein de fédérations — que l'on appelle *Bratva*, la fraternité — dirigées au sommet par un conseil d'administration composé des chefs des différents groupes. Par exemple, l'organisation moscovite d'Izmailovo qui compte 1 500 membres est dirigée par une autorité entourée de six à huit directeurs, qui supervisent les brigadiers en charge de chaque sous-groupe[1]. Au tournant des années quatre-vingt-quatre-vingt-dix, les *Vory*[2] vont intégrer ces

1. Federico Varese, *The Russian Mafia*, Oxford Press, 2005.
2. En 1994, on en compte 700 dans toute la CEI dont 400 à Moscou et, en 2003, selon l'un des chefs de l'antigang russe, ils étaient plus de 200 à Moscou qui reste leur épicentre.

organisations criminelles et de nombreux «parrains» à l'ancienne vont en prendre les commandes ou se hisser au sein des conseils d'administration, réintroduisant au passage un peu de leur tradition. La cérémonie d'intronisation est remise au goût du jour pour adouber la nouvelle génération de caïds. Et le titre est réservé aux seuls chefs de groupe qui composent le cartel criminel. De même une *obshchak*, un fonds commun, est alimentée par les différentes brigades, qui, dans le cas de la Fraternité de Solnetsvo, en compterait douze (par exemple la brigade dirigée par le numéro 3 de l'organisation, qui intéresse la Direction centrale des renseignements généraux depuis juillet 2006, est composée de huit équipes opérant en République tchèque). La «mafia russe» est née, bien qu'elle n'en soit pas une au sens criminologique du terme.

À Moscou, une dizaine d'organisations slaves voient le jour entre la fin des années quatre-vingt et le début des années quatre-vingt-dix, et qui rayonnent dans la Confédération des États indépendants (CEI) et à l'étranger[1]. S'y ajoutent des organisations ethniques: arménienne, ingouche, daguestanaise, azerbaïdjanaise, géorgienne, tchétchène. Quatre organisations majeures ont également émergé à Saint-Pétersbourg: Tambovskaya, Malychevskaya, Vorkutinskaya et Kazanskaya.

Les formidables opportunités de l'époque attisent les tensions entre groupes criminels, notamment à Moscou

1. Podolskaya; Dolgoproudnenskaya; Pouchkinskaya; Orekhovskaya; Taganskaya; Sokolnitchevskaya; Leninskaya; Liouberetskaya; Balachikhinskaya; Izmaïlovskaya; Solnetsvskaya qui tirent leurs noms des quartiers de Moscou ou des banlieues qu'elles contrôlent.

où la guerre des gangs fait rage en 1993 et 1994. Elle met aux prises les bandes slaves représentées principalement par la Fraternité de Solnetsvo, une fédération de gangs issus de la banlieue du même nom et les gangs tchétchènes débarqués dans la capitale en 1988 ainsi que les *Vory* qui s'étaient partagés entre les deux camps. Après deux années de conflit, à grands renforts de voitures piégées et de rafales, des dizaines de morts jonchent le bitume moscovite.

*Des mafieux au soleil*

Durant ces années conflictuelles, nombre de gangsters sont partis se mettre au vert à l'étranger. Notamment en France où les services de renseignement les suivent à la trace. Au fur et à mesure des années, les policiers occidentaux ont, malgré le mélange des genres et dans la masse des « hommes d'affaires » russes, identifié quelques « autorités » et *Vory* officiellement reconnus dans leur pays. Selon un homme d'affaires ukrainien installé à Paris : « Ils étaient nombreux à venir se reposer et jouir de leur argent. Ils venaient un mois ou deux dans un grand hôtel d'où ils pilotaient leurs affaires qui se passaient ailleurs. » D'autres s'installent plus durablement et investissent dans l'espoir d'obtenir plus facilement leur visa. À Paris et dans sa région, une dizaine de « pointures » du crime organisé résident alors entre le 15e arrondissement, le 8e et Saint-Germain-en-Laye. Des trentenaires et quarantenaires surnommés Tchij, Gocha, Bessik, Jirny…, truands influents de Moscou et de Saint-Pétersbourg appartenant aux plus grandes organisations comme Solnetsvskaya (la Fraternité de Solnetsvo). Certains membres de cette dernière — considérée comme la plus importante organisation russe — ont également investi à Roquebrune-Cap-Martin où ils ont mis à l'abri leurs familles. L'un des deux patrons présumés de Solnetsvskaya a d'ailleurs tenté de s'installer sur la Côte en 1994. Sergueï Mikhaïlov cherchait à l'époque un pied-à-terre à Villeneuve-Loubet, un projet finalement abandonné. Il aurait pu y côtoyer Youri, un « collègue » né en 1951 à Magadan en Russie et de nationalité israélienne, installé à Marina-Baie-des-Anges. Lors du mariage de sa fille Nathalia en juin 1995, Youri a invité 250 personnes — dont de nombreux mafieux — pour une croisière de trois jours sur le *Club Med One*.

Parmi ses voisins à Villeneuve-Loubet, Youri comptait son ami Alexei Leonid Petrov présenté comme l'un des premiers gangsters russes à s'être installé sur la Côte. Né en 1962 à Moscou, Alexei, surnommé « Lenia le rusé », dirigerait avec Anatoly Roxman le groupe Mazurka ou Mazutkinskaya, qui fédérerait un certain nombre de bandes (Zhadonovskaya, Perovo, Balashinskaya, etc.) et serait impliqué dans divers trafics internationaux : véhicules, objets d'art, armes, stupéfiants…

Après plusieurs condamnations (en 1982, à deux ans et cinq mois de prison avec travail obligatoire pour vol ; en 1985, à quatre ans pour vol ; puis de nouveau, en 1990, à trois ans pour vol avec violence), il aurait dirigé de 1989 à 1992 le groupe Balashinskaya spécialisé dans le racket avant de tenter de s'installer aux États-Unis avec deux autres truands moscovites : son bras droit Mikhaïl Radko et Rafik Bagdasaryan, un parrain de Moscou spécialisé dans les stupéfiants qui sera tué dans la prison russe de

Lefotorvo en juin 1993. Les trois hommes comptaient y rejoindre Vacheslav Ivankov, le «petit Japonais» qui aurait couronné *Vor* Petrov lors d'une incarcération commune dans les années quatre-vingt. Après les États-Unis, Petrov se serait retourné vers l'Allemagne où il aurait «travaillé» avec des Arméniens de Moscou et profité de leur diaspora européenne. Son associé Roxman y sera d'ailleurs arrêté en janvier 1994, suspecté d'une extorsion de fonds de 1 million de dollars sur un homme d'affaires, puis relâché faute de preuves. À cette époque, les deux hommes sont signalés sur la Côte d'Azur à Villeneuve-Loubet, où ils comptent investir dans l'immobilier et la production cinématographique, et à Monaco où la compagne de Petrov est locataire d'un appartement. Roxman partira en Espagne tandis que Petrov sera lui arrêté à Villeneuve-Loubet en août 1995, à Marina-Baie-des-Anges où il réside pour détention et usage de faux documents administratifs. Une obscure histoire de passeport ukrainien qui lui vaudra finalement d'être relaxé par le tribunal correctionnel de Nice en septembre 1995 puis expulsé de Monaco en juin 1996, en compagnie d'autres «mafieux russes», alors qu'ils avaient été repérés assistant au Grand Prix de Monaco. L'expulsion s'est doublée d'une interdiction de séjour monégasque, et accompagnée d'une mesure similaire du préfet des Alpes-Maritimes.

Deux ans plus tard, la Principauté, qui a également les faveurs de la mafia russe, expulsera Garashi, le présumé patron de la brigade d'action opérationnelle du groupe de Solnetsvo (chargée des éliminations et du racket), interpellé avec l'un de ses gardes du corps, soupçonné de mener des opérations ponctuelles sur la Côte.

En 2001, c'est un certain Vadim Petrov qui est extradé vers la Russie où il a été condamné en 2003 à vingt et un ans de prison pour trafic de stupéfiants. Plus récemment, deux autres indésirables — qui ont investi en France sur la Côte et à Divonne-les-Bains — sont rentrés au pays où ils étaient demandés dans le cadre d'une vaste affaire de fraude liée à un trafic de véhicules. D'autres encore le suivraient, tel ce trafiquant d'armes qui serait hébergé par un Russo-Tchétchène à Nice.

Pour plus de tranquillité, certains Russes sulfureux s'adonnent aux joies du cabotage, loin des oreilles indiscrètes, disent les mauvaises langues. Le 24 juillet 1994, le yacht *Savarona* quitte le port de Nice pour une croisière de sept jours. À son bord, une quinzaine de citoyens russes et ouzbeks suspectés d'appartenir au crime organisé, résidant en France, en Allemagne et en Autriche[1]. Parmi cette majorité de trentenaires, on compte les supposés patrons de la Solnetsvskaya considérée comme le groupe le plus important et le plus riche de la mafia russe, Sergueï Mikhaïlov et Viktor Averine.

Né en février 1958 dans le quartier moscovite de Solnetsvo («le Soleil»), une cité-dortoir à l'ouest de la capitale, ancien serveur de restaurant, «Mikhas» aurait créé son groupe en 1984. Cette même année, il est condamné à trois ans de prison pour escroquerie à

1. En 2003, la police de l'air et des frontières de Saint-Barthélemy dans les Antilles contrôlait un yacht venant de la Barbade et se rendant à Saint-Martin avec neuf Russes à son bord dont un associé du mafieux ukrainien Leonid Minin, un proche de Boris Berezovski et le beau-frère d'un associé de Sergueï Mikhaïlov, le présumé patron de Solnetsvo. Un an avant 2002, c'est Semion Moguilevitch, objet d'une mesure d'opposition d'entrée sur le territoire, qui était signalé à Saint-Martin.

l'assurance. Quatre ans plus tard, en mai, il est impliqué avec plusieurs de ses hommes dans des agressions contre des policiers, avant d'être de nouveau incarcéré en décembre 1989 pour extorsion de fonds. Après dix-huit mois de détention préventive, il est blanchi. À l'origine, Sergueï Mikhaïlov, amateur de lutte, et Averine auraient formé une brigade d'hommes de main recrutés dans les milieux sportifs qui propose protection et fourniture de gardes du corps aux entreprises naissantes. Mais, au début des années quatre-vingt-dix, leur organisation, qui jusque-là évoluait dans le « petit banditisme », aurait pris de l'ampleur et se serait spécialisée dans le racket et le blanchiment après sa « fusion » avec deux autres groupes criminels des quartiers moscovites de Iasenevo et Vykhino. En août 1993, Mikhaïlov est embastillé dans le cadre de l'enquête du meurtre du directeur du casino Valery et rapidement libéré faute de preuves. À sa sortie, il s'envole pour l'étranger avec les frères Averine, pour quasiment ne plus revenir en Russie. Il se pose d'abord à Vienne en Autriche. Puis en Israël en 1994 et enfin en Suisse l'année suivante.

Sergueï Mikhaïlov s'installe dans une villa achetée 1,3 million de francs suisses (5,2 millions de francs) dans un petit village de la campagne vaudoise. Ses deux filles sont inscrites dans un collège chic des alentours. Malgré la discrétion dont il fait preuve, Mikhaïlov est arrêté à l'aéroport de Genève le 17 octobre 1996 puis poursuivi pour falsification de documents, appartenance à une organisation criminelle et violation des restrictions à l'acquisition de biens immobiliers par des étrangers en Suisse. Durant l'instruction, un témoin clé réfugié aux Pays-Bas est assassiné d'une balle dans la tête. Après deux ans de détention préventive à la prison genevoise de Champ-Dollon, il comparaît le 2 décembre 1998 devant le tribunal où il arrive en Mercedes blindée affublé d'un gilet pare-balles. Un important dispositif gendarmesque est déployé dans et autour de l'édifice et jusqu'aux frontières pour ce procès, présenté comme « exceptionnel », de l'infiltration de la « mafia russe » en Europe occidentale. Mais, neuf jours plus tard, le parrain présumé est acquitté, faute de preuves suffisantes. Dans la foulée, il est renvoyé en Russie par le premier avion pour Moscou. À son arrivée, Mikhaïlov a estimé que son acquittement était d'« une grande signification pour les hommes d'affaires russes travaillant à l'étranger ». Le 24 juillet 2000, il se voyait accorder une indemnisation de plus de 517 000 euros par la justice suisse pour ses 778 jours de prison.

*La riposte policière*

Jugé particulièrement indésirable par les autorités françaises, Mikhaïlov fait l'objet d'une fiche TE. À l'époque, il serait d'ailleurs le principal visé par cette mesure administrative d'interdiction du territoire français. Cette fiche est souvent doublée par celle de la DST de « mise en attention sûreté de l'État ». En effet, pour refroidir l'ardeur des maffieux russes pour la France, et face à la difficulté de cerner leurs motivations et d'endiguer leurs investissements, les autorités ont choisi de les éconduire. D'abord en les empêchant de venir sur le territoire, puis en essayant de contrecarrer leurs projets financiers.

La fiche TE n'étant pas liée à une quelconque poursuite pénale, certains intéressés contestent la décision. L'Ukrainien Semion Moguilevitch l'a ainsi attaquée devant le tribunal administratif. Sans succès. Il aurait alors[1] tenté de négocier une autorisation d'entrée dans l'espace Schengen avec les services de renseignement français contre la délivrance d'informations. Pour ce faire, il aurait approché Alfred Cahen, ancien ambassadeur de Belgique au Congo et en France. Une manœuvre rendue possible car Semion Moguilevitch, propriétaire d'une officine à Anvers, était dans les années quatre-vingt-dix un informateur du BND, les services de renseignement allemand. Comme le confirmeront les révélations concernant McIntosh qu'il fait à un policier autrichien venu l'interroger à Budapest.

Le 3 avril 1997, Moguilevitch tente de nouveau d'entrer en France. Arrivant de Zagreb et titulaire d'un passeport croate à son nom périmé depuis février, il débarque à l'arrivée ouest de l'aérogare 2B de Roissy. Le gardien de la paix qui consulte le fichier des personnes recherchées (FPR) découvre deux fiches sur Semion Moguilevitch : la première classée Sûreté de l'État 13 nécessitant la présence immédiate de la section info de la Direction du contrôle de l'immigration qui traite sa fiche en collaboration avec la DST, et la seconde concernant l'interdiction du territoire, il avise l'officier de quart qui remet Moguilevitch dans un avion pour Budapest. Né en Ukraine en 1946, celui-ci est alors considéré comme le parrain du crime organisé ukrainien en Hongrie et le chef de l'organisation Solmonskaya.

1. *Le Soir*, 26 janvier 2008.

Cette dernière, qui compterait 250 membres en majorité ukrainiens, serait impliquée dans le trafic de drogue, d'armes, de pierres précieuses, la prostitution, le blanchiment, mais également l'extorsion de fonds, la récupération de créances douteuses et le chantage. Depuis, Moguilevitch, comme nombre de ses collègues, « fait » dans la haute finance et le business légal. Ce qui rend son parcours exemplaire de la grande criminalité russe.

Le 25 janvier 2008, Semion Moguilevitch a été arrêté à Moscou alors qu'il sortait d'un restaurant en compagnie du principal actionnaire d'une société de cosmétiques accusé d'évasion fiscale. Il fait notamment l'objet depuis 2004 d'une enquête criminelle en Ukraine sur ses liens avec la société RosUkrEnergo qui a obtenu l'exclusivité de la fourniture du gaz turkmène à l'Ukraine passant par la Russie. En jouant un rôle d'intermédiaire entre le groupe russe Gazprom et la compagnie d'État ukrainienne Neftogaz. L'arrestation de Moguilevitch ne devrait rien au hasard. D'après les observateurs, le clan du futur président Dimitri Medvedev aurait voulu envoyer un signe fort à Ioulia Timochenko, chef d'un gouvernement pro-occidental, histoire de réchauffer les liens distendus avec un pays désireux d'intégrer l'Otan, tout en reprenant en main Gazprom. Les services de renseignement occidentaux ont suivi avec intérêt l'arrestation de Moguilevitch, dont ils espèrent qu'elle pourra débloquer nombre de dossiers de coopération internationale.

Moguilevitch s'était réfugié à Moscou après un raid mené contre lui à Budapest par le FBI et les policiers hongrois en 1999, la justice américaine le recherchant pour 45 infractions fiscales commises entre 1993 et 1998, via la société YBM Magnex liée au scandale de la Bank of New York[1]. Pour faire court, YBM a servi de blanchisseuse américaine au crime organisé russe. Officiellement créée en 1993 par un scientifique russe émigré, elle commercialisait des aimants produits dans une unité installée à Budapest et contrôlée par Moguilevitch. Elle aurait surtout, grâce à une production et des clients fictifs installés dans les Caraïbes et les pays de l'Est, mais des fonds d'origine criminelle bien réels, affiché des résultats mirobolants qui lui auraient permis de blanchir ses capitaux en vendant pour plus de 600 millions de dollars d'actions sur les marchés canadiens (ramenés après une conciliation entre les nouveaux actionnaires et les fonds d'investissements mutualistes canadiens à 120 millions), en étant inscrit à l'indice de la Bourse de l'Alberta dès 1995 puis à celui du Toronto Stock Exchange en 1996. L'affaire de blanchiment ayant été découverte en 1997 par les autorités américaines, et un raid mené contre le siège de l'entreprise en Pennsylvanie en mai 1998, l'action a été radiée du TSE dans la foulée. Bref, en mars 2003, les autorités américaines accusaient Moguilevitch de fraude électronique, racket, blanchiment, etc.

L'opération canadienne a été réalisée via la filiale locale de YBM Magnex, à laquelle était liée une holding, Amadeus, spécialisée dans les placements financiers. Ce qui a valu à son actionnaire principal, l'homme d'affaires russe Aleksander Benkovitch, d'être entendu dans le cadre de l'enquête. Il n'était pas le seul. Jack Kashkar, l'un de ses amis (et nouveau mari de son

1. Voir p. 43.

ex-femme), membre du conseil d'administration de la holding, et qui selon ses dires aurait été sollicité pour apporter son expertise comptable à la société, a lui aussi répondu aux questions des autorités canadiennes. Ce qui, malgré l'absence de suites judiciaires pour les deux hommes, n'a pas plaidé en la faveur de Kashkar lorsqu'il s'est porté candidat au rachat de l'Olympique de Marseille en janvier 2007.

Contrairement à Moguilevitch, Alizham Tokhtakounov a lui réussi à annuler son arrêté préfectoral de reconduite à la frontière en 1995. En 1993, ce Russe d'origine ouzbèke né en 1949 à Tachkent et surnommé le « petit Taïwanais » avait acheté à Paris, rue du Conseiller-Collignon, pour 5,7 millions de francs, un appartement qu'il avait refait pour 2 millions de francs réglés par deux sociétés basées à Rotterdam et aux îles Vierges. Un appartement que lui avait « trouvé » l'homme d'affaires Arcadi Gaydamak réfugié en Israël et dont Alizham avait réglé les 600 000 francs d'indemnité d'immobilisation avec des billets de 500 francs sortis d'une mallette.

Présenté par les polices européennes comme un mafieux historique, ce qu'il dément, Tokhtakounov a un carnet d'adresses garni. On y trouve Majarov, un homme d'affaires russe assassiné à Paris en 1994, Sergo G. mis en cause dans une tentative d'extorsion la même année toujours à Paris, Mikhaïlov qu'il aurait croisé lors d'une fête sur un yacht à Cannes en 1994, et pratiquement tous les noms des Russes en odeur de « mafia » installés en France. Des gens qu'il aurait, selon sa version, connus dans les parties de cartes clandestines en

Russie. Condamné en 1972 à Moscou pour absence de titre de séjour puis à un an en 1984 pour « absence de revenus et parasitisme », Tokhtakounov a quitté la capitale russe en 1989 pour s'établir à Berlin où, selon les services, il aurait dirigé une équipe spécialisée dans le rapt contre rançon d'hommes d'affaires russes à l'étranger. En 1993, il a migré à Paris où il « dirigeait » une société d'import-export de viandes à destination de la Russie. Le 17 janvier 1999, pour son cinquantième anniversaire, Alizham Tokhtakounov a organisé au pavillon Dauphine à Paris une soirée réunissant des figures du sport et du show-biz russes ainsi que quelques « hommes d'affaires ». La même année, il avait été fait chevalier de l'ordre de Constantin lors d'une réception donnée dans l'un des salons de l'hôtel Prince-de-Galles avenue George-V à Paris. On pouvait y apercevoir Iossif Kobzon, surnommé le « Franck Sinatra russe », un ex-chanteur de charme devenu député à la Douma et négociant en matières premières, qui est accessoirement interdit de séjour aux États-Unis pour ses liens avec des mafieux russes. Mais aussi le vice-président du Comité olympique russe, un célèbre hockeyeur, et la patineuse Marina Anissina qui obtiendra la médaille d'or à Salt Lake City trois ans plus tard. En France, Alizham Tokhtakounov, le mécène du sport et des beaux-arts, multipliait les galas de bienfaisance, les concerts et les dîners organisés via sa société JAT, sise rue de Cronstadt, avec laquelle il avait monté un fonds culturel russe à l'étranger. On y croisait entre autres les stars du tennis russes comme Medvedev, Kafelnikov, Safin, etc. Depuis longtemps, sport et « mafia » entretiennent des relations sulfureuses. Notamment depuis que les fédérations et les clubs ont été exonérés des taxes sur l'alcool et les cigarettes pour s'autofinancer[1].

En mars 1999, Alizham Tokhtakounov s'est vu refuser par la préfecture de police une carte de commerçant et l'année suivante, en juin 2000, il a été visé par un arrêté de reconduite à la frontière et s'est installé en Italie. Entre-temps, il avait sollicité Didier Gailhaget, le président de la Fédération française des sports de glace, dans l'espoir d'arranger sa situation administrative. Au printemps 2000, lors du rendez-vous entre les deux hommes, Tokhtakounov lui avait fait une proposition de partenariat au bénéfice d'un club de hockey sur glace parisien. Quelques mois plus tôt, en octobre 1999, c'était Michel Scarbonchi, ancien vice-président du Parti radical de gauche, alors secrétaire général[2] de Metropolis, une association regroupant 72 grandes villes dans le monde, qui avait reçu une lettre d'un officiel moscovite évoquant les difficultés administratives du « Taïwanais ».

Replié en Italie dans la région de Venise, ce dernier a été incarcéré par les autorités transalpines — qui le soupçonnent d'avoir blanchi des fonds de la mafia russe en Europe — en août 2002 à la demande de la justice américaine qui l'accuse d'avoir truqué les épreuves olympiques de patinage artistique à Salt Lake City en février de la même année pour favoriser le tandem tricolore. Dans le but, selon le FBI, d'obtenir un visa français.

1. Nombre de sportifs russes ont été l'objet de contrats pour avoir refusé les avances du crime organisé : coureuse de fond battue à coups de barre de fer durant l'été 2001, hockeyeur abattu en 1998, etc.

2. *Le Monde*, 19 octobre 1999.

En janvier 2003, le tribunal de Venise a autorisé son extradition vers le États-Unis, une décision annulée en appel en juin suivant. Libéré, Tokhtakounov est rentré à Moscou.

Les douaniers et autres policiers sont particulièrement attentifs aux allées et venues de ces « clients » dont les déplacements font l'objet de signalements. L'aéroport de Genève-Cointrain est l'un des postes d'observation privilégiés de cette population qui, outre Paris et la Côte, fréquente le pays de Geix. Des visiteurs souvent munis de passeports grecs. Ces derniers circuleraient par milliers. Durant l'été 1997, des affaires de corruption ont éclaté au sein de l'ambassade de Grèce à Moscou. Des agents consulaires étaient suspectés d'avoir aidé à la délivrance du précieux sésame. L'acte de naissance était facturé 10 000 dollars et le passeport 25 000. Et en 1999, lors d'une perquisition effectuée dans le chalet savoyard d'un homme d'affaires russe, deux cents dossiers de naturalisation grecs ont été découverts.

Pour obtenir le visa d'entrée, les « non-Grecs » ont le plus souvent recours aux « voyages professionnels ». Les nombreuses sociétés en odeur de mafia les invitent régulièrement pour affaires. Depuis la France ou ailleurs, le visa Schengen permet de circuler ensuite librement entre les différents pays. C'est ce qu'a fait ce mafieux notoire autorisé à pénétrer en France grâce à son visa Schengen allemand d'un an malgré deux fiches FPR sûreté de l'État, émises à la demande de la DST. Lors de son contrôle douanier, il avait mis tous les atouts de son côté en exhibant des photos le montrant avec Boris Eltsine, David Copperfield et Claudia Shiffer et en présentant un press-book volumineux. Il se disait imprésario et directeur d'une agence moscovite.

Pas sûr que la carte culturelle soit bonne à jouer, comme on l'a vu. Selon les connaisseurs, en Russie, les milieux de la mode, de la culture et du sport seraient contrôlés par la mafia. Durant l'ère soviétique, leurs représentants étaient les seuls — avec les diplomates — à voyager en Occident ; considérés comme intouchables, certains de ces privilégiés auraient mis à profit cette liberté pour établir des réseaux à l'étranger.

La période la plus propice aux contrôles douaniers reste l'été, lorsque les mafieux comme les « travailleurs » viennent se reposer sous le soleil azuréen. Et pour certains d'entre eux, tout est prévu à l'arrivée. Selon les observations policières, un ancien légionnaire, Andreï, serait chargé d'organiser leurs séjours sur la Côte et en Corse. Il peut faire le chauffeur comme lors des vacances de cet homme d'affaires américain d'origine russe proche du groupe criminel d'Ismaïlovo qui a loué une villa à Saint-Tropez au mois de juillet 2004, mais pas seulement. Andreï, qui compte également parmi ses clients l'entraîneur en (forte) odeur de mafia d'un club de basket moscovite, serait en cheville avec la cogérante d'une société suspectée de fournir de jeunes femmes slaves pour agrémenter les soirées organisées sur la Riviera française.

Andreï n'est pas le seul à jouer les hommes de main. Un autre Russe actionnaire d'une société de négoce international installée à Nice s'occuperait aussi des malfaiteurs russes lors de leurs déplacements sur la Côte.

*Des chiffres d'affaires... sans affaires*

Après avoir investi dans l'immobilier, les affairistes russes se sont tournés vers le commerce. « Ils ont monté des sociétés d'import-export aux objets volontairement larges qui leur permettaient de faire un peu de tout, précise un policier en charge des dossiers financiers. Nous nous sommes rapidement intéressés à eux. Un chiffre d'affaires énorme pour des activités réduites étonne toujours… » Une dizaine de grosses affaires ont ainsi été réalisées à la fin de la décennie 90.

En 1999, c'est le directeur de la banque russe Mosbusinessbank qui a reçu 10 millions de dollars sur un compte à Paris. En mars de la même année, deux Russes utilisant des passeports grecs tombent pour blanchiment d'argent, recel aggravé, faux et usage de faux documents administratifs. En mai, la BRIF arrête Sergueï Alabychev pour blanchiment de 90 millions de francs issus d'un trafic d'alcool revendu en Europe et dans les pays Baltes et découvre chez lui des objets d'art provenant d'une collection privée de Moscou et signalés volés. En décembre, c'est encore une affaire de blanchiment de 25 millions de francs qui concerne cinq Russes. En mai 2000, quatre hommes sont arrêtés à Paris. Il en manque deux… partis en Ukraine pour régler un différend. Ils ont été victimes sur place d'un règlement de comptes fatal à l'un d'eux.

Et en 2002, c'est l'affaire Kama Trade, considérée comme l'un des plus gros dossiers de blanchiment au monde et qui aurait pour épicentre Paris.

Le lundi 10 juin 2002, une opération, baptisée « Toile

d'araignée» et initiée par le parquet de Bologne, qui a émis 101 mandats d'arrêt, est ainsi déclenchée simultanément en France et en Italie. Une soixantaine de policiers français et une centaine de leurs collègues italiens interpellent 34 personnes: 20 en Italie où sont effectuées 93 perquisitions dans le centre du pays (Émilie-Romagne et Marches) ainsi qu'en Vénétie, et 14 en France dont 5 chez des Russes, à Paris, dans les 8e et 16e arrondissements, en banlieue (92/93/95) et en Ille-et-Vilaine.

Cette vaste opération est le résultat de plusieurs années d'enquête. Dès 1998, les autorités américaines se sont intéressées à la Bank of New York (BONY). L'honorable institution (16e banque américaine avec 67 milliards d'actifs) aurait vu passer sur l'un de ses comptes 4,2 milliards de dollars entre octobre 1998 et mars 1999 au cours de 10 000 opérations (en tout, au moins 7 milliards de dollars auraient transité). Le compte aurait été ouvert au nom de la société anglaise Benex, elle-même liée à la YBM Magnex de Moguilevitch. Les Américains auraient été prévenus des mouvements suspects sur le compte Benex par les Britanniques dont les services spéciaux subodoraient qu'une partie de ces fonds — 200 millions de dollars ayant transité par le compte Benex de la succursale londonienne de la Bank of New York — appartenait au crime organisé. Deux responsables d'origine russe de la Bank of New York sont alors soupçonnés: Natacha Gourfinkel Kagalovski, senior vice-présidente à New York en charge de l'Europe de l'Est, épouse de l'ancien représentant russe du FMI de 1992 à 1994 devenu ensuite numéro deux du groupe pétrolier Yukos, et Lucy Edwards, vice-présidente de la branche londonienne dont le mari Peter Berlin dirige la Benex. Début 2000, repentis, Lucy Edwards et Peter Berlin collaborent avec la justice américaine. Ils décrivent la filière de blanchiment mise en place par leurs partenaires russes. En résumé, un « pipeline » mis à disposition de clients désirant laver leurs millions. Selon les enquêteurs américains, entre 10 et 15 milliards auraient emprunté le canal.

En 1998, les autorités russes avaient attiré l'attention de leurs collègues américains sur la Bank of New York, alors qu'ils pistaient une rançon versée pour le kidnapping d'un homme d'affaires à Moscou. Les 300 000 dollars avaient été virés par la BONY vers un compte de San Francisco avant de revenir sur un compte moscovite. En 2000, dans le cadre du scandale BONY, les autorités russes enquêtaient également sur l'évaporation de dizaines de millions de dollars d'un compte abritant des bénéfices réalisés par la vente de stocks de blé offerts à Moscou par les États-Unis.

Parmi les millions passés par la BONY, on en compterait également quelques-uns provenant du FMI et destinés à la Russie (200 millions de dollars qui ont été virés en 1996 du compte des autorités russes vers les comptes de Fimaco, une société créée pour l'occasion à Jersey), ainsi que d'autres « placés » par les groupes mafieux de Solnetsvo et de Semion Moguilevitch. Mais les comptes de la Bank of New York n'auraient été qu'une des étapes d'un vaste circuit qui selon les enquêteurs américains passe par l'Italie et notamment une société nommée Prima.

Le Service central opérationnel du ministère de l'Intérieur italien travaille alors sur le groupe de Russes installés dans la région de Rimini qui dirige la société Prima Ltd créée en 1997 (import-export). Les écoutes italiennes mettent au jour des investissements à perte, des mouvements de fonds suspects, des liens avec des mafieux appartenant aux organisations moscovites et surtout avec une holding parisienne nommée Kama Trade. En 2001, les policiers italiens alertent leurs collègues français. Prima serait dirigée par un Russe établi en France dont le frère animerait Kama Trade. Cette dernière est dans le collimateur des policiers français depuis 1994. Quatre ans plus tard, elle fait même l'objet d'un signalement à Tracfin. Le Crédit lyonnais a détecté un transfert douteux de 60 millions de francs sur les comptes de la holding dont le siège social occupe deux étages d'un immeuble des Champs-Élysées.

Durant l'année 2001, par l'intermédiaire de l'officier de liaison de la police italienne en France, la BRIF et la SCO mènent leurs enquêtes conjointement. Elles établissent que les sociétés spécialisées dans le transport des matières premières (minéraux, pétrole, bois) entre l'ex-URSS et des pays d'Asie et du Pacifique ont des chiffres d'affaires peu en rapport avec leurs activités réelles. Celui de Termitrans, l'une des deux autres holdings impliquées aux côtés de Kama Trade et qui gère la logistique de camions russes, est passé de 390 millions de francs en 1998 à 513 l'année suivante puis à 150 millions d'euros. Quant à Kama Trade, elle affiche un chiffre d'affaires annuel de 750 millions d'euros. Le 25 mai 2002, deux Russes impliqués dans l'enquête sont arrêtés par la police monégasque alors qu'ils s'apprêtent à déposer 8 millions de dollars sur leur compte. Le jour de leur arrestation, ils ont d'ailleurs assisté au Grand

Prix de Formule 1 de la Principauté, invités en tant que gros clients par la Banque monégasque de gestion. Ils sont alors mis au secret pendant quinze jours pour éviter les fuites. Le délai légal de leur détention expirant le 10 juin, l'opération antiblanchiment est déclenchée dans la foulée.

En France, quatre Russes sont particulièrement visés par l'enquête. Notamment deux hommes présentés comme les organisateurs du dispositif : Andréas, le vice-président du groupe Kama Trade né à Moscou en 1963, ainsi que le frère, né en 1965 à Leningrad, du fondateur de Prima en Italie, qui intéressait les services de renseignements depuis 1999 lorsqu'il avait racheté une entreprise de bois de Saint-Malo par laquelle transitaient d'énormes fonds en provenance d'Autriche. Ils seraient secondés par deux hommes nés en 64 à Moscou et actionnaires de Kama Trade. Selon les enquêteurs, le quatuor aurait utilisé les services d'hommes de paille français et africains (le président de Kama Trade est de nationalité béninoise). Deux Français, deux frères, l'un directeur, l'autre administrateur d'une société de vente de parfums installée à Verrières-le-Buisson, sont également visés. Ils auraient reçu via le compte de leur société des millions de dollars en provenance de la Benex, qu'ils auraient ensuite virés sur les comptes des sociétés « gérées » par les Russes.

Au fil de leurs investigations, les enquêteurs ne découvrent pas que l'affaire est énorme — ils le savaient déjà — mais qu'elle aurait Paris pour « quartier général ». Kama Trade ne serait pas le dernier maillon d'une chaîne de blanchiment mais sa locomotive. Sous couvert de ses activités de transitaire en matières premières, la holding présente dans une dizaine de pays aurait fait office de machine à laver pour toutes sortes de capitaux mal acquis. Ces derniers seraient arrivés dans le circuit Kama Trade en Russie et au Kazakhstan, via des comptes sociétés ou en liquide. Ils auraient circulé ensuite dans différents pays entre les sociétés de la holding qui aurait dissimulé ses opérations derrière son activité légale de transitaire, réelle ou supposée… Une part de ses contrats serait fictive, selon les sociétés (ports, réseaux de chemin de fer locaux, etc.) avec lesquelles elle travaillait et qui pensaient qu'elle n'était non pas russe mais occidentale. Après avoir circulé entre les différents comptes et pays, les capitaux seraient ressortis blanchis dans des paradis fiscaux (Nauru, Luxembourg, Suisse, etc.) et au Bénin, où une partie d'entre eux aurait servi à financer une école coranique tchétchène, dont le responsable s'est sauvé par la fenêtre le jour de son arrestation.

En effet, dans ce dossier, aux côtés des Russes figurent deux Tchétchènes, dont un chef de guerre, installés à Paris et arrêtés à la fin de l'année 2002. L'un de ces quadragénaires placés sous contrôle judiciaire s'est depuis envolé pour Moscou où il aurait retourné sa veste.

À l'époque de leur association dans Kama Trade, les deux hommes auraient fait partie du crime organisé moscovite. En 1994, les futurs combattants indépendantistes servent de *krytcha* (de toit, la protection) et sécurisent les transactions de celui qui est supposé être à l'origine de Kama Trade, Gregory L., un homme d'affaires ouzbek, lié à Semion Moguilevitch, qui aurait également fondé une société viennoise en 1989 pour le compte d'apparatchiks voulant « sortir » les millions pillés au parti et dont les deux Tchétchènes étaient salariés. Ces derniers (qui, comme nombre de leurs collègues mafieux tchétchènes, se sont mués en combattants résistants) auraient, lors de la deuxième guerre d'indépendance, financé en Turquie un hôpital de guerre pour combattants tchétchènes.

Une fois que l'État russe aurait repris ses droits à la fin des années quatre-vingt-dix, Gregory L. aurait cédé sa blanchisserie à l'un de ses collaborateurs moscovites, Andréas, le vice-président arrêté à Paris. La cession aurait eu lieu en package, duo de Tchétchènes compris… À Paris, ces derniers — qui étaient sous faux papiers — auraient oublié un peu la cause et mené grand train aux frais de Kama Trade, logés dans les beaux quartiers et roulant en Ferrari tout en offrant des fourrures à madame. Ils disposaient par ailleurs de cartes bancaires « black » qui permettaient des dépenses de plus d'une centaine de milliers d'euros par semaine au nom d'une société de Nauru qui possédait deux comptes à Paris.

### *Du cognac au parfum : l'import-export des années 2000*

Malgré ces quelques coups de boutoir, les affairistes poursuivent leurs investissements, attirés par l'essor des échanges commerciaux franco-russes qui n'ont cessé de progresser entre 2000 et 2004 pour atteindre 10,5 milliards d'euros cette année-là, soit 17,3 % de plus que l'année précédente. Cette manne financière attirerait les convoitises et pousserait les criminels slaves à investir le secteur de l'import-export. Dans des domaines bien particuliers. Les «affairistes» ciblent les exportations de bois et de caviar, des produits qui font l'objet d'une large contrebande au départ de la Russie, ainsi que les importations en provenance de France d'alcools et de parfums.

La fiscalité avantageuse dont ont fait l'objet les alcools et spiritueux en Russie a suscité l'intérêt des clans criminels qui ont pris le contrôle d'une partie de la filière et disposeraient — selon les services de renseignement — de relais en France. Au premier semestre 2005, les échanges commerciaux du secteur se montaient à 97 millions d'euros et les importations ont progressé de 21,1 % pour l'alcool et de 18 % pour les vins. Cette année-là, une société parisienne de négoce de vodka est suspectée d'avoir blanchi de l'argent et l'un de ses associés a été extradé de Monaco vers la Russie qui le réclamait pour malversations.

Un autre homme d'affaires russe qui a investi dans le cognac charentais a reconnu, lui, que son ex-associé était suspecté de proxénétisme.

Ces derniers temps, le cognac suscite les convoitises des investisseurs russes. En 2007, plusieurs sociétés d'alcool ont racheté des vignobles dans les Charentes pour répondre à l'explosion du marché russe. Amateurs depuis longtemps, les Russes se contentaient auparavant de boire du faux, mais les sept dernières années, les ventes ont été multipliées par sept pour atteindre, en 2006, 4,8 millions de bouteilles exportées. Certains professionnels de la filière craignent cependant que les groupes criminels n'en profitent pour trafiquer du faux cognac : quelques hectares achetés pourraient permettre d'écouler des litres de brandy bon marché.

Le vin aiguise également les appétits financiers slaves.

En 2006, deux SCI ont acquis successivement une villa et un château pour un montant total de 26 millions d'euros payés au comptant et leurs deux responsables ont tenté dans la foulée d'acheter une prestigieuse propriété viticole avec des fonds en provenance de Chypre. Le tout pour le compte d'un Russe connu pour ses liens avec le crime organisé dont la société (l'un des deux gérants de la SCI y travaille) est actionnaire d'une entreprise installée en Russie, connue également pour ses relations troubles.

Les investissements dans le cognac et la filière viticole du Sud-Ouest sont une source d'inquiétude pour la DST. Non pas que le contre-espionnage français craigne par chauvinisme de voir passer le patrimoine national dans des mains étrangères. Plus prosaïquement, c'est la mainmise de fonds extracommunautaires dans le secteur qui représenterait une menace potentielle. Une fois en place, les nouveaux propriétaires, dont beaucoup sont proches du pouvoir à Moscou, pourraient peser sur la politique agricole commune de l'Union européenne. « C'est une supputation qui s'inscrit dans un cadre de guerre économique, mais on ne peut l'exclure. Le problème, c'est que le système pénal français ne condamne pas une éventuelle intention… »

Selon les services de renseignement, le secteur des parfums et cosmétiques attirerait des intervenants douteux. Une société de vente pyramidale (dont le siège est au Kazakhstan) qui organise une fois par an des séminaires sur la Côte et qui est animée par un affairiste russe lié à la mafia est au centre d'investigations judiciaires espagnoles dans le cadre de l'opération anti-blanchiment Baleine blanche. Son autre gérant est lui connu d'Interpol pour des montages similaires d'escroquerie pyramidale. Un gérant d'une autre société, poursuivi en 2001 pour acquisition de voitures faussement immatriculées en Allemagne et recel, est en relation avec des mafieux russes installés sur la Côte. À Paris, un quatrième gérant, d'une centrale d'achat de produits cosmétiques à destination de l'Ukraine, serait l'homme de paille d'un criminel russe notoire, surnommé McIntosh et demeurant à Paris.

D'autres sociétés troubles évoluent dans l'export de biens de grande consommation. L'une a pour gérant un homme d'origine arménienne mis en cause plusieurs fois par la justice (notamment pour blanchiment) et compte parmi ses salariés Alik de Soukhoumi, un mafieux d'origine géorgienne. Une autre a pour actionnaire, à hauteur de 10 %, Sergueï, connu pour jouer les hommes de main de voyous russes lorsqu'ils viennent sur la Côte.

Et, comme le souligne un rapport des services de renseignement : « Les investigations ont démontré que la plupart des sociétés n'ont aucune activité visible, pas de comptabilité ni employés, mais seulement des domiciliations, un numéro de téléphone et une adresse e-mail. Pour leur défense, les intéressés disent jouer les intermédiaires pour des transactions entre des clients européens et des fournisseurs russes de bois, d'armement et d'hydrocarbures. »

Depuis 2002, les « affairistes » sont toutefois plus prudents. Face à la pression administrative, judiciaire et fiscale, certains ont préféré changer d'air et se sont installés en Espagne et plus précisément sur la côte méditerranéenne entre Barcelone et Marbella où ils ont redéployé leurs affaires légales. Mais les trois gros dossiers de blanchiment de capitaux de bandes criminelles slaves qui ont éclaté durant l'année 2005 dans la péninsule Ibérique[1] ont fait apparaître des relais en France.

C'est le cas de l'un des objectifs prioritaires des polices européennes, et notamment de la police française… que les Anglais viennent de lui « souffler ».

*Un cas d'école : Ricardo Rotmann*

Le 4 octobre 2007, l'unité d'assistance internationale et d'extradition de Scotland Yard arrête un certain Ricardo Rotmann à la demande des autorités américaines, pour sa participation présumée à des importations de cocaïne à New York depuis 2004. Rotmann n'est que l'un des nombreux alias de Ricardo Fanchini, né le 18 avril 1956 à Katowice en Pologne. Un homme d'affaires désigné par les services de renseignement occidentaux comme l'une des têtes de pont de la mafia russe en exil et qui le surveillent depuis des années.

1. Dont Baleine blanche en mars sur la Costa del Sol. Un réseau de blanchiment animé par un avocat chilien qui porte sur au moins 250 millions d'euros. Des centaines de comptes courant ont été ouverts auprès de six banques espagnoles depuis 2001. Ils auraient servi à opérer en boucle des mouvements financiers permettant aux entreprises titulaires des comptes de justifier de revenus sans origine réelle. Ainsi que de justifier de demandes de crédit dont le remboursement créait l'illusion d'une activité. La clientèle principale était constituée de groupes criminels internationaux : des Russes, des Ukrainiens, mais aussi des voyous espagnols, marocains, français…

Notamment depuis le début des années quatre-vingt-dix lorsqu'il s'est installé en Belgique, à Anvers. Jusque-là, Ricardo était américain d'adoption. Arrivé en 1983, il a grenouillé dans le milieu des voyous russes de Brooklyn, et plus précisément à Brighton Beach. Le quartier, surnommé Little Odessa, concentre la communauté russe arrivée depuis 1975. Une population de 7000 refuzniks, des Juifs que Brejnev a autorisés à partir, et qui a décuplé en dix ans. Avec, dans ses rangs, des truands comme Evsei Agron, condamné à sept ans de camp de travail pour meurtre, et qui rackettait la communauté à coups de pique-bœuf électrique avant d'écoper de deux balles dans la tête en 1985 sur le balcon de son appartement.

Quelques années après son arrivée, Fanchini a ouvert à Manhattan un restaurant polonais, baptisé Yolanta du prénom de sa femme. En 1989, il s'est envolé pour Anvers sur les recommandations de Boris Nayfeld, une autorité de la mafia russe à New York, lieutenant de Marat Baragula, le successeur d'Evsei Agron. En Belgique, après avoir fondé une société de trading qui exportait en Pologne du textile, des diamants et du matériel informatique, il s'est associé avec Rachmel « Mike » Bradwain, un Ukrainien devenu *trader* à Anvers. Leur société, M. and S., a fait de fructueuses affaires en fournissant tout et n'importe quoi aux corps de l'Armée rouge qui s'apprêtaient à quitter l'Allemagne de l'Est. Du moment que les officiers supérieurs touchaient 50 % des bénéfices, M. and S. pouvait tout leur vendre. Le duo a développé dans la foulée un réseau de magasins de vente au détail en Russie et doté de mandats commerciaux Boris Nayfeld (qui les a rejoints à Anvers)..., officieusement chargé des liens avec les groupes mafieux moscovites qui contrôlent les quartiers où sont implantés les magasins. En 1992, Fanchini s'est retiré de M. and S… dont le réseau commercial devait servir à transférer l'argent de groupes criminels, de leur base russe[1] à l'antenne américaine. Voire à d'autres business… Deux ans plus tard, Nayfeld, l'agent commercial, est tombé à Kennedy Airport pour trafic d'héroïne entre Anvers et les États-Unis. Il importait de la « thaïe » dans les tubes cathodiques de télévisions malaises qui transitaient par la Pologne et la Belgique. Fanchini, lui, avait déjà rebondi puisqu'il dirigeait alors une société d'import-export spécialisée dans la vodka, créée avec deux russophones installés dans le New Jersey. L'un d'eux était un proche de Ricardo. Ils avaient été arrêtés ensemble en 1987 pour cambriolage et association de malfaiteurs.

En 1993, Fanchini et ses acolytes ont créé leur propre marque de vodka, *Kremlyovskaya,* qu'ils expédiaient à Moscou par voie ferrée. L'affaire était juteuse… jusqu'en 1995, date à laquelle le décret de 1993 de Boris Eltsine a été abrogé. Il conférait le droit à un « Fonds national du sport » qui rassemblait des associations d'émettre des timbres d'accises pour un volume d'alcool limité. L'intérêt pour les heureux élus soigneusement sélectionnés par les mafieux qui ont noyauté le système ? Le droit du timbre est nettement inférieur à la taxe d'importation sur l'alcool (300 %) et dispense des 20 % de TVA.

Bref, à l'époque, les affaires allaient bien pour Fanchini qui possédait une villa de 7,6 millions de francs en Belgique et une deuxième à Monaco. Et un yacht de 55 mètres, le *Kremlin Princess*, qui sillonnait la côte

1. Alain Lallemand, *L'Organizatsiya*, Calmann-Lévy, 1996.

française méditerranéenne (et qui aurait, selon les services, abrité des réunions du crime organisé), jusqu'à sa saisie en l'absence de son propriétaire pour infractions douanières le 24 mai 1996 alors qu'il faisait escale au port d'Antibes après avoir quitté Monaco. Le bateau a fait l'objet d'une mainlevée après le versement d'une caution de 13 millions de francs par son propriétaire. La même année, celui-ci comptait parmi les sponsors du Grand Prix automobile de Monaco et de plusieurs tournois de tennis. Il a surtout été arrêté par la police belge pour banqueroute frauduleuse de sa compagnie de vodka et remis en liberté en attendant son procès.

En 1999, les policiers français le soupçonnaient d'être à la tête d'une organisation opérant entre l'Europe centrale et les États-Unis « qui serait impliquée dans le processus de blanchiment de l'argent de la drogue colombienne ». Et son bras droit aurait opéré depuis la France. Implanté avec son épouse dans la région niçoise, où ses investissements — projetés ou réalisés — avaient attiré l'attention des milieux financiers, il animait une société d'import-export. Le couple avait un train de vie sans rapport avec ses déclarations fiscales.

Deux ans avant qu'il ne soit demandé par les autorités américaines, les policiers français des RG l'avaient de nouveau dans le collimateur. Dans un compte rendu daté de novembre 2005 et intitulé « Criminalité slave : résurgence de la bande mafieuse dite "groupe de Richard" », ils notaient son retour sur la scène après une période de sommeil depuis sa condamnation par la justice belge en septembre 2000 à quatre ans de prison pour blanchiment d'argent et faillite frauduleuse.

Le service de renseignement soupçonnait « le clan

criminel» qu'il aurait dirigé d'être «réactivé en France et au plan international dans le trafic de stupéfiants et le blanchiment d'argent».

En 1996, Ricardo Fanchini aurait nourri un ambitieux projet de chaîne de télévision d'informations en continu, une «CNN» version russe. Selon un informateur des services américains, il aurait dans cette intention contacté un producteur de télévision américain et tenté de rencontrer le magnat de la presse Rupert Murdoch. Et, d'après les services américains qui ont relayé le tuyau aux policiers français, il aurait fait appel, pour ce faire, à l'entregent de McIntosh — sans qu'on sache si Fanchini et Murdoch se sont finalement rencontrés. Selon les mêmes sources, les deux hommes auraient sollicité Sergueï L., un présumé membre de l'organisation de Solnetsvo (officiellement propriétaire d'une discothèque moscovite) introduit dans le monde du spectacle russe et qui aurait été l'un des acteurs majeurs de l'assassinat de Vladislav Listyev, le dirigeant de la chaîne de télévision moscovite Ostankino abattu par le groupe criminel le 1er mars 1995.

*McIntosh, un pionnier parisien*

Si les Français sont tenus au courant des agissements de McIntosh, c'est que le monsieur vit à Paris et qu'il ne serait pas n'importe qui. Il est présenté comme une figure légendaire du milieu russe et suscite l'admiration des polices internationales qui l'ont «croisé», et le décrivent toutes comme un personnage exceptionnel.

Dans une note biographique du 11 août 1995 destinée aux services français, le FBI évoque « un individu singulier, unique dans son genre, très intelligent, ayant une vision globale de ses activités ». Selon l'une des sources du bureau de Miami, McIntosh fut le premier criminel russe à travailler à l'échelle européenne, bien avant « que les personnages clés du crime organisé russe ne commencent à exporter leurs activités dans des pays étrangers ». L'homme, qui s'est installé à Paris fin 1993, aurait émigré au début des années soixante-dix d'Union soviétique où il est né en 1949 à Kiev, en Ukraine. Selon les Américains, il aurait alors sillonné la planète et aurait été emprisonné dans de nombreux pays pour des escroqueries, des falsifications et contrefaçons de chèques, des fraudes aux cartes de crédit et autres délits économiques dont il serait un spécialiste. En Russie, d'après différents services occidentaux, il aurait été condamné à trois reprises pour escroquerie, contrefaçon de documents et vols. Mais il n'aurait pas pour autant coupé les ponts avec le pays. Selon l'informateur — qualifié de sûr — du FBI qui a retracé son parcours, McIntosh de retour à Moscou aurait entretenu en 1985 et 1986 des liens avec certaines brigades de l'organisation criminelle moscovite Luyberetskaya à laquelle aurait appartenu Semion Moguilevitch… avant d'organiser le meurtre de son responsable Vanya Odnobruky alias Vanya Luyberetski et celui de son fils en 1992. Certains membres restés loyaux à la faction du boss auraient alors mis un contrat[1] sur la tête de McIntosh qui, logiquement, se serait montré extrêmement prudent lorsqu'il séjournait

1. Contrat toujours valable aujourd'hui.

dans la capitale russe. Il aurait d'ailleurs fait l'objet d'au moins deux tentatives de meurtre à Moscou et à Varsovie. Lors de l'effondrement de l'URSS, McIntosh se serait lancé dans la vente de fausse vodka Absolut et Smirnoff, ainsi que dans le négoce de cigarettes et les transactions immobilières en Allemagne de l'Est avec des militaires russes.

Après l'attentat qui l'a visé à Moscou, McIntosh s'est installé en 1992 avec sa femme à Vienne, d'où il aurait piloté des escroqueries jusqu'à son expulsion en avril 1993, après des démêlés avec la police autrichienne. Pendant son séjour, il aurait noué des relations avec Semion Moguilevitch, et Sergueï Mikhaïlov de la Solnetsvskaya. Il aurait d'ailleurs utilisé la Mercedes 600 immatriculée en Hongrie de Viktor Averin dit Avera, l'associé de ce dernier. À l'époque, lors d'une audition par un policier autrichien à Budapest, Semion Moguilevitch prétend qu'il fait du trafic d'armes vers l'ex-Yougoslavie dont il détiendrait un faux passeport.

Après Vienne, McIntosh transite par Budapest — où il est soupçonné d'être lié au meurtre d'un certain Sandrovitch en 1992 sans qu'aucune preuve vienne étayer l'enquête —, avant de s'envoler vers Israël où il séjourne de mai à octobre 1993 et se serait marié, puis s'installe à Paris dans le 16^e^ arrondissement.

Il se présente alors au choix comme directeur d'une banque russe ou comme directeur commercial spécialiste des affaires russes d'une grande banque française. Et ne tarde pas à entrer dans le collimateur des services de renseignement français, russes, américains, israéliens… En effet, peu de temps après son arrivée, il exhibe à certains interlocuteurs des photocopies de certificats de dépôt pour un montant de 49 milliards de dollars provenant du trafic de stupéfiants, et dont les originaux seraient conservés dans un coffre d'une banque de Shanghai. Selon lui, l'argent aurait été déposé dans cet établissement par Manuel Noriega, l'ancien chef du gouvernement du Panama (1983-1989), renversé par les Américains en décembre 1989 et condamné par ces derniers à quarante ans de prison pour trafic de drogue en lien avec le cartel de Medellin et incarcéré aux États-Unis en 1990. À d'autres, ils auraient montré, outre les certificats, des photocopies d'une procuration signée par Noriega autorisant des avocats allemands à le représenter et à utiliser les certificats comme garantie pour des prêts importants. Il présente également des lettres écrites par le dictateur et qui porteraient son cachet, dont des doubles atterrissent entre les mains du MVD russe via l'une de ses sources. D'autres copies de ces documents sont récupérées par le bureau new-yorkais du FBI.

Il aurait également prétendu lors de conversations qu'en février 1995, il aurait, en compagnie de ses associés, négocié l'utilisation des certificats de dépôt avec le président de la république d'Arménie et ses collaborateurs. Notamment un ancien membre du gouvernement impliqué dans un important vol au préjudice du gouvernement russe. La république d'Asie centrale cherchait ainsi à obtenir des prêts en les présentant comme caution. McIntosh aurait escompté gagner 200 millions de dollars de commission versés par Noriega et ses associés[1].

1. « Tronche d'ananas », comme on le surnomme, a d'ailleurs été condamné en 1999 par la France à dix ans de prison par contumace pour blanchiment d'argent de la drogue, soit 15,85 millions d'euros déposés

D'après la source du FBI, l'opération pourrait n'être qu'une vaste escroquerie. Mais, bien que McIntosh ait selon lui l'habitude de manier des documents bancaires contrefaits, connus dans le milieu russe sous le surnom de « sucre candi », les documents de Noriega ne seraient pas forcément faux. Au regard des contacts qu'il entretiendrait avec des établissements financiers et des organisations criminelles du monde entier, il est possible que ceux-ci lui aient réellement été confiés. En résumé, d'après l'informateur : « si quelqu'un avait accès à l'argent de Noriega et voulait le faire circuler par le biais du milieu russe en Europe, McIntosh serait logiquement choisi ». S'il s'est toujours tenu à l'écart des organisations russes, il aurait néanmoins développé une petite structure spécialisée entre autres dans le blanchiment.

Selon le raisonnement de la source, McIntosh en possession des certificats aurait pu s'en servir comme appât pour une arnaque à grande échelle.

Au début de l'été 1995, McIntosh aurait présenté ses documents à l'un des patrons du crime organisé ouzbek et proche associé des deux patrons de Solnetsvskaya. Lors de l'entrevue, l'Ouzbek aurait été enthousiaste à l'idée de montrer les certificats à ses associés du gouvernement, toujours dans le but de s'en servir comme garantie pour des prêts de centaines de millions de dollars qui serviraient à financer la production de coton.

---

sur des comptes parisien et marseillais entre 1982 et 1989 et 20 millions de dollars investis dans trois appartements parisiens situés sur le quai d'Orsay, le quai de Grenelle et dans la rue de l'Université. Le dictateur étant libérable depuis septembre 2007 après avoir passé dix-sept ans derrière les barreaux, les autorités françaises ont demandé son extradition. Une décision contestée par ses avocats.

Mais, méfiant, il aurait demandé à Mikhass de vérifier leur authenticité avant d'aller plus loin. Ce dernier les aurait confiés à son associé Aleksander S., président d'une banque moscovite qui serait placée sous la protection de Solnetsvskaya et blanchirait les bénéfices du trafic de stups et des extorsions. L'expert ayant conclu à leur authenticité, l'Ouzbek serait parti les présenter lors d'une réunion au pays. À la fin du mois de juillet, il aurait introduit McIntosh auprès de ses associés au sein du gouvernement ouzbek et des négociations auraient suivi en France. D'après une note des services américains datant de mars 1996, l'opération aurait servi également à blanchir des fonds du crime organisé russe, notamment ceux du groupe de Solnetsvo, dans l'une de ces ex-républiques soviétiques.

Pendant tout ce temps, McIntosh évolue entre Paris où il réside et Nice. Il se déplace également beaucoup pour assister à la fête d'anniversaire de Mikhaïlov à Prague en février 1995, rencontrer des associés à Vienne, participer à une réunion à Tel-Aviv en octobre 1995 à laquelle sont présents entre autres Mikhaïlov, Averin, Moguilevitch et qui est destinée à évoquer la création d'une entreprise de produits chimiques en Ukraine, passer les fêtes de fin d'année 1995 dans le Tyrol autrichien en compagnie de Mikhaïlov, Victor L., boss présumé d'un groupe criminel géorgien, et de quatre autres compatriotes, le séjour étant offert par Viktor Averin. Parmi ses relations, on compte également Vladimir Jirinovski, ainsi que d'anciens officiers de renseignement russes reconvertis dans les affaires.

McIntosh s'affiche en costume Pierre Cardin à 5 000 dollars, fréquente les meilleurs hôtels, avoue une préférence pour les Lincoln lorsqu'il ne se fait pas conduire à ses rendez-vous d'affaires en Rolls-Royce avec chauffeur, et s'adonne à la chasse aux requins, son passe-temps favori.

Présenté par tous comme un indépendant, il travaillerait avec un cercle restreint de personnes dont quelques associés à Moscou. Une ville où il entretiendrait toujours des contacts avec des membres influents de Lyuberetskaya.

L'homme serait tellement talentueux... qu'aucune preuve n'a jamais été réunie contre lui. Force est de constater que McIntosh est officiellement un honnête homme d'affaires, dont les business sont certes opaques mais...

En parallèle de l'opération des certificats de dépôt qui se serait poursuivie aux États-Unis, sans que l'on sache ce qu'elle est devenue, l'insaisissable McIntosh aurait travaillé à la création d'une CNN russe avec Fanchini, comme on l'a vu. Entre-temps, il est l'objet le 25 avril 1995 d'une perquisition, en son absence, de son domicile par la brigade criminelle, dans le cadre de l'enquête sur l'assassinat en 1994 de Sergueï Majarov, un homme d'affaires russe, à Paris. Dans les années suivantes, les services entendent parler de lui régulièrement. En octobre 1998, il est refoulé à son arrivée à Varsovie par les autorités polonaises qui le soupçonnent d'utiliser un passeport volé et renvoyé à Paris par un vol Air France. En janvier 2003, il est relaxé pour insuffisance de preuves par le tribunal de Monaco qui le poursuivait pour tentative d'extorsion de fonds... et en 2007, il intéresse de nouveau la justice, française cette fois. Au printemps, il est placé en garde à vue et son appartement parisien, acheté 2 millions d'euros en 2000 (situé dans le 16e à quelques numéros du précédent) et qui abrite une très belle collection d'icônes, est perquisitionné. Ressorti libre, McIntosh serait dans ce dossier la victime de sa générosité. Cette dernière a d'ailleurs semé la zizanie dans une respectable institution, en l'occurrence une église orthodoxe de la Côte d'Azur.

En 2004, McIntosh acquiert une propriété dans un des coins les plus chers de la Côte. N'étant pas marié, mais très croyant et pratiquant, selon ses dires, il décide de recevoir la bénédiction nuptiale. Lorsqu'il découvre l'église, il constate que celle-ci, vieille d'un siècle, aurait besoin d'une rénovation et propose de s'en charger au prêtre, qui accepte son aide. McIntosh lance alors via deux compatriotes une souscription et réunit 405 720 euros qui arrivent en mai 2006 par cinq virements en provenance de Londres pour l'un et d'Anguilla pour les autres sur un compte au nom du prêtre et de son assistant. Mais les représentants de l'association cultuelle qui gère l'église refusent la donation, dont la provenance n'est pas clairement établie (les sommes ont transité par des banques allemandes, lituaniennes et parisiennes) et sur laquelle le prêtre aurait refusé de leur donner des détails. L'argent doit être retourné à son envoyeur et pour ce faire l'un des avocats de Mikhaël Kodorkovski fournit les numéros de comptes originaux à McIntosh pour qu'il les communique à l'association. Mais la transaction capote faute de code IBAN. McIntosh prend alors l'initiative de faire virer la somme sur un compte à Tel-Aviv, tout en précisant qu'il souhaite toujours en faire don à l'église. Le virement vers Israël n'a finalement pas lieu, la justice ayant entre-temps bloqué la somme. En effet, en juin 2006, après avoir reçu une lettre de l'association, elle a ouvert une enquête préliminaire pour abus de confiance et l'a confiée aux gendarmes. Le 30 novembre 2006, le prêtre et son assistant ont été placés en garde à vue le temps qu'ils s'expliquent. S'ils ont protesté de leur bonne foi, les deux hommes se sont refusés cependant à dévoiler l'identité des généreux donateurs. Après leur présentation au parquet et l'ouverture d'une information judiciaire, la procédure s'est poursuivie sur commission rogatoire d'un juge d'instruction pour, entre autres, des faits de blanchiment d'argent. Quelque temps après, afin de restituer la somme à ses propriétaires, l'homme d'Église a fait virer l'argent sur son compte personnel et déposé l'ordre de transfert de fonds vers Israël. Les 405 000 euros ont alors été bloqués après que le responsable antiblanchiment de la banque a signalé les mouvements. Dans la foulée, McIntosh est identifié comme étant le mécène de l'opération et, au printemps 2007, il est comme on l'a vu placé en garde à vue avant de ressortir libre de son audition. Faute de mieux, cette dernière aura au moins été l'occasion pour les services intéressés de prendre des nouvelles d'une vieille connaissance.

### *Retour aux bonnes vieilles méthodes*

Ces histoires de gros sous entre Russes et la valse des millions sur de multiples comptes en banque internationaux sont parfois source de conflits. Et, lorsque c'est le cas, les méthodes pour les régler sont souvent expéditives.

Le 22 novembre 1994, à 2 heures, la mafia russe signe son premier règlement de comptes à Paris. Du travail de professionnel. Alors que Sergueï Majarov est assis dans le salon de son appartement en compagnie d'un jeune mannequin polonais, il reçoit un appel en provenance de l'interphone du rez-de-chaussée de l'immeuble. Une fois dans le vestibule de son appartement, où se trouve le récepteur, Majarov est pris pour cible à travers la porte vitrée par une équipe de tueurs. Une première salve perce un trou dans le verre très épais, avant qu'une seconde ne foudroie la cible. En tout quinze balles ont été tirées dans un cercle large de cinq centimètres de diamètre. L'attaque a duré quelques secondes : le mannequin n'a pas eu le temps de réaliser, pas plus d'ailleurs que le garde du corps de monsieur qui se trouvait pourtant dans le vestibule. Sur place, les enquêteurs de la brigade criminelle trouvent un pistolet-mitrailleur tchèque de marque Skorpio abandonné. La victime est un bel homme de 36 ans qui a réussi dans les affaires, comme en témoigne son appartement — un duplex de 350 mètres carrés au 30 de l'avenue Marceau, doté d'une terrasse avec vue sur la tour Eiffel.

Ce Russe né en Géorgie a suivi son père pianiste à Vienne en 1980, avant de venir en France dans le courant de la décennie et de faire rapidement fortune comme courtier en matières premières. Ses contacts dans la nomenklatura russe ayant sans doute facilité ses affaires. En 1994, Majarov, titulaire de passeports grec, paraguayen et israélien et qui compte parmi ses relations le Géorgien Amiran Kvantrichvili, le frère d'Otarik, l'un des plus puissants parrains moscovites assassiné en avril 1994, est un homme comblé. Officiellement producteur de cinéma, il possède plusieurs voitures de grand luxe, dépense des fortunes dans les casinos de Divonne-les-Bains, de Nice et de Cannes et partage son temps entre Paris et la Suisse où il loue la suite présidentielle d'un palace genevois.

Selon les enquêteurs, Majarov aurait été la victime d'un différend commercial qui l'opposait à un ami d'enfance, Sergueï Makarov, 36 ans et fils d'un ex-dignitaire soviétique, qui habite alors avenue Foch. Le litige porterait sur le partage d'une commission de 1,5 million de dollars : Makarov en aurait soustrait un million de francs, transféré en Suisse ; Majarov aurait alors fait opposition, bloquant l'argent, et s'en serait remis à la justice helvète pour trancher. Mauvais choix. Toujours selon la police, le million de francs n'aurait pas en fait été destiné à Makarov mais à l'un de ses « amis », Viatcheslav Ivankov, surnommé Yaponchik, le « petit Japonais ». Un homme présenté à l'époque par toutes les polices du monde comme l'un des grands parrains de la mafia russe.

Né en janvier 1940 en Géorgie, marié à 18 ans et père de deux enfants, Ivankov, qui a repris le surnom d'un bandit russe des années vingt, a débuté sérieusement dans la carrière en 1969 comme membre de la bande de Guennadi Korkov, un « voleur dans la loi » surnommé le Mongol. L'équipe, formée de trente-deux récidivistes, s'est spécialisée dans le racket des millionnaires clandestins, en clair les « hommes d'affaires » qui régissent le marché noir. Le Mongol en prison, Yaponchik met sur pied — toujours sous la protection de son chef — un gang composé de sportifs qui attaquent les victimes aux « faux policiers » et contrôlent les joueurs et bookmakers de l'hippodrome de Moscou. En 1975, il est interpellé à son tour pour cambriolage et condamné à cinq ans de camp. C'est lors de cette incarcération qu'il aurait été couronné « voleur dans la loi » par le Mongol. À sa sortie, il reforme une bande qui se distingue dans le vol et l'extorsion de fonds. En parallèle, le petit Japonais pratique et enseigne la lutte classique. En 1982, il replonge pour racket accompagné de torture sur un antiquaire et repart pour quatorze ans de camp sibérien. Après révision de son procès, il est libéré en novembre 1991. Trois mois après, il s'envole pour l'Allemagne et de là pour les États-Unis, où il rejoint la communauté à Brighton Beach. Le 8 juin 1995, il est interpellé par la police qui lui reproche une tentative d'extorsion de 3,5 millions de dollars à l'encontre des patrons d'une société russe d'investissements. Malgré la caution de 3 millions de dollars réunie par ses amis russes, la justice américaine le condamne à neuf ans et sept mois de prison.

En 1994, Ivankov suit donc l'affaire Makarov depuis son refuge américain. Après trois années d'enlisement du dossier, il aurait menacé de mort Majarov, qui bloquait la somme par ses poursuites. Au moment de l'exécution de son « ami », Sergueï Makarov était parti depuis quinze jours pour Israël. Trois semaines après le meurtre, sur la base d'un renseignement, les limiers de la crim débarquent dans un luxueux hôtel de la rue Scribe, pour y cueillir quatre hommes présentés comme des « killers » — selon le vocable russe —, arrivés spécialement de Moscou. Officiellement ouvriers, les membres du quatuor (Ovannes né en 1955, Édouard né en 1959, Ali né en 1961 et Igor né en 1967) aux physiques impressionnants, non contents de loger dans une suite coûteuse, ont acheté pour des milliers de francs de vêtements sur les Champs-Élysées grâce à une carte de paiement délivrée par une banque chypriote. Dans les locaux de la « crim », les quatre ne sont guère loquaces, excepté Igor qui invite le policier qui l'interroge « à venir visiter les bains à Saint-Pétersbourg », ville d'où il est originaire ainsi que son « collègue » Ali. Selon l'interprète, la proposition aurait tout de la menace, les alentours des bains étant régulièrement le théâtre de règlements de comptes.

À l'issue de leur garde à vue, les quatre hommes sont expulsés vers la Russie. Mais, d'après les enquêteurs français et belges, ils seraient sans doute revenus rapidement à l'Ouest. Quinze jours après, un banquier est assassiné à Bruxelles avec une technique similaire...

Quant à Sergueï Makarov, il est interpellé à Vienne le 19 décembre 1997 et extradé vers la France en avril 1998. Pour être libéré en septembre suivant et placé sous contrôle judiciaire avant d'être finalement blanchi.

Au milieu des années quatre-vingt-dix, alors que les privatisations sont récentes et que les billets encore chauds passent de main en main à la tonne, les cas d'extorsions de fonds au sein de la communauté russe en France se multiplient.

Le 24 décembre 1993, Dimitri Fedorov, un Moscovite de 27 ans installé au Plessis-Robinson dans les Hauts-de-Seine, est victime d'une tentative d'enlèvement par des compatriotes. Ces derniers lorgnaient sur les comptes que possédait Fedorov dans différentes banques et sur lesquels transitaient de très importantes sommes.

Quelques semaines plus tard, en février 1994, c'est un

officier de la marine marchande suédois, d'origine russe et faisant des affaires à Saint-Pétersbourg, qui vient raconter son histoire à la police. Il aurait été victime d'un enlèvement suivi d'une extorsion de fonds à Paris. Quatre Russes l'auraient embarqué sur les Champs-Élysées puis l'auraient conduit dans un appartement de la rue Lepic. Il y aurait été frappé, et dépouillé de sa carte de crédit, de son chéquier et de 10 000 dollars. Le quatuor lui aurait de plus fixé rendez-vous le 8 mars dans un café de l'avenue des Ternes pour réceptionner sa Golf accompagnée de la carte grise et d'un certificat de vente. Au jour J, les policiers de la BRB interpellent sept Russes. Non sans mal : l'un d'eux blesse par balle le policier qui le poursuivait.

Parmi les sept hommes — nés entre 1962 et 1973 à Saint-Pétersbourg et Moscou et dont l'un a déjà interpellé alors qu'il écoulait des faux billets de 100 francs — figure Sergueï G. Né en 1955 à Moscou, « Sergo » n'est pas inconnu de la justice française[1]. En novembre 1993, celle-ci a reçu une commission rogatoire internationale le visant, émise par le ministère de l'Intérieur russe. L'homme aurait détourné des millions de roubles dont une partie aurait été blanchie en France.

Sergo a quitté précipitamment la Russie en avril 1993 pour s'installer en France à l'aide de visas touristiques renouvelés. Il y dirige alors une petite société d'import-export à l'activité plus que réduite, mais qui lui permet d'inviter des compatriotes. Les services français notent que son départ précipité serait à rapprocher d'une vague d'attentats visant la bande de Kazan, dont le fief est

1. Personne ne sera poursuivi pour cette affaire.

Saint-Pétersbourg, et serait la conséquence de l'assassinat de son présumé mentor, un mafieux moscovite abattu en avril 1993. Mais il est sans doute lié à l'affaire que lui reprochent les autorités russes.

À les croire, il serait l'un des rouages d'une vaste escroquerie qui porterait sur plus de quatre milliards de roubles (plus de deux cents millions de francs). Fils d'un colonel du KGB en retraite, le jeune affairiste aurait récupéré des avis de crédit subtilisés à une banque tchétchène, que la banque centrale d'URSS avait distribués en 1989 aux premières banques commerciales. Avec l'aide d'un Ukrainien spécialisé dans le blanchiment professionnel (et sous la protection de l'un des plus puissants parrains moscovites), Sergo aurait notamment détourné neuf millions de dollars crédités par une banque russe sur présentation d'un faux avis pour un prétendu achat d'ordinateurs en Allemagne. Deux millions et demi auraient atterri à Paris — notamment sur un compte appartenant à la femme de Sergo et sur celui de l'un de ses amis parisiens — après avoir transité par New York.

Forts de la requête russe, les enquêteurs français de plusieurs services spécialisés planchent sur son cas et tombent sur un certain nombre de comptes en banque à son nom ou à celui de son ex-épouse, notent qu'il a également touché, en août 1992, 440 000 dollars sur un compte de la Barclay's à Paris, quelques jours après le paiement des faux avis, qu'il s'intéresse à l'art russe et fréquente Vladimir Jirinovski. Le leader ultranationaliste du Parti libéral démocrate de Russie, et actuel vice-président de la Douma, a déclaré avoir rencontré Sergo en juin 1992 dans un restaurant de Moscou lors d'un dîner réunissant des «libéraux démocrates». Au mois de septembre suivant, Jirinovski a dîné à Paris avec lui et en janvier 1994, selon la police, le député nationaliste l'a sollicité pour l'aider à accomplir les démarches administratives d'obtention d'un visa français[1].

Bref, pas de quoi inquiéter Sergo.

D'autres affaires émaillent la rubrique des faits divers. En juin 1994, dans le Var, la fille d'un entrepreneur local est enlevée par trois Russes qui menacent de lui couper un bras si le père ne verse pas 3 millions de francs. Le trio arrêté, les gendarmes de la brigade du Muy élucident l'affaire qui n'a rien de mafieuse. L'un des Russes qui dirigent la première société privée de gardes du corps et de détectives créée à Moscou s'est associé à l'entrepreneur varois. Le rapt était destiné à régler — à la méthode russe de l'époque — un différend commercial entre leurs deux sociétés…

Un autre «rapt» se déroule à Paris le 18 septembre 1995. Ce sont cette fois cinq Russes qui sont interpellés pour enlèvement et séquestration d'un compatriote à Paris.

1. Jirinovski n'a jamais fait mystère de ses relations. En 1998, lors des élections, il présentait son parti comme l'un des seuls capables de promouvoir les intérêts des bureaucrates, des banquiers et des organisations criminelles spécialisées dans le crime économique. En septembre 1999, il encourageait les «affairistes de l'ombre» à le rejoindre parce qu'«ils représentent la vraie et puissante économie». En juin 1998, dans la poche du cadavre du plus puissant *Vor* de la ville de Perm, la police trouvait une photo du boss en compagnie du député (Federico Varese, *The Russian Mafia*, Oxford Press, 2005). Et en 1999, Mikhaïlov, l'un des patrons présumés de Solnetsvskaya, était 16e sur la liste de son parti pour les élections à la Douma…

Entre-temps, il y a eu l'affaire Alexi en février. Dans la soirée du 26, ce jeune homme de 16 ans aurait tué six personnes dans la villa familiale de Louveciennes. À 3 heures du matin, il appelle le commissariat : « Venez vite, ils sont tous morts ! » Eux, ce sont son père, sa compagne, les parents de celle-ci et un couple d'amis. Abattus avec trois armes appartenant à son père : une Kalachnikov, un pistolet Custom à un coup et une carabine Unique. Seize balles tirées dont quinze ont atteint leurs cibles. C'est si rapide que personne n'a eu le temps de s'échapper. Seule la petite sœur de 2 ans et demi qui dormait à l'étage a été épargnée. D'après ses aveux, Alexi serait sorti boire quelques verres, se payer une prostituée et de retour à Louveciennes aurait tiré pour se venger de son père, violent et autoritaire. Mais neuf mois après la tuerie, le jeune homme change de version. Un homme en noir aurait perpétré les crimes et l'aurait obligé à tirer sur son père. Ce dernier, Evgueni Polevoï, 42 ans, associé à un ancien ponte du KGB, a fait fortune dans le commerce du bois. Il est à la tête de trois sociétés dont Interprom créée en 1992 qui exploite un immense domaine forestier en Sibérie et dont le capital a grossi de 450 millions de dollars en 1994. Une somme injectée sous forme d'investissements immobiliers et d'achat de matériel… Les affaires ne sont pas vraiment nettes avec des comptes au Luxembourg dans des établissements financiers qui n'ont pour seule adresse qu'une boîte aux lettres et des activités qui se perdent au Turkménistan. Bref, le dossier est d'autant plus trouble que le frère d'Evgueni, un médecin qui a repris les rênes du groupe, est assassiné à son tour le 8 décembre 1997 en Biélorussie alors qu'il clamait partout qu'il avait découvert les affaires occultes de son frère — qui au passage traînait une réputation épouvantable — et qu'il comptait faire des révélations imminentes à la justice française. Mais celle-ci, privilégiant le parricide, ne suivra jamais la thèse du règlement de comptes mafieux. Et Alexi sera condamné à huit ans de prison pour les six meurtres en mars 1998 par la cour d'assises des mineurs des Yvelines et finalement libéré en juillet 2000.

« C'est toujours la même chose, lorsqu'il y a des histoires de sous, commente un homme d'affaires ukrainien installé à Paris. Heureusement, toutes ne finissent pas tragiquement. En 2001, par exemple, ça s'est bien terminé. Un Russe résidant à Paris avait des soucis parce que des Géorgiens lui réclamaient de l'argent que sa société devait soi-disant à quelqu'un. Pour régler le problème et leur expliquer que c'était une erreur, il a donné rendez-vous à ces deux hommes, des quadragénaires qui se présentaient comme des "voleurs dans la loi". Pour plus de sécurité, le rendez-vous a été fixé à 12 heures sur le parvis de Notre-Dame et nous l'avons accompagné avec un ami commun. Arrivés sur place, nous avons dissipé le malentendu… et les deux Géorgiens ont alors fait signe à une douzaine de gars qui étaient disposés un peu partout autour de la place que tout était OK ! »

Enfin, pour en terminer avec les règlements de comptes, outre le meurtre de Neuilly en 2004, évoquons le cas du Français David Benattar qui a fait l'objet d'une « première » criminelle en France le 15 mars 2006. Vers 11 h 15, alors qu'au volant de son Audi, il emprunte la bretelle de sortie n° 4 de l'autoroute A1, sa voiture explose. Benattar décède peu après, victime d'une hémorragie externe après avoir eu les jambes déchiquetées. Son passager, avec qui il se rendait pour des affaires immobilières à la mairie de Stains, est sérieusement blessé, mais vivant. La bombe était cachée sous le plancher du véhicule, vraisemblablement aimantée. Et surtout, à moins que la minuterie n'ait été propulsée avec les débris du véhicule, il semble qu'elle ait été télécommandée, ce qui ne s'était jamais vu en France. Dans les trois autres cas d'explosion criminelle de voitures répertoriés ces vingt dernières années, la charge a explosé au démarrage de la voiture.

David Benattar, 68 ans, parisien d'origine, n'est pas un inconnu des services de police. Notamment des RG PP qui surveillaient ses activités dans les machines à sous en 1981 avec un proche de Gaëtan Zampa, caïd marseillais ; il s'était signalé aussi pour banqueroute, usage de fausse monnaie en 1996, une affaire dans laquelle il a été blanchi. Benattar avait fait de la vente de trousseau à La Réunion dans les années soixante-dix (une activité en vogue chez les voyous à cette époque ; certains l'ont pratiquée également à Madagascar), été proche de Bernard Tapie qu'il avait lancé comme chanteur (et selon le rescapé de l'explosion, de l'OM du temps où l'homme d'affaires dirigeait le club) et, malgré une interdiction de gérer, animait au moment de sa mort une holding installée à Versailles. Il aurait été spécialisé dans les investissements obscurs, entre autres dans l'immobilier, via l'Angleterre et des paradis fiscaux.

Lors de leur perquisition à son domicile dans le 2e arrondissement, les policiers découvrent deux armes, un revolver ancien et un automatique Herstal avec chargeur approvisionné de sept cartouches. Et surtout des correspondances non signées ni datées relatives à un contentieux l'opposant à des Russes… chez ces derniers, l'élimination à la voiture piégée n'est pas vraiment une nouveauté. La piste «de l'Est» se révélera effectivement très intéressante, mais la coopération internationale avec les autorités russes ne donnera pas les résultats escomptés, malgré une mission de la brigade criminelle à Moscou.

*Les petits soldats du crime organisé*

Si la première vague d'installation de ressortissants de l'ex-Union soviétique s'est faite plutôt discrètement, à partir de 1998 les choses changent. En parallèle des «hommes d'affaires», d'autres voyous russes, en délicatesse dans leur pays, arrivent en France clandestinement. Au fil des mois et des années, ils recrutent des marginaux de l'ex-URSS, petits délinquants moins organisés et moins violents, qu'ils fédèrent en bandes criminelles. À la tête de ces dernières, les délinquants purs et durs mettent en coupe réglée les demandeurs d'asile politique et les clandestins sans ressources issus des divers pays de l'Est qui battent le pavé hexagonal.

À Paris comme à Marseille, les cas de racket et les règlements de comptes se multiplient.

Le 9 octobre 1998, à Marseille, alors qu'Akhmat Bazoev descend du bus n° 19 à Bonneveine près de l'escale Borély, il est abattu de plusieurs balles dont trois tirées en pleine tête. Ses meurtriers, qui sont descendus eux-mêmes d'un bus, prennent la fuite. D'après ses papiers, la victime, qui exerçait la profession de magasinier dans une grande surface, serait née à Grozny le 11 novembre 1960 et habitait 23, rue des Gatons.

Les policiers du SRPJ de Marseille identifient rapidement les tireurs, notamment grâce à deux récépissés de demandes de statut de réfugié découvertes chez Bazoev, aux noms de Grigori Orlov, 30 ans, né à Mourmansk, et Youri Soloviov, 26 ans; qui a vu le jour à Rostov-sur-le-Don.

Trois mois après, les deux hommes, dont le signalement et les empreintes ont été diffusés par Interpol, sont interpellés en Suisse, l'un à Visp dans le Valais, l'autre à proximité de Zurich, et extradés vers la France. Là, ils finissent par livrer leur véritable identité : Orlov s'appelle en réalité Vladimir Stetsichin, il a 36 ans, est né à Kourgan au Tadjikistan mais a grandi à Lvov en Ukraine. Son comparse Soloviov se nomme Vadim Zlobin, a 28 ans et est originaire de Donesk en Ukraine. Les deux hommes ont d'ailleurs été déjà contrôlés en 1995 en France sous leurs véritables identités. À l'époque, Stetsichin avait bénéficié d'un visa Schengen délivré à Kiev en Ukraine tandis que Zlobin était arrivé sous une fausse identité via la Pologne et l'Allemagne.

La victime n'est pas non plus celui que l'on croyait. Bazoev se prénommait en réalité Micha et était né en septembre 1958 à Kamenka dans la république de Kabardino-Balkarie. Il avait emprunté l'identité de son frère Akhmat, décédé en 1997 et enterré dans le village de Kamenka, pour fuir la Russie après s'être évadé de prison où il avait déjà passé treize ans. Au pays, l'homme, qui arborait une cicatrice sur le visage, ainsi que des tatouages et était décrit comme une force de la nature — 1,89 mètre et une corpulence solide — et un expert en arts martiaux, était surnommé Alik ou Ninja. Mais surtout, derrière le magasinier se cachait un caïd décrit par les services de police français comme l'un des piliers de la criminalité d'ex-URSS dans le sud-est de la France. Micha Bazoev, aidé d'une dizaine de compatriotes âgés de 28 à 40 ans, rackettait des Hongrois, Polonais et Roumains qui tenaient les parties de bonneteau à Marseille. Sans compter le marché de la mendicité et celui de la vente de journaux.

Ce que confirment en juin 2001 les deux assassins lors de leur procès devant les assises des Bouches-du-Rhône. Lors de leurs trois ans de détention préventive, ils ont multiplié les demandes de mise en liberté, arguant qu'ils ont agi dans une sorte de légitime défense préventive. D'après eux, Bazoev, un «Tyson qui se bat comme Bruce Lee», qui était connu en Russie pour viol, vol à main armée, «sodomie homosexuelle» et «hooliganisme aggravé», les avait menacés de mort à trois reprises s'ils ne lui remettaient pas 1 000 francs par semaine chacun. Précisant que celui «qui n'était pas avec (lui) était contre (lui)». La veuve de Bazoev a, elle, évoqué une autre piste, non confirmée par les enquêteurs qui ont sollicité leurs collègues russes. Interrogée par le SRPJ, elle a d'abord déclaré que son mari aurait fait l'objet d'une vendetta de militaires tchétchènes, avant d'affirmer lors du procès que son assassinat aurait été commandité depuis la Russie.

En août, soit deux mois avant sa mort, Bazoev s'était effectivement rendu en Russie au volant d'une Volvo pour récupérer une dette de 100 000 dollars que lui devaient deux personnes. Il était apparemment rentré bredouille. Pendant l'été, il avait appelé plus d'une vingtaine de numéros locaux.

La Côte d'Azur n'a pas le monopole des équipes de truands russes. En toute logique, l'est de la France en accueille également un certain nombre. Qui, comme leurs collègues sudistes, évoluent dans la semi-clandestinité, grâce notamment à la filière balte. Les ressortissants lituaniens, estoniens et lettons étant depuis quelques années exemptés de visas pour pénétrer l'espace Schengen, le crime organisé n'a pas été long à s'engouffrer dans la brèche et les faux passeports baltes se sont multipliés. Le 8 mars 2005, la PJ de Strasbourg, aidée de la police de l'air et des frontières, interpelle sept personnes surveillées depuis août 2004, et notamment quatre Russes, nés entre 1968 et 1972 : Mischa, Andreï, Oleh et Sergiy, tous connus pour vol avec violence, vol et infraction à la législation sur les étrangers. Lors des perquisitions, les policiers mettent la main sur une trentaine de faux documents lituaniens et sur des fausses pièces d'identité (cartes d'étudiant, certificats de naissance, bulletins scolaires, attestations de délivrance de permis de conduire, extraits de casier judiciaire ukrainiens…) ainsi que sur un tampon officiel ukrainien afin d'obtenir des cartes de demandeurs d'asile. Les disques durs des trois ordinateurs saisis recèlent des projets de fausses pièces d'identité, de faux timbres de traducteurs assermentés près la cour d'appel de Colmar ainsi que des faux supports à en-tête du consulat de Moldavie.

La bande qui s'est installée à Metz et dans sa région en 2002 circule elle aussi sous des papiers baltes. Son meneur présumé, Vitaly B., né en 1975 à Doubki en

Russie, se prénomme Pêteris selon son passeport letton. Ses collègues ukrainiens Nazar et Vladimir sont eux entrés en France avec des passeports lituaniens avant de solliciter l'asile territorial à Nice. Tout comme Vitaly qui a effectué des demandes d'asile auprès de la préfecture de Strasbourg et comme citoyen russe du Daghestan à Nice avant de se voir notifier un « refus de séjour assorti d'une invitation à quitter le territoire » en juillet 2002, ce qu'il n'a visiblement pas fait. Connu pour menaces avec arme blanche et proxénétisme, Vitaly serait la tête de pont en Lorraine d'autorités du crime organisé d'Europe orientale, installées sur la Côte d'Azur. Les principales activités, outre le cambriolage, sont le racket et les vols avec violence, le trafic d'armes, et surtout de Kalachnikov. Le groupe qu'il dirigerait — composé de six personnes — se servirait de la situation stratégique de Metz, carrefour entre Europe centrale et occidentale, pour développer ses activités. Son « associé », l'Ukrainien Vladimir, considéré comme extrêmement dangereux par les observateurs locaux, serait un ancien militaire, précédemment embauché par des mafieux de la Côte d'Azur pour exécuter des contrats. Après plusieurs mois passés dans la région niçoise, il aurait atterri en Lorraine pour nouer des contacts avec des membres du crime organisé installés au Luxembourg. Le duo aurait pour acolytes Youri, un Letton, Valery, un Biélorusse, et le Géorgien Irakli qui mèneraient différents trafics : véhicules, faux passeports, alcool, cigarettes, armes…

Certains membres de cette équipe ajoutent également à leur panel d'activités le proxénétisme, la spécialité la plus visible de cette criminalité.

*Des filles en or*

Dans les années quatre-vingt-dix, les « filles de l'Est » ont envahi les trottoirs français. Principalement à Strasbourg, Paris et Nice où l'on en comptait 300 en 1998. Si à l'époque on évoquait la mafia russe, en réalité peu de filières de prostitution étaient entre ses mains. Plutôt entre celles de voyous tchèques, polonais, hongrois pour les premières années, et depuis les années 2000 entre celles des proxénètes des Balkans orientaux, Roumains et Bulgares (en 2006 : sur les quatorze réseaux de l'Est tombés, deux étaient tchèque et hongrois). Ce n'est pas un hasard si les filières tchèque et slovaque se sont installées les premières. Dès 1995, les ressortissants de ces deux pays ont obtenu la libre circulation dans l'espace Schengen, exemptés de visa pour les séjours de moins de trois mois.

Au fil des années, et surtout dans la décennie quatre-vingt-dix, quelques affaires mettant aux prises des macs russes ont néanmoins été réalisées. En avril 1995, sept d'entre eux tombent à Nice ; en novembre de la même année, trois Russes sont arrêtés pour proxénétisme aggravé à Montrouge avec des faux passeports polonais ; le faussaire installé dans le 9e arrondissement suit. En 1997, c'est une équipe mixte composée de Russes, Croates et Slovaques. Idem en 1999, mais cette fois les proxénètes qui sévissent à Paris, Strasbourg et Nice sont russes, lettons et mongols. L'année suivante, deux filières ukrainiennes sont interrompues à Nice et Strasbourg, plus une russe toujours à Nice. Encore une russe l'année suivante et au même endroit. Nice et sa promenade des Anglais attirent la prostitution russophone. Mais les places sont chères. En août 1997, une bagarre éclate entre des filles « locales » et deux Russes qui tentent d'imposer sur le bitume deux compatriotes. Dans la chambre d'hôtel des deux hommes, les policiers découvrent les deux passeports de Tatiana et Irina cachés sous leurs lits. Elles avaient été recrutées par petites annonces dans la presse moscovite pour un travail d'escorte qui devait leur rapporter 2 000 dollars par mois. Embauchées à Moscou par Alexandre, 39 ans, elles avaient été accueillies sur place par Mikhael, 32 ans. Après leur avoir fait côtoyer la jet-set, il les avait orientées vers la prostitution de rue. Mikhael leur laissait 50 francs par jour sur leurs gains.

Même schéma de recrutement pour les filles du réseau démantelé en septembre 2004 à Nice et animé par quatre hommes et trois femmes russes âgés de 20 à 35 ans. Sur les 400 000 euros de gains estimés sur les six derniers mois, 230 000 avaient été expédiés en Russie via Western Union.

Selon les observateurs, pour faire tourner les réseaux (qui sont parfois à l'époque petits et artisanaux, voire créés sur place en contraignant des « indépendantes de l'Est » venues chercher fortune), les proxénètes utilisent de nombreux militaires déserteurs qui surveillent les prostituées, et s'appuient sur certaines des filles pour collecter les revenus qui sont envoyés par mandats postaux.

En mai 1998, les policiers remarquent l'arrivée de trois nouvelles gagneuses dans le quartier de l'Arenas qui, avec la Californie, est un haut lieu de la prostitution niçoise. Un homme les dépose tous les soirs et revient les chercher à l'aube dans une voiture immatriculée en Belgique. En juillet, deux autres hommes qui circulent à bord d'une BMW neuve se joignent à la petite entreprise. Dans les jours qui suivent, l'arrestation du trio, qui occupe deux appartements, permet aux enquêteurs d'y voir plus clair. Les filles leur racontent que le premier proxénète, Dimitri Timofiev, est un ancien légionnaire. En mai, exclu du 2e REP (régiment étranger de parachutistes) de Calvi pour « mauvaise conduite habituelle et notoire », il s'est installé à Nice. Un Ukrainien, appelé M. Édouard, lui a alors confié les trois femmes qu'il a convoyées lui-même de Tchernigov. À charge pour Dimitri de les mettre au boulot et de lui envoyer 14 000 francs chaque semaine par mandat postal. Mais en juillet, M. Édouard a signalé à Dimitri qu'il avait vendu les trois femmes en Allemagne, 42 000 francs chacune. L'homme de main doit les y conduire au plus vite. Mais l'ex-légionnaire a décidé de garder le cheptel et, craignant des représailles, a appelé en renfort deux copains de régiment de Calvi, Alexei, 19 ans, et Dimitri, 23 ans, qui ont déserté à leur tour.

L'activité donne effectivement lieu à des conflits entre équipes de proxénètes.

À Nice, le 10 juillet 2000, la rue de France, traditionnelle artère chaude de la capitale azuréenne, est le théâtre de deux règlements de comptes. Vers minuit, à la hauteur du n° 150, David Baratelli, 25 ans, originaire de Tbilissi en Géorgie, reçoit un coup de pic à glace près d'un œil lors d'une bagarre. Une demi-heure plus tard, au 170, Zeljko Petric de Pristina, au Kosovo, est atteint de deux balles dans le pied alors qu'il est dans l'escalier qui mène à un squat. Selon lui, un inconnu lui aurait tiré dessus... Sur place, quatre douilles de 7,65 sont retrouvées par la police. Le même calibre que l'arme découverte à 1 heure du matin dans la Peugeot 605 immatriculée en Russie et garée à côté des urgences de l'hôpital Saint-Roch où a été transporté Baratelli. Dans le vide-poches, trône une grenade à plâtre reconditionnée avec de la limaille de fer qui nécessite l'intervention des artificiers. Les quatre occupants de la voiture, trois Russes de 38, 21 et 23 ans, et un Moldave de 26 ans, expliquent alors aux enquêteurs qu'ils sont en possession du pistolet — qui n'a pas servi — et de la grenade pour assurer leur défense. L'un des Russes a été blessé à coups de couteau deux jours avant dans la zone piétonne par des compatriotes, dont deux ont été interpellés.

D'autres hommes de l'Est tombent au fil des années, sans que l'on connaisse forcément les raisons de ces exécutions.

En octobre 2000, un Croate de 25 ans entre dans la gare de Nice, s'approche d'un Slovène, lui loge avec un pistolet équipé d'un silencieux une première balle de 7,65 dans la poitrine avant de le poursuivre entre les badauds et de l'achever. Arrêté, il confie aux policiers avoir touché plus de 100 000 francs de la main d'un commanditaire serbe qui l'a conduit de Trieste sur la frontière italo-croate à Nice. En novembre 2003, il a été libéré pour une erreur de procédure...

Un an plus tard, toujours à Nice, c'est un trentenaire slovène (du moins d'après ses papiers) qui est fumé de deux balles dans l'abdomen et la tête à 7 heures du matin alors qu'il est allongé dans sa chambre d'hôtel rue

Paradis dans la zone piétonne. Simultanément, d'autres coups de feu sont tirés dans un passage proche.

En juillet 2002, un Letton est abattu dans un squat de Saint-Denis (93) où il vivait avec sa concubine. Alors qu'il se rasait, trois types ont surgi et lui ont tiré cinq balles. La même année, le cadavre d'un voyou russe, comme en témoignent ses tatouages « made in camps sibériens » (notamment un chat botté sur le pied droit, symbole des voleurs professionnels), visiblement tué à coups de couteau, est retrouvé dans un squat de Saint-Quentin dans l'Aisne.

Loin de s'entre-tuer dans des squats, les proxénètes russes d'aujourd'hui sont plutôt spécialisés dans le « haut de gamme ». À destination notamment de leurs compatriotes « affairistes » et oligarques.

En 2005, une enquête a établi que la principale agence de mannequins moscovite, contrôlée par la mafia, et qui fournit régulièrement des filles aux prestigieuses agences parisiennes, propose d'autres services. En plus de leur métier de mannequin, certaines filles jouent les escortes pour hommes d'affaires à Paris, Cannes, Saint-Tropez et Courchevel. La station de sports d'hiver des Alpes a d'ailleurs été le théâtre d'une « affaire » en janvier 2007. Le 9 exactement, Mikhael Prokhorov, 41 ans, patron du conglomérat Norilsk Nickel, est cueilli à l'aube dans l'un de ses deux somptueux chalets par les hommes du SRPJ de Lyon. La 89e fortune mondiale est embarquée en garde à vue dans le cadre d'une information judiciaire pour « proxénétisme aggravé commis en bande organisée ». Au passage, les policiers ont également interpellé vingt-cinq Russes dans trois palaces.

Des call-girls et leurs clients évoluant dans l'entourage de Prokhorov. Tous ont été relâchés rapidement. Loin de vivre de leurs charmes, Mikhael et ses amis rémunéraient les filles avec des cadeaux provenant des boutiques de luxe local — certaines jusqu'à 300 000 euros pour la semaine. Ces dames arrivaient de Moscou à Genève via une agence de voyages autrichienne. Selon un policier fin connaisseur de la communauté slave : « Sur ce coup, les collègues lyonnais ont péché par méconnaissance de leur objectif et des Russes. Prokhorov et ses alliés de Moscou ont eu beau jeu de crier à la manipulation politique. Ils ont retourné le truc et s'en servent. Pourtant dans ce cas-là, les Lyonnais avaient l'air sincères… Bien que l'on ne soit jamais à l'abri d'une manip. »

Les filières russes fournissent les hommes d'affaires de la communauté, mais s'adressent également à leurs homologues français. Avec souvent au catalogue des jeunes femmes baltes. Vraies Lituaniennes, Lettones ou Estoniennes, à moins que ce ne soient des nationalités d'emprunt, pour les raisons précédemment évoquées.

En septembre 2002, la 1re DPJ est saisie d'une commission rogatoire émise par le juge Courroye dans une affaire de blanchiment du produit d'un trafic de stupéfiants, bande organisée et proxénétisme. Les écoutes révèlent l'existence d'un réseau de proxénétisme pour lequel officient une quinzaine de femmes. Igor, un Letton de 37 ans, accueille à Paris des jeunes femmes russes, ukrainiennes et biélorusses qui lui sont « expédiées » de Riga. Toutes sont munies de passeports baltes. À leur arrivée à Roissy, elles doivent attendre au terminus des bus que l'on vienne les chercher. Igor travaille avec sa compagne Galina, une ex-prostituée russe de 33 ans, qui se charge d'initier les filles à leur arrivée dans l'un des deux appartements loués par le couple. Lors de leur première journée, Galina leur achète des vêtements, leur désigne leur lieu de travail et leur remet une « feuille de traduction » destinée à l'apprentissage de la langue. Les pratiques sexuelles y sont détaillées ainsi que les tarifs correspondant aux différentes prestations. Les filles reçoivent également un « règlement de comportement ». Petit un : se laver ; deux : donner l'argent ; ensuite, viennent les recommandations professionnelles : avoir une carte téléphonique, ne pas rentrer en contact avec de jeunes Russes, pas de clients à moins de 100 euros, vérifier la somme et les billets, se faire payer avant chaque passe, pas d'alcool, pas de sorties, etc. Puis, dans une seconde rubrique, l'emploi du temps est détaillé... : lever 11 heures, petit déjeuner entre 13 heures et 14 heures, ensuite ménage de 15 à 16, et départ au boulot à 17 heures. Retour à 1 heure ou à 5 heures pour celles qui ont « embauché » à 22 heures. Dans un premier temps, les filles travaillent sur les Champs-Élysées qu'elles arpentent en promeneuses. Les clients sont emmenés à l'hôtel ou accompagnés chez eux. Tarif : 200 euros de l'heure. L'argent est remis chaque matin à Galina qui passe le collecter dans les appartements. Pas de problème : leur part leur sera rendue lorsqu'elles rentreront chez elles. Chaque mois, Igor en envoie une partie à Riga.

Ensuite, pour les plus « prometteuses », c'est la prostitution « haut de gamme ». Par l'intermédiaire d'Irina, une Russe qui fait office de rabatteuse, elles se vendent comme prostituées de luxe pour les hommes d'affaires originaires de Moscou ou Saint-Pétersbourg. Irina travaillerait pour un deuxième réseau, interconnecté avec le premier. Il serait animé par Piotr Lyserman, un Français d'origine russe surnommé Pierre Otcharik (le Lunetteux), proxénète de haut vol déjà condamné en France et qui loue à Saint-Tropez des propriétés où il présente une dizaine de filles. Ces dames, pour la plupart munies de visa, sont « louées » de 2 000 à 70 000 dollars pour des soirées, des dîners, des croisières sur les yachts (3 000 euros la semaine pour la Sardaigne). Fort de son carnet d'adresses — il connaît toutes les jeunes femmes russes disponibles en France —, Piotr Lyserman fournit des filles à l'occasion de Roland-Garros ou de la Coupe Davis. Propriétaire d'une agence de mannequins en Russie, l'homme vit à Moscou et fait de courts séjours à Paris depuis 1993.

En Russie, Lyserman ne fait pas mystère de sa profession. Il s'en vante même lors d'une interview donnée au site Internet russe Kompromat.

En mars 1995, il a été arrêté pour un trafic de voitures haut de gamme envoyées en Russie. La femme de son complice d'alors, Youri Kessler, un Français d'origine russe comme lui, avait été interpellée un mois avant à son domicile de Neuilly pour proxénétisme. Elle faisait alors travailler une vingtaine de filles.

Aujourd'hui, les proxénètes russes évoluent principalement sur Internet (comme d'autres « collègues » depuis l'introduction de la loi sur le racolage passif en 2003). Les organisations sévissent en France via des sites d'« escort » aux noms évocateurs. Là encore les filles sont baltes ou tout du moins en ont le passeport. Dans la foulée de l'enquête de la 1re DPJ sur les réseaux d'Igor et de Piotr, les policiers ont mis au jour en janvier 2004 une troisième filière, animée via le site Beautiful Russians. La vingtaine de Slaves qui arrivaient de Lettonie étaient logées dans un hôtel du 17e arrondissement de Paris. Les belles monnayaient leurs prestations 300 euros de l'heure. Face au succès, Arkadi, l'animateur du réseau en France (basé à Saint-Pétersbourg, il s'étendait en Suède, Finlande, Allemagne), avait recruté une jeune étudiante d'une école de commerce pour créer d'autres sites et les animer. Il était secondé par deux chauffeurs et deux femmes — Maris et Vesta — qui accompagnaient les filles en France. Elles ont d'ailleurs été arrêtées en septembre, après huit mois d'enquête, à leur descente d'avion à Roissy. Cette fois, elles n'accompagnaient pas de femmes. Avec leurs compagnons, elles venaient à Paris assister au concert de Madonna à Bercy.

Sur ces sites, les filles affichent leur calendrier : Une telle sera à Lyon du 1er au 16, etc. ; sont indiquées les plages horaires et la possibilité de réserver — 300 à 400 euros de l'heure.

Jusque-là, les administrateurs de ces sites se trouvent en Lituanie mais avec l'entrée des pays Baltes dans l'Europe en 2007, ils vont se déplacer ailleurs…

### *Haute finance et basses besognes*

Les deux sphères de la criminalité russophone — celle des squats et des trottoirs et celle de la finance internationale — ne seraient pas complètement imperméables comme en témoignent les relations de Leonid Minin avec les animateurs d'un réseau de prostitution niçoise de rue mis au jour en 2003[1].

Né à Odessa en 1947, de nationalité israélienne et marié à la fille d'un mafieux ukrainien abattu en Allemagne en 1990, Minin serait un parrain de la grande criminalité ukrainienne — un pays qui compterait une vingtaine de groupes ou brigades pour un effectif global de 5 000 membres. Ces organisations auraient pour domaine de prédilection le contrôle des activités portuaires et le négoce de pétrole.

Minin, qui évoluerait entre autres dans cette dernière spécialité, serait à la tête d'une organisation composée d'anciens militaires et policiers.

Depuis 1981, Leonid accumule les condamnations. En 1991, il est impliqué dans un trafic d'icônes à Moscou. On le retrouve ensuite dans des affaires de vols avec violence, d'abus de confiance, de trafic d'or et de tableaux. En août 2000, il aurait participé à un trafic de diamants échangés contre des armes en Sierra Leone, puis en juin 2001 il est écroué en Italie pour le négoce de 68 tonnes d'armes.

Sans compter les condamnations que lui a values sa consommation de cocaïne : il a été détenu en Suisse en 1994, puis condamné à huit mois avec sursis et 10 000 francs d'amende à Nice en 1997 et à nouveau incarcéré en 2000 en Italie après la découverte sur lui de 50 grammes de poudre.

Minin est dans le collimateur des services spécialisés européens depuis plusieurs années. En octobre 1998,

1. *L'Express*, 30 janvier 2003.

il a notamment fait l'objet d'une réunion de policiers français, suisses, autrichiens, belges, monégasques et italiens qui s'est tenue à Rome. Une ville où il s'est installé au début des années quatre-vingt-dix et a monté une holding. En 1995, il tente de constituer une société à Monaco où il achète un hôtel particulier dans lequel habite son épouse. Deux ans plus tard, il est interpellé par la police judiciaire de la Principauté et expulsé. En France, il se distingue en menaçant l'inspecteur des douanes venu lui réclamer une amende de 240 000 euros pour le non-paiement de la TVA de son yacht. Pourtant l'homme a les moyens.

Il se déplace alors en jet privé et possède trois voitures de luxe dont une Aston Martin sur laquelle figurent des traces d'impact de balles de gros calibre, comme le constatent les douaniers lors d'un embarquement sur un ferry en Angleterre. En 1997, l'année de son expulsion du Rocher, son nom est cité dans un rapport des RG en date du 7 août : son groupe monégasque est soupçonné de couvrir des trafics de stupéfiants et d'armes.

Toujours selon le service de renseignement, une partie de ses bénéfices pourrait être également blanchie par l'intermédiaire d'un Russo-Hongrois lui aussi installé à Monaco. Plus précisément via sa société fondée en 1994 et immatriculée à l'île de Man, qui est spécialisée dans l'import-export de fertilisants pour l'agriculture et dispose de bureaux en Russie, aux États-Unis, en Suisse et en Turquie. En 2002, les soupçons des policiers français ont valu à celle-ci d'être écartée par le prince Rainier de la reprise du club de foot AS Monaco, qu'elle convoitait et sponsorisait depuis six ans ainsi que l'OGC Nice.

La société monégasque de Minin, quant à elle, comptait de bien étranges salariés. Quelques mafieux russophones installés sur la côte, mais également les membres d'un réseau de prostitution ukrainienne opérant à Nice et démantelé en 2003, grâce à la dénonciation d'une fille fraîchement arrivée de Rostov-sur-le-Don où siégeraient les grands patrons. La jeune femme a balancé le nom de l'homme qui l'a accueillie à l'aéroport, un ancien caporal-chef de la Légion étrangère, et raconte qu'elle devait lui remettre 400 euros par jour par le biais d'une jeune femme chargée de les surveiller, elle et ses collègues de la promenade des Anglais. La filière est animée en France par un certain Jacques, ressortissant franco-arménien qui contrôlerait des lieutenants proxénètes eux-mêmes en charge d'hommes de main. Ces derniers surveillent les filles d'origine russe, moldave, bulgare, slovène sur les trottoirs de Nice, Paris et Strasbourg. L'ex-légionnaire était en relations via Jacques avec Leonid Minin qui, jusqu'à ce qu'il ait été expulsé de la Principauté, salariait tous les membres du réseau via sa société d'import-export.

Leonid Minin serait également en relation avec un représentant de la célèbre Brise de mer, une mouvance de très gros voyous bastiais qui s'est distinguée dans le braquage et les machines à sous dans les années quatre-vingt. Et dont les « affiliés » trônent en très bonne place dans la grande criminalité française. Selon les policiers[1], Minin lui aurait fait parvenir plusieurs milliers d'euros via un chauffeur de taxi en contrepartie de la liberté d'exercer sur le bitume niçois.

1. *L'Express*, 30 janvier 2003.

Ce qui — si les renseignements sont exacts — serait un cas d'exception, le milieu français ayant depuis longtemps déserté le proxénétisme, hormis pour certains de ses membres qui rackettent ou contrôlent quelques bars à hôtesses.

*Des Corses en Sibérie*

La mouvance bastiaise a apparemment développé de bons contacts avec les pays de l'Est. Le 16 janvier 1997, cinq hommes sont repérés alors qu'ils quittent la France. Au départ de Nice, ils s'apprêtent à s'envoler pour Kemerovo en Sibérie, via Moscou et Genève où ils seront contrôlés. Trois d'entre eux sont connus des services de police comme membres de la Brise de mer. Le duo restant est composé d'un Corse et d'un Belge habitant Monaco. Les cinq répondent à l'invitation du président de la Banque de transports de Kouzbass qui souhaiterait ouvrir un casino.

Les Corses, avec trois nouvelles têtes, effectuent un second voyage à Kemerovo le 29 avril. Parmi leurs contacts sur place figure un Russe dont le nom est apparu dans son pays dans des dossiers de prostitution. En septembre 1996, selon les policiers, Stanislas aurait tenté de corrompre un membre du consulat de France à Moscou afin d'obtenir des visas de longue durée. Pour lui et pour deux amis qui souhaitent investir sur la Côte, notamment dans un laboratoire de recherche à Sophia-Antipolis, et dont l'un possède un appartement sur la promenade des Anglais à Nice.

Finalement, le casino Las Vegas, ouvert en août,

fonctionnera bien, comme le confirmeront les services russes deux ans plus tard, avec l'assistance des Corses : deux « conseillers techniques » qui faisaient partie du second voyage sont respectivement directeur et superviseur de la maintenance des jeux, et l'un est caissier. Rien d'étonnant, les insulaires ayant fait depuis des années la preuve de leur savoir-faire en matière de jeu, que ce soit dans les cercles parisiens, les casinos en Afrique ou les salles de machines à sous au Brésil. Même si la discipline est plutôt la spécialité des Corses du Sud, notamment dans le Valinco, surnommé la vallée des croupiers et berceau des grandes familles du jeu.

Hormis l'association légale qui unit les Russes et les Corses, peu d'affaires mettent au jour des liens entre les voyous français et leurs homologues russes. L'une des rares concerne un truand parisien, alors âgé de 47 ans, et trois escrocs russes. En octobre 1997, les boîtes aux lettres des Urssaf de Villefranche, Mâcon et Lons-le-Saunier dans le Rhône sont vidées de leurs chèques. Ces derniers — il y en a pour 1 million de francs — ont été grattés pour modifier le nom du bénéficiaire. L'Urssaf a ainsi été effacée au profit de Vladimir Pavlenko, né en 1952 en Russie et naturalisé français. Ce dernier est un bon client d'Interpol. Il a été poursuivi en Slovaquie, soupçonné d'avoir organisé une escroquerie de 12,5 millions de dollars. Une fois les chèques à son nom, Vladimir Pavlenko les a déposés sur son compte à la Banque nationale de Grèce à Paris où il s'est fait serrer alors qu'il allait retirer la somme en liquide. Il n'était pas seul. Un compatriote se présentant comme banquier, Vladimir Apraksin, né en 1959 à Moscou, connu du service des délits économiques de Moscou, l'accompagnait. Selon leurs dires, il y aurait un troisième larron, Ildous K. Lui aussi bien connu des polices européennes pour escroquerie, faux et extorsion et titulaire d'un passeport britannique au nom d'un bébé décédé un mois après sa naissance. Ancien secrétaire général des Jeunesses communistes de la république du Tartastan d'où il est originaire, Ildous K. s'est reconverti comme importateur automobile — un secteur à haut risque dans lequel a commencé également l'oligarque sulfureux Boris Berezovski —, puis comme consultant dans une société d'investissement installée à Budapest, avant d'être arrêté par la police russe pour falsifications. Le trio aurait agi de concert avec un voyou parisien, Claude B., déjà tombé pour braquage, proxénétisme, recel de port d'armes, abus de confiance et faux. Claude aurait remis les chèques volés par des truands lyonnais aux Russes.

Absents lors de leur procès, Pavlenko et son associé Apraksin sont condamnés par le tribunal de Villefranche-sur-Saône à trois ans de prison en janvier 2003. Mais, l'année suivante, les autorités russes recherchent à leur tour Pavlenko, estimant qu'après s'être réfugié en Russie, il serait cette fois en cavale en France. Un certain Yuri dirigeant une holding à Moscou a signé en mai 2001 un contrat avec une société détenue à 25 % par l'État russe. Cette dernière lui a réglé près de 6 millions de roubles en échange de… rien du tout, Yuri s'étant sauvé avec l'argent. Rattrapé en février 2004, il a balancé Pavlenko, domicilié à Moscou où il s'est remarié en 1999, l'accusant d'avoir reçu l'argent.

Un autre escroc russe d'envergure a été réclamé par la justice de son pays en juin 2002 via une commission rogatoire internationale envoyée à un magistrat marseillais. Selon la justice russe qui l'a condamné, Alexandre Melnikov, 43 ans, aurait « pigeonné » 20 000 épargnants en 1994 en leur promettant des placements à 1 000 % de rendement. Les 70 millions de francs collectés auraient pris le chemin du compte d'une société de Melnikov, le Consortium de pétrole indépendant, avant de s'évaporer vers deux banques étrangères à Marseille et Winnipeg au Canada.

*Les petits métiers font de gros magots*

Pour finir ce tour d'horizon de la criminalité russe, et évoquer ses différents visages, il faut encore passer en revue quelques bizness lucratifs auxquels les truands locaux participent ou ont participé dans les années passées.

En plus d'exporter des filles, ces réseaux ont par exemple importé des voitures. La chute du rideau de fer mais surtout l'ouverture des frontières intracommunautaires en 1993 ont fait exploser cette spécialité. Et 25 % des véhicules volés n'étant jamais retrouvés, on peut légitimement penser qu'ils ont été se perdre de l'autre côté des frontières. Jusque-là, le tiercé gagnant était composé du Maghreb, de l'Afrique francophone et du Moyen-Orient, trois destinations qui absorbaient traditionnellement le trafic international. Dans les années quatre-vingt-dix, il fallait compter avec les « pays de l'Est ». Dans un premier temps, les voitures ont pris le chemin de l'ex-Yougoslavie, puis les filières se sont déplacées vers le nord. Les saisies effectuées aux frontières allemandes en 1993-1995 livraient quelques indices sur les destinations finales. Les véhicules français — en troisième position derrière les belges et les hollandais — étaient destinés pour 46 % d'entre eux à la Pologne puis à la Russie, l'Ukraine, la Lituanie, la Biélorussie et la Lettonie, la Pologne étant un carrefour idéal entre l'Allemagne, la Russie, les pays Baltes... Le 14 septembre 2004, le groupe de la sécurité urbaine de la sûreté départementale du Val-d'Oise tombait ainsi un réseau franco-polonais après neuf mois d'enquête et saisissait une cargaison de 105 moteurs en partance pour la Pologne.

L'autre route, celle que prenaient 46,5 % des voitures, conduisait en République tchèque, en Hongrie, Roumanie, Slovaquie..., le reliquat de 6 % étant destiné aux Balkans. La Russie était alors friande de berlines de luxe volées à la commande et acheminées par la route par des équipes de convoyeurs. À la fin des années quatre-vingt-dix, une nouvelle route passait par les pays d'Europe du Nord (Suède, Finlande) à destination des pays Baltes puis de la Russie.

Les voyous slaves — Russes, Ukrainiens — convoitent également des véhicules plus onéreux, les engins de chantier. Bien qu'ils n'aient pas l'exclusivité du trafic, ils figuraient au début de la décennie 2000 en bonne place dans le hit-parade des voleurs de ces monstrueux bulldozers et autres pelleteuses.

En février 2001, une demi-douzaine de très gros engins de chantier disparaissent dans la région de Dijon.

Dans la nuit brumeuse et déserte du 27 au 28, un énorme porte-engins s'est arrêté le long d'un chantier[1] à Longvic. Des hommes en sont descendus, ont forcé la serrure d'une tractopelle à chenilles de 22 tonnes, l'ont démarrée à l'aide d'un passe avant de la conduire sur la remorque. Et de disparaître. Valeur de l'engin : 500 000 francs. Tous les vols du coin ayant été commis avec la même technique, les gendarmes en ont déduit qu'ils étaient signés de la même équipe. Vraisemblablement sept Russes qui se présentaient comme des hommes d'affaires dans l'hôtel où ils descendaient. Sur un fax reçu dans l'établissement, et retrouvé par les pandores, figurait une liste des modèles à dérober en priorité.

En 2000, la gendarmerie recensait 600 vols de ce type (515 en 1999) pour un préjudice financier estimé à 400 millions de francs, la valeur moyenne à la revente se situant entre 50 000 et 200 000 francs. Au début des années 2000, la majorité des engins seraient partis à l'Est, comme en témoignaient les interceptions de matériel volé en France par les douanes polonaises (une trentaine en 2000), ainsi que certaines balises GPS dissimulées sur les engins qui sonnaient du côté des banlieues moscovites. Les autres prenaient la direction du Moyen-Orient et du Maghreb, sous la houlette de la mafia italienne, comme à Menton en 2000, ou de truands français qui les convoyaient en Afrique via l'Espagne. Pas difficile de leur faire passer les frontières. Les machines, dépourvues d'immatriculation, ne possèdent qu'un numéro de série gravé sur le châssis et le moteur, facilement modifiable.

1. *Le Nouvel Observateur*, juillet 2001.

D'autres équipes font dans le moins lourd à transporter. Certains objets dérobés dans les châteaux et autres églises prendraient la route — entre autres — des pays de l'Est pour satisfaire une clientèle de nouveaux riches. Mais si la majorité des pièces sont volées par des équipes de « chez nous » (notamment les « gens du voyage » qui s'en sont fait une spécialité et écoulent via l'Allemagne, les Pays-Bas et la Belgique où le recel est prescrit au bout de trois ans), certaines, comme les tableaux, sont subtilisées par des équipes spécialisées et font parfois l'objet de commandes.

En septembre 1997, Leonid P., qui habite Saint-Germain-en-Laye, est arrêté, suspecté de se livrer à un trafic. En juin 1998, l'Office central de lutte contre le trafic de biens culturels (OCBC) met la main sur deux Russes qui s'apprêtaient à négocier vingt toiles dérobées à Londres. Cette même année, un Corot, *Le Chemin de Sèvres*, est subtilisé au musée du Louvre. Selon un informateur de la DST, le tableau aurait été expédié en Ukraine où il aurait été cédé 100 000 dollars. Le vol aurait été commis par un groupe d'Ukrainiens spécialisés. Les quatre hommes, dont un certain Raff — né en 1970 et connu en France pour vingt et une infractions (vols) —, aurait été dirigé par Vadim, un quarantenaire originaire de Kharkov ayant déjà purgé huit ans de prison en Ukraine pour cette spécialité. L'équipe qui à l'époque opérait également en Allemagne et en Belgique aurait envoyé ses prises par l'intermédiaire d'une compagnie d'autocars effectuant la liaison entre Paris et Odessa.

Enfin, après les Ukrainiens voleurs d'art, en voici d'autres, moins esthètes, qui exploitaient… des sourds et muets.

Le 27 avril 2000, l'Ocriest et la BRIF mènent une opération conjointe baptisée Stakhanov en Île-de-France, à Marseille, Toulouse, Lille, Bordeaux et Strasbourg, et démantèlent une organisation un peu particulière dont tous les « participants » sont sourds et muets et qui combinait immigration illégale et racket. Le réseau exploitait 400 d'entre eux depuis quatre ans dans la plupart des villes françaises. Les obligeant à vendre des briquets et autres porte-clés dans les bars et les restaurants.

À l'origine de l'affaire, Anatoly dit Tolic, un Ukrainien d'une trentaine d'années au physique de terreur, contrôlé avec l'un de ses lieutenants par la police aux frontières en juillet 1999. Soupçonneux, les enquêteurs ont déroulé le fil pendant neuf mois et découvert un véritable réseau mafieux : au sommet, des « parrains » ukrainiens restés au pays, qui chapeautent un chef national qui, lui, couvre des patrons régionaux, eux-mêmes secondés par des chefs d'équipe. Ce sont ces derniers qui collectaient les 7 000 francs de loyer mensuel dont devaient s'acquitter les victimes. Après leur journée de travail, ces femmes et ces hommes étaient ramassés en camionnette et conduits pour la nuit dans une maison, un camping ou un squat aménagé. Les victimes étaient recrutées en Ukraine, mais aussi en Russie, en Biélorussie, en Moldavie et en Roumanie. Avec comme miroir aux alouettes la promesse d'une vie meilleure en Occident avec titre de séjour, ainsi que soins et prestations sociales adéquats. Les boss du réseau se faisaient en effet passer pour les animateurs d'une association caritative internationale — la Fondation des sourds-muets ukrainiens — et les conduisaient en France munis de visas touristiques. Une aubaine pour une population très marginalisée, pour qui il n'existe bien souvent aucune structure adaptée dans ces pays. Outre sur une vingtaine de sourds et muets, et six « cadres », les policiers ont mis la main sur la terreur et son bras droit. Dans sa luxueuse chambre d'hôtel à Paris, les policiers ont trouvé 800 000 francs en liquide. Une part des recettes — estimées pour la France à 2 millions de francs par mois — qu'il collectait dans divers pays européens lors de ses rares tournées sur le terrain.

### *La criminalité informatique, un créneau mafieux d'avenir*

Les organisations russes et ukrainiennes sont très présentes dans un secteur criminel qui a remplacé les coups de calibre par les clics d'ordinateur. « Depuis quelque temps, la cybercriminalité n'est plus l'apanage de petits doués en informatique qui ont viré hackers pour démontrer leur savoir-faire ou affirmer leur contestation du système, constate ce flic de l'électronique, mais de groupes criminels qui ont saisi cette formidable opportunité et enrôlé des spécialistes de l'informatique. Et lorsque l'on remonte le fil de ces opérations, il conduit quasiment toujours à la Russie ou à l'Ukraine. »

La majorité des attaques Internet concernent les États-Unis, mais la France est également touchée, bien que la spécificité de la langue rende les opérations moins rentables. En France, celles-ci concernent principalement le *phishing* ou hameçonnage. «Ce n'est pas l'outil qui est sophistiqué mais l'organisation qui l'utilise», continue notre spécialiste. Le *phishing*, kesako ? Un mail sert d'hameçon pour récupérer vos coordonnées bancaires par l'intermédiaire de faux sites de banque.

Pour schématiser : le premier maillon de la chaîne est le hacker, le spécialiste de l'informatique qui va construire le *botnet* (de *robotnetwork*), c'est-à-dire un réseau constitué de milliers d'ordinateurs de monsieur tout le monde d'où vont partir les attaques de manière anonyme. Pour ce faire, il met au point le virus qui part d'Ukraine ou de Russie et va se loger dans les machines à l'insu de leurs propriétaires. Généralement, ces «hébergeurs» involontaires sont choisis dans un pays autre que celui des futures victimes pour jouer par exemple sur les différences de législation et rendre les enquêtes plus longues et difficiles. Une fois envoyé, ce logiciel se loge dans l'ordinateur et y sommeille. Sur un simple message envoyé par le hacker, les milliers de PC zombis infectés peuvent être activés et envoyer à leur tour des messages vers des milliers d'ordinateurs de victimes potentielles dans un troisième pays. Par exemple en visant les adresses se finissant par .fr.

Les titulaires de ces adresses reçoivent alors un mail, soi-disant de leur banque, qui les renvoie sur le soi-disant site de l'établissement. «Là on lui explique que c'est une opération d'actualisation de ses coordonnées bancaires, pour la maintenance du site, et qu'il lui faut donc les communiquer. Généralement, comme les pirates font de la veille quotidienne, pour plus de véracité ils récupèrent la page d'accueil du vrai site, du jour précédant l'attaque. Mais il y a des indices : l'adresse url se finit souvent par .ru et ils vous demandent de remplir vos coordonnées via un pop-up, ce qui n'est pas courant. Sur des milliers d'envois, 90 % échouent mais il suffit des 10 restants. »

Si vous faites partie de ceux-là, une fois que vous avez été hameçonné et que vous avez rempli le formulaire, ne reste plus aux pilleurs qu'à vider votre compte. Enfin pas tout à fait. Au préalable, ils ont dû recruter des « mules ». C'est-à-dire des personnes sur les comptes desquelles les cybercriminels vont transférer l'argent pillé sur le vôtre. Histoire, comme pour le *botnet*, d'anonymiser la filière. « Ces mules sont recrutées sur Internet. Avec des messages du genre : “Vous disposez d'un compte bancaire ? Vous voulez gagner de l'argent facilement ? Recevez-en et gardez 8 % des sommes qui transiteront par votre compte.” Pour finir de les convaincre que tout est légal, on leur envoie un contrat au nom d'une entreprise fictive à renvoyer signé et accompagné d'un RIB. Au début, ils étaient dans un français approximatif, mais le langage s'améliore au fil du temps. Ensuite, ces vrais ou faux naïfs envoient par exemple par Western Union les sommes qu'ils ont reçues. »

Le *phishing* est apparu il y a quatre ou cinq ans, mais il se manifeste surtout depuis deux ans en France. En novembre 2004, puis au printemps et ensuite en août 2005, des attaques massives ont eu lieu sur le réseau Internet français avec des mails semblant émaner des plus grands établissements bancaires nationaux.

En juin 2007, l'OCLCTIC (l'Office central de lutte contre la criminalité liée aux technologies de l'information et de la communication) serrait soixante mules françaises ayant participé à une opération de *phishing* commencée l'année précédente et concernant 650 banques dans le monde dont 18 françaises. Avec, pour la France, 128 victimes répertoriées pour un préjudice de 400 000 euros. Mais seuls 100 000 euros ont été récupérés par les mules françaises du réseau et envoyés en Russie et en Ukraine. Généralement, il est difficile de savoir qui se cache derrière ces escroqueries, la coopération policière et judiciaire avec l'Ukraine n'étant pas très dynamique. « Les autorités répondent peu aux demandes, même si elles ont fait un effort après le séminaire policier sur la question qui s'est déroulé récemment. En revanche, nous essayons de mettre en place une coopération efficace avec les pays européens touchés sur la base d'un outil juridique commun défini par la convention de Budapest de 2001. Notre chance, avec la cybercriminalité, c'est que le phénomène est récent et que nous sommes tous confrontés aux mêmes auteurs qui utilisent les mêmes outils. Nous avons sans doute là le ferment pour la création d'une police européenne. »

## 2

## *Le puzzle caucasien*

Si les Russes se sont internationalisés depuis une quinzaine d'années, d'autres voyous issus de l'ex-bloc soviétique s'agitent en Occident. En l'occurrence, les Caucasiens : Géorgiens, Arméniens et Tchétchènes.

À en croire les services spécialisés, les premiers semblent les plus entreprenants, tandis que les groupes tchétchènes et arméniens seraient en phase d'implantation.

### *Une saga géorgienne*

Le seul parrain russophone à avoir été jugé en France pour une affaire emblématique — une tentative de règlement de comptes — est un Géorgien nommé Tariel Oniani.

En octobre 1998, la 3e chambre correctionnelle du TGI de Grasse condamnait Oniani, 40 ans, présenté comme le parrain du clan géorgien de Koutaisi, ainsi que l'un de ses lieutenants, Merab Djangueladze, 37 ans, à huit ans de prison pour association de malfaiteurs en vue de la préparation d'un crime. Peine qui a été ramenée à quatre ans par la cour d'appel d'Aix-en-Provence. Lors du premier procès, Tariel Oniani et son bras droit niaient formellement les faits, se présentant comme d'honnêtes commerçants victimes d'une machination et ce, malgré les nombreuses écoutes téléphoniques accablantes réalisées entre Cannes, Megève, Paris et Anvers.

L'affaire démarre en 1994. À la suite d'un renseignement que lui a fourni Interpol Bruxelles, la Direction centrale de la police judiciaire s'intéresse à un réseau de Géorgiens qui serait dirigé par Tariel Oniani. Quelques mois plus tôt, un Israélien né en Géorgie, Rafael Michaeli, connu pour trafic de stups, a été arrêté en Belgique. La veille, il avait expédié à Oniani deux passeports et deux permis de séjour volés et falsifiés. En décembre 1994, le parquet de Grasse ouvre une information judiciaire pour trafic de stupéfiants. Tariel Oniani, domicilié à Paris 15ᵉ et à Cannes, n'est pas n'importe qui. Ce *Vor y zakone* serait à la tête de l'un des plus puissants groupes géorgiens opérant en Russie (Koutaisskaya) qui comptait en 1994 dans ses rangs une cinquantaine de *Vor* et d'autorités criminelles. Né en juin 1952 à Tkibuli, Tariel, dont le père mineur a été victime d'un accident du travail, a été condamné pour la première fois à l'âge de 17 ans pour cambriolage et vol. Il a pris huit ans de colonie pénitentiaire, et n'en est sorti qu'en 1977. Dans les années quatre-vingt, il s'est installé à Moscou où il a affirmé ses talents et est devenu l'un des plus redoutés « voleurs dans la loi ». En 1990, il compte parmi la cinquantaine de *Vory* originaires de Géorgie qui se sont réfugiés à Moscou (en 1993, les Géorgiens représentent la moitié des 60 *Vory*, dont le nombre a fortement baissé au milieu des années quatre-vingt-dix avant de remonter). Seize d'entre eux sont, comme Oniani, de Koutaisi, une ville dont la prison est une base traditionnelle des *Vory* géorgiens. L'Ouest géorgien dans son ensemble est réputé pour être la pépinière des « voleurs dans la loi » et des groupes paramilitaires locaux[1].

D'après les statistiques policières russes, en 1990 les Géorgiens représentaient 31 % des 700 « couronnés », selon leur propre formule. Ce qui n'étonne pas les mauvaises langues. Bien qu'ils aient été quelques-uns dans les années cinquante, les « voleurs dans la loi » se sont multipliés au début des années soixante-dix en Géorgie, et nombre d'entre eux — surtout les détenteurs âgés d'une vingtaine d'années — sont suspectés d'avoir acheté leur titre plutôt que de l'avoir gagné.

Dans les années quatre-vingt-dix, Oniani s'installe en France d'où il piloterait ses affaires. En l'occurrence, selon les investigations menées, il participerait à divers trafics (huile, vodka, cigarettes, beurre, produits pétroliers lors de l'embargo irakien, métal, cuivre, coton, aluminium) ainsi qu'à des enlèvements et des opérations de racket. Lors de leur surveillance, les enquêteurs découvrent surtout qu'Oniani est en conflit avec Vachislav Ivankov, dit « le Petit Japonais », présenté comme l'un des plus puissants parrains de la mafia russe. Un certain David Chikashvili, surnommé Dato, ancien officier du

1. Le milieu géorgien, traditionnellement spécialisé dans les enlèvements, les cambriolages et autres vols, est organisé en trois strates : des petites bandes de délinquants qui contrôlent un territoire ; des équipes de voyous chevronnés qui règnent sur un quartier, régentant les trafics et le marché noir ; ces derniers versent leur dîme au *Vor* local qui les « protège » et joue les juges de paix entre les équipes.

KGB, aurait détourné au profit d'Ivankov 15 millions de dollars initialement destinés au groupe Oniani. À l'origine, la somme a été subtilisée à des petits porteurs via des banquiers géorgiens et a atterri sur des comptes occidentaux après avoir transité par différents pays de l'Est. Bref, pour espérer la récupérer, Oniani doit mettre la main sur Chikashvili, seul à même de réparer le dommage.

Début janvier 1995, Oniani se rend en Autriche où il espère trouver Chikashvili qui, d'après l'un de ses informateurs, logerait à l'hôtel Marriott de Vienne, protégé par un voleur dans la loi du nom de David Sanikidze, considéré comme le bras droit du Japonais en Autriche. Il souhaite convier au rendez-vous un certain Roudiko G., alors en Géorgie, et qui aurait selon lui également droit à sa part. Le but d'Oniani, comme il le confie à ses interlocuteurs au téléphone, serait de semer le trouble entre Sanikidze et ses supposés alliés, les « gens de Mkhedrioni[1] » et le KGB qui seraient tous deux proches de Roudiko. Mais, lorsqu'il arrive à Vienne, Chikashvili s'est déjà envolé. Le parrain géorgien soupçonne alors David Sanikidze de l'avoir envoyé précipitamment aux États-Unis.

Les 7 et 8 janvier, les deux parties se rencontrent dans un hôtel viennois. Oniani est accompagné de son

1. « Cavalier » en géorgien, un groupe paramilitaire — qui est intervenu en Abkhazie — fondé en 1991 par Dzhaba Ioseliani, un « voleur dans la loi » qui a passé dix-huit ans dans les prisons de Saint-Pétersbourg, et s'est enrichi avec le trafic d'armes, de drogue et de pétrole, député au parlement géorgien de 1991 à 1995 et conseiller du président Édouard Chevarnadze avant que ce dernier ne le fasse condamner à douze ans en 1995 pour avoir attenté à sa vie en 1994.

lieutenant, Merab Djangueladze, de Roudiko, d'un banquier nommé Oleg P., et de trois autres hommes. Le clan Ivankov est lui représenté par Guia D., un certain « Sprinter », des membres de Mkhedrioni, et David Sanikidze. La discussion aurait été tendue. Selon les écoutes, les gens de Mkhedrioni étaient armés et Mérab aurait sorti son pistolet et menacé Sanikidze de lui « faire péter la cervelle ». La réunion aurait été « stérile » et Sanikidze aurait préféré s'envoler pour les États-Unis dans les jours suivants.

Oniani décide alors d'en appeler aux instances de régulation mafieuses. Il souhaite qu'un conseil des voleurs (une dizaine de « vieux » selon ses termes) soit réuni à Odessa afin de sanctionner le Japonais et de confisquer les biens de Sanikidze (hôtels de luxe, fabrique de diamants, etc.) au profit de la confrérie des voleurs. D'après lui, celui-ci ne serait qu'un commerçant minable qui ne mériterait ni ses millions ni le titre de *Vor y zakone*. Pour ce faire, il pratique un intense lobbying auprès d'une douzaine de collègues, notamment installés à Moscou et Krasnoïarsk. En parallèle, il tente de joindre Ivankov par l'intermédiaire d'un homme propriétaire d'un restaurant arménien à Denver dont on lui a donné les coordonnées. Mais, par un canal différent, un intermédiaire en contact avec le Japonais lui fait savoir que personne ne peut toucher à cet argent.

Dans la foulée, Oniani informe ses contacts qu'il a décidé de passer à l'offensive. Il aurait entrepris de confisquer l'un des palaces de Sanikidze et projeté de mener une attaque contre un second établissement qui abriterait les réunions des membres du groupe paramilitaire affilié à son adversaire. Pour mener à bien l'assaut, il aurait fait appel aux hommes de trois caïds, soit une cinquantaine de types.

Le conseil des voleurs réclamé par Oniani se déroule le dimanche 29 janvier à Moscou dans un restaurant géorgien fermé pour l'occasion. Oniani y a réservé une salle pour vingt personnes. Lui n'y assiste pas, mais Mérab l'appelle vers 13 heures pour le tenir au courant : « Tout le monde a peur (...) Sanikidze et Iaponchik nient détenir Chikashvili. » Le « Japonais » n'est pas non plus présent, un ami est chargé de lui rapporter la teneur des débats. Apparemment, un certain Tourike de Bratsk s'en est également chargé « alors qu'il n'en avait pas le droit ». Pour le punir, Oniani demande à un tiers de le faire tabasser à mort.

Enfin, le 18 février 1995, Chikashvili, l'homme clé du conflit, est localisé à Anvers en Belgique. Toujours au téléphone, le boss demande à Mérab de faire vérifier tous les hôtels de la ville par ses hommes. Tout en pensant enlever la sœur de l'objectif qui vit en Russie. Ils évoquent également le cas du Japonais qui se baignerait seul tous les matins dans l'océan et se demandent comment trouver l'endroit...

Le 20 février, les deux hommes évoquent un projet d'enlèvement de Chikashvili qui doit avoir lieu le soir même ou le lendemain. Deux jours plus tard, dans la nuit du 22 au 23, la police judiciaire belge interpelle le parrain et deux de ses hommes dont Mérab Djangveladze à l'hôtel Ambassador d'Anvers. Le petit groupe est en possession d'un garrot, d'une seringue et d'un revolver... Trois autres membres du clan sont arrêtés dans la foulée en France, des quarantenaires tous originaires de Tbilissi. Incarcérés en Belgique pendant quelques mois, ils sont extradés vers la France et écroués. Après un an de détention préventive, ils sont remis en liberté en juin 1996 contre une caution de 1 million de francs chacun en attendant leur procès en 1998, auquel seul le parrain et son bras droit se présenteront. Entre-temps, le 11 juillet 1996, David Sanikidze a été assassiné à Vienne par deux Géorgiens de 22 ans qui seront arrêtés le 25 juillet suivant à Budapest par la police autrichienne. Le téléphone des deux hommes parle : ils ont notamment appelé en France un numéro de portable attribué à une certaine Mme Onianidis demeurant à Athènes, et qui serait vraisemblablement Ntiana Onianidou, l'épouse de Tariel Oniani…

À en croire les services autrichiens et allemands, ainsi que la BRIF française, réunis en juillet 1997, Oniani serait l'équivalent d'un Semion Moguilevitch, le parrain ukrainien alors installé à Budapest. Selon eux, il jouerait le rôle de juge de paix entre les mafieux de l'ex-CEI et, fort de son autorité, réglerait les litiges par téléphone, ses paroles valant loi écrite. La BRIF affirme d'ailleurs qu'à la suite de l'arrestation en Suisse de Sergueï Mikhaïlov, le présumé patron de la Solnetsvskaya, cinq de ses hommes se sont retrouvés sans directives et sans argent à Paris. Oniani les aurait pris sous son aile, leur fournissant du liquide et les rapatriant en Russie à ses frais.

De l'argent, le boss n'en manque pas. Il subvient à ses besoins grâce à des virements qu'il reçoit régulièrement d'Israël et de Turquie. L'un de ses deux comptes français est alors pourvu mensuellement de 200 000 francs. Le site *Georgia Times* le crédite d'une fortune estimée à 400 millions de dollars et le place en 30ᵉ position de son hit-parade des Géorgiens les plus riches. Si Oniani est, toujours selon les policiers, propriétaire de plusieurs compagnies d'aviation géorgiennes, il serait également propriétaire de deux sociétés, l'une en Belgique gérée par des hommes de paille et l'autre en France installée a Conflans-Sainte-Honorine qui a pour objets la vente de téléphones portables et l'importation de véhicules. À titre personnel, il avait d'ailleurs fait venir une Porsche de Géorgie, pour remplacer sa Mercedes 500 SL qui selon lui « faisait ringard sur la Côte d'Azur » où il était en vacances.

Sorti de la maison d'arrêt de Grasse en mars 2000, Oniani s'est mis au vert en Espagne dès le mois de juillet suivant, mais il reste dans le collimateur de la justice. Fin 2004, les services de renseignement français notent sa présence sur le territoire où il effectuerait des séjours réguliers et, en juin 2005… il passe au travers des mailles du filet tendu par la police espagnole. Le 18, cette dernière déclenche l'opération Avispa (Guêpe), dirigée par un juge du tribunal suprême (Audiencia nacional) en concertation avec les services fiscaux et préparée depuis plusieurs mois grâce notamment à des renseignements communiqués par les policiers belges, américains, russes, israéliens et français. Selon les Espagnols, l'opération « Guêpe » est le plus grand coup jamais porté à la criminalité organisée russophone en Europe. Lors de leurs nombreuses perquisitions dans onze villes de la côte méditerranéenne (de la Catalogne au nord à la Costa del Sol et à la région d'Alicante au sud), les 400 policiers mobilisés mettent la main sur des armes, des œuvres d'art, des bijoux et 41 voitures haut de gamme. Ils saisissent de luxueuses villas et gèlent pas moins de 800 comptes bancaires. La vingtaine de personnes interpellées, des figures de la mafia géorgienne qui travailleraient pour Oniani, sont poursuivies pour association de malfaiteurs et blanchiment. Des hommes tous à la tête de sociétés de construction installées à Marbella, Fuengirolla, Toremolinos… Une centaine de leurs employés, travailleurs clandestins géorgiens, sont également interpellés. La police espagnole reproche à l'« assistant » d'Oniani d'avoir fait venir plus de 880 illégaux de Svanétie, une région du nord de la Géorgie.

Les capitaux criminels proviendraient également de Géorgie et auraient été réinvestis via des sociétés écrans en Espagne dans l'immobilier et dans des chaînes de restaurants. D'après la police espagnole, les mafieux géorgiens en étaient à la « deuxième phase d'expansion », se répartissant des zones d'influence respectives. Tariel Oniani était l'objectif principal de l'opération. Se trouvant en Russie (sa femme et son fils étaient eux en Géorgie) lors de son déclenchement, il a échappé aux policiers mais parmi ceux pris dans la nasse figureraient plusieurs de ses hommes de confiance, notamment Vaja B., né en 1962 à Tbilissi et réfugié politique en Espagne depuis 2000, qui serait son homme de paille dans plusieurs sociétés dont une compagnie aérienne géorgienne. Ainsi que Nodari T., né en 1958 à Soukhoumi en Géorgie, gérant d'une chaîne de pizzerias en Espagne (dix-sept restaurants) où il est installé depuis dix-huit ans, et qui a été impliqué dans un trafic d'œuvres d'art en Belgique. Ce coup d'épée antimafia a fait du bruit en Géorgie. Selon le porte-parole du ministère des Affaires étrangères géorgien, la famille

Oniani a contacté le 18 juin l'ambassade de France en Géorgie, compétente pour l'Espagne, pour l'informer de l'affaire. Incitant le consul de Géorgie à Paris à se rendre en Espagne pour la suivre de près. Il est vrai que la fille du boss, âgée de 12 ans et restée en Espagne, avait, en l'absence de ses parents, été placée en foyer par les autorités.

Quelques mois plus tard, en février 2006, celui qui apparaissait si proche du pouvoir durant les années Chevarnadze (proche des autorités, il aurait d'ailleurs consulté son dossier du KGB ce qui l'aurait fait beaucoup rire) est lâché par le président Saakachvili. Dans son discours annuel devant le parlement, ce dernier rappelle que, lors de ses retours au pays, le parrain était accueilli à l'aéroport de Tbilissi par le ministre de l'Intérieur en personne qui l'accompagnait ensuite jusqu'à son domicile du centre-ville…

Lors de conversations datées du 3 et 4 janvier 1995 et écoutées par les policiers français, Oniani avait prétendu que l'ambassadeur de Géorgie à Paris avait promis un poste dans sa représentation à l'un de ses proches, et il avait ajouté qu'il ne pouvait lui refuser ce service, « qu'il lui [était] plus facile de dire non à Chevarnadze qu'à lui ».

D'après les observateurs, l'opération espagnole aurait pu être d'ordre « psychologique ». Face à la difficulté de prouver l'origine des fonds blanchis qui transitaient par moult paradis fiscaux avant d'atteindre la Costa del Sol, les autorités espagnoles auraient délibérément choisi d'intervenir alors qu'Oniani était absent. Ce qui l'empêcherait de revenir définitivement en Espagne tout en dissuadant ses collègues de venir y investir. Certaines mauvaises langues soutiennent que si Oniani était absent, c'est qu'il avait été bien informé…

Si Oniani court toujours, et fait l'objet d'un mandat d'arrêt international, son alter ego criminel a eu moins de chance. Zahar Knyazevitch Kalachov, l'autre objectif de l'« opération Guêpe », lui, a été extradé en juin 2006 de Dubaï où il s'était réfugié. Surnommé « Chakro le jeune » ou « l'Homme invisible », Kalachov avait fui l'Espagne en juillet 2005, un mois après l'intervention policière. En novembre suivant, neuf de ses collaborateurs étaient à leur tour appréhendés près de Madrid et à Marbella dont Oleg V., un Ukrainien, qui aurait tenté de monter une équipe pour délivrer le parrain et qui est présenté comme le coordinateur financier de l'organisation. Cette dernière blanchissait selon la police espagnole « d'énormes quantités d'argent provenant de casinos illégaux en Russie, d'extorsions et de rançons d'enlèvements ». Selon le quotidien *El País*, l'Ukrainien serait un ex-conseiller de campagne de Boris Eltsine, il aurait également appartenu au Comité olympique international et serait un « homme clé des affaires pétrolières dans le golfe Persique en raison de ses relations avec les gouvernements de ces pays ». Lors de leur arrestation, les policiers ont saisi de nombreux comptes bancaires, 1 million d'euros et plus de cinquante cartes de crédit[1].

1. En juillet 2007, c'est un ex-sous-préfet de Barcelone ainsi que deux fonctionnaires de la préfecture et un employé du consulat russe qui sont interpellés dans le cadre de l'affaire, soupçonnés d'avoir facilité l'obtention de « permis de séjour » à certains des mafieux.

Ce même mois de novembre 2006, les autorités russes se sont attaquées aux casinos géorgiens de Moscou. À la suite d'une sombre affaire d'espionnage entre la Russie et la Géorgie survenue en septembre, les Russes ont expulsé des centaines de Géorgiens et fermé trois casinos de Moscou suspectés d'appartenir au boss géorgien Dzhuba. L'homme aurait contrôlé huit organismes de crédit dans la capitale russe, qui auraient servi à transférer l'argent des casinos et autres opérations bancaires illégales et cambriolages en Géorgie. Le groupe blanchissait ses gains (500 000 dollars par jour) via des banques moscovites dont deux avaient été privées de licences quelques semaines auparavant, en août[1]. Dzhuba le parrain n'était plus là pour répondre aux questions des policiers. Le 8 octobre, il avait quitté Moscou pour Nice en passant par Monaco. Selon le ministère de l'Intérieur, il comptait investir en France, dans l'immobilier.

Aux dernières nouvelles, Tariel Oniani, qui réside à Moscou, n'aurait pas non plus renoncé à placer son argent en France. En août 2005, son ombre planait derrière une société d'exportation de parfums installée en région parisienne, gérée par une compatriote, elle-même à la tête d'une nébuleuse de structures de négoce de parfums et produits cosmétiques. Soumise à une

1. Le 13 septembre 2006, Andreï Kozlov, le numéro 2 de la Banque centrale russe, était abattu de quatre balles à Moscou alors qu'il sortait d'un match de foot et montait dans sa voiture. Chargé depuis 2002 de remettre de l'ordre dans le système bancaire russe, il avait annulé les licences de 79 des 1 200 banques russes en dix-huit mois. Environ 1 000 d'entre elles auraient blanchi 10 milliards de dollars.

interdiction bancaire jusqu'en 2009, la dame fait l'objet d'une déclaration de soupçon Tracfin et suscite également l'intérêt des services financiers belge et bulgare.

L'un des collègues géorgiens de Tariel Oniani — dont le numéro de téléphone est apparu dans l'enquête sur le meurtre de David Sanikidze à Vienne en juillet 1996 — serait d'ailleurs présent clandestinement à Paris, malgré une fiche d'interdiction d'entrée sur le territoire. Vitaly L., 54 ans, titulaire de la double nationalité russo-israélienne, est présenté par les policiers russes comme le patron du groupe Abkazkaya (du nom de l'Abkhazie, sa province natale en Géorgie). Un clan soupçonné par les services russes d'être au centre de la tentative d'assassinat en 1994 d'Édouard Chevernadze, alors président de la Géorgie. Officiellement, Vitaly se dit représentant d'une agence de mannequins moscovite qui a notamment fourni des modèles à un grand couturier parisien et qui est soupçonnée de servir de « réservoir prostitutionnel » à Semion Moguilevitch, le parrain récemment arrêté. Vitaly, que l'on dit également lié à une célèbre agence parisienne, se serait opposé à deux frères affairistes ukrainiens qui animent un concours de beauté par Internet et qui lui reprochent une tentative d'enlèvement d'une de leurs lauréates. Selon eux, Vitaly aurait voulu lui faire rejoindre un réseau de prostitution.

En France, l'homme, qui a purgé plusieurs années de prison pour crime en Russie et échappé à un attentat à la grenade, résiderait à Neuilly-sur-Seine, chez un ami : un affairiste français étroitement lié au crime organisé russe, comme en témoignent ses relations avec le présumé fondateur et parrain de l'organisation Solnetsvo, Sergueï Mikhaïlov. C'est en effet la société de l'homme d'affaires français qui servait de référence lors des demandes de visas pour la France du boss moscovite. À l'image de ses collègues, Vitaly, à qui on ne peut en revanche reprocher aucune activité mafieuse sur le territoire français, est très mobile, naviguant entre la capitale, l'étranger et Saint-Tropez où il a passé l'été 2006.

### *Une extension israélienne*

Un autre Géorgien en odeur de mafia est un familier de la capitale française où il est installé depuis les années quatre-vingt-dix.

Bien qu'il y mène grand train, celui qu'on surnomme Alik de Soukhoumi, que l'on dit lié aux groupes criminels géorgiens et notamment à celui de Koutaisi, n'y exerce aucune activité officielle — il a seulement été un temps gérant d'un restaurant parisien. Selon les services de renseignement, « cette aisance financière » aurait pour origine l'ex-URSS, mais personne ne connaît la nature de ses activités dont la gestion serait confiée à son fils installé en Russie. Alik, dont on ne sait pas vraiment non plus où il habite — un temps dans le 15e et aujourd'hui vraisemblablement à Neuilly — se targue d'ailleurs de n'avoir jamais travaillé. Depuis l'été 2006, il voyage souvent en Ukraine où il rend visite à sa fille qui y tiendrait un magasin de prêt-à-porter à Kiev. Privé de visa pour la Russie, il en profite pour rencontrer des amis, notamment le mafieux géorgien Nodari E. alias Tchouki, 50 ans, et pour négocier des exportations de grands crus bordelais. Et à l'occasion rapporter des icônes — très appréciées des affairistes russes, comme les policiers aux frontières ont pu le constater le 11 novembre 2006.

Alik apprécie également Anvers où il se rendrait pour se fournir en pierres précieuses et en bijoux qu'il revendrait en France par l'intermédiaire de Shako, 52 ans, un fidèle poursuivi pour abus de biens sociaux en 1991, et propriétaire d'un atelier parisien de création de bijoux, d'orfèvrerie et de joaillerie qui accueillerait ses pièces en dépôt. Dans ce business, il serait associé à un joaillier français poursuivi ces dernières années pour escroquerie et abus de confiance, et qui possède un magasin dans le 8e. Une partie des pierres et des bijoux négociés serait fournie par une société de Kiev en Ukraine.

Comme le notent les services de renseignement, l'opacité la plus totale règne autour d'Alik, qui non content de déménager fréquemment et de vivre en semiclandestinité fait preuve d'une certaine paranoïa vis-à-vis de son entourage.

À Anvers, il est en contact avec deux jeunes Azerbaïdjanais de 30 et 23 ans, présentés comme membres du milieu israélien et qui possèdent une société de télécommunications en Belgique. Il est également lié à une compatriote géorgienne dont le mari Moshe, 40 ans, un Israélo-Géorgien né à Tbilissi et officiellement domicilié à Netanya en Israël, possède trois sociétés à Anvers dans le négoce en gros de bijoux et de montres et l'exploitation de restaurants. Un homme dont le frère aîné, âgé de 42 ans, appelé Yasha et surnommé le Gros s'est dernièrement signalé à la justice française.

Le 31 mai 2007, « le Gros » a été renvoyé en correctionnelle avec six autres personnes par le juge Renaud

Van Ruymbeke qui instruisait le dossier Telecom City. Cette société parisienne lancée en 1995 s'était spécialisée dans la téléphonie mobile, revendant des portables et des abonnements et décrochant des contrats avec la grande distribution et Bouygues Telecom. Exsangue mais opérant dans un secteur prometteur, l'entreprise aurait fait appel en 1999 à la Caisse des dépôts pour renflouer ses caisses. En avril 2000, elle est introduite en Bourse sur le second marché, levant plus de 25 millions d'euros. Mais deux ans plus tard, le 10 juin 2002, elle dépose son bilan. D'après la justice, elle aurait été pillée par ses dirigeants qui auraient multiplié les malversations financières. Ils auraient escroqué 50 millions d'euros via des fraudes intracommunautaires à la TVA avec le Luxembourg, mais également en répondant à des commandes fictives passées par des complices basés entre autres à Hong Kong et jamais réglées. Un associé chinois, à la tête de deux sociétés qui détenaient 50 % du capital de Telecom City, renvoyé pour abus de confiance et recel, aurait été l'un des pivots de ces achats et reventes virtuels qui auraient permis de faire disparaître d'importantes sommes en espèces.

Le pillage de la « boîte » aurait entraîné une guerre entre ses dirigeants. Deux clans auraient fini par s'affronter pour le contrôle de cette manne financière. L'un aurait été dirigé par Yasha le Gros via un homme de paille, un certain Félix Lévy, un Parisien de 46 ans (connu pour une affaire de faux dollars), associé au capital de Telecom City par le biais de Lux entreprise, l'une des entreprises sous-traitantes soupçonnées d'avoir participé aux commandes fictives de portables et qui aurait été financée par Yasha. L'autre était mené par un homme d'affaires français fortuné, qui s'est entouré de « gardes du corps » issus de la pègre française lorsque les relations se sont tendues.

Lui et ses « amis » sont soupçonnés d'avoir menacé en 2002 et 2003 trois dirigeants de la société, affiliés à leurs adversaires. Ce qui leur a valu d'être mis en examen pour association de malfaiteurs en vue d'extorsion de fonds dans une seconde instruction concernant le volet criminel du dossier. En effet, le 4 novembre 2002, Félix Lévy a été abattu de quatre balles de gros calibre par deux tueurs à moto (soupçonnés, deux hommes connus pour des affaires de machines à sous et des vols ont été placés en détention) alors qu'il prenait son petit déjeuner dans un café de la place des Fêtes à Paris.

L'un des présumés mentors de Lévy avait été abattu un mois avant lui à Prague où il dirigeait un casino : un secteur très développé en Tchéquie qui, au regard du nombre d'habitants, compte le plus d'établissements de ce genre en Europe, dont beaucoup seraient aux mains des gangs israéliens. Félix Baezaï, dit Félix le Boucher, présenté comme un membre important de la pègre israélienne (famille Baezaï/Aboutboul), sortait d'un dîner avec son ami Yasha le Gros. Mais la mort de Baezaï n'a a priori rien à voir avec celle de Lévy. À l'époque, la famille Aboutboul aurait été en guerre contre un autre clan, les Halperin, pour le contrôle des jeux, de la prostitution et de la drogue.

Le 2 août 2004, Assaf Aboutboul, le fils de Félix qui avait repris le casino, a été à son tour la cible d'un attentat à la grenade dans la même rue que son père. En avril 2007, visiblement remis, il a été suspecté d'avoir racketté des membres de la communauté juive française installés à Netanya, surnommé la Petite France. La police le soupçonne également d'entretenir des liens avec des membres du milieu français, ce qui n'est guère étonnant car certains d'entre eux détiennent la double nationalité.

Les Aboutboul feraient partie des 50 gangs israéliens, dont six grosses familles, qui rassembleraient en tout 850 membres selon une étude de la police israélienne datant de 2005. Une partie d'entre eux seraient actifs en Europe, notamment à Anvers (dans le centre et autour de la gare, dans le quartier des diamantaires) où ils ont suivi le crime organisé d'origine russophone dont nombre d'acteurs majeurs possèdent la double nationalité. Ces derniers auraient profité de l'arrivée de 700 000 immigrés de l'ex-URSS entre 1989 et 1997 et d'une politique d'accueil peu regardante sur l'origine des fonds pour s'implanter en Israël. En 1997, la police israélienne détectait déjà la présence de 35 chefs mafieux russophones qui s'étaient fait passer pour juifs ou avaient contracté des mariages fictifs. Bref, à leur contact, la pègre israélienne aurait rencontré les producteurs néerlandais d'ecstasy, un produit dont Anvers est devenu la plaque tournante mondiale dans les années quatre-vingt-dix. Depuis, les voyous israéliens en contrôleraient 75 % du trafic vers les États-Unis, avec des relais parisiens pour certains. En mai 2002, l'un des plus grands trafics d'ecstasy était d'ailleurs démantelé à Paris et New York. Quatre trafiquants israélo-américains qui menaient la grande vie lors de leur passage dans la capitale animaient une filière qui aurait écoulé en deux ans plus de 1 500 000 pilules aux États-Unis. Produites dans des labos en Hollande par des Néerlandais et des Roumains, elles étaient acheminées à Paris et confiées à des passeuses, deux top models russe et américaine, qui les dissimulaient dans des valises à double fond avant d'embarquer à Roissy.

En novembre 1998, le tribunal de Monaco avait lui condamné Moshe Binyamin à douze ans de réclusion pour avoir tenté de déposer sur un compte de la Principauté 5,5 millions de dollars provenant d'un trafic de 800 kilos de coke opéré par le clan israélien Menashe entre la Bolivie et les Pays-Bas et qui aurait rapporté 20 millions de dollars.

*Des réseaux très mobiles*

Mais revenons aux caïds géorgiens. S'il le fallait encore, les Renseignements généraux ont eu la confirmation de leur présence le 28 juillet 2004 lors des obsèques de Zina Issoyan à Besançon dans le Doubs. Parmi les 180 membres de la diaspora qui y assistaient, figuraient des membres du crime organisé. Zina avait été retrouvée quatre jours plus tôt baignant dans son sang dans l'appartement qu'elle partageait avec son époux Youra à Planoise, dans le Doubs. Le couple battait de l'aile, et Youra, dépressif, l'aurait assassinée selon la cour d'assises de Besançon qui l'a condamné en décembre 2006 à vingt ans de réclusion. Par contumace, car Youra qui nie les faits était absent du box des accusés.

Dans cette même région de Besançon, une équipe avait été repérée en septembre 2002. Le groupe dirigé par les Géorgiens Kamil, 36 ans, né en Arménie, et les frères Tariel et Suren, animait une filière d'immigration clandestine et trafiquait les stups et les armes. Une partie de l'artillerie était fournie par un ressortissant d'ex-Yougoslavie et vendue entre 600 et 800 euros par trois Géorgiens, dont deux autres frères nés en 1975 et 1977. Ces trois-là auraient également organisé la filière d'immigration clandestine. Une seconde filière d'armes concernait des calibres 9 mm convoyés par voiture depuis Anvers par deux autres frères géorgiens, Ando et Vano, qui empruntaient les départementales de nuit pour passer la frontière. Les frangins étaient chargés aussi d'accueillir des compatriotes venus récupérer les bénéfices du groupe. Ainsi que ceux d'une autre équipe originaire du Caucase habitant les quartiers sensibles de Besançon et impliquée dans l'économie souterraine locale.

Les équipes géorgiennes s'adonnent également — au moins depuis 2001 — au vol de véhicules. Que ce soient des utilitaires ou des voitures de luxe comme c'était le cas de la filière démantelée dans l'Oise en 2006 qui les expédiait en Grèce avant qu'elles ne gagnent le Caucase. L'enquête a fait apparaître que d'autres voitures en provenance de Hongrie suivaient le même parcours. Nul hasard, les truands géorgiens y sont très implantés, ainsi qu'en Tchéquie et en Espagne. C'est d'ailleurs depuis ce dernier pays que sont acheminés certains véhicules, comme ont pu le constater les gendarmes qui ont serré quelques convoyeurs géorgiens.

L'un d'eux, arrêté en décembre 2003, a reconnu son implication dans un vaste trafic. La voiture avait été volée à Madrid un mois avant puis faussement immatriculée, maquillée et sa plaque constructeur modifiée avant que le convoyeur ne la récupère pour la conduire en Géorgie moyennant une commission. En août 2004, c'est au volant d'un camion-toupie immatriculé aux Pays-Bas qu'un de ses compatriotes a été arrêté sur l'autoroute en direction de Montpellier à hauteur de Gallargues. Le conducteur avait présenté une assurance à son nom, avec le numéro de série du camion, un certificat des douanes néerlandaises avec son immatriculation et son numéro de passeport, ainsi qu'un certificat de vente alors que… le camion avait été volé le matin même dans l'Aude. Il avait également sur lui 2 500 euros en liquide et 980 dollars, destinés selon les gendarmes à payer des pots-de-vin pour son retour en Géorgie via l'Italie, la Grèce et la Turquie.

Les groupes géorgiens sont dans le viseur des polices européennes. L'un d'eux est repéré depuis 2007, actif dans la péninsule Ibérique et en Tchéquie. Le boss, surnommé Misha et âgé de 42 ans, serait secondé par Coyote, un compatriote administrateur d'une société installée à Palma de Majorque, exploitante de bars et de restaurants et mêlée au négoce de denrées alimentaires. C'est sous couvert de cette dernière activité que le groupe organiserait un trafic entre la République tchèque et l'Espagne, le Royaume-Uni et le Portugal. Des camions, peut-être aménagés en Allemagne et en Belgique, transporteraient des armes, de la contrefaçon (fausses boissons énergétiques, faux bidons de lessive fabriqués en Italie…) qui pourrait servir à financer la cause tchétchène, mais également des stupéfiants… Le groupe — dont on ne perçoit pas la structure — est également soupçonné de donner dans la contrebande de tabac depuis les Canaries à destination du Royaume-Uni, la fraude documentaire, la prostitution, et le trafic de diamants depuis l'Afrique du Sud. Il entretiendrait des contacts dans quasiment tous les pays d'Europe occidentale. En Angleterre, il serait en lien avec l'une des plus grosses organisations locales, actives dans le trafic de stups et d'armes et dont le chef est actuellement incarcéré. Mais, en dépit de cette activité internationale, les trafics soupçonnés ne concernent pas de gros volumes, plutôt de petites quantités expédiées souvent et dans différents endroits.

Misha, son patron, entretient des liens avec des collègues installés en République tchèque (Prague a notamment été le théâtre de trois meurtres liés au milieu géorgien, en 1994, 2000 et 2006). Une dizaine de quadragénaires dont Giorgi surnommé le Général, 44 ans, et son frère, le « vrai » général du groupe paramilitaire Mekhdrioni arrêté en 2003 en Israël, ainsi que George dit GIA, 41 ans, et son frère Elguja, etc. Une boucle où l'on retrouve Akaki, 34 ans, l'assassin de David Sakinidze à Vienne, l'homme du Japonais auquel s'opposait le caïd Tariel Oniani.

En France, les voyous de Tbilissi et d'ailleurs sont très mobiles, opérant sur tout le territoire et logeant parfois dans des squats comme c'était le cas à Tarbes en 2004. Où le 4 juillet, onze truands (des Géorgiens, Russes et Israéliens selon leurs papiers), chevronnés et organisés — comme l'a laissé paraître leur attitude en garde à vue —, étaient interpellés. Dans leur caverne d'Ali Baba ont été retrouvés pour 30 000 euros de téléphones portables et de tickets de la Française des jeux.

L'un des Russes, Vadim, a été à nouveau serré en

septembre suivant à Charleville-Mézières en compagnie de Rouslan, un Géorgien, lors d'un contrôle routier. Dans leur voiture étaient saisis 82 téléphones portables provenant d'un cambriolage commis la veille dans une agence de France Télécom à Hirson dans l'Aisne. Entre-temps, le 4 août, trois Russes et Géorgiens étaient arrêtés après le braquage d'une bijouterie à Gien dans le Loiret. Butin : 20 000 euros. En juin 2006, une autre équipe soupçonnée de cambriolages était arrêtée à Toulouse et en août 2007, c'était le tour d'un duo russo-géorgien pour le cambriolage nocturne d'une bijouterie de Buch (33).

Le 5 mars 2008, la BRI de Lyon arrêtait cette fois quatre Géorgiens âgés de 27 à 34 ans, soupçonnés de faire partie d'une équipe à tiroirs récemment installée à Lyon et qui auraient commis plus d'une centaine de cambriolages dans un rayon de cinq cents kilomètres en deux mois. Cinq jours après, la Sûreté du Rhône arrêtait à Villeurbanne deux autres casseurs géorgiens soupçonnés de plusieurs cambriolages, dont l'un sanglant au cours duquel le cambriolé a reçu plusieurs coups de couteau[1].

En parallèle des équipes de casseurs, une filière de recel a également été mise au jour qui servirait à rapatrier en Géorgie les marchandises volées en France (notamment à Toulouse et à Rennes). Ces dernières partiraient via Anvers, dissimulées dans des containers de voitures d'occasion destinées à la Géorgie.

Le port d'Anvers et ses containers servent aussi à importer des cigarettes de contrebande depuis l'Ukraine,

1. *Le Progrès*, 12 mars 2008.

la Biélorussie[1] et la Russie où le paquet de Marlboro vaut 70 centimes d'euro.

Les cargaisons sont fractionnées en Belgique et ensuite acheminées par voiture. Quelques familles installées à Paris, « bien connues », organiseraient le trafic qui s'effectue aussi par camion. Selon les informations transmises en 2007 par la police hongroise à Europol, une organisation géorgienne installée à Budapest régnerait sur l'importation de cigarettes sous le contrôle de l'organisation russe Solnetsvo. Faut-il y voir un lien avec l'arrestation à Paris en octobre 2007 de quatre Hongrois qui importaient par poids-lourds une tonne de cigarettes destinées au marché clandestin de Barbès ?

En France, les équipes géorgiennes « tapent » également des cigarettes qu'elles volent par camions entiers dans les entrepôts sécurisés d'Altadis, malgré des fossés infranchissables, rapidement comblés lors d'actions nocturnes, ou en braquant directement le chauffeur et son bahut, comme en 2007 dans la région lyonnaise. Une fois les camions volés, les équipes remplacent le tracteur d'origine par un autre « clair » et l'attelage reprend la route direction l'Europe de l'Est. En Italie en 2006, les truands géorgiens volaient des stocks de champagne envoyés dans la foulée en Géorgie. Sur place, un cabinet privé disposant d'une licence d'importation le revendait à certaines grandes surfaces de la botte à prix défiant toute concurrence.

1. Dont les groupes, forts de l'industrie locale de produits semi-finis en bois, sont des spécialistes du transport par « moyens cachés », comme disent les douaniers.

En 2005, selon les Renseignements généraux, certains truands géorgiens évoluant dans l'Est, mais aussi en Normandie, en Ariège et en Bretagne, seraient reliés à des groupes criminels fortement implantés au pays et dont ils seraient des émanations. Celui de Tariel Oniani déjà évoqué, ainsi qu'une organisation qui serait dirigée par l'un des frères de Badri Patarkashvili, un oligarque géorgien décédé d'une crise cardiaque à Londres le 12 février 2008 et qui vivait entouré de 120 gardes du corps.

La visibilité des autorités sur ces nouveaux clients est alors assez limitée. Difficile de savoir qui manipule ces équipes en apparence indépendantes et attachées à une criminalité pure et dure. Depuis, le paysage criminel géorgien s'éclaircirait. Selon les policiers belges et français, des connexions existeraient entre les différents réseaux de recel de marchandises volées via Anvers, de contrebande de tabac et autres cambrioleurs. Sur une affaire récente de voitures de luxe volées à Gap, les gendarmes sont tombés sur de beaux voyous géorgiens installés en Espagne et en Belgique. L'affaire française réalisée en 2007 a fortement renforcé leurs convictions. Cette fois, le hasard a donné un coup de main aux policiers et laissé entrevoir une réalité plus organisée.

### *Cambrioleurs et parrains : une même pyramide*

En juin 2007, une équipe de onze cambrioleurs géorgiens âgés de 20 à 59 ans était démantelée à Pavillon-sous-Bois (93) et à Nice. Avec, à leur tête, un *vor y zakone*.

Le 24 octobre 2006, alors que les policiers de la BRIF planquent pour une affaire de travail clandestin dans le 11e arrondissement de Paris, ils repèrent un curieux manège. Une fois c'est un homme à la mine patibulaire qui tient un sac plastique duquel dépassent un étui à violon et le cadre d'un tableau, et qui s'engouffre dans un hôtel borgne. Peu de temps après, un autre type entre, portant lui aussi un sac en plastique d'où dépasse un cadre. Alors que les policiers s'approchent pour le contrôler, le suspect cavale dans l'hôtel et disparaît. Le temps que le gérant les conduise à la chambre, l'homme s'est enfui par la fenêtre. Sur les lieux, ils découvrent des faux passeports des pays Baltes, des bijoux, des tableaux (estimés à deux millions d'euros) et un violon dérobés en Italie dans l'appartement d'une riche veuve, ainsi que des numéros de téléphone. L'enquête de plusieurs mois les mène jusqu'au surnommé Gecko, 35 ans, le chef présumé du groupe, un véritable « voleur dans la loi » tatoué à la mode malfrate locale dans les camps de détention — il arbore entre autres des étoiles sur les épaules et sur les genoux, signes distinctifs des *vory*. Recherché pour meurtre dans son pays, Gecko est installé à Orléans et en contact téléphonique régulier à Moscou avec… Tariel Oniani et son fidèle Merab Djangueladze, ainsi qu'une troisième personne non identifiée ! Si les enquêteurs soupçonnent ces derniers de tirer les ficelles, ils n'étaient pas forcément au courant des affaires de leur poulain. Du moment que celui-ci cotise…

Selon les enquêteurs, Gecko ferait partie d'une vaste organisation pyramidale présente en Espagne, en Italie, en France, en Belgique et en Allemagne, avec un patron dans chaque pays. Avant de tenir le rôle en France, Gecko avait été en poste en Belgique mais, se sachant dans le collimateur, il avait bougé. Quant au casse de la riche veuve milanaise chez qui ont été dérobés les tableaux et le violon, il avait été indiqué par le caïd « italien » à ses collègues français pour ainsi brouiller les pistes.

Depuis deux ans, Gecko — que l'on soupçonne d'être présent en Europe depuis cinq ans — commandait à une vingtaine d'hommes originaires de Koutaisi, âgés de 25 à 35 ans et répartis en cellule à Tours, Paris, Lyon, Strasbourg… Pour plus de discrétion, les voyous géorgiens dormaient là encore dans des squats, mais affublés de manteaux de fourrure Louis Vuitton et chaussés de croco… Ils avaient d'ailleurs été arrêtés une multitude de fois chacun mais sous différentes identités, ce qui n'avait pas permis de relier les auteurs et les délits qui leur valaient au pire quelques mois de prison.

Gecko manœuvrait ses équipes françaises en fonction des commandes (œuvres d'art, parfums, etc.), via ses lieutenants installés à Paris, et plus récemment sur la Côte où elles faisaient la « saison » ainsi qu'en Italie. Les policiers ont remonté une quinzaine de cambriolages (ils en soupçonnent beaucoup plus) commis chez des particuliers et des commerçants à Boulogne-Billancourt (92), Vaires-sur-Marne (77), Gentilly, Vincennes (94), ainsi qu'à Paris dans le 15e et à Marseille. La marchandise retournait pour partie en Géorgie peut-être via Anvers, le reste était écoulé auprès d'un receleur franco-algérien installé dans le quartier Barbès à Paris et possédant une société pour vendre les marchandises en Algérie. Sur ce liquide, les voleurs touchaient un pourcentage (jusqu'à 1 500 euros par jour), tandis que la majorité échouait à un caissier et partait en Géorgie, fragmentée via des mandats Western Union ou par l'intermédiaire de membres de la communauté.

Histoire de compléter ses revenus, l'équipe rackettait des petits dealers de coke et d'héro géorgiens installés à Nice et fournissait en coke le patron. Ce dernier sait vivre. Lors de surveillances, il a fêté son anniversaire avec le ban et l'arrière-ban dans un restaurant russe de la banlieue lyonnaise qu'il a fait fermer pour lui à un prix modique après avoir assuré au patron qu'il avait maintenant une « assurance ».

Dix-huit mois plus tôt, un autre malfaiteur géorgien avait été localisé en France. Mais, loin de taper en équipe, celui-ci en était réduit à commettre des vols à l'étalage qui lui ont valu plusieurs condamnations sous une fausse identité. Il avait été interpellé en février 2006 à Caen où il résidait depuis trois ans, sur la base d'un mandat d'arrêt international. Temur Gagnidze était soupçonné d'être l'un des quatre auteurs de l'enlèvement avec demande de rançon suivi du meurtre en 2001 du frère — un étudiant en médecine de 21 ans — d'un joueur du Milan AC, Khakaber Kaladze, qui avait été transféré dans le club de Silvio Berlusconi pour 16 millions d'euros.

### *Vieux Arméniens et jeunes Tchétchènes*

Dans le peloton caucasien, les Géorgiens semblent talonnés par leurs collègues tchétchènes et arméniens repérés depuis 2001 en France notamment pour des vols en bande organisée et divers trafics : armes, voitures destinées à l'export comme à Bordeaux en 2006 par une équipe tchétchène, ou stups.

En mars 2007, le tribunal de Mont-de-Marsan a jugé pour association de malfaiteurs deux Arméniens qui comparaissaient libres. L'affaire avait débuté le 5 juin 2001 par un affrontement entre deux clans, l'un arménien et l'autre géorgien, sur fond de racket et de trafic de drogue[1]. Dans la bagarre, un Arménien, Armen Iskanderov, reçoit un coup de couteau dans les fesses. Deux jours plus tard, le Géorgien Otto Amirov est invité à faire la paix par ses adversaires qui se rendent chez lui en soirée. Ils lui proposent de les retrouver un peu après dans une clairière de Campet-et-Lamolère. Sur place, Otto, accompagné de deux compatriotes qui attendent près de la voiture, tombe dans un guet-apens. Une dizaine d'Arméniens venus de Paris, Pau et de Belgique le somment de s'agenouiller au centre d'une couverture tandis que l'un d'eux lui braque une arme sur la tempe. Alors que Davit Ouroussian, l'un de ses compatriotes géorgiens, pénètre dans le bois, il le croise qui s'enfuit en courant en se tenant la gorge, poursuivi par le petit groupe qui vient de lui trancher la jugulaire. Ouroussian écope d'un coup de couteau au flanc droit, mais les deux hommes parviennent à s'enfuir. Amirov, qui se vide de son sang, ne survivra pas. Six ans après, les auteurs de l'assassinat n'ayant pu être identifiés, cinq Arméniens sont renvoyés pour association de malfaiteurs, mais seuls deux d'entre eux se présentent : un homme de 58 ans et son fils de 33 ans qui sont condamnés en première instance

1. *Sud-Ouest*, 17 mars 2007.

à quatre ans de prison et ressortent menottés du tribunal. Les trois absents écopent de sept et cinq ans.

Les truands arméniens sont surtout « ancrés » dans le sud-est de la France, à Marseille qui abrite une forte communauté, mais surtout à Nice. Une ville où rayonne le principal mafieux identifié, Tevos, 42 ans. Outre qu'il fait l'objet d'une fiche « sûreté de l'État » mentionnant ses relations supposées avec des « membres importants du crime organisé de la CEI », l'homme demeure à Monaco d'où il dirige selon ses propres déclarations deux sociétés : l'une de négoce de cognac avec l'Arménie, la seconde qui possède deux usines en Arménie et en Russie serait spécialisée dans l'élaboration de produits à base de cuivre. L'homme serait à la tête d'un réseau de prostitution sur la Côte d'Azur animé par son bras droit Hagop, 54 ans, et pour la région niçoise par Alexandre, 57 ans, né à Soukhoumi en Géorgie. Ce dernier, présenté comme membre de l'organisation criminelle moscovite Mazutkinskaya et qui compte dans son réseau des figures du crime organisé russe ainsi qu'Alizham Tokthakounov, le « Taïwanais », anime — entre autres — un bar-boîte de nuit à Nice dont les employées, de jeunes Slaves, sont soupçonnées de se livrer à la prostitution. L'un des managers du lieu, Jurijs, 37 ans, entretient par ailleurs des liens avec le groupe criminel letton Pardaugava, dont son frère est membre. Une des relations des frangins, Kaspar, 32 ans, membre du même groupe letton, est lui en contact étroit avec Beslans, 41 ans, boss d'un groupe criminel tchétchène.

L'un des représentants de Tévos, Mirdat dit Miro, a lui aussi des contacts étroits avec des criminels tchétchènes… Il a fait l'objet d'une tentative d'assassinat à Nice par deux d'entre eux le 21 novembre 2004. Par ailleurs, l'un des hommes de main de Miro, Robert, 45 ans, est détenteur du bail d'un fonds de commerce appartenant à un couple franco-roumain dont la réussite financière trouble les services de renseignement. Ce Français de 54 ans, déjà poursuivi pour de nombreux délits et ancien gérant d'une société de BTP, et son épouse roumaine disposent d'importantes liquidités qu'ils investissent régulièrement dans l'immobilier niçois via des SCI.

En plus de leurs activités locales, les truands arméniens de la Côte, qui pour certains sont les relais des parrains contrôlant des restaurants et des discothèques en Russie, assurent l'accueil d'*avtoriety* russes venus profiter du soleil de la Riviera française. Ou qui souhaitent investir leurs capitaux.

Ce n'est pas vraiment un hasard. Le crime organisé arménien est implanté en Russie et notamment à Moscou où il est apparu en 1992. Ses 150 « soldats » d'alors se sont divisés en six sous-groupes d'une vingtaine de personnes qui trafiquent les armes, rackettent les foyers étudiants, et contrôlent des cafés, des mini-casinos, et des sociétés de transport. En 2004, les autorités russes ont mené une offensive contre les Arméniens, arrêtant sur tout le territoire 45 caïds et 254 membres de différents groupes.

La criminalité tchétchène serait également en devenir en France. Particulièrement sur la Côte d'Azur et à Nice où, comme on l'a vu, elle est présente au contact des autres groupes. Une équipe « mafieuse » dirigée par Arslan, 34 ans, et qui est suspectée de proxénétisme international et d'immigration illégale, se serait implantée ces dernières années dans la communauté tchétchène locale. Arslan serait, avec son frère, membre d'un groupe qui donne dans le proxénétisme, le vol avec arme et autres trafics de stupéfiants.

L'homme, incarcéré de juillet 2005 à juillet 2006 à la maison d'arrêt de Marseille pour extorsion avec violences, menace ou contrainte de signature, promesses et vol aggravé, est également connu en Tchétchénie comme tueur professionnel… d'après une note sur « La problématique posée par la présence importante de détenus originaires des pays de l'Est » émanant du Bureau de renseignement de l'administration pénitentiaire sur laquelle il côtoie, dans la rubrique « Cas marquants », un Tchèque détenu pour infraction à la législation sur les stups, recherché dans son pays pour évasion. Il a purgé une peine de vingt ans pour plusieurs cambriolages et surtout l'assassinat d'un magistrat allemand en 2002. Selon le rédacteur de la note, il est considéré comme violent et dangereux « tant sur le point des évasions que des agressions ». Sur la note figurent également un Bosniaque incarcéré pour proxénétisme considéré comme un « peu parano et susceptible d'appartenir à un réseau mafieux », un membre de la « mafia bulgare » connu pour assassinat d'un banquier dans son pays, un Albanais qui est là pour détention, cession et transport de stups, connu pour proxénétisme chez lui, et travaillant à « alimenter un groupe de criminalité organisé sur le plan européen », et encore un Moldave aux multiples identités recherché en Russie, un Russe connu pour des braquages chez lui et passé par la Légion, un ex-« militaire résistant du Kosovo », etc.

En 2001, Arslan avait déjà connu les prisons françaises. Il avait été condamné à six ans de détention par le tribunal de Nice pour proxénétisme aggravé, vols et violences volontaires, et libéré après six mois de prison à la suite d'une erreur sur le formulaire du jugement. En préventive depuis juin 2001, le caïd tchétchène avait été élargi en décembre 2002 par le juge d'application des peines. Une affaire qui avait démarré en février 2001 lors d'un contrôle dans un hôtel du quartier de la gare de Nice. Les policiers étaient tombés sur six jeunes femmes fraîchement arrivées et munies de faux papiers. L'une d'elles avait dénoncé Arslan comme le boss du réseau. Les filles étaient recrutées en Russie puis « importées » via l'Allemagne ou l'Italie jusqu'à Nice où elles exerçaient dans le quartier d'affaires de l'Arenas, proche de l'aéroport. Un quartier où des proxénètes tchétchènes avaient à la fin des années quatre-vingt-dix coupé l'oreille d'une récalcitrante avec un décapsuleur…

Aux côtés de ses proxénètes, selon les RG, Nice abriterait également quelques jeunes équipes de trafiquants de cannabis — de moindre envergure — en prise avec leurs collègues des quartiers. Dans la cité de l'Ariane, les Caucasiens ont fait plusieurs descentes qui se sont soldées par des blessés. En novembre 2006, après que quatre « Arianais » ont été blessés dans une bagarre, leurs copains sont allés incendier quatre véhicules supposés appartenir à leurs rivaux. Quelques jours plus tard, les policiers ramassaient 17 douilles de 7,65 et de 9 mm abandonnées sur le sol de la cité de l'Ariane par un groupe de Tchétchènes venus les allumer en retour. La cité de la Madeleine à Évreux aurait connu des rivalités similaires. En août 2004, un affrontement y aurait opposé une cinquantaine de jeunes Caucasiens aux locaux.

La criminalité tchétchène en Occident offre deux visages. Avec une petite criminalité perpétrée par des « jeunes » d'un côté, et des voyous d'envergure en lien avec le crime organisé de l'autre. À l'image d'Umar D., une Autorité tchétchène de Moscou interpellé au mois d'août 2000 par la police judiciaire monégasque et qui faisait l'objet d'une mesure d'expulsion : un mafieux suspecté d'être impliqué dans l'exécution d'hommes d'affaires en Russie dont l'Américain Tatum et à Marbella en Espagne du Russe Roman Frumson.

Le milieu criminel tchétchène est réputé auprès de ses collègues russophones. Au départ, il ne formait qu'un seul groupe — Dolgoprudenskaya — dans la capitale russe où il s'est installé en 1987. À sa tête, Lecho Lysyi le Chauve et Khoza Souleïmanov, dont les équipes sont alors composées d'athlètes, de lutteurs et d'anciens policiers. Le groupe se distingue dans l'extorsion de fonds, le racket et le contrôle des casinos au nord de Moscou.

Au tournant des années quatre-vingt-dix, les deux caïds sont arrêtés et le groupe éclate en plusieurs gangs dont trois sortent du lot : Tsentral'naya, Ostankinskaya et Avtomobil'naya. Les Tchétchènes profitent de l'incarcération d'importants parrains russes pour asseoir leur conquête du territoire. Quant aux autres, ils redoutent d'affronter ces clans de montagnards sans pitié… Et de plus en plus nombreux. De 500 en 1990, ils passent à 1 000 l'année suivante. Le gouvernement tchétchène, ne sachant plus « à quel saint » se vouer après l'effondrement de l'Union soviétique, a ouvert les portes de ses prisons et libéré 4000 voyous. En 1993-1994, les organisations russes contre-attaquent, emmenées par Sergueï Mikhaïlov et ses alliés réunis sous la bannière de la Fraternité de Solnetsvo. Le seul *Vor* tchétchène partisan déclaré de la négociation, Sultan Balashikhinskii, est tué en avril 1994.

Estimés à 5 000, les gangsters tchétchènes se sont depuis taillé une « belle » réputation dans l'extorsion de fonds, la protection, et les meurtres sur contrat. Ces spécialités s'exercent également en France et plutôt violemment. Le 15 février 2005, le Raid est venu épauler la Sûreté départementale de l'Essonne pour interpeller à Orléans les frères Akhmed et Magomed Elderbiev soupçonnés d'avoir agressé, calibre à la main et cagoules sur la tête, un couple de Russes à son domicile de Corbeil (91) pour leur extorquer des fonds.

Une technique similaire avait été utilisée à Neuilly-sur-Seine, neuf jours avant, contre une Française dont le mari possède plusieurs sociétés en Russie.

En France, le phénomène est de « basse intensité » selon les observateurs policiers, en tout cas de niveau inférieur à celui de l'Allemagne et de la Belgique. Dans le plat pays, les premières affaires sont apparues en 2001-2002[1]. Du racket comme en France, contre les Russes. Après s'être fait dépouiller de leur voiture, les victimes sont obligées de verser de l'argent et de signer une reconnaissance de dette. Les auteurs présentent tous le même profil : ils sont âgés de 18 à 30 ans, costauds et

1. Selon les travaux du commissaire divisionnaire belge François Farcy.

violents. Depuis peu de temps, ils s'attaquent au milieu local et rackettent les proxénètes belges.

À Liège, durant l'été 2005, un important dealer de la ville est retrouvé moribond dans une cave, attaché à côté d'un pitbull passablement énervé. Il avait été préalablement brûlé au chalumeau et au fer à repasser.

Aux côtés de ces criminels de terrain, évoluent des voyous d'envergure mafieuse, à la tête de sociétés qui n'affichent guère plus d'activités que leurs cousines russes. Certains d'entre eux, arrêtés en Belgique, arrivaient de Nice où ils étaient passés saluer des « amis ». Les « grands » comme les « petits », qui en plus de l'extorsion évoluent également dans le vol qualifié, naviguent des deux côtés de la frontière. Les « inculpés belges » ont très souvent des liens en France, du côté de Lille, Metz, Besançon… un tel connu en France pour vol et détention d'armes est arrêté à Anvers pour des vols avec trois compatriotes installés à Bruxelles, Ostende et Paris ; telle équipe serrée à Liège, Bruxelles et Anvers avait des contacts à Paris et sa région, d'autres ont des liens avec le milieu turc en Belgique, avec l'Allemagne, la Russie du côté de Moscou et Saint-Pétersbourg.

# 3

## *La méthode balte*

Lorsque l'on évoque la criminalité russophone, il est difficile de faire l'impasse sur les voyous baltes. En effet, les organisations et bandes criminelles lituaniennes, estoniennes et lettones sont étroitement liées à leurs homologues de Saint-Pétersbourg et de Moscou.

Fort de sa position géographique, le crime organisé balte est monté en puissance ces dernières années. La région est devenue une plate-forme commerciale criminelle[1] entre l'Europe occidentale, la Scandinavie et les « pays de l'Est », Biélorussie, Ukraine, et bien sûr

1. Notamment en matière de stupéfiants dont les organisations lituaniennes — les plus importantes de la région — assurent le trafic, ainsi que les estoniennes qui produisent des drogues synthétiques en usine et importent massivement d'Espagne, fournissant entre autres le marché finlandais. Deux pays, selon Europol, dont le crime organisé de dimension internationale — par leur rayonnement et leurs liens avec des groupes étrangers — serait parmi les plus dynamiques d'Europe et dont certains des groupes, par leur organisation, leur violence et leurs liens politico-économiques, sont comparables à la N'drangheta et à Cosa nostra. Les plus gros d'entre eux étant même fédérés au sein d'une coupole à la « sicilienne ».

Russie. Les organisations de cette dernière, qui lorgnaient sur les ports baltes, ont dès le début des années quatre-vingt-dix tissé des liens avec les criminels locaux, non sans quelques heurts…

Le 14 décembre 1996, le mafieux estonien André Pisspea, membre du Linnuvabrikgroup, est abattu dans son pays. L'assassin arrêté, la police locale remonte via son téléphone jusqu'au commanditaire, un certain Kukk. L'analyse des communications de ce dernier indique qu'il était en France au moment du meurtre et qu'il a appelé à 17 reprises un autre numéro de mobile également localisé dans l'Hexagone. Les recherches de la CRACO (Cellule de recherche et d'analyse du crime organisé de la Direction centrale de la police judiciaire) permettent d'identifier son propriétaire qui n'est autre que la concubine de McIntosh. Les coups de téléphone ne prouvent rien, si ce n'est des relations soutenues entre les deux pays. L'affaire Pisspea serait d'ailleurs au centre d'une guerre des gangs qui aurait opposé de 1993 à 1997 les organisations estoniennes et les groupes originaires de Russie et de la CEI qui comptaient les soumettre. Les premières emmenées par Melis Lao, né en 1966 à Tallinn, et les seconds fédérés par Nicolaï Tarankov, né en 1952 à Mogiljov en Russie.

À l'époque, Tarankov est présenté comme le leader incontesté du crime organisé estonien, à tel point que les policiers le surnomment le « Dieu le père de la pègre » et qu'une plaisanterie courante stipule que l'Estonie a trois services de police : la police d'État, la police de sécurité et l'organisation Tarankov… Après des études à l'Institut de sécurité de Minsk et un titre de champion russe de boxe, Nicolaï s'est installé à Tallinn au début des années quatre-vingt et a travaillé comme gestionnaire des stocks au dépôt de matériel du génie de Kloogas où il a rencontré nombre de voyous locaux. En 1985, il débute comme collecteur de fonds pour les organisations criminelles de Riga, Leningrad et Kiev. Et sans doute comme tueur professionnel selon le KGB qui le soupçonne notamment d'avoir effectué un contrat à Odessa. En 1989, un trio de mafieux en provenance de Perm en Russie s'installe avec une dizaine d'acolytes en Estonie et contrôle les jeux clandestins et les casinos. Tarankov élimine alors leurs rivaux et s'impose comme leur protecteur. Dans la foulée, il met sur pied une caisse de solidarité sur le modèle russe de l'*obshchak* destinée au suivi des affaires en cas d'emprisonnement : corruption des fonctionnaires et assistance aux familles. Le premier gérant s'étant sauvé avec la caisse, il est pris en chasse et abattu en Pologne où il s'était réfugié.

Dans la foulée de la bande de Perm, d'autres organisations russes débarquent en Estonie. La bande de Solikam, qui refuse de cotiser à l'*obshchak*, est décimée lors de l'« automne sanglant » de 1994 qui laisse plus de cent truands sur le pavé, avec dix cadavres pour une seule tuerie. Idem pour celle de Kemerovo et de Kazan dont le leader commun est éliminé en 1991. En 1995, son principal adversaire, Malinovski, qui dirige trois groupes, est incarcéré, ses lieutenants y passent à leur tour.

À la fin des années quatre-vingt-dix, Tarankov règne sur Tallinn et les districts limitrophes de la Russie, entouré de ses lieutenants : Édouard en charge des exécutants, Aleksander gestionnaire du fonds d'entraide, un autre Aleksander conseiller économique, Aleksei chargé des affaires légales… Son principal opposant se nomme Melis Lao, qui a échappé à quatre tentatives d'assassinat. En 1997, une bombe télécommandée placée dans une poubelle explose à sa sortie d'une salle de sport. En revanche, celle qui vise Kalev Kug en novembre 2005 touche au but, éliminant l'un des deux nouveaux hommes forts de la pègre estonienne. L'autre, Slova Kemerovski, le patron du groupe Kemorovo, dominerait le paysage criminel local[1].

En Lettonie, c'est encore un attentat à l'explosif — cette fois à la voiture piégée — qui coûte un œil en janvier 1997 à Valery Berlin, alors âgé de 37 ans, et principal lieutenant d'Ivan Haritonov, le plus gros parrain letton. Valery assurait l'intérim pendant l'incarcération du patron (Haritonov avait été condamné en 1997 à huit ans de prison). Valery Berlin est finalement exécuté le 14 janvier 2000, victime de représailles de la part des groupes russes. La série a commencé quelques jours avant, avec la disparition inexpliquée de Genadijs Dubrovenko, 47 ans, patron du crime organisé de la ville portuaire de Liepaja. Après Valery le 14 janvier, c'est au tour des nommés Aleksander Parigers, 31 ans, et Aleksander Dudkins, 41 ans, d'y passer le 27 janvier. Parigers n'est alors que grièvement blessé. La nuit suivante, un certain Jurijs Volvacs, 49 ans, est abattu devant chez lui à Riga. Cet homme d'affaires, ancien membre du crime organisé letton, était propriétaire de Ferry Services, une compagnie maritime dont le bateau *Rous* assurait deux liaisons hebdomadaires avec Stockholm.

1. Il serait notamment spécialisé dans l'investissement des capitaux criminels russes dans l'immobilier estonien.

Un ferry qui selon les autorités suédoises servait à tous les trafics et contrebande : alcool, cigarettes, stups…

En résumé, cette série d'exécutions signerait la reprise en main par les organisations russes de leurs cousines lettones. Six mois auparavant, Sergueï Mikhaïlov, le patron présumé de la Solnetsvskaya, aurait effectué deux visites en Lettonie (en août et septembre 1999) pour, selon la rumeur, essayer de convaincre les Lettons de cotiser à l'*obshchak*, ce qu'ils refusaient.

Le système bancaire letton étant particulièrement perméable aux capitaux mafieux, certains « financiers » et groupes criminels locaux se seraient spécialisés dans le blanchiment de capitaux russes. À l'image de Mikhaël S., ancien du KGB, expert en matière économique et financière, et présenté comme le seul capable de rivaliser avec Haritonov pour le titre de « boss des boss ». Ou encore de ce vice-président d'une banque lettone réputée pour blanchir l'argent du crime organisé russe et qui s'est rendu en France via le Bourget en juin 2004 à bord d'un avion privé. Peut-être pour y rencontrer l'un des actionnaires français de la banque, un ancien gendarme impliqué dans les « écoutes de l'Élysée » et qui dirige un groupe de sécurité implanté dans divers pays et notamment en Afrique…

Selon Europol, les groupes criminels russes verraient dans leurs investissements lettons — notamment leurs multiples sociétés — une belle opportunité de faire du business sur le marché européen.

En Lituanie aussi, des connexions troublantes apparaissent entre les nationaux et les mafieux russes. Alors que le pays s'apprête à intégrer l'Union européenne, en mai 2004, le président Rolandas Paksas est destitué pour corruption. En cause, notamment, ses liens avec un homme d'affaires russe — grand argentier de sa campagne électorale —, soupçonné de frayer avec le crime organisé russe. Ce dernier disposerait d'ailleurs d'un relais au sein de la présidence en la personne du conseiller à la sécurité nationale nommé par le président qui serait proche de mafieux russes. Outre l'obtention rapide de la nationalité pour son financier, Paksas aurait averti Juri Borisov que la justice s'intéressait à lui et qu'il faisait l'objet d'écoutes. Ce scandale fut révélé en 2003 par le chef des services secrets dans un rapport présenté à la tribune du Parlement. En février 2005, Roland Paksas fait un retour politique en gagnant avec son Parti de l'ordre et de la justice les législatives à Vilnius, ville dont il était maire avant son élection présidentielle.

Déjà, dans les années quatre-vingt-dix, le meurtre du journaliste Vitas Lingys — en octobre 1993 — qui enquêtait sur le crime organisé[1] a permis d'entrapercevoir les liens qui unissaient la brigade de Vilnius, groupe criminel de la capitale, à ses homologues russes à travers la société M. and S. International.

### *Les « marcheurs lituaniens »*

Tout comme pour leurs homologues de l'ex-Union soviétique, la France sert de base arrière aux groupes criminels baltes. Des Estoniens se prélassent au bord

1. Voir à ce sujet Alain Lallemand, *L'Organisatya*, Calmann-Lévy, 1996.

de la Méditerranée, tout comme les « boss » lettons qui possèdent de somptueuses villas sur la Côte, tandis que les Lituaniens visitent leurs collègues russes établis sur le territoire.

Mais pas seulement. Les Baltes opèrent également en France comme le font les truands géorgiens. Les caïds et parrains lituaniens notamment qui envoient leurs équipes commettre des séries de délits qui vus de l'extérieur ressemblent à de la petite délinquance.

Les « marcheurs baltes », comme les ont baptisés les forces de l'ordre, en sont un bon exemple. Ces jeunes hommes écoulent des faux billets au compte-gouttes auprès des petits commerçants. Les premières affaires sont apparues en 1998 en Allemagne (faux deutsche marks) et en Belgique (faux deutsche marks et faux dollars à Neufchâteau), mais elles se sont multipliées avec l'introduction de l'euro. En France, 120 Lituaniens ont été interpellés entre janvier 2002 et novembre 2004, date à laquelle la « filière des 100 euros » a subi un coup de frein.

Le 6 novembre 2004, sur la base de renseignements fournis par plusieurs polices européennes et notamment l'Office central de répression du faux-monnayage, la police lituanienne intervient dans une imprimerie offset numérique située à Kaunas, la deuxième ville du pays. Et saisit pour 9 millions d'euros de faux billets qui attendaient leur mise sur le marché : 80 000 billets de 100 euros, le reste en couronnes norvégiennes et en livres sterling. Treize personnes sont interpellées.

Depuis dix-huit mois, l'imprimerie produisait des faux d'une valeur faciale de 100 euros qui avaient mis en émoi les polices française, autrichienne, allemande, belge, hollandaise, espagnole... et coréenne. Trois Lituaniens ont été arrêtés en juillet 2004 à l'aéroport de Séoul alors que, à peine débarqués, ils tentaient d'écouler leurs faux billets de 100. La série a été baptisée 100P3 par la Banque centrale européenne qui recense plus de 100 000 exemplaires écoulés.

En France, les premiers ont été signalés par des commerçants à Paris en mars 2003. Trois Lituaniens ont été arrêtés et 70 faux billets trouvés dans leur voiture. Billets de très grande qualité, puisqu'ils reproduisaient la quasi-totalité des signes de sécurité des vrais. Seule l'importance de la valeur faciale, comparée au faible prix du produit acheté, a alerté les commerçants. D'autres affaires similaires ayant suivi, une commission rogatoire internationale a été émise et des policiers français ont fait le déplacement en Lituanie, considéré comme le pays source. Leurs collègues locaux en ont profité pour installer le logiciel RAPACE (Répertoire automatisé pour l'analyse des contrefaçons en euros) qu'ils leur ont apporté.

En 2004, les affaires se multiplient sur tout le territoire avec une prédilection pour le Nord, l'Est et Paris. En avril à Riom, trois Lituaniens sont arrêtés avec 62 faux ; fin juin, 24 billets sont saisis à Charleville-Mézières et huit personnes incarcérées ; le 10 juillet à Lille ce sont deux hommes et 24 billets ; le même mois toujours à Lille, 68 fausses coupures, deux jeux de passeports et 12 320 euros authentiques... Puis en août à Paris, en septembre à Annecy, où sur les trois auteurs, deux sont connus pour des faits similaires en Belgique, en Italie et au Maroc, puis le même mois encore à Paris (où dans deux affaires différentes les faux billets sont dissimulés dans des plaquettes de chocolat), et ensuite à Lyon…

Bref entre juin et septembre, huit affaires ont été réalisées au cours desquelles 60 400 euros contrefaits en billets de 100 ont été saisis.

Les équipes de « marcheurs baltes » présentent toutes le même profil et opèrent de façon similaire : les jeunes Lituaniens, âgés d'une vingtaine d'années, travaillent par trois ou quatre cornaqués par l'un d'eux, plus expérimenté et plus âgé. Très mobiles, ils circulent dans des voitures spécialement aménagées pour cacher les plus ou moins 150 billets qui leur ont été remis à leur départ et dorment dans des hôtels bon marché. Une fois dans la ville ciblée, ils écument une dizaine de commerces par jour. Et, pour limiter les risques, chaque « marcheur » (ils font leur « tournée » à pied) ne détient qu'une seule coupure pour chaque magasin visité. Il y effectue de petits achats, genre cigarettes, viennoiseries, etc., d'un montant inférieur à 10 euros pour que le rendu de monnaie soit le plus intéressant possible. Les marcheurs gardent la marchandise achetée ainsi que 10 % de chaque billet écoulé. L'argent est rapporté en voiture par un convoyeur.

Bien qu'ils se confessent rarement aux policiers, la plupart des marcheurs interpellés sont originaires de la ville de Kaunas, siège du groupe criminel Daktaras, présenté comme le plus important du pays. Selon les policiers, l'ombre de l'organisation dirigée par Henrikas Daktaras et ses deux fils se profile derrière ce « business ».

Né en 1957, Daktaras, qui règne sur le milieu lituanien, a été condamné en 1997 à sept ans et demi de prison et incarcéré à Vilnius pour extorsion (il a d'ailleurs porté plainte l'année suivante devant la Cour européenne de justice pour non-respect de la présomption d'innocence et l'a emporté en janvier 2000). En 2005, il a de nouveau été condamné pour extorsion de fonds sur l'un de ces anciens lieutenants qui s'est repenti et a rejoint le programme de protection des témoins. Deux ans auparavant, l'un de ses fils, alors âgé de 22 ans, avait été inculpé dans une affaire de trafic de stups, de fausse monnaie et de blanchiment avec les États-Unis. Élu « député » peu de temps avant, il n'avait pas eu le temps de siéger au conseil de Kaunas.

Après l'opération contre l'imprimerie de Kaunas, le phénomène des « marcheurs » a connu un ralentissement. Entre décembre 2004 et mars 2005, seules deux affaires ont été réalisées lors de contrôles douaniers : le 25 décembre, dix-huit billets de 100 euros étaient découverts sur deux Lituaniens qui se rendaient en Grande-Bretagne et trois fausses coupures l'étaient le 15 mars sur trois hommes dans le nord de la France. Ce qui ne signifie pas que les gangs lituaniens aient cessé la production. À la mi-mars, dans la foulée de la première opération de novembre 2004, une autre imprimerie a été démantelée à Vilnius. Elle produisait des billets de 50 (1 100 d'entre eux ont été saisis) et de 100 euros.

Selon la DGSE, en 2005, le pays était le premier diffuseur mondial de faux billets. Une spécialité qu'il partage en Europe avec la Bulgarie, l'Italie et dans une moindre mesure avec le Kosovo et la Serbie[1]. Autant de

1. Et au niveau mondial avec le Pérou et surtout la Colombie, déjà plus gros producteur de faux dollars et dont les groupes criminels se sont lancés dans la production d'euros qui circulent aux Caraïbes et

pays qui possèdent deux éléments indispensables à la contrefaçon d'importance et de qualité : une capacité à produire via des imprimeries offset et surtout un crime organisé assez fort pour détourner les activités de ces dernières.

La Lettonie est également sur les rangs. En mars 2005, toujours selon la DGSE, une « contrefaçon exceptionnelle » de billets de 200 euros y a été élaborée. Coïncidence... au même moment, le 7 avril exactement, trois Lituaniens âgés de 19 et 20 ans se faisaient arrêter à Neuilly-sur-Seine, porteurs de coupures de 200 euros. Selon les policiers de la BRIF qui ont réalisé l'affaire, c'était la meilleure contrefaçon connue à ce jour. Elle avait déjà été aperçue dans le Sud où deux « marcheurs » avaient été interpellés quelque temps avant avec, en plus, 7 000 vrais euros. L'un des deux hommes avait déjà été condamné à cinq mois à Limoges pour une affaire similaire.

Ce dossier confirmait aux forces de l'ordre que les différentes filières lituaniennes possédaient sans doute un socle commun. En effet, le véhicule du duo leur avait été prêté par un couple de Lituaniens résidant à Melun, déjà dans la ligne de mire des policiers. Les enquêteurs les soupçonnaient de servir de « base logistique » aux équipes de marcheurs opérant en France. Le couple leur fournissait les voitures, les téléphones portables et un hébergement ponctuel à l'hôtel Formule 1 de

---

particulièrement dans les Antilles françaises. En 2007, trois imprimeries offset ont été démantelées dans le pays, et d'autres au Pérou et au Venezuela.

Rubelles (77). Cette conviction s'est forgée en recoupant différentes affaires réalisées en 2004 par les SRPJ de Limoges, Clermont-Ferrand, Lyon et Marseille, ainsi que par la brigade territoriale de gendarmerie de Malesherbes dans le Loiret et la brigade de recherche de Pithiviers. Le tout a été confirmé par l'arrestation le 6 novembre 2004 à Fos-sur-Mer d'un Lituanien dont la voiture prêtée par le couple dissimulait cent dix faux billets de 100 euros lituaniens ainsi que des coupures contrefaites de 50 euros.

Le 20 juin 2005, les forces de l'ordre ont mis le « paquet » pour arrêter le couple et ses complices dont Bob, déjà interpellé avec monsieur en 2001 pour diffusion de fausse monnaie.

L'OCRFM, la BRIF, la DRPJ de Versailles, le GIR du 77, la BAC de Melun et un escadron de gendarmerie mobile venu d'Aubervilliers arrêtaient sept personnes et fouillaient les 96 chambres du Formule 1 où logeaient les équipes à leur arrivée en France et lors de leur départ. Aucune fausse coupure cependant n'était saisie. L'opération avait dû être déclenchée précipitamment, le couple ayant prévu de prendre la route pour la Lituanie cinq jours plus tard.

Les filières semblent se recouper en France et également dans les pays Baltes. Les 200 euros saisis en avril 2005 à Neuilly-sur-Seine sur les marcheurs lituaniens proviendraient comme on l'a vu de Lettonie. Les services secrets français les attribuent au faussaire Igor Timokhine associé pour le coup à l'affairiste et banquier letton Aleksander L. Ce dernier est un ancien *tsekhoviki*, un millionnaire du marché noir de l'époque soviétique qui, fort des 25 millions de roubles engrangés clandestinement, s'est lancé dans les affaires avec son associé Vladimir lors de l'indépendance du pays en 1991. Dans les années qui ont suivi, Aleksander l'ayant escroqué, Vladimir a fait appel aux organisations russes pour trancher le différend et les deux hommes ont finalement monté chacun leur banque.

Aleksander, aidé de son fils, serait associé à la brigade de Pardaugava, l'un des deux plus importants groupes criminels lettons, dirigé par Boris, né en 1948 et réfugié à Moscou de 1994 à 1999 après la faillite frauduleuse de la banque Blatija. L'ombre du groupe Pardaugava se profilait déjà derrière l'imprimerie démantelée le 20 juillet 2004 à Riga par les services de renseignement lettons, une opération au cours de laquelle avaient été saisis 700 000 faux dollars et 26 000 faux euros. L'ambassade américaine avait alors versé 5 000 dollars à la police de sécurité de Lettonie pour l'encourager.

### *Talentueux faussaires*

Les pays Baltes se sont fait une spécialité de la contrefaçon. Outre les billets, les truands locaux produisent des faux documents de toutes sortes, et en premier lieu des passeports. La Lituanie semble tenir le haut du pavé de la production, viennent ensuite les pièces d'identité lettones puis estoniennes. Les clients sont ukrainiens, moldaves, russes, kazakhs, biélorusses… En résumé, les ressortissants des pays restés aux portes de l'Europe. On retrouve des faux papiers dans la plupart des affaires les mettant en scène. En février 2007, un couple résidant en

France illégalement, composé d'un Géorgien et d'une Kazakhe, contrôlé à la frontière italo-suisse au poste du col du grand Saint-Bernard a présenté des passeports lituaniens. L'homme, recherché en Suisse pour trafic de stups — leur voiture dissimulait de la méthadone qui avec le Subutex font l'objet d'un trafic notamment à destination de l'Ukraine —, détenait également un permis de conduire du même pays. Ce qui n'est guère étonnant. Les faussaires lituaniens produisent toute la gamme possible : fausses déclarations d'assurance, faux permis de conduire, faux diplômes universitaires, faux certificats d'immatriculation de véhicules[1]... Les Lettons ne sont pas en reste avec leurs faux timbres, faux chèques de voyage, leurs fausses attestations de maîtrise de langues étrangères...

À la mi-mai 2005, la police lettone perquisitionnait dans un appartement au centre-ville de Riga un atelier clandestin spécialisé dans la fabrication de logiciels (la gamme Windows) dont l'activité aurait entraîné une perte sèche de 3 millions de dollars pour Microsoft. Les CD avec leur packaging muni de stickers et d'hologrammes étaient de telle qualité qu'ils étaient vendus presque aussi cher que les vrais sur le site e-bay en Allemagne.

Enfin, forts de ces talents d'informaticien, certains groupes se sont mis aux escroqueries de cartes bancaires. Le même mois, toujours à Riga, deux « malchanceux » se

1. Des documents de si bonne qualité qu'ils seraient très difficiles à détecter. Selon la contribution lituanienne à l'OCTA — Organised Crime Threat Assessment (EU) — 2007 d'Europol, le groupe Zemaiciai serait spécialisé dans l'ouverture de comptes bancaires à l'aide de faux documents.

faisaient pincer avec des lots de CB piratées à des clients de banques européennes et notamment françaises. Trois mois plus tôt, c'était de Lituanie que venait l'alerte.

Le 14 février 2005, la police de ce pays avertissait Europol de l'arrivée imminente en France de trois hommes en possession de deux cents cartes. L'information était répercutée à l'OCLCTIC qui transmettait à la PJ niçoise. Le trio devait arriver dans une voiture immatriculée en Grande-Bretagne et rejoindre des membres du même groupe dans la région niçoise. Tout ce petit monde — entre 20 et 27 ans — était interpellé dans un appartement de Villeneuve-Loubet où l'équipe déjà en place avait stocké son butin composé d'ordinateurs portables, de montres de luxe, et autres coffrets de champagne. En plus des deux cents déjà signalées, quarante-sept autres cartes étaient saisies.

### *Voitures belges et hors-bord bretons*

Conséquence supposée de leur maîtrise de la fraude documentaire, les voyous du nord de l'Europe donnent également dans le vol de véhicules. Comme pour les billets, les groupes à la pointe de cette spécialité seraient installés à Kaunas et, là encore, l'ombre d'Henrikas Daktaras plane sur le trafic. Ces réseaux auraient d'abord exercé leur coupable talent en Pologne vers 1993 avant de descendre progressivement vers le sud de l'Europe. En 1995, ils auraient pris pied en Allemagne puis, en 1998-1999, aux Pays-Bas, en Belgique et en France. Avec une préférence pour les berlines allemandes : Audi, BMW, Volkswagen…

En novembre 2006, les Belges mènent une opération conjointe avec leurs collègues de la police antiterroriste lituanienne (dont les membres sont surnommés les «Aras») à Kaunas où ils arrêtent quatre hommes, dont deux caïds de 44 et 50 ans, et perquisitionnent une dizaine de sociétés. À Kaunas, quatre familles sont soupçonnées d'y régenter le business sous la coupe du clan Daktaras. Là encore, ce sont des petites mains qui sont envoyées en première ligne pour dérober les véhicules avec l'appui de ressortissants installés localement. Ces jeunes gars de 20 ans travaillent à la commande. Pour une bouchée de pain, ils achètent dans les pays Baltes une épave du même modèle que celui qu'ils convoitent. Ils se munissent d'un jeu de documents qui lui correspondent et «descendent» voler la jumelle. La Belgique, et en particulier Liège, ferait office de plaque tournante pour ce trafic[1]. Des entrepôts y seraient aménagés pour procéder au maquillage des voitures volées en Allemagne ou en France. Les équipes y traiteraient une à deux voitures par nuit. Le travail est sectorisé: voleurs, maquilleurs, convoyeurs payés 100 dollars pour remonter les voitures, etc.

Au pays, seule une poignée de commanditaires se chargeraient du changement d'identité final et complet des berlines de luxe qui sont souvent destinées à la Russie, à l'Ukraine, au Kazakhstan et autres pays de l'ex-URSS.

En 2000, les Lituaniens avaient demandé aux autorités françaises des vérifications de documents portant

1. *Le Soir*, 4 décembre 2006.

sur 100 voitures importées de l'Hexagone… dont les papiers se sont révélés faux.

Le dossier belge examiné par la justice en novembre 2007 porte sur 1 825 véhicules pour une valeur de 40 millions d'euros. L'un des prévenus a déjà vingt-sept années de prison sur son CV, dont la plupart effectuées dans les camps soviétiques. Un second procès est prévu, la Lituanie ayant donné son feu vert en décembre 2007 à l'extradition de l'un des deux caïds arrêtés avec lui en novembre 2006.

Les voitures, c'est un trafic lucratif, mais elles n'ont pas rendu célèbres les voleurs lituaniens dans toute l'Europe. Au contraire des moteurs de hors-bord. Depuis le début des années 2000, des équipes d'« ouvriers » écument les côtes européennes — France, Pays-Bas, Belgique, Espagne… — à leur recherche.

Pour la France, tout commence en 2003. Cette année-là, ce sont plus de 900 moteurs de bateaux pour une valeur de 1 million d'euros qui disparaissent dans des petits ports du littoral atlantique.

Les policiers des SR de Rennes, Poitiers et Caen créent alors une cellule d'enquête baptisée « Baltique ».

Début décembre 2003, deux Lituaniens sont interpellés lors d'un contrôle sur une aire de repos de l'A10 dans les Deux-Sèvres. Dans leur fourgonnette, les gendarmes mettent la main sur un moteur volé. Le 21 janvier suivant, trois autres types en possession de quatre moteurs hors-bord sont arrêtés. Trois semaines plus tard, le 11 février 2004, 80 gendarmes et policiers mènent une opération dans la zone hôtelière située le long de l'autoroute A86, entre Brétigny-sur-Orge et

Saint-Michel-sur-Orge dans l'Essonne. Les équipes de voleurs lituaniens installés depuis septembre y louent des chambres ou dorment sur des matelas installés dans leurs camionnettes garées sur les parkings.

Six personnes dont deux chefs d'équipe sont déférées et mises en examen à Rochefort pour vols en bande organisée. En novembre 2004, lors de leur procès, aucun d'eux ne livre le nom du commanditaire. L'un évoque la « mafia lituanienne ». Les « ouvriers » prennent entre quatre et six ans tandis que les deux « animateurs » du réseau en France, 20 et 23 ans, écopent de six et cinq ans. L'enquête a tout de même permis d'identifier un homme qui semble animer la filière depuis la Lituanie. Vadimas Pipine, 26 ans : il a reçu 285 coups de fil sur son portable lors de 66 vols. Il a de plus envoyé une lettre de menace à l'un des types, incarcéré à Niort. Et, cerise sur le gâteau, la carte bancaire de sa mère a été retrouvée sur l'un des voleurs en Bretagne. Mais pas d'extradition en vue pour Pipine, malgré les demandes répétées de la justice française qui l'a condamné par défaut à dix ans de prison. Déjà condamné deux fois dans son pays, Pipine est officiellement comptable d'une société agricole installée dans la région de Pasvalys, un gros bourg agricole de 10 000 habitants situé au nord-est du pays, à la frontière lettone.

D'après les investigations des gendarmes, les équipes de voleurs descendaient en voiture depuis la Lituanie. En France, elles s'installaient dans les hôtels bon marché de l'Essonne, volaient des fourgonnettes et partaient écumer les côtes par groupe de quatre à six personnes. Elles agissaient depuis le Calvados jusqu'au bassin d'Arcachon, en passant par la Bretagne et le bassin de

Marennes-Oléron où 160 moteurs de barges d'ostréiculteurs ont disparu. Ces derniers, qui encaissaient mal le coup en période de fêtes, avaient constitué des groupes de vigilance pour patrouiller la nuit.

Les moteurs — de préférence neufs et de forte puissance, leur « prix magasin » pouvant aller jusqu'à 30 000 euros — étaient le plus souvent volés dans des petits ports bretons non éclairés et non gardés. Avec des techniques bien rodées. Les voleurs agissaient à marée basse ou coupaient les amarres du bateau qu'ils faisaient dériver jusqu'au bord, ou encore convoyaient les « moulins » sur de grosses chambres à air. Certains d'entre eux avaient même découpé l'arrière de petits chalutiers. Face à ces razzias, les capitaineries avaient dû investir dans des caméras de surveillance, des grillages, voire des sociétés de gardiennage. Chargés dans des camionnettes, les moteurs gagnaient ensuite l'Essonne où ils attendaient leur départ pour la Lituanie. Un intermédiaire recrutait des chauffeurs routiers des pays de l'Est — payés 300 euros — au marché de Rungis pour assurer leur convoyage. Sur des aires de repos de l'A1, ils étaient transbordés dans les coffres destinés à stocker les palettes en bois situées sous la remorque qui elle est scellée. En cas de contrôle, la technique évite la saisie du camion, le chauffeur pouvant plaider l'ignorance.

### *Yacht et voiliers*

Malgré le procès de Rochefort, les vols n'ont pas pour autant cessé.

En juin 2005, un deuxième procès s'est déroulé au

tribunal de la ville. Quatre jeunes — le plus âgé avait 23 ans — comparaissaient pour 33 vols commis entre février et avril 2004. Juste après la première opération.

L'équipe avait apparemment le même contact que les précédentes : Vadimas Pipine. Ils avaient été repérés début 2004 en forêt de Barbezieux alors qu'ils s'agitaient autour d'une camionnette volée. Les gendarmes, sur le qui-vive depuis un vol de moteurs qui s'était déroulé cinq jours avant à Fouras, s'étaient lancés à leur poursuite, sans succès puisqu'ils avaient été obligés d'éviter les moteurs balancés sur la chaussée pour les retarder. Mais, le 24 avril, l'équipe avait été arrêtée en Bretagne, au Guilvinec. À Rochefort, ils ont écopé de trois à quatre ans de prison tandis que Pipine jouait encore une fois les grands absents malgré le mandat d'arrêt international dont il faisait l'objet. Dans cette enquête, la coopération internationale n'a pas vraiment joué à plein : des filatures ont été bloquées à la frontière polonaise en dépit des mandats Interpol dont disposaient les gendarmes ; par ailleurs, lorsque ces derniers ont prévenu qu'un camion arrivait à la frontière lituanienne, un douanier local en a informé le réseau contre 500 euros. Bref, Pipine a cette fois été condamné à sept ans de prison par défaut.

Mais quelques semaines plus tard, le vent a tourné. Arrêté à Vilnius, il a été extradé en août. En janvier 2006, il a été rejugé à Rochefort et condamné à sept ans.

L'enquête n'est pas pour autant terminée. Vadimas Pipine, présenté un peu vite comme le boss du réseau, ne serait en fait que le responsable des équipes de voleurs. Il agirait pour le compte de quatre commanditaires dont

Gintaras L., qui serait le patron, un ancien fermier de kolkhoze qui a racheté les terres lors de leurs privatisations. Voilà pour l'activité officielle. En coulisses, ce dernier serait à la tête d'un groupe composé de trois lieutenants, de chefs d'équipe et de voleurs. Six sociétés agricoles serviraient à blanchir l'argent mal acquis.

En janvier 2006, deux enquêteurs de la SR de Rennes se rendent en Lituanie, munis d'une commission rogatoire internationale émise par un juge d'instruction du tribunal de Quimper. Le 18 au matin, ils assistent les policiers lituaniens qui arrêtent, à Pasvalys, Gintaras et son lieutenant Thomas. Un troisième homme, Mantas, présenté comme chef d'équipe, est absent, il se rendra le lendemain. Deux autres complices et trois chauffeurs routiers sont également arrêtés. Seul Mantas est extradé la semaine suivante, puis jugé en janvier 2007 et condamné à quatre ans de prison. Un « ouvrier » assis dans le box à ses côtés à qui l'on reproche le vol de 38 moteurs et de quatre fourgons prend, lui, trois ans. Quant à Gintaras, il est absent pour cause d'incarcération dans son pays dans le cadre d'un autre dossier. À l'issue de sa peine, il devrait prendre le chemin de la France.

Après les procès de Rochefort, les vols ont diminué en Charente-Maritime mais continué en Bretagne, au pays Basque et sur les lacs et plans d'eau. En juillet 2004, trois Polonais ont été arrêtés en flagrant délit à Bourget-du-Lac en Savoie. La Côte d'Azur est également touchée, mais les ports de la Méditerranée recèlent bien d'autres trésors que de simples moteurs. On y dérobe carrément des yachts et des voiliers.

En 2006, la douzaine d'enquêteurs de la brigade maritime de gendarmerie de Toulon ont dans le collimateur un skipper lituanien. Ils le soupçonnent alors d'avoir dérobé quelques-uns des 32 cabin cruisers qui ont disparu entre 2001 et 2005 sur la Côte. Notamment deux yachts amarrés à Mandelieu-la-Napoule, à Marina-Baie-des-Anges et à Villeneuve-Loubet, ainsi que, dans le port de Saint-Tropez, le *TT of Sea*[1], une unité battant pavillon portugais de 68 pieds et d'une valeur de 1,3 million d'euros. La technique est simple. Des complices évoluant dans le milieu nautique signalent les bateaux prêts à appareiller (révisés et le réservoir plein, etc.). Un homme monte à bord lorsque le gardien est parti faire un tour, le démarre et s'en va. Pas plus dur que ça en l'absence de clé sécurisée, d'alarme et de balise GPS… En mer, ne reste plus qu'à changer le nom et l'immatriculation grâce à des bandes adhésives, et le pavillon. Le temps que la brigade spécialisée soit avertie du forfait, le bateau est déjà loin, du côté de l'Albanie par exemple où notre skipper a été interpellé au large des côtes en 2006 en panne de gazole sur un yacht de 17 mètres. L'homme arrêté, il manquait son patron à l'appel. Un Lituanien recherché pour trafic d'armes et de voitures en Allemagne, trafic d'êtres humains en Grande-Bretagne et qui animerait une filière de stups avec le Maghreb.

L'homme aurait commandité le vol de plusieurs grands voiliers en Espagne et à Juan-les-Pins. Ces bateaux transiteraient par l'île de Malte où ils seraient « blanchis » via des sociétés écrans avant de gagner

1. *Le Figaro*, 30 juin 2006.

la mer Noire et d'être revendus aux nouveaux riches russes et ukrainiens.

*Des lames de rasoir aux bijoux*

Des voitures, des moteurs de bateau et des vols de supermarché. Les équipes lituaniennes ne dédaignent pas le détail, ciblant des produits de faible volume mais à forte valeur ajoutée. Elles comptent sur la mansuétude des enseignes et de la police pour les vols de moins de 150 euros.

En décembre 2007, six Lituaniens sont libérés faute d'interprètes. Ils ont été arrêtés quelques heures auparavant à Dinan, au centre commercial des Champs-Géraux, avec d'énormes sacs-poubelles remplis de 1 200 lames de rasoir et de crèmes cosmétiques de luxe. Le fruit — 4 000 euros — d'une journée de travail, soit une dizaine de vols commis dans les supermarchés de la région. En 2003, c'est à Noyelles-Godeau dans le Pas-de-Calais et à Seclin dans le Nord que vingt et un Lituaniens spécialistes des supermarchés sont interpellés (après six mois d'enquête entre la France, la Belgique et l'Allemagne) avec quatorze voitures remplies de marchandises. Depuis deux ans, ils opéraient dans la région lyonnaise, vers la frontière italienne et dans le Pas-de-Calais. Sur les vingt et une personnes arrêtées, seuls cinq hommes présentés comme les chefs d'équipe ont été poursuivis. Quinze femmes, âgées de 18 à 20 ans, ont été expulsées. Elles avaient répondu à des petites annonces leur promettant un boulot honorable en France et s'étaient retrouvées à faucher dans les grands magasins, encadrées par des hommes de main. Bossant en équipes — renouvelées tous les deux-trois mois —, elles étaient déposées chaque matin à l'ouverture des grandes surfaces et en écumaient plusieurs dans la journée jusqu'à leur fermeture. Munies de sacs spécialement aménagés avec des plaques d'aluminium pour neutraliser les codes-barres, elles visaient des produits d'hygiène et des cosmétiques. Le butin, évalué entre 450 000 et 600 000 euros sur deux ans, était immédiatement rapatrié en Lituanie par voiture.

D'autres équipes feraient les supermarchés en prenant beaucoup moins de précautions. Le 29 février 2008, cinq Lituaniens de moins de vingt ans étaient arrêtés après une tentative de casse à la voiture bélier dans une succursale Leclerc auto à Tulle (Corrèze). Pendant leur garde à vue, un autre « bélier » visait un magasin Intersport à 100 kilomètres de là. Selon une organisation « classique », les casseurs appartiendraient à une équipe constituée d'une dizaine de membres. Elles seraient ainsi plusieurs, toutes originaires du même village, à effectuer des raids de quinze jours en France. Pour celle-ci en Corrèze, dans la Creuse, la Haute-Vienne… Pour les autres ce serait en Bretagne, en Vendée, dans les Landes…

S'ils pratiquent également le vol en série, les voleurs estoniens évoluent dans une spécialité plus classique : le braquage de bijouteries.

En février 2007, la justice italienne lançait l'opération Baltico. Trente-cinq personnes étaient arrêtées en France, en Allemagne, en Espagne, en Finlande, en Estonie et en Lituanie, toutes de nationalité estonienne, excepté une Lituanienne. Le groupe serait responsable de plusieurs centaines de braquages de bijouteries dans treize pays européens — France, Danemark, Finlande, etc. — dont au moins 200 ont été commis dans le nord de l'Italie, dans la région de Milan, et dans le centre du pays. Pour un butin de 40 millions d'euros. Le modus operandi de cette équipe présentée comme très professionnelle et disciplinée ne variait guère : trois ou quatre hommes entrent dans la bijouterie, et tandis que l'un tient en joue clients et employés, les autres cassent les vitrines et remplissent les sacs de bijoux et montres de luxe. Les cibles sont la plupart du temps situées en centre-ville et dévalisées en fin de journée. Le coup réalisé, une deuxième équipe sort les bijoux du pays et une troisième les vend. L'argent est réinvesti dans un trafic de cocaïne et de cannabis entre l'Espagne et la Scandinavie[1] ainsi que dans l'immobilier.

Des équipes de braqueurs estoniens tombent régulièrement en Europe : en mars 2006 en Finlande, et le même mois en Allemagne où 73 personnes sont arrêtées pour des braquages de banques et de bijouterie. En mars 2005, un braqueur estonien se fait la malle de la prison de Chambéry où il était incarcéré pour vol avec arme et association de malfaiteurs. Alors qu'il est sur le terrain de sport, il franchit seul le mur d'enceinte. En mars 2003, c'est encore deux Estoniens, l'un connu pour braquage de bijouterie à Paris en septembre 2002 et l'autre pour deux braquages de bijouterie en Belgique,

1. Les Estoniens se sont spécialisés dans le transport des stups. En février 1999, 23 tonnes de cannabis étaient saisies à bord d'un chalutier letton à Boulogne-sur-Mer, et le destinataire letton extradé vers la France.

et tous deux recherchés pour tentative de meurtre, qui seraient les commanditaires d'un intrigant chargement intercepté en mars 2003. Lors d'un contrôle au péage de Virsac, en Gironde, les gendarmes tombent sur un véritable arsenal : sept détonateurs électriques, 116 centimètres de mèche lente, dix bâtons fumigènes de 22 centimètres, 730 grammes d'explosifs et de poudre, un cylindre explosif de 177 grammes, deux pains d'explosifs de 500 grammes chacun et 239 grammes de dynamite. Le tout est transporté sans plus de précautions par deux Estoniens de 19 et 20 ans dans une voiture immatriculée en Belgique et partie d'Espagne pour se rendre à Paris ou en Belgique…

D'après les observateurs et les techniques utilisées, ces hommes seraient pour la plupart d'anciens militaires. Ils présenteraient à peu près le même profil que d'autres spécialistes du braquage international de bijouteries venus eux d'ex-Yougoslavie.

# 4

## *Le laboratoire roumain*

Un nouveau *hub*[1] commercial, comparable à celui formé par les États baltes, se dessinerait en Europe, dans la région de la mer Noire. Cette zone géographique idéalement située, au carrefour de gros marchés criminels, présenterait de belles perspectives d'avenir pour les groupes criminels turcs, ukrainiens et surtout bulgares et roumains dont le pays abrite, à Constantza, le plus grand port de la mer Noire. Les polices européennes, par la voix d'Europol, prévoient que l'entrée dans l'Union en 2007 de ces deux pays, qui s'accompagnera à terme de la libre circulation des marchandises et des personnes, va entraîner une augmentation du transit vers l'Europe occidentale et ainsi faciliter les trafics criminels[2].

Pour l'héroïne, la Roumanie est déjà une étape importante de la route des Balkans, surtout celle du nord qui contourne les Balkans occidentaux et qui,

1. Zone d'échange privilégiée par sa position géographique.

2. Bucarest accueille un pôle anticrime transfrontalier qui réunit des officiers de liaison de douze pays d'Europe centrale, orientale et des Balkans. Ses officiers sont formés par la CIA, le FBI et les polices européennes.

d'Afghanistan, relie Amsterdam via l'Iran, la Turquie, la Bulgarie, la Roumanie, la Hongrie, la Slovaquie, la Tchéquie, l'Allemagne et la Hollande. C'est à peu près l'itinéraire qu'empruntaient le camion roumain et ses deux chauffeurs arrêtés en Autriche en mars 2004, transportant une prise jugée record de 113 kilos de blanche. Cette dernière, chargée dans des camions turcs, pénètre dans le pays par la frontière sud et les villes de Giurgiu, Vama Veche et Constantza. La *maffya* turque et kurde aurait selon Europol installé des familles dans le pays, qui auraient monté des sociétés pour couvrir leurs activités. Mais la poudre afghane arriverait maintenant également du nord via le Turkménistan, l'Ouzbékistan, le Kazakhstan, la Russie et l'Ukraine.

La Roumanie était habituellement un pays de transit, mais, depuis quelques années, un marché intérieur s'est développé, alimenté par les groupes criminels locaux qui tissent des liens avec les narcotrafiquants étrangers. Pour la cocaïne, les Roumains se tournent comme nombre de leurs collègues internationaux vers le Venezuela, le Mexique, le Brésil, l'Espagne. Ils réceptionnent les containers ou même des « mules » chez eux ou dans les ports et aéroports des Balkans occidentaux comme en Serbie… Avec des montages qui, comme souvent dans les trafics internationaux de coke, trouvent des relais dans plusieurs pays : en Italie, en France…

Comme le souligne un gendarme qui connaît bien cette criminalité : « Nous avons récemment reçu de collègues étrangers des informations sur un groupe qui faisait dans le vol et les stups. Il n'exerçait pas en France, il y avait seulement des contacts. Mais nos partenaires européens signalent qu'ils sont de plus en plus impliqués dans le trafic de drogue… On les voit en Amérique du Sud et en République dominicaine, ils bossent la coke et l'héro.»

Dans l'immédiat, les groupes agissant en France se concentrent sur ce qu'ils maîtrisent. À commencer par le vol. «On les voit monter en puissance ces dernières années. Notamment depuis 2002 et la suppression des visas pour les citoyens roumains. Ce qui les distingue, c'est le caractère sériel des infractions, commis par des équipes structurées et organisées, avec un grand rayon d'action et dans un temps très court.» Voilà pour la définition théorique. Plus concrètement: «En Europe occidentale, ces gangs jouent profil bas. Ils commettent des délits anodins aux premiers abords — cambriolages, vols de métaux, etc. —, mais qui dissimulent l'activité de véritables organisations criminelles.» Les profits en sont réinvestis au pays et peuvent favoriser — comme dans tout pays touché — les maux classiques du crime organisé: le développement d'autres filières criminelles comme le trafic de stupéfiants grâce aux capitaux accumulés, et la corruption.

### *La théorie des signaux faibles*

Au début de l'automne 2003, les casses se multiplient dans le sud-ouest de la France. Une cinquantaine de magasins de téléphonie, de parfumeries et de bureaux de tabac sont cambriolés de nuit. Après neuf mois d'enquête et la création d'une cellule baptisée «Carpates 12», en mai 2004, les gendarmes arrêtent au petit matin une trentaine de suspects dans des petits hôtels à Paris et en banlieue. Par équipes de trois ou quatre, les casseurs faisaient le trajet de nuit entre la région parisienne et leurs objectifs à plus de 500 kilomètres de là. Les suspects avaient été recrutés en Roumanie par un certain Gheorghe, installé à Paris. En compagnie d'autres chefs d'équipe, il organisait les raids en fonction de la demande. Le butin était ensuite écoulé via des receleurs français. « D'autres se servent de certains camps-bidonvilles de banlieue comme plates-formes logistiques. Ce sont des zones de passage. Les voleurs viennent pour une semaine et bossent en équipes à tiroir. La marchandise est écoulée via des receleurs du coin. Ils leur fournissent des portables et des voitures pour aller casser, récupèrent et écoulent. » D'autres encore passent par des commerçants ayant pignon sur rue comme ces restaurateurs qui rachetaient des bonnes bouteilles de vin dérobées dans des hypermarchés et stockées dans des boxes à Saint-Maur où les policiers ont retrouvé en mars 2003 plus de 1 000 bouteilles de grands bordeaux et de champagne millésimés… ou ces deux magasins de vente de jeux vidéo à Melun et Chartres où plus de 7 000 jeux ont été saisis en janvier 2005.

Mais de plus en plus, les équipes chargent le butin dans des voitures d'occasion qui partent le jour même en Roumanie. Ou alors elles utilisent les lignes de microbus par lesquelles la communauté envoie des marchandises à la famille. En fonction des commandes des receleurs roumains, les voleurs expédient des montures de lunettes, de l'optique, du multimédia, des rasoirs électriques, des cosmétiques de base, de la mousse à raser… souvent pillés dans les commerces et les grandes surfaces. En mai 2004, à nouveau, les gendarmes de l'Hérault tombaient un réseau qui visait les enseignes de moyenne surface, les moyens sécuritaires y étant moins importants. Répartis en deux bandes, les « tapeuses » — en majorité des jeunes femmes — écumaient le Grand Sud, de Biarritz à Nîmes. Recrutées en Roumanie, elles bossaient par deux. Les deux organisateurs locaux leur remettaient une voiture, un portable, une pince, des sacs aménagés avec deux feuilles d'aluminium pour neutraliser les alarmes des caisses, un plan et des consignes précises pour chaque enseigne visitée : une telle a un angle mort, l'autre un vigile peu regardant, etc. Chaque duo en « visitait » dix par jour en fonction des commandes du receleur montpelliérain : DVD, parfums, bouteilles de champagne, produits cosmétiques… Une autre partie prenait la route pour la Roumanie. Le tout pour des montants avoisinant 100 000 euros par semaine. Idem en septembre 2004 dans le Nord, où agissait une bande qui volait dans les hypermarchés, du littoral nord à Strasbourg… et en décembre, une autre dans la région marseillaise, puis en janvier en région parisienne, en décembre à Dijon…

Selon un officier de gendarmerie : « Cette délinquance n'est pas grave en soi et donc ne mobilise pas beaucoup. Pris isolément, les actes sont insignifiants. C'est la théorie des signaux faibles… qui dissimulent des réseaux organisés. »

Le crime organisé roumain — et c'est sa grande spécificité — est le fait de petits groupes très structurés et très hiérarchisés, bien que des organisations plus grosses commencent à apparaître, ce qui renforce l'inquiétude des observateurs européens. Surtout qu'ils auraient de quoi apprendre des représentants locaux de la N'drangheta calabraise et de la Camorra napolitaine, qui seraient toutes deux très implantées dans le pays et lorgneraient notamment sur le trafic d'ecstasy. Les indigènes et les Italiens développeraient également ensemble le trafic de cigarettes.

Les gangs du cru ont tous une structure similaire en trois niveaux. À leur tête, un chef qui reste au pays, d'où il dirige des chefs d'équipe, eux-mêmes responsables des hommes de main. Le gang de Timisoara démantelé début 2007 en offre un aperçu. En haut, les deux frères P. et leurs femmes dirigeaient quatre à cinq chefs d'équipe, qui eux-mêmes piloteraient chacun quatre ou cinq hommes de main.

L'aîné des deux frères, le vrai patron, était venu à Paris avec trois prostituées en 2003. Un séjour qu'il avait mis à profit pour se lancer dans le vol. Il était rentré au pays à Timisoara et avait recruté dans sa région des chefs d'équipe et des hommes de main. Puis, le business prenant de l'ampleur, il avait embauché six autres chefs d'équipe dans tout le pays. Quand l'un d'eux était interpellé, il était immédiatement remplacé. Le groupe opérait en France, en Belgique, au Luxembourg et en Allemagne.

Au départ, ils revendaient localement, par l'intermédiaire notamment d'un appartement qu'il possédait en Allemagne et dans lequel ils stockaient leurs marchandises écoulées ensuite par petites annonces sur Ebay. Puis ils ont recruté un logisticien en Roumanie, chargé d'écouler. Lorsque les chefs d'équipe appelaient le boss pour lui signaler les arrivages, une partie du butin restait sur place en Allemagne et l'autre partait au pays. Le groupe avait une prédilection pour le matériel informatique dérobé dans des entreprises ou à domicile et qui était revendu par l'intermédiaire de magasins à des étudiants universitaires.

*Roms et non-Roms*

« À l'époque, rapporte un gendarme, les équipes séjournaient durablement en Europe, de l'ordre de trois à quatre mois, ce qui explique qu'on ait pu les taper en Belgique, en Allemagne et en France. Aujourd'hui, les chefs d'équipe et les hommes de main sont plus mobiles. Ils travaillent en faisant des raids. Ils viennent une semaine ou deux, cassent et repartent. Le problème c'est que le temps de l'enquête judiciaire n'est pas le même. Lorsque les rapprochements sont faits entre les affaires, ils ne sont plus là et la marchandise est déjà en Roumanie. »

Selon les observateurs et les enquêtes, les casseurs s'appuient sur des relais locaux lors de leurs brefs séjours. Des membres de la diaspora implantés durablement et des camps-bidonvilles.

En Roumanie, le milieu est divisé en deux communautés : non-Roms comme le gang précédemment évoqué, et Roms. Ces derniers fonctionnent de la même manière que leurs collègues, en trois niveaux.

Dans leur cas, le caïd du clan resté au pays est appelé le *Buli basha* et offre souvent la même image caricaturale selon un connaisseur : « Il est entouré de gardes du corps, roule en Porsche, et possède plusieurs villas. »

Si les deux communautés travaillent le plus souvent séparément, ils leur arrivent de cohabiter. Dans un camp de la banlieue parisienne, on assiste à une transposition de la situation locale : les Roms y sont exploités par les Roumains. Le chef et l'un de ses lieutenants receleurs non roms règnent sur des chefs d'équipe et des hommes de main tous roms et dont certaines des femmes sont obligées de se prostituer. Le patron a des chefs d'équipe en France, en Belgique, qui pilotent des équipes d'hommes de main.

En juillet 2004, lorsque des policiers et des gendarmes ont débarqué dans un camp de Saint-Denis, le *Buli basha*, un homme de 49 ans, n'était pas là. Depuis la Roumanie, il faisait bosser une quinzaine d'hommes qui cambriolaient par équipes et de nuit dans un rayon de 300 kilomètres autour de Paris. Détectés en 2003, en Seine-et-Marne, les cambrioleurs auraient visité plus d'une centaine de maisons de particuliers et de commerces en Île-de-France, dans la région de Rouen et dans la Sarthe. Les vêtements, le matériel hi-fi et vidéo, les portables, les bijoux, etc., étaient revendus et prenaient sous forme liquide le chemin de la Roumanie.

Idem, un an plus tard. En mai 2005, une autre équipe est interpellée dans le même camp. Chaque soir, elle prend le train, tape dans une ville et revient au petit matin. Les gendarmes avaient constaté une explosion des cambriolages le long de la ligne SNCF/Persan, autour des gares. Un mois après, en juin, une troisième équipe est à son tour levée. Celle-ci part travailler en voiture. En suivant les axes routiers, la A15 et la A115, les casseurs fracturent des pavillons en série dans le Val-d'Oise (130 pour ce seul département), l'Oise, la Somme, l'Eure, le

Calvados… entre minuit et cinq heures avec une technique immuable : ils percent un trou à la chignole dans une poignée de fenêtre et s'introduisent chez les propriétaires pendant leur sommeil. Les deux équipes auraient cassé plusieurs centaines de pavillons en quelques mois à raison d'une dizaine par nuit.

Lorsqu'ils ne volent pas à l'étalage, dans des entreprises ou chez des particuliers, les « petites mains » roumaines le font dans les remorques des camions. Ils ne sont pas les seuls bien sûr. Faute de banques à dévaliser, le banditisme — notamment les équipes de cités et les manouches — s'y est mis. Les vols de fret (braquage de camions, vol de remorque, cambriolage dans les entrepôts…) ont augmenté de 85 % entre 1997 et 2003, avec 3 500 cas en 2002, avant de se stabiliser ces dernières années (2 500 en 2006[1]) et de baisser en 2007 (1 500), notamment depuis le renforcement des mesures de sécurité prises par les entreprises de transport : accès aux entrepôts, sélection du personnel, camions équipés de système de repérage GPS… Ce qui n'a pas vraiment gêné les voleurs roumains habitués du « vol à la bâche » : une discipline — 80 % des vols de fret — pratiquée sur les aires de repos des autoroutes lors de raids nocturnes. En février 2007, une équipe roumaine était surprise en train de lacérer une vingtaine de camions sur l'aire de repos de Nemours sur l'A6. Une fois dans la remorque, les voleurs ouvrent les cartons et font leur marché : spiritueux, chaussures, produits d'hygiène, etc. En juin 2005, ce sont des mineurs recrutés au pays et

1. *AFP*, 2 février 2007.

logés dans des hôtels en banlieue parisienne qui étaient convoyés chaque nuit sur les aires d'autoroute de la région. Pour endiguer le vol à la bâche, les chauffeurs sont encouragés à se reposer sur des aires sécurisées et les sociétés de transport à camoufler les marques des cartons avec des enveloppes de film plastique noir.

Mais des équipes roumaines — ainsi que britanniques — ont contourné le problème, en créant de vraies sociétés de transport qui répondent à des annonces d'appel d'offres dans les bourses de fret sur Internet. La marchandise chargée, les camions loués pour l'occasion disparaissent avec…

*Un travail en douceur*

En Roumanie, chaque région a sa spécialité criminelle. Les gangs de voleurs (commerces, fret, mais aussi moteurs de hors-bord, voitures) sont originaires de l'Ouest, des départements frontaliers avec la Hongrie, et du sud-ouest du pays, notamment du département de Gorj, une région forestière qui ne manque pas de vitalité. Récemment, des hommes du coin âgés entre 30 et 40 ans se relayaient tous les trois mois par groupe de vingt… pour voler dans les Charentes, mais également au Mans et à Strasbourg, des tronçonneuses chez des particuliers et dans les magasins.

Le petit outillage intéresse également les voleurs qui cassent par vagues des entrepôts communaux pour s'en procurer. Une partie reste en France, revendue à ceux qui bossent au noir, et l'autre prend la direction de la Roumanie.

Outre les biens de consommation, certaines équipes visent — plus classiquement — le liquide et les bijoux, en fracturant les particuliers et les commerces. Comme celle à laquelle appartenait Marian, 22 ans, arrêté par la BRB parisienne en septembre 2004. Dans le coffre de sa voiture, les policiers mettent la main sur 470 bijoux en or d'une valeur de 120 000 euros[1]. C'était le butin du cambriolage d'une grande bijouterie de Figeac dans le Lot qui s'est déroulé huit jours avant. Sur le chemin du retour, pour éviter un contrôle intempestif, Marian et ses complices l'avaient enterré dans un bois avant que le jeune homme ne le récupère. Lors de sa garde à vue, il indiquera aux policiers d'autres caches. Dans les bois de Razes, près de Limoges, ils déterreront 3 000 pièces de près d'une dizaine de kilos au total, enveloppées dans des sacs en plastique. Le tout estimé à 500 000 euros.

Les Roumains, comme les équipes moldaves, utilisent couramment l'enfouissement pour stocker leurs « biens ». Les bandes les mieux organisées communiquent ensuite les coordonnées GPS à une seconde équipe qui vient récupérer la marchandise. En avril 2007, une équipe qui faisait le fret avait creusé une fosse dans la forêt de Rozay-en-Brie pour dissimuler un stock de matériel informatique, tandis que dans un bois de Chaufour, elle avait enterré des… vélos.

Les bijoux partent majoritairement en Roumanie où ils sont revendus aux receleurs entre 10 et 20 % de leur valeur, mais une petite partie est écoulée localement. Mais aussi en Suisse où, par deux ou trois, des vendeurs proposent aux passants de l'or et des bijoux dans

1. *Le Figaro*, 14 septembre 2004.

les centres-villes de la zone frontalière entre la France, l'Allemagne et la Suisse. En février 2004, les gardes-frontières suisses ont d'ailleurs saisi à la frontière française 100 000 bijoux destinés à leur pays et dissimulé dans des caches aménagées sous les sièges des voitures ou dans leurs dossiers.

Au braquage, les Roumains préfèrent le travail en « douceur », en passant par exemple par les sous-sols. Durant l'année 2006, plus d'une dizaine de bijouteries sont ainsi dévalisées à Paris. De nuit, ou le week-end, les casseurs s'introduisent dans l'immeuble voisin de l'objectif. Une fois dans les parties communes, ils « percent » un trou à coups de masse ou de burin dans le mur mitoyen… Les bijouteries ne sont pas les seules visées par les gangs de perceurs. Simultanément, d'autres équipes s'attaquent aux magasins de vêtements et de chaussures — Agnès b. dans le 10e, Sonia Rykiel chaussures dans le 6e… — et aux bureaux de tabac. Le 30 août, appelés par un habitant qui a entendu des coups sourds, les hommes de la 2e DPJ « sautent en flag » trois Roumains qui attaquent le mur du café le Rallye dans le 18e. Grâce à leur ADN, les policiers les accrochent sur neuf des douze casses de café-tabac survenus depuis janvier. Ils officiaient à trois : un guetteur, un balaise à la masse et un petit pour s'introduire dans la réserve et sortir les cartons de cartouches. Pour les atteindre, ils passaient par une cave mitoyenne de celle du tabac.

Apparemment, ils n'étaient pas les seuls à tourner dans Paris la nuit. En septembre 2007, une équipe composée d'un Albanais, d'un Bosniaque et d'un Macédonien est serrée alors qu'elle soulève un coffre dans une brasserie du Faubourg Saint-Honoré. Accrochés sur six autres cambriolages, les casseurs transportent dans leur camionnette l'outillage du parfait professionnel : des perceuses, des foreuses, des vérins pour soulever les coffres, des scies à métaux, des talkies-walkies…

Après l'or, le cuivre. Les Roumains s'y sont mis, même si les équipes de l'Est ne représentent que 5 % des 2 000 personnes arrêtées en 2006 pour vols de métaux. En deux ans, en réponse à la forte demande asiatique, les prix du cuivre ont doublé, et le trafic a explosé. Les tonnes de métal dérobées transitent généralement chez des ferrailleurs peu regardants avant d'être mélangées aux stocks et réexpédiées vers la Chine. C'est la méthode employée par la bande de Tsiganes roumains — dont le commanditaire était au pays — qui opérait de Nice à Avignon. Jusqu'en mai 2007, date de leur arrestation, ils en auraient volé dcs dizaines de tonnes, pour 2 millions d'euros par an.

Le cuivre était revendu morcelé à des ferrailleurs de la région afin que les transactions ne dépassent pas 1 100 euros en liquide.

En janvier 2007, ce sont des voleurs de métaux qui ont fait l'objet du premier mandat d'arrêt européen depuis l'entrée de la Roumanie dans l'Union européenne le 1er janvier. Les quatre hommes, arrêtés en présence des gendarmes français dans la région de Brila dans le nord du pays le 23 janvier, avaient volé en septembre 30 tonnes de cuivre chargées sur deux camions dans un site de forage du groupe Total à Vert-le-Grand dans l'Essonne. Réfugiés en Roumanie, ils avaient été localisés par l'officier de liaison de l'OCLDI qui a facilité l'exécution de la commission rogatoire internationale.

« Avant l'intégration à l'Union européenne, les autorités roumaines étaient de simples partenaires et n'extradaient pas leurs nationaux », commente un gendarme au fait de la coopération avec la Roumanie. Maintenant, les « patrons » savent que l'on peut venir les chercher. Pour ce faire, une collaboration a été mise en place entre les deux pays. L'Office central de lutte contre la délinquance itinérante (OCLDI) dont ils sont bons clients travaille avec un commissaire roumain en poste dans ses locaux, tandis qu'un capitaine de gendarmerie est en poste à Bucarest. « Le travail sur les faits, les signaux faibles, doit être accompagné par du travail d'informateurs pour orienter l'enquête sur les commanditaires et les accrocher aux procédures. On ne peut pas se contenter des hommes de main. En Roumanie, lorsque l'on cible des gars, l'officier de liaison va dans le village identifier le chef local et nous donner son nom. En France, on le transmet aux enquêteurs pour voir s'il apparaît en téléphonie. Parfois, avec le sentiment d'impunité qui les anime, ils parlent en clair… » Mais tout n'est pas rose. Difficile par exemple d'établir le recel une fois que la marchandise volée est en Roumanie.

Lorsque des biens sont saisis, le droit roumain nécessite d'identifier la victime, de savoir où a été volé le bien, pour quel préjudice…

Dans l'affaire P., en l'absence de traçabilité de la part des fabricants, les enquêteurs ont pu retrouver les entreprises propriétaires des ordinateurs volés grâce à l'analyse des disques durs.

Mais le coup le plus dur porté aux voyous, c'est la

confiscation de leur patrimoine. Une mesure promise par le ministère roumain de l'Intérieur lors de la visite de Nicolas Sarkozy en septembre 2002. Pour l'instant, taper au portefeuille tient du vœu pieux. Il est difficile de faire faire de l'initiative aux Roumains. C'est-à-dire de leur faire poursuivre les enquêtes sur la base de constatations dans leur pays. Par exemple, on sait que le chef d'un camp de la région parisienne est dans la région de Tulcia, mais… Récemment la DIPJ de Nancy a tapé une équipe de casseurs, suivi la filière de recel et constaté qu'en bout de chaîne les commanditaires avaient réalisé des investissements immobiliers dans un quartier de luxe de Bucarest. Elle a fait le déplacement en compagnie de la PIAC (Plate-forme d'identification des avoirs criminels), mais les inspecteurs sont rentrés bredouilles.

En revanche, ça marche mieux dans l'autre sens. Lorsque les Roumains signalent l'achat d'appartements et que les cibles se trouvent chez nous, comme à Strasbourg dans une affaire d'extorsion et de blanchiment. Mais, dans tous les cas, les enquêtes pour faire le lien avec les commanditaires sont pleines d'obstacles : « La plupart du temps, les types ne parlent pas sur les écoutes, n'envoient pas de mandats directement aux mecs. Et ils se taisent également en auditions… » Et sur place, les biens mal acquis sont rarement à leurs noms.

### *Les virtuoses du skimming*

Après les organisateurs des vols de métaux, c'est un caïd dirigeant un réseau d'escroquerie aux cartes bancaires qui a été remis aux autorités en mai 2007[1]. Stelica Ionescu avait été arrêté quatre mois plus tôt par la brigade de lutte contre le crime organisé roumain — en présence d'enquêteurs de la PJ de Lyon — dans la ville de Craïova au sud du pays. Plus précisément dans l'appartement de sa maîtresse... une magistrate de la ville, porte-parole des services du procureur. Ce qui lui a peut-être donné l'illusion d'une certaine impunité. Lors de son interpellation, le «parrain», propriétaire de plusieurs résidences et disposant de dix-sept identités différentes, n'a pas hésité à menacer les policiers d'élite roumains. La veille, il s'était distingué en tirant des coups de feu dans la rue. Simultanément, neuf perquisitions ont été menées par une centaine de policiers, dont l'une dans un quartier pavillonnaire du nord de Craïova. Ce dernier abritait le «laboratoire» d'Adrian Posulescu, un ingénieur informaticien, et contenait tout le matériel du parfait contrefacteur de cartes: des façades de distributeur de billets en construction, des terminaux de paiement, des cartes contrefaites... et des ébauches d'un nouveau système de piratage en utilisant les sas de banque.

L'affaire a démarré à Lyon en juin 2004 avec l'arrestation d'un couple et d'un homme de main du patron. Le trio était en possession de 68 cartes contrefaites et de 25 000 euros en liquide, et visiblement chargé de ponctionner les comptes. L'une des facettes de ce réseau de *skimming* qui opérait en France, en Allemagne, en Espagne, en Italie et s'apprêtait à tester Chypre. Le *skimming*, c'est la grande spécialité des gangs roumains

1. Voir l'article du *Progrès* du 4 mai 2007.

du sud du pays, notamment des deux départements de Dolje et Valua, ainsi que de celui d'Argès.

« C'est du classique bien rodé. Les Roumains sont spécialisés dans les distributeurs de billets et leurs collègues bulgares se chargent des distributeurs automatiques de carburant », selon un policier spécialisé. En haut de l'organigramme, en Roumanie, un boss et ses lieutenants pilotent un spécialiste de l'informatique. Ce dernier met au point le *skimmer*, un petit boîtier chargé de recopier les données contenues sur la bande magnétique des cartes bancaires. Ce petit et discret lecteur se fixe au DAB, sur la fente d'introduction des cartes qu'il imite parfaitement. Il contient une petite batterie, un lecteur de bande et un transmetteur de données. Celles-ci sont renvoyées vers un récepteur dissimulé par exemple dans un scooter ou un vélo garé à proximité ou, plus sophistiqué, dans une fourgonnette dont l'arrière est aménagé pour recevoir les logiciels de récupération. En plus du *skimmer*, le dispositif est complété par une mini-caméra disposée dans une baguette au-dessus du DAB ou sur l'un de ses côtés, et destinée à enregistrer le code tapé repérable grâce au time code affiché sur la bande. Autre variante : à la place de la caméra, un faux clavier est disposé sur le vrai et enregistre les codes tapés. Le kit de *skimming* est ensuite confié à une équipe de deux à quatre personnes — l'un surveille, les autres bossent — qui part en campagne pour une dizaine de jours en France. Arrivée dans une ville, l'équipe fait d'abord un tour de repérage pour choisir les sites les mieux adaptés. Les trois ou quatre DAB repérés, ils les « tapent » un à un. Le piège en place, ils ne le quittent pas des yeux pour parer à la mise en place d'un dispositif policier ou éviter l'arrachage du matériel par un employé de banque en cas d'alerte d'un client. S'ils n'ont pas le temps de le récupérer et qu'il est saisi, les équipes jouent profil bas et n'essayent pas de le reprendre par la force. Si tout s'est bien passé, il reste encore à démonter le dispositif — ce qui avec l'installation est la partie délicate de l'opération — et de passer au suivant.

Après avoir écumé quelques villes — Lyon, Nice, Marseille et Bordeaux par exemple —, ils rentrent en Roumanie déposer le matériel chez le technicien. Celui-ci est alors chargé de réencoder les données dérobées (en France l'une des trois lignes de code contenues sur la piste, appelée iso 2, qui comporte notamment les seize chiffres et la date d'expiration, ainsi qu'une série de numéros confidentiels) sur de nouvelles cartes, des *white plastic*, c'est-à-dire des cartes vierges, ou plus sûrement et facilement sur des cartes volées à des particuliers. Ensuite, des lots sont confiés à une seconde équipe chargée de transformer le plastique en richesses, dans un pays différent du premier. En retirant du liquide ou plus couramment en effectuant des achats : montres, parfums, vêtements de marque, téléphones portables… stockés dans une chambre d'hôtel en attendant d'être écoulés au pays.

Il existe évidemment des variantes au système. Parfois, les *skimmers* sont confiés à des employés indélicats, comme ce fut le cas en 2004 dans une célèbre boîte de nuit parisienne, qui « passent » la carte des clients avant de la placer dans le terminal de paiement.

D'autres travaillent en circuits fermés en France où se déroule l'ensemble des opérations : piratage, encodage et achats.

Mais à en croire un de leurs collègues français qui les connaît bien : « Les plus malins délaissent les DAB, pour carrément pirater des magasins. Les flics ne comprennent pas pourquoi des boutiques sont cassées deux fois à un mois d'intervalle pour rien. En fait, ils pénètrent une première fois pour pirater le terminal de paiement du commerçant. Ils y introduisent une puce fixée avec des broches qui enregistre les codes et les infos de la piste. Tout est remis en ordre… jusqu'à ce qu'ils viennent cambrioler une seconde fois et emporter le TPE. Entre-temps, le commerçant a piraté ses clients à son insu…

« D'autres équipes se font enfermer dans les grandes surfaces la nuit en ayant au préalable repéré les caméras de surveillance. Elles placent ensuite leur dispositif de piratage des TPE non pas dans l'appareil, mais en court-circuitant les connexions qui courent sous le comptoir de la caissière. Le lendemain, elles quittent le grand magasin avant de revenir se faire enfermer à nouveau quinze jours plus tard pour récupérer le matériel.

« L'autre nouveau principe qui tourne fort demande la complicité du commerçant. Habituellement, lorsque tu pirates les cartes en t'appuyant sur lui, les flics le remontent vite. Il leur suffit de croiser les listes d'achats des victimes pour trouver le point commun et détecter le magasin où cela s'est passé. Pour contourner l'obstacle, les ingénieurs roumains achètent un TPE d'un modèle courant, le vident et ne gardent que la carcasse. Ensuite, ils le reconstruisent à l'intérieur et le confient au commerçant. Celui-ci sélectionne les clients qui font de petits achats et leur présente ce faux TPE. Les clients y introduisent leur carte, tapent leur code et se font pirater. En fait l'appareil n'est relié à aucun système de paiement, il n'envoie aucun ordre et ne fait qu'enregistrer les données. En apparence, c'est indétectable, le TPE émet un ticket tout à fait normal, qui reproduit même le cryptage présent sur les vrais. Comme le paiement de l'achat n'est pas effectif, le commerçant n'apparaît jamais sur les relevés des victimes. C'est pour que ces dernières ne remarquent pas cette absence qu'il choisit des petites sommes. Pour fabriquer un faux TPE, il faut 600 euros de matériel informatique, achat du vrai dont on garde la carcasse compris. »

Les équipes roumaines pratiquent également la fraude par Internet qui consiste à vendre sur des sites comme e-bay des biens que les acheteurs ne reçoivent jamais. Après les avoir appâtés avec du matériel informatique, des appareils photo numériques ou des téléphones portables à des prix très très attractifs, les escrocs contactent ensuite hors site les victimes par e-mail ou par téléphone et leur proposent un règlement par mandat, règlement qui est encaissé sans que la commande arrive jamais. Comme à Nancy en 2004, les arnaques peuvent toucher 200 « clients » dans une vingtaine de pays pour un montant de 150 000 euros. Aux États-Unis, les derniers cas recensés concernent des millions de dollars…

### *Des prostituées « autogérées »*

Certaines régions font dans l'informatique, d'autres dans le vol et certaines dans la prostitution, c'est le cas de la Moldavie roumaine, au nord-est du pays. Vers Bacau, Iasi, Botosani…

À partir de 2002, les filles roumaines ont fait leur apparition sur les trottoirs français. Avant elles, il y avait eu les Tchèques, les Slovaques, etc., puis les Albanaises à partir de 1999, et les Bulgares en 2001.

Aujourd'hui, les filières roumaines font partie du quatuor de tête de la prostitution de rue avec les Bulgares et les Africaines : Nigérianes et Camerounaises. En 2006, elles arrivent en troisième position pour le nombre de réseaux démantelés (3), derrière les Nigérians (8) et les Bulgares (6).

En 2002 donc, profitant de la dispense de visa pour les citoyens roumains désirant séjourner moins de trois mois, les proxénètes dirigent leur cheptel vers l'Hexagone. En Alsace, où au début de l'été les gendarmes tombent sur des dizaines de filles qui tapinent dans les vignes à la sortie de Colmar, acheminées en bus depuis l'Allemagne. Mais aussi à Toulouse, Avignon, Bordeaux et Paris.

La Roumanie est au cœur du trafic de femmes en Europe centrale. Sa position géographique en fait un pays de transit idéal mais également un grand pourvoyeur de chair fraîche pour les trafiquants. Selon un policier qui traque les filières internationales : « La Roumanie remplit les conditions nécessaires au recrutement : un pays pauvre, avec de la corruption, une monnaie faible et une législation inexistante ou peu appliquée... Dans le club, on trouve également l'Albanie, la Bulgarie et la Moldavie. »

Les filles destinées au marché occidental (les autres vont au sud en Bulgarie, Grèce et Turquie) sont acheminées par la route du nord qui connaît plusieurs itinéraires bis. Le premier conduit en Hongrie et de là en Autriche, Allemagne et France. Le second passe par l'ex-Yougoslavie, l'Albanie, l'Italie… avec évidemment des variantes.

En 2003, sur les 1 410 filles contrôlées par la police parisienne, 305 étaient roumaines, soit le double de l'année précédente. Au début de l'année 2002, elles s'installent notamment aux alentours de la porte de Bagnolet, dans le 20e arrondissement. Puis tentent de remonter vers le nord et la porte des Lilas où officient une dizaine d'Africaines[1]. De violentes bagarres opposent les deux groupes, sans que les proxénètes se montrent, en tout cas en apparence. D'autres problèmes surgissent avec les habitants des cités proches. Les jeunes mettent la pression pour tenter de repousser les filles qui bossent sous les fenêtres des immeubles : tabassage, vols de sacs, passes gratuites, etc. Pour rétablir le calme, les souteneurs auraient proposé aux « jeunes » de surveiller les filles contre un billet…

S'ils les menacent, les violentent et les tiennent souvent par la peur et la force, les réseaux de l'Est dans leur ensemble laissent les filles gérer leur lieu de travail. Une fois l'emplacement désigné, à elles de régler les contentieux et de s'imposer, ce que les Roumaines ont réussi à faire dans le coin de la porte de Clignancourt après leur passage dans le 20e.

En mai 2004, un réseau tombe qui faisait bosser depuis janvier 2003 les filles entre la porte de Clignancourt et celle de Saint-Ouen, et également autour de la porte Dorée. Recrutées en Roumanie par des rabatteurs,

1. *La Prostitution à Paris*, éd. La Martinière, 2005.

elles étaient acheminées en voiture par des chauffeurs qui leur confisquaient leurs passeports via la Hongrie et l'Italie avant d'atterrir à Paris. Là elles officiaient dans des parkings, des voitures, des hôtels glauques…

Les hommes présents en France et qui les encadrent sont plutôt jeunes. Des petites mains chargées de les surveiller… de loin. Simultanément au réseau précédent, un autre tourne dans le 10e arrondissement vers la gare de l'Est. La dizaine de filles qui travaillent au coin du boulevard Magenta font monter les clients dans un hôtel de la rue de la Fidélité qu'elles habitent. Les jeunes femmes remettent leurs recettes à trois d'entre elles, compagnes des trois jeunes souteneurs qui les encadrent. Ces derniers rentrent régulièrement au pays déposer l'argent et ramener de nouvelles prostituées.

Les têtes, comme dans les affaires de vol, sont au pays.

À la mi-novembre 2007, les policiers de la BRP de Marseille se sont rendus en Roumanie afin d'interpeller six personnes, extradées vers Marseille. Dont Ghita, un trentenaire qui dirige une société de transport à Arad, dans le centre du pays. L'homme est soupçonné d'assurer le convoyage en minibus des filles vers les différents pays européens où elles travaillent, avec, à la clé plusieurs millions d'euros engrangés par le réseau depuis 2005. À Marseille, le business s'est arrêté en février 2006, lorsque les policiers ont mis la main sur un Roumain de 25 ans qui réceptionnait les jeunes femmes arrivées par bus ou voitures et sous bonne escorte. Sur place, elles étaient confiées à une prostituée expérimentée qui les instruisait. Ces demoiselles recevaient ensuite les clients recrutés par petites annonces dans les journaux dans deux hôtels Formule 1, à Vitrolles et Avignon. Le paiement par carte bancaire assurait une certaine discrétion. Ce qui n'a pas empêché les deux directeurs d'hôtel et leurs deux employés d'être écroués. Ils auraient touché entre 50 et 100 euros par jour et par fille. Ces dernières se prostituaient sept jours sur sept, à raison de six à sept passes quotidiennes à 70 euros. Sur lesquelles elles touchaient en tout 50 euros. D'après un policier: «Les proxénètes roumains ont semble-t-il changé de tactique depuis leurs débuts. Là où ils ne laissaient quasi rien aux femmes, ils lâchent un peu plus aujourd'hui pour éviter les dénonciations. C'est un phénomène constaté un peu partout en Europe.»

Tous les trois mois, lorsque le séjour «touristique» se terminait, les jeunes femmes étaient reconduites au pays, encadrées par des hommes de main, avant de revenir pour un nouveau cycle. Une vingtaine de filles travaillaient ainsi en équipe de huit par hôtel.

### *Caïds en péril*

Pourtant, face au mandat d'arrêt européen, les «parrains» restés au pays commencent à faire grise mine. Ilie Gologan, jugé en juin 2007, passait chez lui à Iasi, une grande ville universitaire de l'est de la Roumanie, pour le «propriétaire du cours Charlemagne» à Lyon qu'il avait annexé en y installant une cinquantaine de prostituées arrivées via l'Italie. Sur place, elles étaient sous la coupe de Ionel Civrariu, surnommé «le Coupeur» pour sa propension à les effrayer avec un cutter. À leur arrivée, l'homme les munissait de papiers moldaves qu'il se procurait auprès d'une association de réfugiés, qu'il dupait également. Elles restaient ainsi trois mois, le temps de l'instruction de leur dossier de demande d'asile politique. En deux ans, les hommes de main auraient envoyé au pays entre 800 000 et 1 million d'euros. Les filles, elles, étaient nourries de deux sandwichs par jour.

Un autre caïd mis en cause à Lyon dans un réseau de proxénétisme démantelé fin 2005 aurait vraiment mal pris d'être dans le viseur de la justice française. La Sûreté départementale du Rhône aurait recueilli une information[1] faisant état d'un contrat mis sur la tête d'un juge lyonnais de la JIRS (Juridiction interrégionale spécialisée) d'un montant de 100 000 puis 200 000 euros. Des « signes » seraient venus corroborer l'info : un jeune Roumain aurait été vu prenant des photos d'un magistrat qui n'était pas le bon, et un lieutenant du réseau aurait été aperçu traînant dans les parages.

Pour parer à toute menace, le magistrat a été placé plusieurs mois sous la protection du Groupe d'intervention de la police nationale (GIPN). Le caïd roumain à l'origine de l'affaire naviguerait entre la France, la République dominicaine, le Venezuela, l'Espagne où il a des filles et la Grande-Bretagne où il a séjourné longtemps. Il ne serait pas à son coup d'essai en matière d'intimidation puisque, mis en cause chez lui, il aurait déjà « contracté » sur une magistrate roumaine.

La prostitution roumaine serait en grande partie le fait des clans roms, qui selon un policier spécialisé

1. *Le Progrès*, 7 juin 2007.

« représentent l'écrasante majorité ». À Paris, l'un d'eux aurait été particulièrement actif.

En septembre 2003, la police mène une opération coup-de-poing largement médiatisée contre un camp de l'île Saint-Denis. Le matin du 21 septembre, deux cents policiers — dont l'Antigang, une compagnie de CRS, des nageurs de la brigade fluviale et un hélicoptère — fondent sur une quinzaine de caravanes disposées en arc de cercle, entourées de tentes individuelles abritant des filles et des enfants. Au total près d'une centaine de personnes occupent le terrain situé en contrebas d'une bretelle d'autoroute. Parmi elles, Neagu, un caïd cinquantenaire surnommé « le Secrétaire » qui règne sur la communauté, assisté par son frère Elvis ou « Kennedy » récemment arrivé du pays. Leurs « lieutenants », aidés de leurs frères et cousins (une douzaine de personnes), se partagent le cheptel. Les filles sont classiquement recrutées en Roumanie par la femme de Merian, un quinquagénaire qui réceptionne les « colis » promptement expédiés par avion ou en car et en gère une dizaine lui-même. Autant que les deux frères. Une autre équipe piloterait une quinzaine de filles. Au total une centaine de jeunes femmes parfois mineures auraient transité par le camp, avant de partir vers une nouvelle destination européenne ou d'être revendues à des collègues.

Les hommes de main conduisaient — avec moult précautions au retour pour éviter les filatures — une cinquantaine de filles en voiture chaque soir sur les Maréchaux, plus exactement sur le boulevard Ney dans le 18e. Les policiers de la brigade de répression du proxénétisme (BRP) y avaient repéré leur arrivée en juin. Elles y officiaient de 21 heures à 5 heures pour un gain minimal obligatoire de 100 euros. Sur le terrain, elles étaient comme d'habitude sous la coupe de cheftaines, « maquées » avec les cadres de l'équipe.

Comme pour les autres « filières de l'Est », les filles roumaines tournent. Quelques-unes de celles du réseau lyonnais démantelé en décembre 2004 à Lyon avaient déjà été contrôlées pour racolage à Strasbourg et Nantes. Elles étaient apparues sur le trottoir lyonnais au printemps, travaillant sous la coupe de proxénètes roms établis dans différents camps de l'agglomération[1]. Les macs les recrutaient lors de fêtes villageoises dans le sud du pays. Jouant les propriétaires de restaurants en France, ils leur faisant miroiter un emploi de serveuse et glissaient parfois un petit billet dans les poches de la famille. Avant d'acheminer leurs proies en voiture jusqu'à leurs lieux de travail : la journée à Perrache et le soir sur la rive gauche du Rhône à Gerland pour ne pas gêner les Africaines en camionnette traditionnellement installées dans le quartier.

En Roumanie, le patron aurait fait construire une maison de vingt-cinq pièces…

## *Le réservoir moldave*

Aux frontières de la Roumanie, se tient selon un connaisseur « une communauté d'avenir pour la France », celle des truands moldaves. « Ils ne sont pas nombreux ici, mais ils sont très structurés. » Pour preuve l'affaire réalisée en avril 2006 par la SR de Clermont-Ferrand

1. *Le Monde*, 29 décembre 2004.

aidée du SRPJ de Rouen, des gendarmes de Lyon et de la région parisienne. Un patron qui alignait pas moins d'une vingtaine d'alias et qui naviguait entre l'Italie, la France et le Portugal chapeautait des équipes à Rouen, Lyon et Paris. Au programme de leurs raids nocturnes : vols de cigarettes et cambriolages d'entreprises, de commerces et de domiciles.

Le chef, dont le frère exerce toujours en Suisse, était recherché pour meurtre en Belgique. Encore a-t-il fallu découvrir sa véritable identité : « Les types utilisaient des passeports ukrainiens et biélorusses. » Un classique pour ces bilingues russo-roumains spécialistes des fausses identités et qui en changent dès qu'ils sont contrôlés une fois : « Ils passent par des officines de faux documents qu'ils ont installées en France. Avant ils se faisaient passer pour des Portugais, aujourd'hui, avec l'entrée dans l'Union, surtout pour des Roumains. Nous avons de bons contacts avec les policiers moldaves, assure ce gendarme qui les étudie. Pour tenter d'y voir plus clair, on envoie par Internet une photo plus une identité et en quatre heures on a une réponse. »

Après l'Albanie, la Moldavie indépendante depuis 1991 est le pays le plus pauvre d'Europe. Un quart de sa population, qui compte 4,5 millions de personnes, vit à l'étranger. Et 90 % de ces exilés sont des « clandestins ». Les autres sont naturalisés roumains. En effet, les Moldaves sont à 65 % roumanophones et à 27 % russophones. Ces derniers, des Russes et des Ukrainiens, vivent dans la capitale Chisinau et à l'est du fleuve Dniestr, dans la région de la Transnistrie, une zone frontalière de l'Ukraine dont ils ont proclamé l'indépendance en 1992 par crainte d'une demande de rattachement des roumanophones à la Roumanie. La Transnistrie est décrite comme une plaque tournante de tous les trafics. Un véritable trou noir où se développent blanchiment d'argent, production d'armes, trafic de stups et de femmes… dont la Moldavie est un des premiers fournisseurs au monde. Les filles enrôlées exercent principalement leurs talents en Turquie, en Grèce, à Chypre, en Roumanie et en Russie.

Les groupes moldaves, très structurés, agiraient souvent comme sous-traitants pour des organisations criminelles russes. « En France, ça nous échappe un peu, mais les autres pays nous décrivent des réunions avec des groupes géorgiens notamment. Ici, les équipes semblent travailler pour elles. » Et se distinguer particulièrement dans le vol.

En janvier 2007, un redoutable gang de Russes et de Moldaves tombe. Dix-huit hommes athlétiques âgés de 21 à 36 ans, tous connus sous différents alias pour vols avec violence, recels et falsification de documents administratifs[1].

Dans la nuit du 30 septembre au 1er octobre, l'équipe s'attaque à un centre commercial à Gruchet-le-Valasse en Seine-Maritime. Après avoir escaladé la façade, creusé un trou sur le toit, neutralisé l'alarme volumétrique et être descendu en rappel, ils tapent entre autres 300 téléphones portables dans un magasin spécialisé. Rien n'a été laissé au hasard : ni le repérage des systèmes d'alarme, ni le minutage des rondes des vigiles, ni la reconnaissance de la voie à emprunter… avant le top final donné par les patrons. Les différents membres

1. *Le Figaro*, 25 janvier 2007.

décollaient d'un pavillon de Charenton et d'appartements à Orsay et Caen.

En fin d'année, ils n'ont pas chômé : dans la nuit du 13 au 14 octobre, un hypermarché à Berck, début janvier un entrepôt de sous-vêtements féminins à Corbie dans la Somme, puis un centre commercial à Ouistreham et enfin un gros dépôt de bricolage à Cambrai… pour les affaires identifiées.

L'équipe se déplaçait avec des voitures de marque japonaise volées chez un concessionnaire du Morbihan et recelait une partie du butin en France tandis que le reste prenait la route de Chisinau en voiture ou en bus. En tout cas, peu a été retrouvé : « Souvent, pour plus de discrétion, ils enterrent la marchandise — comme les Roumains et certains Polonais qui font les moteurs de bateaux — dans les bois et communiquent les coordonnées GPS à une seconde équipe qui rapatrie. Ou alors ils stockent dans des squats où habitent souvent les hommes de main pour plus de discrétion. » Les chefs, eux, logent en pavillon, une question de statut social pour les voyous moldaves pour qui le toit est important : « En région parisienne par exemple, les premières équipes sont arrivées à Villeneuve-Saint-Georges via une famille française de "gens du voyage" propriétaires de terrains. Les Moldaves les louaient en payant en nature, avec des biens… Puis ils se sont implantés durablement, le chef en pavillon, les autres dans des camps. »

Les Moldaves pratiquent également les escroqueries à la carte bancaire en piratant les DAB comme leurs collègues roumains, mais aussi le vol de véhicules. Récemment, un réseau dérobait des camions frigorifiques dans le nord de la France. Ils étaient réimmatriculés aux

Pays-Bas avant de prendre la route de la Moldavie où le commanditaire propriétaire d'une société de transport les gardait ou les revendait. Son principal lieutenant installé en Belgique possédait lui aussi une société de transport.

# 5

# *Filières bulgares et* grupovkas

Les Bulgares mènent le bal de la prostitution. Depuis la suppression des visas de moins de trois mois en avril 2001, ils dominent le pavé catégorie «pays de l'Est». Loin devant leurs collègues. Selon l'attaché de sécurité intérieure détaché à Sophia[1], les premières filles ont été repérées en 1999 dans les rues strasbourgeoises, bénéficiant des réseaux installés par des Turcs de nationalité allemande qui avaient des contacts dans la minorité turque bulgare. Beaucoup viennent d'Allemagne à pied… en traversant le pont depuis Kehl où elles habitent. Munies de visas touristiques émis par l'Allemagne, elles sont dispensées d'autorisation pour se rendre en France.

Mais de nombreuses filles sont également titulaires de visas français comme vont le découvrir les policiers à la faveur du contrôle de ces nouvelles arrivantes en février 2000. Nombre d'entre elles sont entrées en France avec des passeports munis de visas d'affaires, peu courants pour cette population. Les magistrats

1. *Civic*, août/septembre 2007.

strasbourgeois, intrigués, se tournent vers le consulat de France à Sofia pour y voir plus clair. Les raisons invoquées étant peu convaincantes — des stages ou des formations dans des entreprises de Strasbourg, des Landes et du Calvados —, les investigations s'approfondissent. Elles établissent que plus de 200 visas d'affaires, dont 195 environ sont frauduleux, ont été délivrés, tous demandés par le biais de deux entreprises gérées par un couple franco-bulgare. Monsieur, un homme d'affaires français, ayant été blanchi, madame explique qu'elle a fait rédiger ces demandes par sa secrétaire et sans savoir à qui elles étaient destinées, pour rendre service à une relation qui en retour devait la mettre en contact avec une société susceptible de lui recouvrer une dette…

Une fois le trafic mis au jour, les deux entreprises ont cessé de bénéficier du régime de faveur accordé aux sociétés françaises. Mais, comme l'a constaté en septembre 2000 le nouveau chef de la chancellerie à Sofia, le service consulaire a continué d'être très généreux avec les visas de tourisme. Les 85 000 demandes déposées en 2000 laissent penser qu'un Bulgare sur cinq voulait se rendre en France. Au total 65 000 visas ont été accordés contre 25 000 l'année précédente. Avec des moyennes mensuelles de 5 000 à 7 000 jusqu'en septembre 2000.

Face à ces dysfonctionnements, en décembre 2000, le chef de service est rappelé en France et muté au Service central d'état civil à Nantes. Les cinq agents bulgares changent eux d'affectation à Sofia.

C'est alors que la police belge entre en scène. Venue en Bulgarie enquêter sur un trafic de visas et sur un réseau de prostitution, elle alerte l'ambassade : les filles sont porteuses de visas de tourisme français. Au printemps 2001, le tout Sofia est au courant. Les journaux locaux évoquent la maîtresse du chef de service qui écoulait les visas — entre 1 000 et 3 000 francs — via son agence de voyages. L'enquête qui suit révèle la légèreté avec laquelle les dossiers des demandeurs ont été examinés : agréments accordés à des agences de tourisme sans licence de tourisme internationale, faux documents... Comme l'expliquera lui-même le chef de service lors du procès qui se déroulera en décembre 2006 à Strasbourg (il sera condamné à 8 mois avec sursis en première instance), 90 % des visas n'auraient pas dû être acceptés. Mais, seul Français du service, il s'en remettait aux cinq employés bulgares pour leur vérification.

Bref, tous les jours, plusieurs centaines de personnes faisaient la queue devant le consulat, draguées notamment par des « rabatteurs » d'agences de voyages dont les annonces proposant des visas contre rémunération — entre 256 et 409 euros — fleurissaient également dans la presse. Des affichettes étaient même collées sur les murs du bâtiment proposant contre 20 euros des bordereaux de change attestant de revenus de 500 voire 1 000 marks.

Avant les années 2000, quelques rares réseaux bulgares avaient été repérés en France. En septembre 1997, la BRP tombait le premier présent dans la capitale. Cinq hommes dont certains possédaient un statut de réfugiés politiques. Les filles arrivées via la Slovénie et l'Italie officiaient dans le 17e arrondissement. En juillet 1998, une autre filière tombait qui mettait en scène huit filles et trois proxénètes qui s'étaient associés à un collègue français d'Aubervilliers. Karim se chargeait de leur accueil et de leur placement et protection rue Saint-Denis où elles travaillaient.

Et, de juillet 1998 à février 1999, une dizaine de filles avaient arpenté le trottoir toulousain. Trois proxénètes avaient été mis en cause dont deux frères, Slatcho Igov, 37 ans, ayant pris la succession de son frère Stoyan, 47 ans, incarcéré à Fresnes pour usurpation d'identité. Mieux valait pour lui changer de nom, il avait déjà été condamné à vingt ans de réclusion criminelle pour homicide volontaire par la justice bulgare qui le recherchait. Au pays, les frangins étaient connus comme membres d'un réseau de prostitution qui envoyait des filles en Macédoine, en France et en Grèce. Le troisième larron, Emil, 28 ans, avait été embauché par le duo pour acheminer les filles depuis Kustendil, la ville natale des Igov, jusqu'à Toulouse où il les surveillait. À grand renfort de menaces sur leur famille restée au pays et dont le passeport était confisqué. Pour des gains moyens de 15 000 euros par mois et par fille.

Insigne honneur, en septembre 2002, les trois hommes étaient les premiers macs à être jugés devant une cour d'assises pour proxénétisme en bande organisée. Les seconds le seront en décembre suivant à Orléans.

Entre-temps, les réseaux mafieux ont essaimé sur le territoire. D'abord sans trop s'éloigner de Strasbourg où l'une des trois structures démantelées en septembre 2001 par la PJ (les deux autres étant le réseau orléanais et un parisien) officiait. Une soixantaine de jeunes femmes (de 20 à 22 ans) vendaient leurs charmes depuis dix-huit mois sur les quais du Rhin sous la coupe de deux Bulgares de 21 ans et d'un Italien de 46 ans. Lors des perquisitions, les policiers ont trouvé une comptabilité glaçante. Elle recensait les dépenses des victimes au franc près ainsi que le nombre de préservatifs qu'elles avaient utilisés, histoire de contrôler les passes. Le business roulait bien. Pour l'année 2000, 1,5 million de francs avaient été expédiés par mandats postaux. Sans compter le reste, reparti par porteurs au pays où l'argent était investi dans l'immobilier et les boîtes de nuit par les patrons. Depuis 2001, et la suppression des visas, les filles arrivaient en bus par la République tchèque et l'Allemagne ou par la Serbie, l'Autriche et l'Allemagne.

En 2002, les Bulgares s'ancrent un peu plus sur le territoire français. Toujours en tête des proxénètes des «pays de l'Est»: sept réseaux sont alors démantelés contre quatre l'année précédente.

On les trouve toujours à Strasbourg et Paris (si les trois souteneurs sont dans la capitale, les vingt filles bossent également à Arras et Chartres d'où est partie l'affaire au début de l'année), mais, face à la répression, ils sont descendus peu à peu vers le sud à Bordeaux, Marseille et Nice où elles officient de 23 heures à 6 heures par deux, vers l'aéroport, sur la promenade des Anglais ou sur les parkings des stations-service de la rue de France et dans les clubs huppés. En février 2002, Sounaï, 26 ans, est interpellé avec cinq lieutenants dans la ville, où il tentait de s'implanter, après avoir conquis Bordeaux où les filles parfois mineures étaient tabassées à coups de matraque électrique. Quelques mois plus tard, l'homme est dans le collimateur des policiers de Tarare dans le Rhône qui le soupçonnent d'agir dans la région lyonnaise. Là, il s'appuierait sur un concitoyen arrêté en juin en possession de faux tampons administratifs autrichiens et hongrois qui permettent aux étrangers de voyager librement dans l'espace Schengen au-delà des trois mois autorisés. Le sésame est proposé, via un couple de rabatteurs, à des demandeurs d'asile hébergés dans des foyers et qui en échange commettent des vols. Le couple se charge également de trouver des appartements aux prostituées envoyées dans la région.

Sur la Côte, le groupe arrêté en février à Marseille faisait travailler son cheptel dans des appartements loués sous de fausses identités et pour trois mois dans le centre-ville.

En février 2002, deux trentenaires bulgares costauds qui encadrent la filière — une quarantaine de filles auraient transité — sont arrêtés. Lors des perquisitions, les policiers saisissent des centaines de documents administratifs volés dans toute l'Europe (cartes d'identité, passeports, permis de conduire) et falsifiés, notamment par un troisième larron bulgare. Avec une partie des gains, les deux hommes ont acheté des appartements à Montpellier. Des investissements sur place, peu courants, tout comme les relations qu'ils entretiennent avec des « relais » locaux. Six mois après leur interpellation, les policiers mettent la main sur six Marseillais dont l'un âgé de 31 ans et surnommé « le Gros » dans le quartier de l'Estaque, qui surveillait les filles muni d'un pistolet à grenaille et chez qui les policiers ont trouvé un automatique. Des filles françaises avaient prêté leur voix pour les répondeurs des numéros de portables présents sur les annonces publiées dans les quotidiens régionaux.

Enfin, troisième mouvement stratégique, les réseaux délaissent les grandes villes où ils sont acculés pour se rabattre vers les métropoles régionales, comme Nîmes, où une équipe de trois proxos tombe en avril 2003. Depuis la loi sur le racolage passif, les « tapins » sont placés sur les grands axes routiers, le long des nationales, près des bois ou sur les parkings. C'était le cas dans la région de Reims, où elles opéraient par équipes dans l'Aisne et la Marne. C'est sensiblement dans le même secteur que gendarmes et policiers font tomber un autre réseau fin juin 2007. Depuis plus d'un an, mai 2006 exactement, une vingtaine de filles attendaient le client sur la N31 entre Reims (Marne) et Soissons (Aisne). Elles étaient logées en région parisienne et convoyées chaque jour sur les lieux sous la surveillance d'une prostituée plus âgée, la traditionnelle « première fille » qui récoltait les gains. Deux hommes de main complétaient le dispositif local et envoyaient l'argent — 1,2 million d'euros en treize mois — au pays. Parce que comme d'habitude, les têtes sont en Bulgarie : deux hommes âgés de 35 et 37 ans. Si les filles se débrouillent seules lorsqu'elles ont des problèmes avec les clients, en revanche lorsqu'elles « s'embrouillent entre elles », la bonne marche du business est mise en danger. Le cas s'étant produit, la première fille s'est résolue à prévenir les patrons qui ont consenti — à regret — à quitter leur refuge pour démêler le problème. Ce dernier a pris une telle ampleur que les deux hommes se sont brouillés à leur tour et ont décidé de scinder l'aire de travail en deux parties. Les filles de l'un sur le côté marnais de la nationale et celles de l'autre sur le versant aisnois.

C'est le moment qu'ont choisi les gendarmes de la SR de Reims et les policiers de l'Ocrteh qui surveillaient et écoutaient ce petit monde depuis un an pour pouvoir frapper. Le 25 juin, le patron de la Marne et son lieutenant sont arrêtés dans un hôtel de Cergy-Pontoise alors que, l'affaire réglée, ils s'apprêtent à rentrer en Bulgarie. Le deuxième groupe suit deux jours plus tard.

Lorsque des différends graves surviennent, les réseaux sont obligés de «bouger». Cela s'est passé à Nice durant l'été 2005. En juillet, deux prostituées bulgares ont été aspergées d'acide par un réseau concurrent. Le mois suivant, deux hommes de main ont été missionnés pour rendre la pareille à une protégée adverse. Pris en filature à leur arrivée en France, ils ont été arrêtés juste avant d'agir. Une prostituée soupçonnée d'avoir mis en place le guet-apens était à son tour écrouée deux mois plus tard.

Comme dans la plupart des cas, les filles de la Marne et de l'Aisne sont passées par l'Italie et l'Allemagne avant d'atterrir en France. «Elles suivent un périple de dressage, explique un policier spécialisé. Avant d'arriver, elles passent par les eros centers en Allemagne, l'abattage en Turquie... La France, c'est le bout de la chaîne. Si elles déconnent, elles repartent vers des pays plus durs... Depuis un an ou deux, on suscite également quelques départs... Les proxénètes font des études de marché. Ce sont des commerçants et les filles de la marchandise. Six mille d'entre elles ont été ramassées depuis la mise en application de la loi sur le racolage passif de 2003. Aucune n'a été poursuivie ni condamnée et les réseaux ont contourné la répression en installant les filles “au vert”, mais la procédure porte atteinte au rendement. En France, nous avons un système proactif, c’est-à-dire que nous n’avons pas besoin de la plainte d’une pute pour agir, alors que dans les autres pays, si personne ne se plaint… »

C’est le cas en Italie et en Espagne (dont le nombre de prostituées serait le plus important d’Europe), où les poursuites sont moins nombreuses voire inexistantes. En Espagne, les filles travaillent à la frontière, à la Jonquera et son parking énorme avec un grand hôtel au milieu pour les chauffeurs des camions… Dans le coin, 2 000 filles de l’Est et d’Amérique latine se prostitueraient le long de la nationale entre Figueras et la Jonquera. Sans compter les bordels de Madrid, Valence, Barcelone, Séville… Ces *prostibulos* seraient au nombre de 3 000. Depuis la réforme du Code pénal en 1995, la prostitution est à nouveau tolérée dans la péninsule si elle est exercée sans contrainte. Du coup, les boxons sont officiellement des hôtels-night-clubs et, après un verre au bar, libres aux filles d’entraîner les clients dans les chambres de l’établissement. Pour ne pas être accusés de proxénétisme, les patrons des établissements leur remettent chaque année une clé et un contrat de location de chambre. Ces filles sont à 95 % d’origine étrangère et clandestines. Aux côtés des Africaines et des Sud-Américaines, celles de l’Est sont en bonne place : Bulgares mais aussi Roumaines. Comme l’explique un voyou français installé sur place : « Les mecs de l’Est font ce qu’on appelle de la “poussette”. Ils mettent des filles dans une boîte, les laissent briller, puis les retirent tout en envoyant des mecs foutre le bordel dans l’établissement. Les clients déçus ne viennent plus et les proxos rachètent la taule une bouchée de pain. Ce qui leur sert à blanchir leur oseille. »

En France, les prostituées bulgares seraient 700. Un bon nombre d'entre elles sont originaires des campagnes et de l'est du pays, là où vit la communauté turcophone (campagnes du Sud et du Nord-Est), descendante des occupants ottomans installés durant cinq siècles, qui représente 12 % de la population du pays (7,7 millions au total). Les premiers réseaux bulgares qui se sont implantés à Strasbourg en étaient originaires, se servant des structures des proxénètes turcs installés de l'autre côté de la frontière en Allemagne. Tout comme les quatre proxénètes interpellés à Évry en 2003 qui exploitaient six femmes (dont deux Bulgares également turcophones et originaires comme eux de Dobrich, une ville du Nord-Est) en lien avec un restaurateur turc d'Évry chez qui ils comptaient les gains chaque soir : 25 000 euros mensuels, soit 80 % des recettes engrangées le long de la RN6 en bordure de la forêt de Sénart à Montgeron (Essonne). Idem à Tournus et Mâcon en septembre 2005 où deux Turcs étaient impliqués dans un réseau qui exploitait une dizaine de filles.

Aux côtés des groupes criminels turcophones, se sont également implantés des groupes roms qui — comme pour les Roumains — passent par les camps installés en marge des grandes villes. Comme à Toulouse en mars 2005, où les vingt-quatre filles arrivées par camionnettes de Peshtera, ville d'où elles étaient originaires comme leurs proxos, étaient hébergées dans le camp de Portet-sur-Garonne.

C'est via une filière de prostitution rom qu'un

trafic d'une vingtaine de bébés a été organisé entre juillet 2001 et juin 2005. En Bulgarie, les chefs du réseau proposaient de 6000 à 12000 euros à des femmes de la communauté pour accoucher en France et céder, via une famille installée à la porte d'Aubervilliers à Paris, leur enfant à des couples roms locaux qui ne pouvaient en avoir. En réalité, une fois arrivées, les mères ne touchaient que 500 euros et devaient rembourser les frais de transport et de soins médicaux, en se prostituant dans des réseaux roms actifs notamment à Toulouse et Bordeaux. L'affaire a été signalée par la police aux frontières bulgares en juin 2003 à un chef de groupe de l'OCRTEH venu à Sofia dans le cadre d'un échange de policiers. Durant l'été 2004, les policiers français procèdent à un premier flag sur une vente de bébés à Bordeaux et interpellent huit personnes. Puis, grâce à une commission rogatoire internationale, un juge d'instruction de Bobigny se rend en Bulgarie en juin 2005 avec des policiers de l'OCRTEH qui, en rentrant, finiront de démanteler la filière en interpellant des acheteurs à Strasbourg, Rennes et dans le Nord ainsi que les animateurs du réseau de prostitution à Paris.

### *Crâne rasé et bodybuilding*

Avant de partir pour l'étranger, nombre de filles font un séjour dans les clubs et les bars qui envahissent le littoral de la mer Noire à l'est du pays. Notamment à Varna, troisième ville et port célèbre depuis l'Antiquité, qui fait figure de QG de la prostitution. « C'est le paradis antique avec des vignes, des arbres fruitiers, la mer, le soleil… et à la sortie de la ville et ses immeubles rococo, une côte défigurée par un mur ininterrompu d'hôtels, de magasins de change et de contrefaçons, pour beaucoup, voire tous, aux mains de la mafia», selon un policier de retour de mission.

Ici se dessine la troisième filière de la prostitution bulgare, dominée par des gangs mafieux, les *grupovkas*.

«Même s'ils se font plus discrets en ce moment, à Varna, comme à Sofia, on croise le standard du voyou bulgare: bodybuildé, crâne rasé, tatouages sur les bras, pantalon noir et tee-shirt noir de marque, avec le calibre glissé dessous, au volant d'un rutilant 4 × 4 allemand. Généralement, un deuxième suit avec les gardes du corps munis d'oreillettes et portant des lunettes de soleil Oakley. Le dernier chic pour ces types est d'acheter leurs plaques d'immatriculation (pour le pays un B suivi de quatre chiffres et une lettre) 500 euros à la préfecture pour choisir un numéro simple: 1000, etc. Bref, ils font un cinoche pas possible.»

En Bulgarie, on les appelle les *mutri*, littéralement «les museaux», un terme synonyme de mafieux. La création du milieu criminel bulgare, issu de l'effondrement du régime communiste, ressemble au processus qu'a connu la Russie. Avec l'agrégation de trois composantes: les voyous, les ex-policiers ou membres des services et les anciens dirigeants de la nomenklatura. À l'origine, nombre des voyous qui vont émerger sont des anciens sportifs. Comme dans l'ex-URSS et la plupart de ses anciens satellites, la Bulgarie avait développé un performant réseau d'écoles de sport. Lorsque ces dernières ont fermé au début des années quatre-vingt-dix, certains de leurs élèves — lutteurs, haltérophiles, boxeurs… — se sont tournés vers les activités illégales et en premier lieu le racket[1]. En 1991-1992, ceux que l'on surnomme la « brigade des lutteurs » agissent par petites unités. Ils se débarrassent des petits gangs, mais leurs groupes sont alors peu hiérarchisés, et ne corrompent que les plus bas niveaux de la hiérarchie policière. Ils « protègent » alors les propriétaires de machines à sous récemment importées et les motels situés au bord des autoroutes qui accueillent des prostituées et servent de relais à la contrebande qui nourrit le marché noir. Entre 1992 et 1994, ils commencent à se structurer à travers des sociétés de protection. On en compte plus de 3 500 dans tout le pays en 1994. Elles ne sont pas toutes entre leurs mains, car entre-temps sont entrés dans la danse des ex des forces de sécurité. En 1991, le ministère de l'Intérieur a licencié 17 000 de ses 60 000 employés. À ce stade, le crime organisé corrompt des policiers de haut rang et des juges, agit à l'échelle nationale et contrôle certains « business » : alcool, cigarettes… Pour pallier la déficience du système judiciaire, les gangs se chargent également de récupérer les dettes impayées. Les affaires de toutes sortes sont en plein boom et l'accumulation primitive du capital bat son plein. Les opérations de recouvrement les mettent en contact avec les anciens de la nomenklatura qui ont privatisé à leur profit et à celui de futurs oligarques. Les gangsters les protègent des concurrents et en retour les hommes d'affaires placent leur argent. Tout ce petit monde — ex-policiers, truands et ex-apparatchiks

1. Voir les travaux de Tikhomir Bezlov du Think Tank Center for Study of Democraty.

— conspire pour contourner l'embargo pétrolier qui touche alors la Serbie-Monténégro. Les anciens officiels ont accès au produit, les ex-flics ont le réseau douanier pour le faire sortir et les truands protègent les convois et les transactions. Fortes des dividendes engrangés, les deux dernières catégories vont peu à peu s'y mettre directement avec leurs collègues serbes.

En 1995, les sociétés de sécurité détenues par les voyous sont interdites pour beaucoup. Elles se transforment alors en compagnies d'assurances, histoire de continuer le racket tranquillement. Les plus importants gangs tiennent les plus grosses sociétés : VIS, SIC, etc. Ils sont de plus en plus structurés et tissent des liens internationaux. La violence diminue un peu, la corruption monte d'un cran jusqu'au plus haut niveau de l'État. Les gangs mafieux investissent de plus en plus leurs gains dans des entreprises légales : dans les coopératives privatisées par les municipalités, ce qui leur permet d'agir sur le marché agricole, dans l'importation de sucre… et dans l'immobilier. En particulier sur les bords de la mer Noire qui concentre tous les appétits. Les hôtels d'État qui accueillaient les touristes du bloc de l'Est dans ce pays qui était le plus méridional sont privatisés et de nouveaux programmes immobiliers sortent de terre à la vitesse de l'éclair à partir de 1995. Les conflits surgissent à propos des titres de propriété, qu'il faut aussi régler. La mafia bulgare naissante contrôle les filières d'alcool, la prostitution, les bars et les boîtes, le jeu, les bureaux de change — idéaux pour le blanchiment, bref tout ce qui attire les milliers de touristes internationaux sur cette nouvelle Riviera. Le littoral est défiguré sur des kilomètres. À Sunny Beach,

Golden Sands, Albena, Sozopol s'alignent les hôtels kitsch aux façades chargées et au luxe de mauvais goût qui proposent leurs chambres à 60 euros. Cette architecture faite de bow-windows, de colonnes, tourelles, et autres fenêtres pseudo-Renaissance est qualifiée ici de *mutra*-baroque. Les mafieux roumains qui en sont à l'origine paradent en 4 × 4 avec des filles en talons aiguilles à leurs côtés. À côté, Las Vegas ferait presque raffiné.

Ces dernières années, les investissements n'ont pas cessé surtout avec l'entrée dans l'Union européenne et une progression annuelle de la valeur du mètre carré de 20 %. Une grande partie des 4,5 millions de touristes — dont beaucoup de Scandinaves et d'Anglais — qui visitent la Bulgarie chaque année y passent leurs vacances., les yeux en direction de la mer et ignorant la coulisse… En mai 2007, Dimitar Yankov, le président du conseil municipal de la station balnéaire Nessebar-Slantchev Briag, la plus importante du pays, a été assassiné de sept balles alors qu'il garait sa voiture dans la ville voisine de Bourgas. Propriétaires de plusieurs hôtels locaux — on le disait proche de Dimitar Jeliazkov, dit « les Yeux », baron présumé de la drogue et du tourisme arrêté quelques mois plus tôt.

Peu à peu, le crime organisé a évolué en tissant des liens avec les élites politiques et économiques du pays. Mais, à l'image de la Russie, les affaires se sont faites dans la douleur. Depuis 2000, la Bulgarie a connu 170 meurtres sur contrat, la plupart à Sofia. Une spécialité locale où tous les coups sont permis : voiture piégée, fusil à lunettes ou commando de tueurs.

En mars 2003, Ilia Pavlov, 43 ans, l'entrepreneur le plus riche du pays, est tué d'une balle en plein cœur par un tireur d'élite alors qu'il sort de son bureau entouré de dix gardes du corps. À son fastueux enterrement se presse tout le gratin du crime organisé, de la politique et du business. L'ancien lutteur, qui avait épousé la fille d'un général des services secrets bulgares, était à la tête d'une fortune personnelle estimée à 1,5 milliard de dollars. Sa société Multigroup, devenue MG corporation, une holding industrielle active dans l'énergie et le tourisme qui employait près de 12 000 personnes dont un grand nombre d'ex-apparatchiks et d'anciens des services spéciaux, était soupçonnée (par les services secrets allemand et américain) de se livrer à la contrebande — l'une des mamelles de l'économie criminelle locale — et au blanchiment d'argent. Multigroup avait également investi dans le capital de Gigastorage, une entreprise installée à Belfort qui fabriquait des disques durs. Pavlov, qui avait déjà échappé à un attentat à la bombe en 2001, était l'un des heureux promoteurs de Sunny Beach. Tout comme le banquier Emil Kyulev, l'un des hommes les plus riches de Bulgarie, abattu dans sa voiture en plein Sofia le 26 octobre 2005. Après un passage par le ministère de l'Intérieur, cet oligarque de 48 ans, fils d'un haut responsable de la police, s'était lancé dans les affaires en 1989.

Deux semaines auparavant, toujours à Sofia, une haute responsable du service des douanes prenait une balle en pleine tête au volant de sa voiture. Chinka Manova avait plusieurs fois été soupçonnée de contrebande et de corruption. En août, c'était l'une des figures du crime organisé qui était tuée par un sniper alors qu'elle dînait au restaurant d'un hôtel de luxe de Sunny Beach : Georgi Iliev, 39 ans, avait pris la succession de son frère Vassil (tué en 1995), à la tête du groupe VIS 2, une société de sécurité qui s'était muée en groupe financier opérant dans les jeux. Georgi était également président du Lokomotiv Plovdiv, un club de foot qui semble porter malheur. Son prédécesseur avait été éliminé cinq mois plus tôt (son adjoint en 1997), et son successeur le sera en mai 2007 à Sofia. Ce ne sont pas les seuls. Les trois patrons du club de foot Slavia Sofia ont eux été assassinés en 2004. Le milieu sportif est noyauté par les « affairistes », souvent d'anciens sportifs eux-mêmes. Pavlov, l'ex-lutteur devenu richissime, avait possédé le CSKA Sofia et le Cherno More Varna, et le banquier Kulyev avait été président de la Fédération bulgare de natation[1]. Quant à Ivo Karamansky, 33 ans, ancien champion de Bulgarie d'aviron en 1981, condamné dans les années quatre-vingt pour trafic de voitures et fausse monnaie, il a été tué en décembre 1998 avec l'un de ses gardes du corps par une rafale de Kalachnikov lors d'une réception dans une villa d'amis. Karamansky dirigeait une compagnie d'assurances et une société de protection qui venait de perdre sa licence.

*La fin de l'âge d'or ?*

Les vagues de meurtres des années 2000 seraient le signe d'un changement dans le pays. Certains observateurs y voient la fin d'une époque, celle de l'accumulation

1. *AFP*, 15 mai 2007.

primitive du capital grâce aux privatisations sauvages d'entreprises avec la complicité des services secrets. Mais dans cet écrémage d'affairistes, nombreuses sont les figures du monde criminel à tomber.

Depuis 2003, plusieurs têtes d'affiche de la « mafia » bulgare ont été victimes d'une guerre des gangs qui aurait fait une vingtaine de morts à Sofia pour le contrôle du trafic de stups. La Bulgarie est présentée comme l'une des portes d'entrée de la drogue en Europe : héroïne turque, dont elle serait selon le Département d'État américain le principal pays de transit, et cocaïne sud-américaine en lien avec les organisations implantées en Italie. Les groupes criminels locaux sont devenus des acteurs majeurs du trafic international[1]. Selon Tihomir Bezlov du Centre pour l'étude de la démocratie, une grande partie des 400 millions d'euros produits par l'économie souterraine proviendrait des stupéfiants. La première source de revenus devant la contrebande de produits (légaux sans acquitter la TVA ou contrefaits) et le trafic de femmes.

Le 18 avril 2005, les polices allemande et bulgare saisissent 600 kilos d'héroïne appartenant à un réseau bulgare opérant dans plusieurs pays européens.

Le 6 août 2003, la police bolivienne arrête un gang et saisit 5 tonnes de coke destinée aux groupes bulgares. Les services bulgares avaient alerté leurs collègues après la découverte de 282 kilos mélangés à de la purée de pommes de terre en poudre pour écarter les chiens. Les Boliviens avaient formé les Bulgares à la retransformer

1. À tel point que l'OCRTIS envisage de déplacer son officier de liaison en Turquie pour l'y installer.

dans un labo clandestin à Plovdiv. La drogue arrivait à Varna par bateau sud-américain comme les 117 kilos saisis en juillet 2005.

Les Bulgares ont également un pied en Espagne. Le 15 février 2005, lors de sa première opération, le tout nouveau GRECO[1] met la main sur 800 kilos de coke et arrête des trafiquants bulgares dont quatre patrons de l'une des plus grandes organisations du pays. La cocaïne, d'une grande pureté, était convoyée ensuite par des berlines allemandes où était aménagée une cache à ouverture électronique pouvant contenir 89 kilos.

Les six ou sept groupes bulgares les plus importants[2] donnent aussi dans les drogues de synthèse qu'ils produisent à destination des pays arabes. Depuis 2003, les démantèlements de labos se succèdent (cinq cette année-là) ainsi que les saisies de plusieurs centaines de kilos chacune.

Bref, le business, qui brasse des centaines de millions d'euros, suscite les conflits. Notamment à partir de 2003. D'après les policiers bulgares, les affrontements seraient la conséquence de l'augmentation de la production d'opium afghan après l'intervention de l'Otan.

En juin 2003, Kiril Kirilov, dit « le Japonais », survit à une tentative d'assassinat. Mais pas le supposé commanditaire de celle-ci, Evgueni Stefanov dit Zhenatia qui y passe en novembre.

En août, c'est au tour de Fatik, dont le nom bulgare

1. Groupe de réponse spécial au crime organisé espagnol.

2. En mai 2007, les autorités bulgares avaient identifié 190 groupes criminels contrôlés par dix grands patrons.

était Philip Pavolov Naydenov, d'être fusillé en pleine rue à Sofia. Ce copain d'enfance d'Ilya Pavlov était soupçonné d'être l'ancien pivot du trafic de berlines de luxe volées en Occident, puis d'avoir repris un réseau transnational de trafic d'armes et de contrebande de CD pirates entre l'Europe et le Proche-Orient, avant d'investir dans les stups.

On peut également citer Constantin Dimitrov, dit Samokovetsa, 33 ans, tué à Amsterdam — le bout de la route de l'héroïne turque — sur la place Dam en décembre 2003 et qui selon la police serbe servait de contact au clan belgradois de Zemun. Dimitrov aurait remplacé à ce poste Ivan Todorov dit « le Docteur » tué en avril. Il était également désigné comme l'un des acteurs principaux du trafic entre la Turquie et la Macédoine. Dimitrov était propriétaire de dizaines de sociétés de transport internationales, de sécurité, de grandes propriétés immobilières et circulait dans deux Mercedes blindées, entouré de gardes du corps.

En juin 2004, un ex-policier devenu trafiquant de came est abattu avec ses gardes du corps dans un café de Sofia par deux tueurs déguisés en prêtres. Le mois suivant, Miltcho Bonev, 43 ans, l'un des anciens fondateurs de SIC, qui avec VIS était l'un des deux principaux gangs des années quatre-vingt-dix, est tué à Sofia, ainsi que cinq de ses gardes du corps (et deux autres sont blessés) par un commando de tueurs qui a fait irruption dans un restaurant fermé pour sa venue. Citons encore le cas d'un des six barons de la drogue présumé, Anton Miltenov, 32 ans, dit « le Bec » (Klyuna), supprimé avec ses deux gardes du corps, Ivan le Fantôme et Nicky Specs, en juillet 2005.

Difficile de savoir quelles querelles pour quelles affaires se cachent derrière ces meurtres : trafic de drogue, contrebande, fausse monnaie, prostitution…

Sur les 170 assassinats commandités depuis six ans, aucun n'a été résolu. Mais si la justice intérieure affiche quelques dysfonctionnements, la coopération judiciaire avec l'étranger donne plus de résultats. Désignée comme la mauvaise élève de l'Union européenne au regard du niveau de corruption de ses institutions et de la place qu'occupe le crime organisé, la Bulgarie a donné son feu vert en juin 2007 au premier mandat européen émis par la France. Et un premier caïd mafieux a pris le chemin de l'Hexagone.

Le réseau mis au jour en octobre 2006 par la DIPJ de Lyon était effectivement sous la coupe de cette « mafia ». Comme l'ont laissé entendre les écoutes téléphoniques et les surveillances, celle-ci accordait les « autorisations d'exportation » des prostituées à l'étranger moyennant finances. De janvier 2005 à mars 2007, des filles recrutées dans le Nord-Est partaient pour Lyon via Varna. Sur place, plusieurs souteneurs, dont un garagiste qui les réceptionnait dans ses locaux, les plaçaient vers le pont Gallieni. Ensuite, six filles organisaient le travail.

À la clé, il y avait au moins 300 000 euros de gains pour les patrons installés dans le port de la mer Noire, qui n'étaient pas des petits poissons. Après un an et demi d'investigations dont dix mois d'enquête commune avec les services bulgares, quatre hommes ont été arrêtés le 27 mars 2007. Trois lieutenants, Rumen, 29 ans, Veli, 37 ans et Dobromir, 34 ans, qui roulaient carrosse, et le boss présumé, Atanas Atanasov, 34 ans, un caïd du crime organisé bulgare de la région de Varna. Le matin du 27, une unité d'élite de la police bulgare, accompagnée de deux magistrats français et par des enquêteurs de la PJ et du GIR, le délogeait de son appartement situé dans une luxueuse villa avec vue sur la mer, protégée par des miradors[1] et une milice privée. Lors de la perquisition, les policiers ont mis la main sur 42 000 euros et des chargeurs de Kalachnikov. Lors de son arrestation le boss, qui avait pour voisin un ancien haut responsable policier, ne semblait pas très inquiet quant au devenir de l'enquête... Ses gardes du corps avaient visiblement eu le temps de prendre le large comme en témoignaient les casseroles encore chaudes. La veille, un substitut du procureur s'opposait encore à son arrestation, prétextant de son honorabilité. C'est donc le directeur général de la police bulgare, avec le soutien du procureur général du pays, qui a mené l'opération...

Ensuite, la décision de le livrer à la justice française est tombée à la mi-avril. Mais le dossier, qui avait valeur de test aux yeux de l'Union européenne, a finalement abouti un mois et demi après, fin mai exactement. Le tribunal de Varna a en retour reçu l'assurance que le boss et quatre de ses complices extradés comme lui purgeront leur peine en Bulgarie.

Atanas a eu l'insigne honneur de faire l'objet du premier mandat d'arrêt européen en Bulgarie. L'aboutissement d'un travail de longue haleine avec les autorités bulgares.

1. *Le Progrès*, 1er juin 2007.

En 2001, le juge niçois Philippe Dorcet était le premier magistrat français à se déplacer en Bulgarie accompagné de deux policiers et d'un interprète. Il s'était rendu dans un quartier « HLM » de Plovdiv, une ville de 400 000 habitants située au centre du pays. Cinq frères et cousins avaient organisé un réseau en recrutant des filles dans une dizaine de barres. Ce réseau était lié à deux autres sur la Côte et à Paris. Un homme du quartier faisait le lien avec des « gens plus importants », notamment avec un caïd de Rostov en Ukraine qui investissait les gains de la fratrie de Plovdiv dans l'immobilier sur la Costa Brava espagnole.

La même année, des policiers toulousains avaient fait le déplacement sur commission rogatoire internationale dans l'affaire jugée aux assises en 2002.

En 2003, la France et la Bulgarie signaient des accords de coopération bilatérale, mais il a fallu attendre octobre 2006 pour que les policiers des deux pays réalisent une opération simultanée. Vingt personnes dont quatre « têtes » ont été arrêtées en Bulgarie, qui envoyaient des filles à Nancy depuis 2004 et avaient reçu en retour 300 000 euros. En France, les filles étaient accueillies par des Turcs qui leur fournissaient entre autres des logements.

Cette opération s'est déroulée un mois avant l'entrée dans l'Union européenne. Depuis, la coopération se met lentement en place.

Une trentaine de MAE ont été déposés auprès des autorités judiciaires bulgares. Sofia a notamment donné son feu vert pour quatre truands dans un autre dossier de proxénétisme, cette fois marseillais, pour lequel elle a reçu treize demandes. En avril, la cour d'appel de

Plovdiv avait ordonné l'arrestation de l'un d'entre eux, âgé de 33 ans. Et annulé une décision récente de la cour régionale de le libérer. L'homme est poursuivi à Marseille pour avoir mis sur le trottoir plus d'une centaine de filles.

Le réseau a été mis au jour en août 2004 après le braquage de trois prostituées bulgares à Marguerittes, dans le Gard. Depuis 2002, il avait fait travailler 500 jeunes filles en Europe, surtout en Italie et en France, à Nîmes, Montpellier, Nantes, Lyon, Paris, Nice, Strasbourg, Toulouse, Orléans, Lille, Nancy, Metz et Dijon. Les filles avaient transféré depuis la France et via Western Union 2,5 millions d'euros au profit du boss et de ses lieutenants. La structure était dirigée depuis la Bulgarie par Vasil Damianov Telbizov, et connue des autorités bulgares sous le nom de « groupe criminel Telbizov » — depuis mai 2003, Vasil était incarcéré à la maison d'arrêt de Bobov-Dol pour avoir prostitué deux filles. En mars, les autorités judiciaires françaises ont réclamé la remise du banquier présumé du groupe Nicolay Atanasov Bekyarov qui auparavant exerçait comme proxénète en France en compagnie d'un autre homme de main. Revenu au pays, il détiendrait les liquidités du réseau qu'il ferait fructifier comme usurier en prêtant à des particuliers à fort taux d'intérêt.

Dans une troisième affaire, des interpellations ont eu lieu en Bulgarie entre le 2 et le 7 juillet dans les régions de Varna et de Devnya sur la mer Noire. L'enquête avait commencé en 2006 avec le démantèlement d'un réseau de dix-huit filles acheminées par avion de Sofia à Mulhouse où elles exerçaient depuis 2005. Au moins 150 000 euros avaient été expédiés via mandats postaux.

Sur place, l'argent était classiquement placé dans des boîtes, de l'immobilier et des voitures de luxe.

*Faux billets et vraies fraudes*

Comme on l'a vu, le crime organisé bulgare ne se cantonne pas au trafic d'êtres humains. D'autres sources de capitaux viennent remplir ses caisses et financer le business. Le pays est notamment connu pour être l'un des trois grands spécialistes de la fausse monnaie en Europe avec la Lituanie et l'Italie. Entre 2001 et 2004, une quinzaine d'imprimeries de faux euros et de faux dollars ont été démantelées. En janvier 2004, l'une d'elles a été fermée à Varna et 300 000 faux euros saisis. Elle produisait des faux billets de 100 et de 200 euros depuis six mois. Ces coupures de très bonne qualité étaient retrouvées dans la plupart des pays de l'Union selon Europol, l'office européen de police, qui avait signalé l'affaire. Trois mois après, la police française saisissait plusieurs billets de 200 euros sur une Bulgare qui tentait de payer avec dans un supermarché du quartier Montparnasse à Paris. Une affaire rare, les grosses coupures étant plutôt destinées au marché allemand où elles sont couramment utilisées, même si on en avait déjà trouvé 70 sur cinq Bulgares arrêtés à Paris en septembre 2003. En France, les saisies concernent plutôt des 20 et 50 euros. Quelques mois plus tard, la BRIF saisissait 400 billets de 50 euros sur un Rom bulgare. Les policiers hollandais en trouvaient encore beaucoup plus en juin 2005. Un demi-million exactement ainsi qu'un millier de faux documents de différents pays, le tout importé de Bulgarie. Un réseau un peu plus professionnel que la fabrication artisanale stoppée en octobre 2004. Les gendarmes de l'Eure venus perquisitionner un appartement de Ris-Orangis (91) dans une affaire de vol chez un particulier découvraient une officine de faux billets. Mais là, point d'imprimerie offset, gage d'une grande qualité d'impression, dans le logement occupé par une Bulgare, mais une « chaîne graphique » faite d'ordinateurs et autres scanners.

Les voyous bulgares se distinguent également dans le piratage de cartes bancaires. Si les Roumains s'attaquent aux DAB, eux s'occupent des DAC, les distributeurs automatiques de carburant. Une spécialité apparue au grand jour en mai 2002 dans la station-service d'un centre commercial de Dardilly dans le Rhône à l'entrée nord de Lyon. Depuis février, voyant leur compte bancaire débité depuis l'étranger, plusieurs dizaines de personnes avaient déposé plainte. Après recoupements, les gendarmes avaient ciblé la station de Dardilly. Le système utilisé était similaire à celui des gangs roumains : un boîtier, le *skimmer*, placé sur le système de paiement de la pompe enregistrait les coordonnées de la carte, tandis qu'une mini-caméra cachée dans un talus en face filmait les codes. Le tout transmis par voie hertzienne à un dispositif de réception installé dans une voiture garée à proximité. Quatre cents clients de la station-service avaient ensuite eu leur compte débité en Allemagne, en Italie et en Bulgarie. La somme globale fut estimée à 400 000 euros. « En Bulgarie comme en Roumanie, il existe un grand nombre d'informaticiens et d'électroniciens qui se sont retrouvés désœuvrés après l'effondrement du régime et qui ont pu être récupérés par des groupes criminels. Sans compter les anciens des services familiers des mini-caméras et autres "gadgets" de surveillance... », selon un policier spécialisé.

Mais, c'est semble-t-il un Français qui a amélioré le système. En mars 2003, un ancien technicien de l'armée de l'air qui gérait une société informatique installée dans le Var était interpellé. Il avait mis au point un système baptisé « vidéo garde » dont il avait protégé les droits auprès de l'Institut national de la propriété industrielle (INPI). En résumé, une fois les données piratées, elles étaient transmises depuis la camionnette de réception en temps réel par téléphone en Bulgarie. Sur place, les fausses cartes étaient fabriquées et utilisées en moins de douze heures. À Sofia, mais aussi à Honolulu (Hawaï) où devait résider une autre équipe. En tout, 3 000 victimes ont été piratées entre l'été 2002 et mars 2003 à Draguignan, dans le Var, les Bouches-du-Rhône, les Alpes-Maritimes, puis sur tout le territoire. En juillet 2007, l'organisateur présumé de ce trafic était arrêté à Sanary (Var) après quatre ans de cavale. Un membre du milieu marseillais au casier judiciaire chargé, était associé à l'équipe bulgare qui fabriquait les fausses cartes et les écoulait.

Le système aurait encore été amélioré ces dernières années. Toujours selon le collègue français déjà consulté pour les gangs roumains : « Aujourd'hui, les Bulgares transmettent en temps réel les coordonnées. En résumé, ils repèrent une station-service qui marche fort. Après avoir identifié le modèle de la pompe, ils font des bornes pour en trouver un similaire dont ils piquent la façade. Parce que le bricolage qu'ils font nécessite du temps et ils ne peuvent donc le réaliser dans la station même. Ils y installent le système qui enregistre les données de la carte qui sera introduite et le code qui sera tapé, et qui transmet via le réseau GSM, et non plus par radiofréquence, les coordonnées en instantané vers un téléphone portable sous forme de sms ou vers un Palm ou encore sur une boîte mail, n'importe où dans le monde. Pour installer cette nouvelle façade identique à l'original, il leur faut maximum 15 minutes. La technique ne peut pas être appliquée à un Dab car le matériel est plus volumineux qu'un simple *skimmer*, il faut donc le placer à l'intérieur et non plus sur la fente de paiement. Et il est impossible d'ouvrir un DAB de la rue, il faut aller dans une pièce derrière, bref tu es repéré immédiatement. En fait les mecs adaptent la technologie en fonction de l'entrée de l'appareil. Pour finir, ils piratent également le système d'ouverture des sas de banque où tu passes ta carte pour entrer retirer de l'argent. »

# 6

## *Serbie : des mafieux en battle-dress*

Depuis l'entrée dans l'Union européenne de la Bulgarie et de la Roumanie qui assure une continuité territoriale avec la Grèce, les Balkans occidentaux forment un trou au milieu de l'Europe. Et un trou noir selon les services de renseignement, pour qui les États de l'Europe du Sud-Est font partie — avec les pays de l'ex-CEI et de l'Asie du Sud-Est — des priorités en matière de menaces criminelles. « Surtout parce que la région est considérée comme une poudrière et que le crime organisé y est étroitement lié aux sphères politiques et économiques », souligne un spécialiste.

Le contexte géopolitique l'y a fortement aidé : l'effondrement de la Yougoslavie et les conflits qui ont déchiré la région en Croatie, en Bosnie, au Kosovo… les embargos qui ont frappé la Yougoslavie, et, pour tous ces pays — plus l'Albanie et la Macédoine —, les maux inhérents à la situation : misère économique, corruption…

Pour finir, la situation géographique des pays de l'ex-Yougoslavie (Macédoine, Croatie, Bosnie, Serbie, Monténégro) et de l'Albanie en fait une plate-forme idéale pour tous les trafics. Sans compter la présence de deux pôles mafieux traditionnels à l'ouest (mafias italiennes) et à l'est (maffya turque), histoire de parfaire le tableau.

La célèbre route des Balkans voit passer tous les trafics.

Durant les années quatre-vingt-dix, des canaux de contrebande ont été mis en place par les élites des pays de l'ex-Yougoslavie pour pallier les embargos, notamment pour le pétrole depuis la Bulgarie, mais aussi d'autres produits depuis la Roumanie, et l'Albanie. Ces filières ont ensuite été privatisées par des groupes criminels liés aux élites en place et qui ont servi pour toutes sortes de trafics. Celui de femmes bien sûr, qui arrivent majoritairement de Roumanie, Moldavie, Ukraine, et Russie… via Belgrade où des groupes criminels sont spécialisés dans l'achat et la revente des futures prostituées. Selon les ONG[1], au moins trois marchés existeraient : en Hongrie, et aux frontières roumano-serbe, et bulgaro-serbe.

Une fois en Serbie, après avoir franchi la frontière en traversant le Danube ou les massifs montagneux de la frontière orientale qui sépare le pays de la Roumanie et de la Bulgarie, les filles sont revendues à d'autres groupes balkaniques qui les négocient à leur tour entre eux et les font tourner dans la région. Plusieurs villes serbes font office de plaque tournante ; les transactions se déroulent dans des motels, des bars et des restaurants installés le long des routes. Certaines femmes partent au sud, vers le Kosovo, la Macédoine et surtout

1. Jelena Bjelica, *Prostitution : l'esclavage des filles de l'Est*, éditions Paris Méditerranée, 2005.

le Monténégro avec parfois en bout de course l'Italie et l'Europe occidentale. D'autres vont vers l'ouest en Bosnie, et plus particulièrement en République serbe qu'elles atteignent en traversant la Drina avant pour certaines de poursuivre vers Tuzla et Brcko en Fédération croato-bosniaque. En Bosnie, plus de 1 000 maisons closes ont fleuri pour accueillir les soldats venus maintenir la paix depuis 1995. Idem au Kosovo, où des forces militaires internationales sont présentes depuis 1999. Une autre route passe par la Macédoine, et se poursuit vers la Grèce d'un côté et l'Albanie de l'autre. De là, les filles remontent vers le nord au Kosovo ou traversent l'Adriatique pour gagner l'Italie, qui avec l'Autriche constituent les deux sas d'entrée à l'Ouest. La Macédoine et la Grèce sont également des portes d'entrée pour les immigrants illégaux désireux de gagner l'Union européenne.

Arrivés à l'aéroport de Skopje, les clandestins chinois, pakistanais, kurdes, irakiens, etc., suivent la route terrestre à travers le Kosovo, la Bosnie, la Croatie, la Slovénie jusqu'en Autriche et en Italie. D'autres et plus particulièrement les Chinois, comme on le verra, débarquent à l'aéroport de Belgrade, et se rendent en Macédoine d'où ils espèrent atteindre l'aéroport grec de Thessalonique sur le territoire de l'Union. Aux côtés des êtres humains, les groupes criminels trafiquent des denrées à forte valeur ajoutée.

Dans les années quatre-vingt-dix, le Monténégro s'est spécialisé dans les cigarettes. Ce trafic immense s'est placé — à en croire le parquet de Bari qui veut l'inculper d'association mafieuse et demande son renvoi avec quinze autres personnes — sous la coupe de l'homme fort du pays : Milo Djukanovic, qui fut alternativement Premier ministre et président entre 1991 et 2006. Djukanovic est notamment accusé d'avoir, entre 1994 et 2000, concédé à un trafiquant suisse notoire une licence d'importation de 1 000 tonnes de clopes par mois. Un business qui aurait rapporté selon le parquet de Bari des centaines de millions d'euros et couvert 60 % du budget de l'État.

Officiellement destinées au Monténégro, les cigarettes le quittaient ensuite clandestinement pour être dispatchées dans toute la région — en Serbie sous le contrôle de la famille Milosevic — mais également en Europe via l'Italie où elles étaient transportées par horsbord depuis les ports de Bar et de Zelenika et destinées à la mafia des Pouilles, la Sacra Corona Unita. Quatre cents mafieux italiens en délicatesse avec la justice de leurs pays auraient d'ailleurs trouvé refuge sur la côte monténégrine dans les années quatre-vingt-dix. Toujours selon la justice italienne, Andrija Draskovic, un des parrains du crime organisé serbe — arrêté en Allemagne en mars 2007 et extradé vers l'Italie —, aurait assuré leur protection en échange du monopole de vente de l'héroïne et de la cocaïne.

À en croire le quotidien serbe *Politika* (mai 2007), « une nouvelle mafia du tabac est entrain de naître dans les Balkans ». Si la majorité du trafic des années quatre-vingt-dix était destinée à contourner l'embargo qui frappait la Serbie, aujourd'hui il alimenterait l'Union européenne. Et il ne s'agirait plus de cigarettes achetées aux manufacturiers et détournées de leur destination mais de clopes contrefaites — avec emballage de grandes marques, etc. — en Serbie, en Macédoine et au Monténégro pour un dixième du prix moyen européen.

Toujours selon le journal, les grosses saisies se multiplieraient le long des 132 kilomètres de frontières communes avec la Bulgarie, surtout depuis l'entrée du pays dans l'Union en janvier dernier. Une fois de l'autre côté de la frontière, les cargaisons peuvent atteindre sans entrave ni contrôle n'importe quel point de l'UE. Des patrouilles mixtes serbo-bulgares auraient ainsi démantelé un groupe de contrebandiers également mixtes disposant d'une flotte de véhicules et de véritables bunkers dans le sud de la Serbie, destinés à stocker la marchandise.

Les groupes criminels balkaniques se sont également fait une spécialité du trafic de stupéfiants : d'héroïne en provenance de Turquie, en particulier les Serbes en lien avec les Bulgares, et les Albanais en relation avec les Turcs. Et de cocaïne en provenance directe d'Amérique du Sud. Le Monténégro semble là encore bien placé et ferait office de plate-forme de transit pour les Balkans occidentaux. Le pays compterait huit clans criminels en lien avec leurs collègues de la région qui réceptionnent l'héroïne d'Albanie, échangée en partie contre des armes volées dans les stocks militaires du pays ou achetées en Bosnie, et la coke sud-américaine. Si les deux groupes de la capitale sont plutôt placés sur l'héroïne « albanaise », les deux cartels du port de Bar se consacrent à l'héroïne et à la coke, transportée par centaines de kilos dans des containers maritimes en provenance du Venezuela et du Brésil, avant de prendre la route par camion vers la Serbie et la Grèce. Idem pour les groupes de Berane au nord du pays, un cartel qui travaille particulièrement avec les Serbes de Belgrade et l'Amérique du Sud. Et avec l'Europe occidentale dont les prisons (danoise, luxembourgeoise, etc.) abritent de nombreux hommes de la région. Selon la police locale, près des deux tiers des jeunes hommes du coin vivent en Europe du trafic de stups[1]. Dans les Balkans occidentaux, outre le port de Bar, la coke rentrerait par Dürres en Albanie et Rijeka en Croatie.

### *Quand les mafias gouvernent*

Les groupes criminels organisés des Balkans occidentaux sont apparus après la chute du communisme et à la faveur des conflits. «Avant, du temps de la République fédérale de Yougoslavie, il n'y avait que des petites bandes, comme l'explique un ancien haut responsable de la police yougoslave. Lorsque les frontières yougoslaves se sont ouvertes dans les années soixante-dix, les criminels sont partis s'installer à l'étranger à cause de la pression policière : en Allemagne à Hambourg, Stuttgart, Francfort, aux Pays-Bas à Amsterdam et Rotterdam, en Suède à Stockholm. Les groupes issus de chaque région et de chaque grande ville yougoslave — un chef, deux-trois lieutenants et des soldats, soit une quinzaine de personnes en tout — y faisaient des braquages et des casses de banques et de bijouterie. Ils

1. *Le Courrier des Balkans/Birn*, 25 avril 2007.

pratiquaient également un peu le racket et trafiquaient les filles et la came. En France, les voyous yougoslaves étaient majoritairement serbes et non violents. Ils faisaient des escroqueries, des cambriolages, trafiquaient les bijoux à Paris, Lyon et Marseille. »

À partir de 1981, la police et la Sécurité d'État ont engagé des criminels pour éliminer les opposants installés à l'étranger : des Oustachis, des Albanais, des Tchetniks. Les leaders des bandes criminelles étaient recrutés par les centres de sécurité régionaux dépendants du centre fédéral de Belgrade à qui ils fournissaient passeports et armes en échange de leurs services patriotiques, la sécurité d'État leur offrait sa protection. « C'était le paradis pour ces groupes. Ils faisaient leurs affaires à l'étranger et dépensaient l'argent au pays en toute tranquillité. » Le plus connu d'entre eux était celui de Francfort dirigé par Ljubomir Magas dit Lbjuba Zemunac, une légende de la « Yougomafia », comme disaient les intéressés.

Un exemple fameux de ces collusions entre État et criminalité est celui de Zeljko Raznatovic dit Arkan, tué à coups de pistolet-mitrailleur avec l'un de ses gardes du corps le 15 janvier 2000 dans le hall de l'hôtel intercontinental de Belgrade. Né en 1952 en Slovénie, Arkan effectue son premier séjour en prison à 17 ans. Il suit ensuite les traces de ses collègues à l'étranger où, entre deux contrats pour les services de sécurité dont il est l'un des meilleurs agents, il braque. En novembre 1980, il est condamné à sept ans de prison aux Pays-Bas et s'évade l'année suivante de la prison d'Amsterdam en compagnie d'un Italien et avec l'aide de complices armés. Deux mois après, en juin 1981, il est de nouveau arrêté, cette fois à Francfort lors du braquage d'une bijouterie. Et s'évade de l'hôpital où il est transféré. Rebelote à Berne en Suisse en 1982 et nouvelle évasion du poste de police. En 1991, Arkan rentre en Serbie et fonde sa milice ultranationaliste, la garde des volontaires serbes autrement appelés les Tigres, composée notamment de truands. Ses 200 paramilitaires participent au siège de Vukovar en Croatie où ils massacrent 250 personnes puis, l'année d'après, ils sont les pionniers du nettoyage ethnique des Croates et des Musulmans pour le compte des forces serbes de Bosnie. Une « spécialité » qu'ils développeront de 1991 à 1995. En contrepartie de cette politique de la terreur, le pouvoir serbe leur délivre un droit de pillage. En parallèle, en 1992, l'exécuteur des basses œuvres de Milosevic est élu député du parlement serbe du Kosovo. Après les accords de Dayton en 1995, il fait fructifier ses gains issus de l'embargo et de ses trafics : essence, cigarettes, armes, marché noir, etc. Devenu l'un des hommes les plus riches de Serbie, il investit dans des commerces et se marie avec Ceca, la chanteuse de Turbofolk. Arkan lui cède en mai 1998 la présidence de son club de foot l'Obilic Belgrade, sans doute en raison des sept mandats d'arrêts internationaux diffusés par Interpol en 1992 pour ses crimes de droit commun et de son inculpation secrète en 1997 par le tribunal pénal international pour l'ex-Yougoslavie pour crimes contre l'humanité et crimes de guerre commis en Croatie et Bosnie en 91 et 95. Ce qui n'empêche pas, trois mois plus tard, les Girondins de Bordeaux de lui acheter un joueur pour 22 millions de francs… mais ils ne pourront jouer le match amical prévu à Bordeaux entre les deux équipes pour sceller le transfert, l'ambassade de France à Belgrade ayant refusé les visas en bloc aux joueurs serbes à cause de l'inculpation d'Arkan[1].

La collaboration des voyous avec l'État s'est poursuivie pendant les années quatre-vingt-dix. Elle a même pris une telle ampleur que l'on peut parler de criminalité d'État. Dans toute la région et particulièrement en Serbie-Monténégro où Slobodan Milosevic s'est appuyé sur la pègre pour éliminer ses adversaires (on recense 140 « contrats » non élucidés à Belgrade entre 1991 et 2001), et via les milices créer la grande Serbie dont il rêvait, mais également pour des raisons économiques (détournement de l'embargo). L'État orchestrait la contrebande que la RDB, la sécurité d'État serbe, couvrait via les milices.

Le régime a ainsi donné naissance à une élite politico-économique corrompue, enrichie en échange de sa fidélité au chef. Une fois l'embargo levé, les trafics ont continué et les profits ont été investis dans la construction, l'immobilier et l'hôtellerie, même après la chute de Milosevic. Sentant le vent tourner, l'association informelle composée de mafieux, de paramilitaires, d'agents des service, de policiers, et de politiques s'est rapprochée des prétendants à la succession et a prêté son concours pour le renverser en douceur en octobre 2000, en espérant conserver ses prérogatives criminelles. Mais le Premier ministre Zoran Djindjic nommé en janvier 2001, qui avait pris la tête de la coalition du changement avec son aide, a voulu initier des réformes et

1. *JDD*, 11 juillet 1999.

tirer un trait sur le passé. Cela lui a été fatal : le 12 mars 2003, il était abattu à 12 h 25 d'une balle dans le cœur alors qu'il quittait sa voiture blindée pour pénétrer au siège du gouvernement en plein Belgrade. Le meurtrier, surnommé « le Serpent » était l'un des meilleurs tireurs d'élite du pays, commandant en second des Bérets rouges. Une unité créée par Milosevic en août 1992 et placée sous l'autorité du ministère de l'Intérieur. Cette JSO, « unité pour les opérations spéciales » de la sécurité d'État, a participé à de nombreux assassinats politiques et opéré clandestinement en Croatie et en Bosnie. Le Serpent aurait agi sur les ordres de l'ex-commandant de l'unité de 1998 à 2001. Après un casse à Belgrade, Milorad Lukovic dit Legija (« le Légionnaire ») s'était engagé dans la Légion étrangère, au 2e REP, avant de déserter en 1992 pour rejoindre les Tigres d'Arkan, puis en 1995 la JSO dont il avait pris la tête trois ans plus tard. Viré de celle-ci en 2001, mais y ayant conservé toute son influence, il s'était rapproché du clan de Zemun qui tire son nom d'une banlieue de Belgrade, le plus important groupe criminel de Serbie : 200 hommes sous l'autorité de Dusan Spasojevic, 35 ans, surnommé Shiptar (« l'Albanais »). Lui aussi passé par les milices paramilitaires serbes pendant la guerre de Bosnie. L'homme soupçonné d'avoir commandité le meurtre de Djindjic a été tué par les policiers antiterroristes le 27 mars 2003 avec son adjoint Milan Lukovic dit Kum (« le Parrain »), officiellement alors qu'ils résistaient lors de leur arrestation. Dans les jours suivants était détruit son palais, un complexe (une gigantesque villa et une galerie marchande entièrement vitrée) édifié sans permis de construire rue Silerova à Zemun.

À l'issue du procès Djindjic, en mai 2007, Legija et le Serpent, les deux principaux accusés, ont écopé de quarante ans de prison. Quant aux réels commanditaires…

À la suite de l'assassinat du Premier ministre, les autorités ont lancé une vaste opération baptisée Sabre destinée à éradiquer le crime organisé. Sans réel succès malgré les 11 000 interpellations et plus de 4 000 inculpations. Après une brève envolée, signe de raréfaction, les prix des stups ont retrouvé leur cours normal.

D'autres auront pris la relève du gang de Zemun, particulièrement impliqué dans le trafic de drogue. Après sollicitation des autorités colombiennes par la police serbe pour enquêter sur les liens directs entretenus par Zemun avec les barons des cartels, en mai 2001, le boss Shiptar et quatre de ses lieutenants ont été interpellés à Roissy à la demande de l'ambassade de France à Belgrade et reconduits à la frontière. Accompagné de ses quatre sbires âgés de 27 à 22 ans, dont deux frères, Aleksandar et Milos, nés à Zemun, Shiptar se rendait en Colombie via Paris. Du temps de leur splendeur, les dirigeants de Zemun connaissaient bien la capitale pour y passer régulièrement des vacances et arpenter ses rues dans leur « uniforme » favori : sweats à capuche, chaussures de sport, bas de survêtement en polyester, chaînes en or et pendentif en forme de croix autour du cou.

### *Le casse-tête policier*

Pour tenter d'y voir plus clair dans la région des Balkans et de prévenir les éventuels débordements de ce foyer criminel, les autorités françaises ont déployé un important dispositif. Des attachés de sécurité intérieure sont comme ailleurs dans le monde en poste au sein des ambassades françaises des différents pays, épaulés par des officiers de liaison de différents services spécialisés. Deux CIAR (cellule d'investigation et d'analyse du renseignement) de la gendarmerie ont été mises sur pied à Pristina au Kosovo et à Sarajevo en Bosnie et un pôle régional interministériel (Douanes, Intérieur, Justice, Affaires étrangères) a été créé à l'initiative du ministère des Affaires étrangères fin 2004 et établi à Zagreb en Croatie. Dans ce pays, comme le reconnaissent les observateurs policiers, les autorités montrent une forte volonté de juguler le trafic d'armes et de cigarettes. Ce qui n'est pas le cas des voisins dont la coopération judiciaire et policière avec l'Union européenne n'est pas vraiment aboutie. La palme revenant à la Bosnie éclatée en plusieurs entités qui ne coopèrent déjà pas entre elles et exécutent encore moins les mandats d'arrêt internationaux.

Mais, à en croire les analystes policiers, il est difficile pour ce dispositif d'apprécier la situation locale. Selon un rapport sur le sujet : « Les causes en sont multiples : le peu de coopération due à l'instabilité institutionnelle chronique et la corruption ; les indicateurs statistiques inexistants ou peu fiables ; le recueil de l'information soumis aux traducteurs locaux ; les réseaux criminels de type claniques, familiaux et peu pénétrables ; le relief accidenté de la région, entrave aux missions de surveillance et de contrôle des forces de sécurité nationale et internationale. »

Et lorsque les infos sont bonnes, elles ne sont pas

vraiment exploitées. Les CIAR par exemple n'ont pas d'office de tutelle. Leurs renseignements sont donc transmis au service technique de renseignement judiciaire et de documentation (STRJD) de la gendarmerie à Rosny-sous-Bois ou au service de coopération technique internationale de police (Sctip) du ministère de l'Intérieur. À eux de trouver des enquêteurs qui veulent plancher sur le sujet et donc faire de l'initiative sur des dossiers où il n'y a pas de saisine. Et s'ils trouvent, les enquêtes sont difficiles : il faut recouper les infos et arriver à les traduire en actes judiciaires…

« Ce dont on est sûr, explique ce policier, c'est que les affaires impliquant des ressortissants des Balkans se multiplient ces dernières années. Par exemple, il y a depuis deux ans, des équipes qui écument le pourtour méditerranéen, spécialisées dans le *carjacking* et le *homejacking*. En cas de résistance, leurs membres peuvent être très violents. » Le gang qui s'est attaqué au footballeur Patrick Viera en mai 2006 a fait en sorte de ne pas en arriver là. Repéré au volant de son 4 × 4 Mercedes ML 500, le vice-capitaine de l'équipe de France est suivi jusqu'à sa villa des hauteurs de Cannes. Pendant son sommeil, il est « neutralisé » ainsi que sa femme et la fille de celle-ci, par un gaz asphyxiant diffusé dans le système de ventilation de la maison. Les voleurs repartent avec des bijoux, des montres, de l'argent et le 4 × 4 de monsieur. Quelques jours plus tard, l'équipe, composée entre autres de Slovènes et de Croates, est arrêtée en flag après s'être emparée d'un 4 × 4 Touareg Volkswagen dans une villa de Biot. Les policiers qui les surveillaient depuis quelques semaines découvrent alors un garage abritant des voitures de luxe :

Audi, Mercedes, etc., volées dans les Alpes-Maritimes et attendant de partir dans les Balkans via l'Italie et la Slovénie.

### *La nébuleuse du braquage*

Mais, ces dernières années, un phénomène a particulièrement retenu l'attention des policiers français. Fidèles à leur tradition, des équipes de braqueurs slaves — Serbes et Monténégrins — écument les bijouteries de l'Hexagone et d'ailleurs. Toutes reliées entre elles, selon les confidences faites par l'un d'eux arrêté en Belgique. À la fin du mois de juillet 2003, les policiers belges sollicitent l'Office central pour la répression du banditisme (OCRB) via leur officier de liaison à Paris, à propos d'un braquage. Le 14 juin précédent, quatre truands sont « montés » sur la bijouterie Scaldis de Courtrai : l'un a été tué par le bijoutier, et un deuxième, blessé, a été interpellé. Les autres sont en fuite. Deux voitures utilisées lors de l'action et volées aux Pays-Bas ont été retrouvées par les enquêteurs. Le blessé, nommé Boban, né en 1973 à Belgrade, a expliqué hors procédure qu'il fait partie d'un gang ayant commis une cinquantaine de braquages en Europe (Portugal, Espagne, Suisse, Italie, Angleterre, Belgique, Pays-Bas, Allemagne) et au Japon. En France, les types (une équipe à tiroirs d'une dizaine de personnes) auraient tapé douze fois, principalement à Paris, sur la côte basque et sur la Côte d'Azur.

L'équipe procédait d'abord à un repérage minutieux des lieux pendant plusieurs jours voire une semaine, destiné à suivre les allées et venues des bijoutiers et à repérer les magasins alentour équipés de vidéo-surveillance.

La série aurait démarré en 1997 et 1998 avec des bijouteries de la place Vendôme et proches du Louvre, des coups dont les policiers n'ont pas retrouvé les auteurs. Puis, ils auraient tapé en mars 2001 la bijouterie Boucheron de la place Vendôme. Vers 11 heures, deux types se seraient posés devant une vitrine. L'un d'eux aurait sorti d'un sac à dos une lance thermique alimentée par une bouteille d'oxygène et chauffé la vitrine à hauteur d'une étagère sur laquelle reposaient des pièces de grande valeur. Le second aurait alors pratiqué un orifice à la masse sur le verre fragilisé. Butin : un solitaire, un collier et un pendentif.

Ils seraient partis ensuite en direction du Pays basque où l'équipe s'attaque le 16 juin 2001 à une bijouterie de Biarritz. L'un braque, deux autres brisent les vitrines. Les trois emportent 88 montres (Chopard, Roleix, Piaget, Cartier, etc.) et un lot de bijoux, le tout d'une valeur de 322 033 euros.

Le 14 du mois suivant, c'est encore un trio masqué par des foulards et des casquettes qui lance un Range Rover volé dans la vitrine de Van Cleef et Arpels sur la croisette cannoise. Les trois types cassent les vitrines à l'aide de masses sur la surface plate desquelles on a soudé une pointe de tungstène. Cinq bijoux s'envolent, pour 25 800 000 francs. Le 14 septembre, c'est dans une bijouterie de la galerie de l'hôtel Byblos à Saint-Tropez que ça se passe. Un homme entre, braque la seule employée présente qu'il fait coucher sur le dos et qu'il menotte. Un complice le rejoint alors et le duo met la main sur des montres et des stylos, et autres boutons de manchette abrités dans les vitrines.

En mars 2002, retour place Vendôme : 15 pièces pour un total de 2 500 000 euros chez Alexandre Reza. Puis en mai, chez Fred, un homme arrose le vigile avec une bombe lacrymogène dissimulée derrière un bouquet de fleurs, et brise au marteau les vitrines avec son complice : plus d'un million d'euros de bagues, de colliers et de broches repartent avec eux. Entre-temps, les vitrines de la bijouterie Harry Wiston de l'avenue Montaigne ont résisté à leur assaut. Enfin le 31 janvier 2003, la bijouterie Doux de Courchevel reçoit la visite de deux skieurs… qui, exhibant une « lacrymo » et un calibre, tirent en l'air, ligotent dans le dos les deux vendeuses avec des menottes et du ruban adhésif et volent la totalité des bijoux, dont la valeur atteindrait 3 millions d'euros.

Grâce aux témoignages recueillis et au portrait-robot diffusé, un homme est arrêté le lendemain en gare d'Albertville. Dans le sac à dos de Dragan Mikic, né en 1975 à Zemun, sont retrouvés les bijoux, deux pistolets et deux bombes lacrymogènes. L'un de ses deux complices serait Boban, domicilié au Danemark où il possède une boutique d'habillement avec sa femme, et recherché en Allemagne — où il a déjà été arrêté en compagnie de Dragan Mikic à Cologne en 1997 pour effraction de bijouterie — pour vol avec effraction, séjour irrégulier, faux en écriture et vol de voiture. L'autre serait Goran D., né en 1973 à Belgrade, domicilié aux Pays-Bas et arrêté pour séjour irrégulier en mars 2003 en Espagne à Marbella avec un ami comme lui porteur d'un faux passeport croate : l'un et l'autre ont été expulsés vers la Croatie, qui les a renvoyés en Espagne où ils ont été libérés en mai.

Le 15 octobre 2005, deux ans et demi après son arrestation en gare d'Albertville, Dragan Mikic se fait la belle de la prison de Villefranche-sur-Saône (Rhône). Vers 14 h 30, un Boxer Peugeot se gare le long d'un des murs d'enceinte, deux hommes (avec un fort accent de l'Est selon un témoin) en sortent, qui arrosent à la Kalachnikov le mirador nord avant de se hisser sur le mur avec une échelle. Une fois là-haut, ils mettent en joue le gardien qui l'occupe et installent une seconde échelle de l'autre côté pour permettre à Dragan et à un codétenu, Pascal Gendry, un braqueur français, alors en promenade, de s'arracher. Lors de leur fuite en fourgonnette, ils ouvrent le feu sur un équipage de la BAC (brigade anticriminalité) appelé en urgence, et blessent à la cuisse un policier. La voiture volée en Allemagne et immatriculée en doublette est retrouvée à 15 heures, avec des impacts de balles à l'extérieur et des vêtements dedans.

Un mois plus tard, Gendry est repris après un braquage à Lavaur dans le Tarn (il se suicidera en cellule). Mikic, lui, court toujours.

En mars 2006, quatre hommes installés en France et aux Pays-Bas et se présentant comme footballeur à Rouen, agent de joueur, peintre et restaurateur sont arrêtés. Ils reconnaissent avoir apporté un soutien logistique à deux hommes venus spécialement de Serbie pour délivrer Dragan. L'un d'eux serait un ancien des forces spéciales serbes. Cet étonnant attelage entre amis et pros explique sans doute que certains aspects de cette action commando aient des airs d'amateurisme : une étiquette de magasin a été retrouvée sur l'une des échelles utilisées[1]. Elle a permis de récupérer des photos des deux hommes ayant acheté l'échelle dans un Castorama du 18e arrondissement de Paris. Et des « traces papillaires » relevées sur la plaque arrière de la voiture ont permis l'identification et l'arrestation d'un premier suspect en novembre 2005.

L'équipe de Boban emmenée par Goran D. ne serait pas la seule à écumer les bijouteries européennes. Selon les confessions de Boban aux policiers belges, au moins deux autres tourneraient, l'une monténégrine et l'autre serbe, d'Uzice au sud-ouest de Belgrade à la frontière bosniaque. Pour écouler les bijoux, les équipes passeraient par un camp de gitans près de Milan en Italie, mais aussi par un bijoutier véreux de Naples et disposeraient également d'une filière aux États-Unis.

D'après les policiers, cette mouvance composée de trentenaires travaillerait pour quelques gros caïds installés à Belgrade qui commanditeraient les coups. Les hommes de main seraient d'anciens militaires. Selon un ex-policier yougoslave, fin connaisseur des milieux serbes et monténégrins : « Une nouvelle génération est issue de la guerre. Elle connaît les armes, a côtoyé la mort et est très courageuse. » Soit les boss achètent des infos au réseau (fournies par exemple par les agents de sécurité, nombre d'entre eux sont originaires des Balkans), soit une première équipe repère les objectifs,

1. En février 2006, deux « braqueurs internationaux » serbes s'évadaient de la prison belge de Terremonde en emmenant avec eux 26 détenus sur les 200 de l'établissement.

s'occupe des contingences techniques (armes, voitures volées, points de chute) suivie d'une deuxième qui tape et confie à une troisième qui écoule. Deux jours après, tout le monde est reparti aux quatre coins de l'Europe. Les grosses pièces — souvent prévendues — prennent la direction de Belgrade et sont redistribuées à Anvers, en Russie ou à Dubaï. Les petites peuvent être cédées sur place, ou en Turquie telles quelles et payées en lingots d'or.

Une vingtaine de braqueurs serbes et monténégrins ont déjà été interpellés sur le territoire. En mai 2004, une équipe soupçonnée d'avoir « fait » une bijouterie rue Royale à Paris (quarante secondes pour 750 000 euros de montres) en mars 2003 est arrêtée. En janvier 2004, près d'un an après le coup, Scotland Yard alerte ses collègues de la BRB parisienne qui enquête sur l'affaire. Un braquage similaire a été commis en mai 2003 dans la bijouterie Graff à Londres. Quarante-sept bijoux sertis de diamants d'une valeur de 7 millions d'euros ont été dérobés. Lors de ce vol de bijoux, le plus gros réalisé en Grande-Bretagne, l'un des deux braqueurs, Nebojsa Denic, 34 ans, a été arrêté par un vigile sur le trottoir de Bond Street. Ce qui a permis aux policiers anglais de remonter jusqu'au logisticien de l'équipe. Milan Jovetic, 24 ans, a loué les chambres d'hôtel des braqueurs, mais surtout il conserve dans son appartement londonien une alliance en diamants d'une valeur de 500 000 livres, cachée dans un pot de crème pour bébé. La technique ayant déjà été employée dans le film *La Panthère rose*, la presse anglaise surnomme l'équipe les Pink Panthers. L'arrestation de Nebojsa a également permis aux policiers d'identifier son complice présumé, un Bosniaque nommé Velimir B, âgé de 29 ans et qui habite à Neuilly-sur-Seine dans un sympathique appartement. Avec ses associés, il aurait tapé rue Royale et avec certains d'entre eux également à Genève en août 2002 dans la bijouterie Avakian à la lacrymogène. Les enquêteurs de la PJ trouvent encore la trace de l'un de ces hommes sur un braquage à 500 000 euros survenu au Louvre des antiquaires[1] en février 2004, et le lendemain sur un coup à Francfort ! En avril suivant, ils observent Velimir et ses potes faisant des repérages en VTT sur les Champs-Élysées, puis en mai l'équipe dérobe 1,6 million d'euros à Barcelone. Finalement, les policiers arrêtent le jeune homme en mai 2004 à Annecy alors qu'il tente de passer en Suisse, un 9 mm à la ceinture.

Velimir serait lié à une autre équipe serbe, et notamment à Aleksandar Radulovic, 37 ans, qui en serait l'un des pivots. Radulovic a été condamné à Belgrade[2] en octobre 2007 en compagnie de son associé Djordjije Rasovic — ils ont écopé de sept et six ans et demi — et pour l'attaque, le 5 mars 2004, d'une bijouterie du quartier de Ginza à Tokyo dans laquelle ils ont volé 25 millions d'euros de bijoux en diamants.

Après le coup de Tokyo en 2004, les Panthères roses seraient venues à Paris avec des faux passeports tchèques et croates. Et leur ombre plane sur un autre vol audacieux qui y a été commis le 28 septembre 2004. Deux diamants de 47 et 30 carats, d'une valeur de 11,5 millions d'euros, ont disparu mystérieusement du

1. *Le Figaro*, 27 mai 2004.
2. En son absence, car il était détenu au Danemark pour un braquage commis à Copenhague en 2005.

stand Chopard à la Biennale des antiquaires du Louvre à Paris. Les voleurs ont profité de la confusion créée par la visite sur le stand d'Anne-Marie Raffarin, alors épouse du Premier ministre.

Depuis, une autre équipe de « Panthères roses » a été détectée. Le 30 août 2005 une bijouterie située sur le célèbre port de Saint-Tropez est attaquée par cinq braqueurs qui s'enfuient par la mer avec un puissant hors-bord... Grâce aux ADN retrouvés (l'un s'était légèrement blessé et des vêtements ont été abandonnés dans un fossé), les gendarmes parviennent à les identifier. Quatre mois plus tard, en décembre, quatre hommes soupçonnés de leur avoir fourni une aide logistique sont interpellés. Deux membres de la bande sont ensuite serrés aux Pays-Bas qui leur reprochent déjà un trafic de stups et du blanchiment. L'un d'eux s'est réfugié en Bosnie, mais le temps que soit traitée sa demande d'extradition, il a fait une demande de naturalisation — obtenue — et en tant que citoyen bosniaque ne peut plus être extradé... L'équipe de Saint-Tropez est d'ailleurs également soupçonnée d'avoir frappé à Tokyo, en juillet 2007 (et l'année précédente à Dubaï). Mais le lien est ténu : une bombe lacrymogène retrouvée sur place a été achetée à Marseille.

Difficile pour les enquêteurs qui les traquent — gendarmes comme policiers — d'y voir clair dans ces différentes équipes qui s'entrecroisent[1].

En juin 2006, c'est l'Office central de lutte contre le crime organisé (OCLCO) qui fait un flag. À la suite d'un

1. Certains de leurs membres, dont des anciens paramilitaires serbes, seraient installés à Paris et en Seine-Saint-Denis.

renseignement, les policiers surveillent deux Serbes de 30 ans arrivés depuis quelques jours à Paris et qui logent dans un hôtel de Noisy-le-Grand. Après avoir procédé à des repérages dans le quartier de la Madeleine, les deux hommes, trop méfiants pour être suivis en permanence, passent à l'action le 10 juin. Munis d'un petit sac à dos, ils se rendent en RER rue Cambon dans le 1er. Bora M. rentre le premier, braque avec un Smith et Wesson 22 long rifle les deux employées que Milos P., qui l'a suivi, attache avec des colliers Serflex.

Le coup fait, les deux garçons reprennent le métro et se font serrer à leur retour à l'hôtel. Ils étaient venus séparément à Paris, l'un depuis Belgrade en train, l'autre de Sarajevo en avion. Originaires de Belgrade, ils sont tous deux connus en Serbie pour vols avec violence et trafic de stups et vol à main armée. Milos arbore dans le dos un grand tatouage représentant une figure de mafieux russe, cigare aux lèvres…

Depuis, d'autres équipes ont suivi. Trois Croates qui ont frappé à Toulouse en mars 2006, mais également cinq Estoniens — qui, comme on l'a vu précédemment, se distinguent également dans la spécialité.

Pour tenter d'y voir plus clair dans « ces gangs de braqueurs slaves », Europol a créé un fichier d'analyse criminelle, baptisé Mare Nostrum, afin de recouper portables, ADN, empreintes… fournis par les dix-sept pays concernés[1].

1. En janvier 2006, une équipe braque à Vaduz au Lichtenstein. L'un des Serbes arrêtés s'évade en juillet suivant, aidé par deux complices. Depuis, l'équipe aurait sévi à Dubai en avril 2007, en Suisse, etc.

D'autant que les agressions de bijoutiers ont augmenté. De 52 % en 2006 pour les seuls vols à main armée (134 contre 88 en 2005). En 2007, il y en aurait eu autour de 70. Bref, s'il est difficile de savoir quelle part attribuer aux équipes balkaniques, certains voient leur ombre se profiler derrière quelques belles affaires récentes. Notamment celle du 6 octobre 2007. Ce matin-là, un homme force la porte de service de la bijouterie Harry Winston avenue Montaigne, neutralise l'alarme puis accueille l'arme au poing les employés. Il est ensuite rejoint par deux complices qui l'aident à dérober pour 20 millions d'euros de bijoux, soit 300 pièces uniques dont une bague ornée d'un solitaire à plus de 2,6 millions de dollars et une paire de boucle d'oreilles en saphir à près de 2,4 millions de dollars. Les assureurs américains ont offert 500 000 dollars de récompense via des petites annonces parues dans des journaux en France et au Moyen-Orient. Une offre abondamment relayée par la presse de Belgrade…

# 7

## *Les arsenaux bosniaques et croates*

Si les Serbes et les Monténégrins jouent du calibre dans les bijouteries, les Croates et les Bosniaques les vendent.

Ce n'est évidemment pas un hasard si ces messieurs se sont mis sur le créneau ; leurs pays en ont eu cruellement besoin durant les années de guerre. Quelques mois avant la déclaration d'indépendance, en 1990, les autorités fédérales yougoslaves ont confisqué l'armement des unités de défense territoriale croate. De plus, le conseil de sécurité de l'ONU a décrété en septembre 1991 un embargo sur les ventes d'armes aux pays de l'ex-Yougoslavie. La Croatie a dû alors s'armer par des voies clandestines (et grâce aux fonds envoyés par la diaspora) : via la Hongrie qui a fermé les yeux et laissé passer des stocks issus des pays de l'Est (Roumanie, Bulgarie) et par le biais de l'Amérique du Sud et plus particulièrement l'Argentine dont le président Carlos Menem s'est trouvé directement impliqué dans les livraisons.

Jusqu'en 1995, la Croatie a importé pour des centaines de millions (voire des milliards) de dollars d'armement.

En s'appuyant notamment sur deux hommes clés : le général Vladimir Zagorec, chef de la logistique de l'armée croate (HVO) pendant le conflit et directeur de l'entreprise d'État RH Alan, chargée de l'achat et de la production pour l'armée, et Marty Cappiau, un militaire belge qui a rejoint l'armée croate en 1991. Ce dernier aurait notamment fourni pour partie l'armée croate de Bosnie-Herzégovine, le HVO, ainsi que les forces musulmanes de l'Armija Bih.

Les liens entre les deux entités croate et croato-bosniaque étaient très forts ; de nombreux officiers croates des services étaient originaires d'Herzégovine. Si les musulmans de Bosnie ont profité de ces filières, ils ont bénéficié également de soutiens étrangers par le biais de l'organisation humanitaire Third World Relief Agency (TWRA) installée à Vienne et financée par l'Arabie saoudite jusqu'en 1995. Sans compter les financements venus de Turquie, du Pakistan, de Malaisie, soit plus de 350 millions de dollars entre 1992 et 1995, et surtout les 500 à 800 millions de dollars d'armement fournis par l'Iran en 1994 et dont 30 % sont allés à la Croatie.

En résumé, les conflits terminés, les deux pays se sont trouvés à la tête d'énormes arsenaux et ont rejoint le club des fabricants et des vendeurs d'armes internationaux. Les truands locaux, souvent d'anciens militaires, n'ont pas tardé à se lancer dans l'exportation à destination de l'Europe de l'Ouest, histoire d'armer les collègues.

D'après les policiers spécialisés, les armes que l'on trouve en France sont d'origines diverses. Elles proviennent des stocks illégaux conservés depuis 1995 en Bosnie et Croatie et non remis lors des campagnes de désarmement, de vols dans les stocks militaires, mais également de séries fabriquées dans les usines croates qui produisent à destination des États-Unis. En 1998 et 1999, plusieurs milliers de pistolets HS 95 et HS 2000 ont été exportés vers des sociétés de complaisance avant de se retrouver dans des affaires en Europe occidentale : en France, en Grande-Bretagne, aux Pays-Bas... où l'un d'eux a tué Theo Van Gogh. La Bosnie n'est pas en reste avec plus de 200 000 armes individuelles sur le marché, alimenté par vingt-cinq usines d'armement et d'explosifs.

D'autres armes proviendraient d'ateliers illégaux de fabrication. Ces derniers retransforment des calibres modifiés en armes à blanc puis éprouvés au banc d'épreuve de Ferlach en Autriche, avant d'être expédiés vers les Balkans où ils sont remis en état de marche, mais dans un nouveau calibre : Tokarev rechambrés en 9 mm, Makarov en 7,65 ou en 9 court, etc.

D'autres ne se contentent pas de modifier, ils construisent. En juin 2006, les policiers slovènes et croates lancent une opération conjointe baptisée « Okidac » et tombent un groupe qui écoule sa production vers la France, l'Allemagne et la Russie, où elle a été retrouvée.

En France, deux types d'armes issus de cette filière sont apparus dans trois affaires de banditisme (attaque avec prise d'otages) et de trafic de stupéfiants. Dont l'une où elles côtoyaient des Kalachnikov également saisies. Un pistolet-mitrailleur automatique sans marque hormis l'indication du calibre, 9 mm Parabellum, à canon rayé, et jugé d'excellente facture. Et un modèle appelé Weaver pkt 9 par les Croates, extrapolation du pistolet micro-Uzi. À l'origine, un pistolet rafaleur Ero fabriqué en Croatie sous licence Uzi. Seuls le chargeur de vingt coups, le canon et les plaquettes de crosse sont d'origine tandis que les autres éléments sont de fabrication artisanale et simplifiés à l'extrême.

Le groupe d'une cinquantaine de personnes produisait également des faux documents, des faux tampons d'institutions publiques et de fausses cartes bancaires.

D'autres « fabricants » se montrent plus originaux. Le 2 avril 2003, les policiers découvrent à Zagreb un atelier qui fabrique des porte-clés… à double canon pouvant tirer des munitions 22 long rifle, et mesurant moins de 3 centimètres de large pour 8 de long. Plusieurs exemplaires ont été saisis en France en 22 LR, mais également en 8 mm et en 6,35 comme le 15 février 2006. Ce jour-là, les enquêteurs de l'OCRTAEMS (Office central pour la répression du trafic des armes, explosifs et matières sensibles) en découvraient 22 dans un box de Bondy (93). Le jeune homme à qui appartenait le stock (venu du Monténégro) les écoulait 300 euros pièce. Idéal pour passer les portiques de sécurité… en les plaçant dans le vide-poches.

Comme dans le cas de Bondy, les filières d'armes en France sont artisanales. Des ressortissants d'ex-Yougoslavie importent par petites quantités armes et explosifs qu'ils revendent au milieu traditionnel et de plus en plus aux caïds des cités. Les Kalachnikov et autres armes de poing passent les frontières démontées dans des voitures individuelles, et dans les soutes des cars qui font les lignes internationales. En septembre 2001, le Serbe Zoran explique aux policiers qui l'arrêtent que c'est la deuxième fois qu'ils rapportent une Kalachnikov et une centaine de munitions du pays où il est si facile d'en trouver. Pas du gros trafic, juste de quoi arrondir les fins de mois difficiles de ce chauffeur de car d'une compagnie du 11e arrondissement qui fait la navette chaque semaine entre Paris et Belgrade. Pour contrecarrer la filière bus, l'OCRTAEMS, la police de l'air et des frontières et la gendarmerie ont lancé en septembre 2005 une opération visant les cars en provenance des Balkans : 40 bus ont été fouillés et 1 500 personnes contrôlées. En vain. Mieux vaut travailler sur renseignements…

En octobre 2006, les policiers de la BRB de Paris sont informés qu'un Croate de 53 ans, installé en Seine-Saint-Denis, fait du commerce. Après plusieurs semaines de surveillance, ils arrêtent son neveu de 27 ans à la sortie d'un immeuble des Lilas. Le garçon transporte un sac contenant un pistolet-mitrailleur CZ Skorpio 7,65 et deux chargeurs. Dans l'appartement de son oncle, qu'il vient de quitter, ils complètent leurs prises avec une douzaine d'armes : un fusil d'assaut, trois pistolets automatiques, etc., toutes arrivées par car depuis Belgrade.

La Seine-Saint-Denis, les bus… tous les ingrédients de la filière démantelée entre septembre 2003 et février 2005 à Montreuil et dans les communes environnantes, le fief historique de la communauté yougoslave de Paris depuis les années soixante.

Celle-ci approvisionnait les cités du département. C'est d'ailleurs un renseignement parvenu aux enquêteurs de la sûreté départementale les informant que des jeunes des quartiers avaient acheté un pistolet-mitrailleur Skorpio qui avait déclenché l'affaire.

En septembre 2003, le patron de la filière tombe. Le Bosniaque Radomir Micic alias Mitza, 38 ans, est un ancien militaire et surtout un armurier hors pair. Après s'être fait serrer dans son appartement du bas-Montreuil avec un arsenal impressionnant (explosifs, grenades, pistolets automatiques Tokarev, pistolets-mitrailleurs Skorpio, détonateurs, silencieux, colts Python, etc.) en compagnie de deux complices (dont Jan, un Français d'origine yougoslave qui travaille chez un fabricant d'armes dans les Yvelines), Radomir est escorté par les policiers jusqu'à son atelier de «réparation» à Buverchy dans la Somme. Installé dans les dépendances d'une maison, il est équipé d'une machine-outil et pourvu en tube destiné à finir en canons. Plutôt doué, Radomir, qui travaille également à un projet de pistolet-mitrailleur, y reconditionne des armes neutralisées dans les Balkans et arrivées en bus ou en voitures individuelles. L'homme n'est pas un inconnu, il a déjà été condamné en 1996 pour transport d'un pistolet automatique CZ tchèque et situation irrégulière. À côté de sa production, Radomir vend également du «neuf» provenant du pays, entre autres par l'intermédiaire du troisième homme arrêté, un Serbe qui est son voisin du dessous à Montreuil. Mais pas seulement. Les policiers vont découvrir qu'il fournit une nébuleuse balkanique installée en région parisienne.

Quelques jours après, les policiers entendent l'épouse de l'un des interpellés appeler un certain Mario, un Croate de 30 ans, pour qu'ils la débarrassent d'un stock d'armes et d'explosifs resté chez elle. Le garçon s'exécute et, dans la foulée, les enquêteurs débarquent dans un appartement de Villemomble, le bureau de Mario. Une partie des armes a déjà été vendue, mais ils mettent la main sur un gilet pare-balles, un fusil 9 mm, un pistolet CZ 7,65, ainsi que sur 250 grammes de coke, 400 cachets d'ecstasy, et 200 grammes de produits de coupage. Outre Mario, ils embarquent un Croate puis, à Romainville, un Bosniaque de 27 ans, et à Charenton un Russe de 35 ans. En plus des armes, Mario le multicarte aurait également écoulé, entre septembre et décembre, 3 kilos de cocaïne, 25 000 extas et 100 kilos d'héroïne.

L'affaire se poursuit en mai 2004, soit trois mois après, avec l'arrestation à Bois-Colombes de trois jeunes Bulgares (24 à 30 ans) qui avaient échappé au coup de filet de décembre. N'ayant plus d'armes à vendre, Ivalo s'était lancé dans le proxénétisme en faisant travailler un travesti de 20 ans et une jeune femme de 26 ans. Grâce à leurs gains, il achetait des stups aux Pays-Bas que ses deux « tapins » rapportaient dans leur corps. Dans un parking parisien, les policiers vont ainsi découvrir 10 000 extas, 4 grammes de coke et 14 faux billets de 100 dollars.

La pelote finit d'être déroulée en février 2005 lorsque quatre hommes sont interpellés dans une rue de Vincennes. Dans un sac en plastique, l'un d'eux, un Bosniaque arrêté avec son frère (âgés de 33 et 38 ans, tous deux étaient passés au travers lors de l'arrestation du « patron » en septembre 2003), transporte 1,5 kilo de Semtex, un explosif militaire, quatre détonateurs et un dispositif artisanal de mise à feu.

Chez le frangin, d'autres armes sont découvertes.

*Des bazookas pour les fourmis*

Le nombre d'armes de guerre en provenance des Balkans est noyé dans la masse des 15 000 armes saisies peu ou prou chaque année. La plupart sont des rescapées de la Seconde Guerre mondiale transformées, des fusils de chasse ou des armes modifiées (armes à blanc, d'alarme ou à grenaille) comme les pistolets d'alarme italiens Tanfoglio GT 28 ou Bruni, transformés dans des ateliers en Espagne et au Portugal en changeant le canon pour qu'il tire du 6,35. On trouve également des pièces achetées dans les pays de l'Union à la législation plus permissive (Luxembourg, Autriche...), où il suffit de présenter une fausse pièce d'identité pour les acquérir. Malgré tout, le phénomène balkanique préoccupe les autorités. Les armes de guerre sont minoritaires, mais nettement plus dangereuses. En 2002, l'OCRTAEMS est passé de deux fonctionnaires à une trentaine, certes après la tuerie de Nanterre, mais aussi au lendemain du meurtre d'un gardien de la paix à la Kalachnikov à Vannes.

Si ces filières de l'Est sont très actives, il est néanmoins difficile de les mettre au jour. Comme le confirme un douanier qui les traque : « Nous avons beaucoup de renseignements concernant des Croates et des Serbes, mais peu de résultats. »

Parmi les causes évoquées par les différents interlocuteurs, la difficile collaboration policière avec les pays sources... qui ne permet pas de les remonter. En décembre 2007, l'ambassadeur de France en Croatie a organisé à Zagreb une réunion de tous les attachés de sécurité intérieure et douaniers des Balkans pour — grande première — faire le point sur les missions du pôle de lutte contre la criminalité organisée, avec comme sujet privilégié les trafics de stups et d'armes.

Dans les Balkans, les services de renseignement « grenouillent » pour neutraliser les réseaux localement. En Bosnie, DST et DRM (Direction du renseignement militaire) traquent aussi bien les négociants de missiles antiaériens entre anciens des forces spéciales serbes de Bosnie et groupes d'Albanais du Kosovo que les vendeurs d'explosifs.

En avril 2005, c'est sur la base d'un renseignement fourni par les policiers de la DST qu'une saisie « historique » de 100 kilos de Semtex autrement appelé PEP 500 a été réalisée à Hazebrouck dans le Nord.

Alertés qu'une livraison d'explosifs doit se faire en Seine-Saint-Denis, ils suivent kilomètre après kilomètre le parcours du poids-lourd suspect. Au début du périple, en Bosnie, les 200 pains de 500 grammes chacun de PEP (Plasticini Eksplosiva Pentritski) 500, qui proviennent d'anciens stocks militaires de la région de Nis dans le sud-est du pays, sont dissimulés ainsi que 105 détonateurs électriques dans une cache aménagée dans le plancher de la remorque du camion. Celui-ci prend ensuite la route, traverse la Croatie avant d'atteindre la Slovénie où il charge sa cargaison officielle, 22 tonnes de poutres métalliques destinées à un entrepreneur de Hazebrouck. Une semaine après son départ de Bosnie, le poids-lourd traverse l'Autriche, le sud de l'Allemagne avant d'arriver en France… accompagné par une voiture immatriculée en Autriche, transportant deux Bosniaques, qui l'a rejoint entre-temps. Le 2 avril, alors que le camion va décharger sa cargaison officielle, les policiers les arrêtent ainsi que l'acheteur, un Serbe de Bosnie, ancien militaire domicilié dans le Val-de-Marne.

Manque le vendeur Brane Zelenika, né en 1968. Après deux ans de « cavale », il est enfin interpellé chez lui par des policiers bosniaques à Laktasi près de Banja Luka le 31 mai 2007, le jour du procès de ses complices à Paris. Mais, pendant son transfert vers Sarajevo, il profite d'un arrêt dans un café à Doboj à 100 kilomètres au sud de la capitale pour fausser compagnie à ses gardiens. Les autres, Ratko, 50 ans, officiellement artisan, Savo, 33 ans, technicien en machinerie, et Frano, 60 ans, chauffeur routier ont été condamnés à des peines allant de six à huit ans.

La filière — dont le « patron » en fuite aurait été en relation avec un groupe terroriste selon le mandat d'arrêt transmis par Interpol aux autorités bosniaques — n'en était sans doute pas à son coup d'essai, la planque de la remorque ayant apparemment déjà servi. Ces dernières années, le Semtex apparaît dans plus d'une dizaine de dossiers. Un mois après la saisie de Hazebrouck, une autre filière était démantelée. Après dix mois d'enquête conjointe de la DST et de l'OCRTAEMS, l'instigateur du trafic tombait porte de Bagnolet. Ce Franco-Serbe, un ancien militaire de 40 ans installé à Bagnolet, s'apprêtait à céder dans un bar du 20e 3 kilos de Semtex ainsi que des détonateurs et des mèches lentes. La « marchandise » arrivait depuis plusieurs mois par un bus effectuant la liaison régulière entre Belgrade et Paris. Schéma identique en janvier 2007, lorsque les policiers de la Brigade nationale de la répression du banditisme et des trafics interrompent une transaction de 4 kilos dans le 19e arrondissement entre deux Serbes. L'un, chauffeur de car international, cédait à son compatriote huit pains de 500 grammes. Les suites de l'enquête à Belgrade ont permis de saisir 7 kilos supplémentaires. «Après quelques années, les explosifs deviennent instables. On doit approcher la date de péremption des gros stocks, et leurs propriétaires les bradent 1 000 euros la plaquette de 500 grammes.» Notamment au grand banditisme, qui s'en sert pour ouvrir les camions de transport de fonds (25 à 50 grammes suffisent), percer le mur d'un centre-fort ou délivrer un associé comme ce fut le cas lors de l'évasion d'Antonio Ferrara de la prison de Fresnes en mars 2003.

Mais la production n'a pas cessé et les modes d'acheminement pourraient changer. En juillet 2004, la direction centrale de la PJ alertait ses services sur la découverte par les «autorités yougoslaves» en mai d'une matière explosive à base de pentrite imitant à la perfection des cailloux ou des graviers de forme irrégulière de 1 à 4 cm. Il était demandé la plus grande vigilance aux personnels amenés à contrôler des véhicules transportant des gravats de chantier…

Les voitures et les bus sont idéaux pour le «trafic de fourmis», mais, comme on l'a vu avec le Semtex, lorsque les cargaisons augmentent, rien ne vaut le camion. En 2003, la DST a suivi de près un trio composé d'un truand français et de deux Serbes de 32 et 43 ans, le plus jeune étant un ancien officier des services secrets yougoslaves. Les trois hommes essayaient à l'époque de créer une société de transport de fret entre l'ex-Yougoslavie et la France, les remorques des camions estampillées TIR étant scellées et le plus souvent exemptées de « visite » douanière aux bureaux de passage.

L'équipe était proche d'une autre filière tombée en novembre 2000 pour 15 lance-roquettes. Dragan, 40 ans, lié au crime organisé croate, aidé de son complice Stevan, 37 ans, stockait ses « tubes » dans un centre de contrôle technique de Nanterre appartenant à Goran, 33 ans. Selon ses déclarations, ce dernier avait rencontré Dragan à Belgrade, et celui-ci aurait exigé qu'il entrepose ses lance-roquettes dans le garage. Un soir une voiture immatriculée en Croatie se serait garée devant l'établissement et Dragan en serait descendu avec les armes. Tous deux les auraient emballés avant de cacher 11 « bazookas » dans le bureau, les quatre autres ayant été retrouvés dans une chambre d'hôtel de Saint-Denis.

*Les mercenaires du milieu*

La plus importante saisie d'armes de guerre « balkaniques » s'est déroulée en janvier 2007 à Toulon. Depuis dix-huit mois, sur la base d'un « tuyau » DST et grâce à une coopération internationale avec la Croatie, les enquêteurs du SRPJ de Marseille travaillaient sur une filière fournissant la Côte d'Azur. En parallèle, à l'occasion de leurs écoutes, ils mettaient au jour un trafic de stups entre l'Espagne et la France.

Le 14 janvier, les policiers de l'antenne de Toulon et de l'antigang de Marseille serrent près du péage d'Arles quatre hommes à bord de trois voitures : une ouvreuse, une porteuse et une suiveuse. Dans la porteuse, une cache aménagée recèle 4,2 kilos de cocaïne. Le même jour, Zvouko L., un Croate de 54 ans, est arrêté chez lui à La Seyne-sur-Mer avec un pistolet automatique, un fusil de chasse et des munitions. Le lendemain, neuf autres personnes sont interpellées et une trentaine d'armes de poing, une vingtaine d'armes longues et plusieurs centaines de kilos de munitions de différents calibres saisies dans les différentes perquisitions. Rebelote le 16 janvier, avec cinq nouvelles arrestations. Au domicile de l'un des trafiquants, les policiers tombent sur une cinquantaine d'armes de poing et d'épaule dont trois Kalachnikov, un fusil d'assaut SIG et cinq pistolets-mitrailleurs. Ils ne sont pas au bout de leurs surprises. Le même jour, une relation de Zvouko avoue détenir d'autres armes et conduit les enquêteurs au Pradet (83). Là, dans une remorque automobile remisée, ils découvrent 51 Kalachnikov, 4 pistolets automatiques et revolvers équipés de silencieux, des munitions, 10 détonateurs pyrotechniques, 11 autres électriques, 10 mètres de mèches lentes, 10 temporisateurs mécaniques, 10 étuis de grenades M 75, 6 masques à gaz, et un cadre métallique artisanal destiné aux attaques de fourgons…

En tout 14 personnes sont arrêtées, et 150 armes et 4 kilos de coke saisis. Les deux réseaux armes et stups se côtoyaient. Deux des voyous arrêtés avec la came, un Français de 57 ans et un Italien de 36 ans, commanditaient le trafic de coke à travers deux filières dont l'une comprenait le Croate Zvouko. Et, en parallèle, ce dernier animait le trafic d'armes qui passait par le port de

Split en Croatie. À l'aide de trois complices, un Roumain et deux Français, il les confiait à deux armuriers «officieux» qui les revendaient dans la région et en contrepartie le fournissaient en armes de poing.

Le 5 juin 2007, les policiers toulonnais finissent de dérouler la pelote et arrêtent six autres personnes, dont Zarco et Milivoj, deux autres Croates de 43 et 55 ans, installés à Marseille et Orange.

Zvouko, né en Bosnie, serait un ancien légionnaire, devenu instructeur pour les forces armées croates pendant la guerre. «Lors du conflit, les autorités ont demandé aux légionnaires croates de rejoindre les HVO. Il fallait des spécialistes. Dans leurs rangs, il n'y avait que des policiers transformés hâtivement en militaires. Du coup des caporaux de la Légion se sont retrouvés aux commandes», explique cet expert bosniaque.

En janvier 2001, la police croate lance l'opération Barracuda et démantèle un autre groupe qui bosse dans les stups et les armes, à destination de l'Italie, des Pays-Bas, de l'Allemagne, de l'Autriche et de la France. Parmi les huit personnes arrêtées, trois sont d'anciens légionnaires dont le «taulier», Bruno Z. dit Zoulou. Un quatrième, qui comme les autres était un ancien des forces croates de Bosnie, sera rattrapé en janvier 2007 à Marseille.

Dans l'affaire de Toulon, les Croates auraient joué un rôle de mercenaires auprès des trafiquants de stups. Ils auraient protégé les convois qui remontaient d'Espagne contre des concurrents indélicats. Au moment de leur interpellation, ils prévoyaient d'attaquer sur commande un convoi de trafiquants qui allait se rendre en Espagne. À bord des voitures, ils étaient censés mettre la main sur un pactole destiné à acheter plusieurs centaines de kilos de cocaïne.

Des hommes de main du milieu français issus des Balkans, un cas isolé ? Difficile de le dire, mais d'autres anciens militaires, des Serbes devenus mercenaires, ont été aperçus ces derniers temps en Corse au contact de truands locaux…

2007 aura été un « bon cru » en matière d'armement… Un mois après l'affaire toulonnaise, 8 fusils d'assaut Kalachnikov et 2 lance-roquettes sont découverts dans une cité de Marseille et, en juillet, les policiers toulonnais mettent à nouveau la main sur un stock d'armes de guerre sur fond de trafic de coke. Dix voyous de 35 à 40 ans, dont des figures du milieu varois, tombent après deux ans et demi d'enquête, soupçonnés d'alimenter les habitués des soirées tropéziennes. Lors d'une perquisition à Cogolin chez l'objectif principal, Fabien B., 43 ans, fiché au grand banditisme, les policiers découvrent les clés d'un box situé à La Valette-sur-Var. À l'intérieur trône un véritable arsenal : 4 lance-roquettes, 13 Kalachnikov, 3 M16, 25 pistolets, 2 pistolets-mitrailleurs, 118 kilos d'explosifs, 5 000 munitions, 24 détonateurs, des grenades, des paires de menottes, des gilets pare-balles…

Bref de quoi attaquer quelques fourgons blindés. Un attirail similaire à celui que les policiers parisiens ont découvert en décembre 2007 dans un box de parking du 19e : 6 armes de guerre, des explosifs, des gilets pare-balles…

# 8

## *La toile albanaise*

Dans ce réservoir d'armes que sont les Balkans, l'Albanie n'est pas en reste. Au printemps 1997, l'effondrement des sociétés d'épargne pyramidales auxquelles une majorité d'Albanais avaient confié leurs économies a plongé le pays dans le chaos. Durant cette guerre civile qui a fait 2000 morts, les arsenaux de l'armée ont été pillés : 2 millions de Kalachnikov, entre autres, se seraient volatilisés. 150000 d'entre elles ont été rachetées grâce à des fonds onusiens tandis qu'une grande partie a profité aux guérillas albanophones de Macédoine et surtout du Kosovo. La majorité a sans doute atterri entre les mains des mafieux italiens de la Sacra Corona Unita des Pouilles et une dernière partie a été dispersée en Europe occidentale. En 2006, les services de renseignement français en place au Kosovo attiraient l'attention sur un groupe d'islamistes radicaux français qui aurait tissé des liens douteux dans la région. En particulier avec des supposés mafieux qui, s'ils sont musulmans, n'en sont pas moins trafiquants d'armes. Les intégristes français seraient en contact régulier avec Nasser Kelmendi, dont le clan familial, soupçonné de trafic d'armes, de stupéfiants, de contrebande et de prostitution, se partage avec les Muriqi la région de Pec au Kosovo. Nasser serait, lui, installé en Bosnie à Sarajevo d'où il développe son réseau avec le soutien de deux frères albanais, présentés comme des criminels notoires. Au Kosovo, les Français fréquenteraient des imams radicaux, dont l'un a un frère soupçonné de trafic d'armes et réside comme la majeure partie du groupe dans l'Oise.

Dans le hit-parade criminel des Balkans occidentaux, les groupes albanophones (Albanie, Macédoine occidentale, Kosovo et sud du Monténégro) sont en bonne place.

Et en bonne place, ils le sont au vrai sens du terme, idéalement situés sur le corridor reliant l'Orient à l'Occident. C'est grâce à cette situation géographique « criminellement » exceptionnelle, qu'ils sont montés en puissance. Pour l'Albanie, tout aurait commencé en 1986[1] lorsque les douaniers italiens ayant été autorisés à intervenir dans les eaux territoriales, la Sacra Corona Unita des Pouilles se replia sur l'Albanie. À l'abri des ports de Vlora et Dürres et avec l'accord des autorités locales en mal de financement, les mafieux italiens procédèrent au transbordement des cigarettes de contrebande des cargos aux hors-bord qui reliaient ensuite la côte est italienne.

À partir de 1990, c'est encore les Italiens qui mirent le pied à l'étrier aux clans albanais en les associant au trafic de migrants (700 000 Albanais auraient quitté le

1. Voir les travaux de Bertrand Monnet, directeur scientifique de l'Institut de management des risques criminels (Imarisc).

pays en 1990-1991 vers la Grèce et l'Italie). Jusque-là, la traversée de l'Adriatique s'effectuait de manière désordonnée et indépendante. Aux locaux, s'ajoutèrent des migrants venus du monde entier qui transitaient par le pays avant de débarquer en Italie. Une route qu'empruntèrent également des milliers de jeunes femmes parties se prostituer en Europe occidentale.

À partir de 1997, les grandes villes commencent à voir arriver sur leur trottoir des jeunes femmes aux cheveux aussi noirs que leurs longs manteaux. À Nice, où elles arrivent d'Italie par camion, ou dans l'est de la France à Strasbourg, Nancy et Metz en provenance d'Allemagne.

En novembre 1997, le SRPJ de Nancy démantèle un réseau qui loge les filles dans la ville mais les fait travailler dans les rues de Metz depuis 1995. Au passage, les policiers mettent la main sur plusieurs centaines de grammes d'héroïne et des armes. La came était achetée avec les gains du trafic aux Pays-Bas. Lors du procès qui se tient en janvier 1999, le témoignage des victimes, passé par Rome et Milan, est hésitant: leur famille et leurs enfants ont été menacés au pays.

À Lyon, une petite dizaine d'entre elles — entre 18 et 25 ans — font leur apparition au tournant 1998-1999 sur les quais du Rhône. Toutes domiciliées au sein d'une association d'accueil de réfugiés kosovars. Puis de dix, elles passent à une cinquantaine sur les 450 femmes recensées et essaiment sur les quais de la Saône, le quartier de Gerland, sur la presqu'île…

Les «anciennes», emmenées par Claudia une figure locale, prennent peur devant cette concurrence, écrivant même une lettre au procureur de la République en octobre. Lorsqu'elles ont tenté de les chasser du trottoir, elles se sont fait « remettre au pas » par de jeunes Albanais débarqués en voiture.

En décembre 1999, les Albanais tentent une incursion à Toulouse. Et s'installent sans trop de difficulté sous la houlette de Rexhep, alias Ticou, et de ses collègues qui n'hésitent pas à tabasser un concurrent nigérian. Les « Toulousains » se fournissent à Milan auprès d'un compatriote « grossiste » qui leur envoie ce qu'il a sous la main. À partir de 2000, les proxénètes albanais n'exploitent plus seulement leurs compatriotes ou leurs cousines albanophones mais également des Ukrainiennes, des Moldaves, etc., qu'ils achètent au Kosovo ou ailleurs dans les Balkans. Le système de travail des réseaux est toujours le même. Les proxénètes restent au pays et délèguent les activités à des équipes installées en Europe occidentale. Ces hommes, souvent en place en Belgique, en Allemagne et en Italie (trois pays qui abritent d'importantes communautés albanaises), contrôlent les affaires à distance et font tourner les filles tous les trois mois entre les différentes villes d'un même pays ou d'un pays à l'autre. Parfois en se les revendant ou en se les échangeant. L'argent est envoyé par mandats Western Union (dont les bureaux pullulent en Albanie). Les réseaux sont composés de types d'un même village ou d'une même famille biologique, comme celui des frères Peqini, un gang familial tsigane d'Elbasan : trois frères, Eduart, Astrit et Agron, et leur cousin Hyqmet qui tenait le cours de Vincennes à Paris depuis l'été 1999. Ils achetaient les filles 1 500 euros dans les bars de Macédoine puis les envoyaient en Italie via la Grèce, et ensuite en France. Le trafic aurait concerné 250 femmes.

Après une première vague d'arrestations de « collaborateurs » en novembre 2000, les Peqini ont suivi en 2001, avec la coopération des autorités albanaises suscitée par l'attaché de sécurité intérieur de l'époque. L'aîné, Eduart, 1,90 mètre pour 144 kilos, avait notamment été condamné à mort en 1997 dans son pays pour meurtre et enlèvement, peine commuée en réclusion à perpétuité. Avec ses frères, ils étaient surnommés le clan des Mandela à cause de leur teint mat et régnaient sur les proxénètes albanais de la capitale, tout en trafiquant dans les faux papiers et en jouant les passeurs de clandestins en Angleterre. À l'époque, à Paris, le nombre des prostituées albanaises est évalué à 300, faisant d'elles la première communauté prostitutionnelle. Jusqu'à leur relégation depuis 2002 au second rôle derrière les réseaux bulgares et roumains. En 2006, un seul réseau albanais et deux mixtes roumano-albanais ont été démantelés. Fin octobre 2007, les policiers de la brigade de répression du proxénétisme de Marseille ont fait le déplacement à Tirana où en compagnie de leurs collègues locaux ils ont localisé la tête, un certain Schkelzen surnommé Julian, et âgé de 31 ans. Mais pas question de l'extrader, l'homme placé en détention sera jugé chez lui.

Aux côtés de la traite des êtres humains, les clans albanais ont « profité » des conflits en ex-Yougoslavie pour récupérer le transport de l'héroïne turque (30 % du transit balkanique pour un montant de 2 milliards d'euros) qui passait traditionnellement par la Yougoslavie. À partir des années quatre-vingt-dix, les trafiquants ont dessiné deux nouveaux tracés de contournement, au nord via la Bulgarie, la Roumanie, la Hongrie, etc., et au sud en passant par la Grèce ou la Bulgarie, puis la Macédoine, l'Albanie et l'Italie. Avec comme point de départ pour la botte les ports de Vlora et Dürres d'où partent les *scafi*, les bateaux à fond plat qui traversent à grande vitesse le détroit d'Otrante, et où les camions sont embarqués à bord des ferries. Avec au bout, la Sacra Corona Unita qui se charge de la redistribution en Italie et en Europe.

Mais depuis 2005, les groupes albanais seraient passés du rôle de distributeur-transporteur à celui de grossiste, allant directement acheter la « came » au Pakistan et maîtrisant toute la chaîne d'approvisionnement jusqu'en Europe, concurrençant par là même la maffya turque en Allemagne, en Belgique, au Royaume-Uni. En janvier 2003, la *squadra mobile* de Milan a serré sept trafiquants d'héroïne qui opérait en Lombardie et en Campanie. L'héro arrivait de Turquie par camion jusqu'en Roumanie où elle était stockée, via la Bulgarie. De là, elle repartait dans des caches aménagées dans des voitures vers la Hongrie, l'Autriche et finalement l'Italie, où elle était répartie dans les régions de Milan, Turin et Naples. La poudre pure à 70 % était confiée par les têtes de réseau albanais à des Kosovars, des Marocains et des Italiens qui la distribuaient. Le patron, Altin, né en 1975, installé en Albanie à Tirana, négociait directement avec les Turcs. Les deux communautés sont traditionnellement proches : 2 millions d'Albanais vivent à Istanbul.

Au fil des années, les clans albanais se sont professionnalisés et structurés sur le modèle mafieux italien. Ces « familles » fondées sur l'appartenance biologique ou géographique ont pu s'immiscer dans les rouages de l'État, notamment après 1997 et l'effondrement de celui-ci. Faute de moyens, la nouvelle classe politique s'est alors appuyée sur eux pour financer les partis et les campagnes. Entre 2001 et 2004, un mouvement de concentration des clans criminels s'est également opéré, laissant quelques morts sur le pavé et aboutissant à l'émergence de quinze clans, dont huit sont installés à Tirana. Leur structure est classique : un « kapo », comme ils le nomment eux-mêmes, des conseillers, des chefs d'équipe et des soldats. Le tout sur fond de code clanique, le fameux *kanun*, un droit coutumier datant du XVe siècle, dans lequel l'honneur et la vengeance tiennent une bonne place.

Forts de leur puissance financière, et suivant un mouvement classique, les plus gros boss albanais ont recyclé leur fortune mal acquise dans des entreprises légales, investissant dans les médias et se lançant même en politique. À l'image de Vajdin Läme, un ex-policier ayant prospéré dans le trafic d'armes, devenu actionnaire de deux chaînes de télévision, trois radios, propriétaire d'une entreprise de travaux publics, de restaurants et président de la Fédération de boxe, avant d'être tué en février 2005 par une charge d'explosif C4 déclenchée à distance par un téléphone portable en mode vibreur, le tout dissimulé dans son ascenseur.

Cette année-là, le Premier ministre Sali Berisha, de retour aux commandes en juin à la faveur des élections législatives, a lancé une vaste campagne contre le crime organisé afin de répondre aux exigences de l'Union européenne. Depuis, les limogeages de fonctionnaires corrompus se sont succédé, 12 des 15 clans criminels ont connu de gros revers, 43 parrains et une centaine de tueurs à gages ont été arrêtés… et, plus symboliquement, en 2006 la navigation d'embarcations privées dans les eaux territoriales albanaises a été interdite pour trois ans. Obligeant les pêcheurs à travailler… en pédalo.

En conséquence, les ports de Vlora et Dürres seraient délaissés au profit de Bar, le voisin monténégrin, dont l'un des bassins situé en zone interdite au public abriterait les vedettes rapides nécessaires au business[1]. Les activités se déplaceraient également vers le Kosovo, où la mafia albanaise serait entrée sur les pas de l'Otan en 1999.

*La relève kosovare*

Selon le pôle établi à Zagreb[2], si l'Albanie est actuellement le ventre mou des Balkans occidentaux avec ses filières d'héroïne et son trafic d'êtres humains, elle pourrait passer le relais à son voisin… une fois la KFOR partie. Comme l'expliquait la revue de géopolitique romaine *Limes* en janvier 2007 : « Le Kosovo est candidat à la succession de l'Albanie comme pivot de la criminalité organisée (dans les Balkans), car tout favorise cette tendance : la complexité des procédures judiciaires, l'absence de formation des forces de police locales et internationales, l'inadaptation des méthodes d'enquête des Américains à la réalité kosovar… », sans compter « la récession économique qui accompagnera

1. Bertrand Monnet, note d'alerte MCC, mars 2007.
2. Voir p. 231.

vraisemblablement le départ de la Minuk (Mission d'administration intérimaire des Nations unies au Kosovo), l'incapacité des forces kosovares à contrôler le pays et l'absence de coopération des pays voisins, il y a décidément de quoi s'inquiéter».

Le crime organisé local fournit déjà l'Europe occidentale en filles comme ont pu le remarquer en 2002 les gendarmes en poste au Centre d'investigation et d'analyse du renseignement (CIAR) créé à Pristina en 2001. Ses membres ont constaté que les filières de prostitution convergeaient vers une même personne, un banquier kosovar connu.

La région sert également de plaque tournante aux immigrés du monde entier qui arrivent par avion depuis la Russie, la Chine, le Sri Lanka, etc., ou par route depuis la Roumanie, la Bulgarie, la Moldavie, etc.

Le crime organisé kosovar serait dominé par trois clans, ayant chacun une assise territoriale, et qui régneraient sur une dizaine de «familles» de moindre importance. Ces clans, qui ont autorité sur un secteur, sont liés à des mouvements politiques. Après la fin de la guerre, les luttes politiques se sont d'ailleurs traduites par des règlements de comptes au double objectif: affaiblissement de la tendance adverse et prise du contrôle des trafics.

L'un de ces trois clans, installé sur la zone de Dukagjin (qui comprend la ville de Pec), serait tenu par Ramush Haradinaj et ses frères, ex-commandant de l'armée de libération du Kosovo (UÇK), ancien Premier ministre du Kosovo en 2004 et président de l'Alliance pour l'avenir du Kosovo (AAK).

Le monsieur et son groupe, qui compterait une

centaine de personnes selon un rapport du BND allemand (les services secrets), contrôleraient la répartition des aides internationales dans la province et seraient actifs dans le trafic d'armes, la contrebande, le trafic de voitures volées, les filières de prostitution et le trafic de drogue.

Cette dernière spécialité inquiète particulièrement les douaniers de chez nous : « Ces derniers temps, on voit de plus en plus arriver les voyous kosovars sur l'héroïne via l'Italie et la Suisse. »

Déjà, en novembre 1994, 18 kilos d'héroïne turque avaient été saisis à Annecy et sept Kosovars arrêtés alors que la tête de réseau était en Suisse. En 1997, l'Office fédéral de la police helvétique estimait que 80 % du marché local de l'héroïne était contrôlé par les albanophones. Le pays abrite une forte communauté d'Albanais : 200 000 natifs du Kosovo, soit un sur dix, vivent dans la Confédération.

Si les albanophones font remonter de l'héro du sud au nord de l'Europe, ils font descendre de la coke dans l'autre sens.

Le 28 avril 2005, à La Montagne près de Nantes, les gendarmes bloquent deux voitures. Dans l'ouvreuse, une Mercedes, se trouvent deux Albanais, un oncle et son neveu. Dans la suivante, deux Polonais et 3 kilos de cocaïne. À la tête du réseau se trouverait un autre Albanais déjà condamné à Nantes dont on a trouvé le numéro de portable chez un revendeur avec 30 000 euros qu'il lui aurait confiés. L'homme aurait notamment un lieutenant, déjà condamné lui en 2004 à Nantes à un an pour trafic de stups, qui possède cinq voitures et autant de comptes en banque, ni l'un ni l'autre n'ayant de revenus officiels. La coke proviendrait d'Amsterdam et le réseau aurait des contacts au Danemark et en Allemagne, à Düsseldorf exactement d'où venait l'information récoltée par la police.

Nantes et Rennes apparaissent comme des points d'ancrage du milieu albanais en France. Les truands y sont installés depuis les années quatre-vingt-dix et actifs dans le trafic d'héroïne et de cocaïne, blanchissant leurs gains de façon classique en rachetant aux gagnants du PMU leurs billets. Déjà, en juin 1995, le SRPJ de Rennes avait arrêté vingt-cinq Albanais et mis la main sur un kilo d'héroïne, 450 000 francs et le butin de différents cambriolages : montres, bijoux, matériel hi-fi…

Et le 13 août 2003, un HLM de la ville a été le théâtre d'un règlement de comptes. Trois hommes ont débarqué chez un Albanais de 35 ans, inconnu des services de police, et lui ont tiré une première balle dans le ventre, avant de l'achever de deux balles dans le front, tirées depuis le balcon alors que le blessé venait de sauter par la fenêtre. Un deuxième homme a été retrouvé sauf, mais ligoté…

En 2006, le corridor nord-sud d'approvisionnement en cocaïne se confirme : de multiples arrestations concernant des Albanais et des Kosovars ont eu lieu aux frontières franco-belge et franco-italienne. Les passeurs avaient acheté la cocaïne aux Pays-Bas ou en Belgique, et la convoyaient en Italie ou en Suisse. Selon un policier belge : « Ils font du semi-gros. La moyenne de saisies chez nous se situe entre 3 et 8 kilos et 40 pour la plus grosse. »

En juin 2007, un groupe criminel kosovar a été démantelé à la suite de l'arrestation en juillet 2006 d'un passeur liégeois en France alors qu'il se rendait en Italie avec 4 kilos de coke. L'opération policière qui a mis au jour un trafic de stups, mais aussi de voitures de luxe, d'armes et de faux documents, s'est déroulée en Allemagne, aux Pays-Bas, en Angleterre, en Italie et en France où 80 kilos d'héroïne ont été trouvés.

Les albanophones se sont également spécialisés dans le cambriolage à grande échelle. La technique est toujours la même : *homejacking* (vol de voiture à domicile) et cambriolages de villas commis de nuit pendant le sommeil des propriétaires des lieux. Le réseau tombé en juin 2006, lors de l'opération Leone 06, en offre un bon exemple. Le groupe avait commencé à sévir en décembre 2005 dans les Alpes-Maritimes de façon très organisée. Après avoir rempli son carnet de commandes, une équipe partait à la recherche des véhicules (modèles, couleurs, etc.) convoités. Une fois ceux-ci repérés, ses membres transmettaient l'information à un deuxième groupe qui étudiait la faisabilité du coup. Enfin, lorsque tout était prêt, une troisième équipe de casseurs descendait d'Île-de-France, puis confiait le butin (bijoux, voitures, argent...) aux receleurs chargés de l'écouler en Albanie et au Kosovo. Le réseau, qui tapait toutes les nuits, s'est ensuite déplacé vers la région parisienne.

Début février 2008, une équipe de sept Albanais est tombée à Lyon, soupçonnée d'avoir commis 250 cambriolages chez des particuliers et dans des commerces dans le centre de la France. Les voitures utilisées avaient été volées en Allemagne et en Suisse, tandis que le donneur d'ordre résiderait en Belgique.

## 9

## *Une* maffya *sur le Bosphore*

Si les organisations albanaises et leurs cousines kosovares deviennent des acteurs majeurs du trafic d'héroïne en Europe, c'est notamment parce qu'elles peuvent aujourd'hui acheter le produit fini en Afghanistan. Selon les informations des services européens, le pays, qui jusque-là se contentait de vendre le produit brut, abrite dorénavant des laboratoires. Un déplacement de la fabrication qui se fait au détriment de la maffya turque qui perd ainsi ses prérogatives. Mais bien que la concurrence soit rude, cette dernière est encore dans la boucle.

Jusqu'en 1970-1980, la Turquie produisait, via ses champs de pavot, de la morphine-base qui alimentait les laboratoires marseillais et siciliens. Un produit qui a fait la fortune des *babas* de la maffya depuis les années quarante, la Turquie abritant l'une des cinq mafias traditionnelles au monde. Puis, moyennant des contreparties financières — principalement américaines —, les autorités ont éradiqué les cultures. Les familles mafieuses n'en ont pas pour autant abandonné le trafic. Elles se sont mises à importer la morphine-base d'Iran, d'Afghanistan et du Pakistan, et à raffiner elles-mêmes la poudre dans leurs laboratoires, l'héroïne prenant ensuite le chemin de l'Europe via les compagnies de transports nationales et leurs camions TIR. Dans les années quatre-vingt-dix, l'Office central des stups estimait que 5 à 7 tonnes quittaient annuellement Istanbul, dont la région abritait alors les principaux laboratoires[1] et que le contrôle du flux était particulièrement problématique : le pays compte 8 000 kilomètres de côtes, quatre ports internationaux et plus de 400 entreprises de transports internationaux, avec un minimum de 300 000 rotations de camions par an.

Mais, les tonnes de blanche produites en Turquie depuis les années quatre-vingt-dix ne sont pas destinées directement à la France. La majorité des livraisons visent la Grande-Bretagne, l'Allemagne et les Pays-Bas où opèrent les groupes turcs. Les plus importantes saisies réalisées en France sont d'ailleurs liées à ce trafic de transit. À l'image de la deuxième plus grosse prise en France (la plus grosse, 425 kilos dans un bateau de pêche au large des îles du Levant, datant de 1972) effectuée par les fonctionnaires de la police aux frontières (PAF) en janvier 2007 au terminal transmanche de Coquelles (Pas-de-Calais). Dans la remorque du camion conduit par un Turc, les gabelous sont tombés sur 356 kilos d'héroïne brune. Un an avant, en février 2006, les douaniers avaient déjà saisi 305,69 kilos de blanche à bord d'un camion turc qui transportait des pièces

1. En janvier 2004, les policiers turcs saisissaient une tonne dans les sous-sols d'une petite usine de sucre dans la partie européenne d'Istanbul et en octobre 2005 remettaient ça avec une autre tonne toujours à Istanbul.

détachées automobiles, dans le terminal ferry du port de Dunkerque.

Alors qu'en est-il du trafic destiné à l'Hexagone ? Disons-le tout de suite, le marché national est majoritairement aux mains de trafiquants français qui vont se fournir en Belgique et aux Pays-Bas. Notamment d'équipes de cités qui, après s'être fait les dents sur le cannabis, ont diversifié leurs activités. En effet, ces derniers temps, le produit est de nouveau en vogue (plus 80,6 % de saisies douanières en 2006) après quinze ans de baisse. L'héroïne s'était effacée avec les toxicomanes traditionnels des années quatre-vingt, passés aux produits de substitution ou morts du sida, contaminés par des seringues infectées. Mais le redémarrage de la production a favorisé le retour de la « came ». En 2006, l'Afghanistan, à l'origine de 92 % de celle-ci, a battu tous les records et augmenté sa production de 46 % (6 100 tonnes contre 4 100 en 2005). Et, selon l'ONU, la tendance s'est poursuivie en 2007. Aujourd'hui, contrairement aux années quatre-vingt, l'usage est festif. L'héroïne est sniffée ou fumée pour amortir la descente de cocaïne ou d'ecstasy, notamment dans le milieu techno. Si l'héroïne turque est achetée par des trafiquants français, elle alimente également leurs collègues turcs opérant en France. Ces réseaux locaux se fournissent auprès de leurs compatriotes grossistes aux Pays-Bas qui jouent le rôle de plate-forme de redistribution. Notamment vers l'Île-de-France et ses départements du « nord » (93 et 95) où s'est installée la communauté. Quelques affaires marquantes sont là pour en témoigner.

En février 2001, lors d'un contrôle sur l'autoroute A22, les douaniers découvrent 2 kilos d'héro et 5 kilos de produits coupants dans une Golf appartenant à deux frères turcs de 22 et 26 ans domiciliés à Argenteuil et Saint-Gratien dans le Val-d'Oise. Les frangins en sont à leur quatrième voyage pour le compte d'Hidayet, 52 ans, patron d'un salon de thé et d'une boucherie à Épinay. Aidé de son fils de 21 ans, le « commerçant », qui vient de faire six ans de prison pour des faits similaires, se fournit auprès de Fouat, un compatriote de 35 ans installé en Hollande.

Trois mois après, le 10 mai 2001, la brigade des stups de Paris démantèle à Bobigny un réseau turc dirigé par un certain Yusuf et met la main sur 42 kilos de poudre, la plus grosse saisie depuis vingt ans en région parisienne. L'héroïne était convoyée par des Turcs installés en Belgique. Quinze jours après, la branche ecstasy de l'équipe tombe : 7 kilos, soit 19 000 cachets, sont trouvés à Livry-Gargan dans l'appartement d'un Turc de 27 ans qui les écoulait en duo avec un compatriote de 22 ans. Enfin, en octobre 2001 à Bruxelles, les policiers belges font tomber Memis, surnommé par ses collègues Baba… et qui apparaît comme le boss de ce réseau qui avait des ramifications aux Pays-Bas, en France, en Italie et en Allemagne. Dans sa voiture, sont stockés 100 000 cachets d'ecstasy.

En juin 2003, c'est Memet, 41 ans, ancien patron de bar, qui alimente trois filières de vente du quartier Saint-Jean à Beauvais et planque 64 000 euros chez un compatriote cafetier, qui tombe après dix-huit mois de surveillance.

Les affaires concernent surtout l'est de la France (Alsace, Lorraine, Franche-Comté), deuxième région en nombre d'implantations de la diaspora en France.

Dans cette zone frontalière, le trafic se joue entre la Belgique, les Pays-Bas, le Luxembourg et bien sûr l'Allemagne — notamment à Kehl — qui abrite de nombreux « collègues ».

En 1996, un réseau kurde basé au Benelux a même tenté de s'implanter dans le sud de la France par l'intermédiaire du fils d'un dignitaire d'une grande tribu kurde de la région de Bismil. L'homme de confiance de ce dernier récupérait les kilos de mauvaise héroïne brune auprès d'un trafiquant installé à Strasbourg avant de les remettre à une équipe d'Arméniens de Marseille.

Depuis les années quatre-vingt-dix, les affaires se sont succédé à Toul, Metz, Colmar, Mulhouse, Strasbourg…, avec à la clé quelques kilos saisis à chaque fois et parfois des règlements de comptes comme en 1998 où deux confrères indélicats sont tombés dans la région de Sarreguemines sous les balles d'une équipe turque pilotée par deux frères. Puis, après quelques années de trafic de fourmis, au début de la décennie 2000, les affaires locales ont repris : en 2003, un réseau qui alimentait des équipes beurs installées dans quatre départements du centre et la Bretagne tombe avec 66 kilos ; en 2004, 11 kilos sont découverts sous la boîte à gants d'une voiture.

D'après un policier qui connaît bien le dossier turc : « Peut-être que les services spécialisés pourraient faire plus d'affaires si les Turcs autorisaient les livraisons surveillées vers la France[1]. Mais ils n'acceptent que si on leur remet le mec et la marchandise, ce qui n'est pas possible en droit français. Nous avons de bons rapports

1. C'est-à-dire suivre un camion chargé pour voir où il livre.

de coopération avec nos collègues lorsqu'ils sont informels, mais dès que ça devient institutionnel, ça coince un peu. Ils sont très liés à la politique extérieure. Dès qu'un dossier coince avec Paris — comme ce fut le cas lors de la reconnaissance du génocide arménien —, Ankara stoppe la coopération... De toute façon, le poste d'officier de liaison des stups va sans doute être supprimé pour être transféré en Bulgarie qui prend de plus en plus de place dans le trafic international. »

### *Nantes, l'ombre du* baba

Aux côtés des réseaux locaux, une seule affaire datant du milieu des années quatre-vingt-dix a fait apparaître en filigrane l'implication d'une famille mafieuse d'envergure en France. Elle mettait en scène le clan kurde des Baybasin, originaire de Lice-Diyarbakir, une ville du Kurdistan turc, et dirigé par le Baba Huseyn Baybasin, né en 1956. Ce dernier, considéré comme l'un des plus grands narcotrafiquants turcs d'Europe, a depuis été arrêté en 1998 aux Pays-Bas dans une opération internationale et condamné en 2002.

Tout commence le 20 décembre 1995, lorsqu'un passeur est interpellé au volant de sa Clio à la frontière grecque alors qu'il se rend en France. Les ailes de la voiture contiennent 43 kilos de *brown sugar*. Les policiers français arrêtent dans la foulée le commanditaire de l'opération, Joseph Sirin, un Franco-Turc de 37 ans, installé depuis 1985 à Nantes. Entre 1994 et 1995, l'homme a importé, à l'aide de trois passeurs, 68 kilos de « brune ». À Istanbul, les convoyeurs étaient réceptionnés par Faruk Baybasin, né en 1967 et cousin germain d'Huseyn, le *baba*, qui s'occupait de charger les voitures. Lors de l'enquête, Joseph désigne Huseyn comme étant le réel commanditaire du trafic. Puis, au fil de ses déclarations hasardeuses, c'est Mahmut, le père de Faruk et l'oncle du *baba*, né en 1944, qui jouerait ce rôle. L'homme est installé depuis 1995 en Espagne. Alors qu'il est dans le collimateur de la justice française, il est arrêté en mai 2000 à son domicile de la banlieue de Madrid. Les enquêteurs espagnols dénichent chez lui 10 kilos d'héroïne, 100 000 francs ainsi que des marks, des florins... et arrêtent en sa compagnie un autre homme qui a confié 5 kilos de poudre retrouvés dans la voiture de deux autres trafiquants interpellés à Ségovie.

Entre-temps, Joseph Sirin a été condamné en 1999 pour l'affaire nantaise à vingt ans de réclusion. En novembre 2003, c'est au tour de Mahmut de se présenter devant la cour d'assises spéciale de Nantes pour y être jugé. Condamné à neuf ans en 2002 à Madrid, il a été « prêté » par la justice espagnole. Eu égard au flou qui entoure les accusations de Sirin, il est acquitté à Nantes. Au contraire de son fils qui, en fuite en Turquie, écope de trente ans par contumace dans les jours qui suivent. Comme Mehmet Irmak, l'un des hommes de main du réseau à Nantes qui a été condamné également à trente ans par contumace pour le meurtre d'un voyou nantais, Eugenio Sampaio, en avril 1992, avait été flingué de trois balles tirées avec un 357 magnum à 5 heures du matin au restaurant Le Balto, situé au centre-ville. Peu de temps après, Mehmet Irmak, qui avait entre-temps été condamné en Espagne pour trafic de drogue, bénéficiait d'une permission de sortie au moment où le juge français avait émis un mandat d'arrêt international à son encontre : du coup, il n'a jamais réintégré sa cellule espagnole…

La famille Baybasin, d'origine kurde, et particulièrement son patron Huseyn, est réputée proche de la guérilla séparatiste du Parti des travailleurs du Kurdistan (PKK). En Turquie, les familles mafieuses se partagent entre deux grands courants : celles d'origine kurde, plus ou moins en rapport avec la guérilla ; et les autres, « turques », plutôt liées à l'extrême droite locale. Une situation qui remonte aux années soixante-dix/quatre-vingt, lorsque la Turquie, en pleine « anarchie », était confrontée aux guérillas séparatistes kurdes, aux groupuscules marxistes et aux organisations arméniennes. Pour rétablir l'ordre, le régime militaire d'Ankara s'appuyait alors sur les membres des Loups gris, l'organisation de jeunesse du Parti d'action nationaliste, le MHP, d'extrême droite, dont les membres se chargeaient d'exécuter les « terroristes ». Marquant ainsi le début d'une coalition politico-mafieuse désignée en Turquie sous le nom de Derin Devlet, « l'État profond ». En effet, pour financer la cause et leurs comptes en banque, les Loups gris, forts de leur impunité pour services rendus, se sont alliés à certains *babas*. Jusqu'à ce que, grâce à leur carnet d'adresses de haute volée, ils prennent la tête de ces familles mafieuses. C'est le cas d'Alaatin Cakici, né en janvier 1953 à Findikli, présenté comme le plus grand *baba* de cette génération, qui a été arrêté en France le 17 août 1998 alors qu'il sortait de son refuge niçois, le Park Hotel, accompagné de sa maîtresse Asli, 29 ans, et de son garde du corps Muradi

Guler, 38 ans, porteur d'un pistolet automatique Beretta 7,65. Cakici était alors recherché par la Turquie pour deux mandats d'arrêt émis en mai et septembre 1994. Il lui était notamment reproché d'avoir tenté de faire assassiner un journaliste trop curieux, ainsi qu'un ex-patron de banque qui aurait oublié de lui verser une commission de 20 millions de francs.

Alaatin Cakici était dans l'œil du cyclone depuis 1996 et le scandale engendré par l'affaire de Susurluk: un accident de voiture survenu le 3 novembre dans cette petite ville de l'Ouest anatolien. Dans la Mercedes blindée qui s'était encastrée sous un camion, se trouvaient trois morts: le directeur adjoint de la police d'Istanbul; Abdullah Catli, ancien Loup gris devenu trafiquant de drogue recherché par Interpol, qui était porteur de six cartes d'identité, d'une carte de commissaire et d'un port d'armes délivré par un ex-ministre de l'Intérieur; et sa maîtresse. Il s'y trouvait aussi un blessé… député kurde du parti du centre droit de l'ex-Premier ministre Tansu Ciller, engagé dans la lutte anti-PKK. Le rapport commandé par le nouveau Premier ministre Mesut Ylmaz nommé six mois après avait mis au jour les liens entre les trafiquants de drogue, le pouvoir et des pans entiers de l'État et avait évoqué au passage Alaatin Cakici.

Lors de son arrestation, ce dernier, qui vivait dans la clandestinité depuis 1994, était titulaire d'un passeport diplomatique (et détenteur de quatre autres tous faux) qui le désignait comme consul de Turquie en Chine. Le document comme les tampons qu'il portait était vrai et l'on soupçonne fortement les services secrets turcs, le MIT, de le lui avoir fourni. D'autant qu'ont été également découverts des documents attestant de ses liens avec eux. Lors de son incarcération aux Baumettes à Marseille, Cakici a fait des révélations sur le rachat de la TTB, la plus importante banque publique turque, et de deux quotidiens par la maffya via un homme de paille, qui ont conduit en 1998… à la chute du gouvernement de coalition tripartite du Premier ministre Mesut Ylmaz. En septembre de la même année, il a été condamné à six mois de prison ainsi que son garde du corps pour documents falsifiés. Durant le procès, le tribunal de Nice avait été placé sous très haute surveillance, des informations faisant état d'une menace d'attentat pour empêcher son déroulement. Cakici a finalement été extradé vers la Turquie en décembre 1999… et incarcéré à la prison de haute sécurité de Kartal où il se plaignait dans des courriers échangés avec deux caïds du gang de Karagurmuk, également détenus dans l'établissement et qui avaient offert un mobile, de son placement à l'isolement en France «qui l'[avait] empêché de gérer ses affaires en Turquie».

En novembre 2002, il bénéficie d'une libération conditionnelle, dans le cadre d'une première condamnation à cinq ans de prison. En attente de procès pour cinq dossiers criminels, il en profite alors pour quitter le pays par l'intermédiaire d'un entraîneur d'un club de foot qui lui a fourni un visa Schengen.

### *Un parrain énervé*

Au début du mois de juillet 2000, alors qu'il était incarcéré, sa famille ainsi que des membres de son clan avaient déposé plusieurs demandes de visas pour des séjours dans les Alpes-Maritimes ; et une demande de visa long séjour avait été formulée par son fils Ali, 16 ans, pour qu'il puisse être scolarisé en France. Alertés, les services français avaient entrepris via l'OCRB et le SRPJ de Marseille des vérifications des lieux de séjour et d'hébergement mentionnés sur les demandes. Ce qui pourrait avoir énervé le *baba*… Le 1er août 2000, le responsable turc du département de lutte contre le trafic de stupéfiants et le crime organisé informait l'officier de liaison de l'Office central pour la répression du trafic illicite des stupéfiants (OCRTIS) en poste à Istanbul que la représentation française dans cette ville faisait l'objet de préparatifs d'attentat de la part du clan mafieux. Les menaces visaient les locaux et le personnel et pourraient être mises à exécution les 3 ou 4 août suivants. Un homme suspect aurait déjà fait des repérages des lieux. Pour prévenir la menace, le consul général avait mis en œuvre des mesures de sécurité renforcées et le « dispositif statique de surveillance » turc avait été alerté et réactivé. Le 2 août, les policiers turcs spécialisés dans la lutte contre le crime organisé avaient interpellé quatre hommes — nés entre 1941 et 1980 — aux abords du consulat général d'Istanbul : ces hommes de main auraient effectué leur repérage guidés par le commissionnaire d'une agence de voyages familier des locaux du service des visas.

Alaatin n'a pas désarmé pour autant. En mai 2003, une source considérée comme fiable (son avocat aurait sollicité un Turc et un Arménien résidant à Marseille) a contacté la DST pour lui faire part d'un marché proposé par le parrain toujours en cavale. Un visa pour la France en échange de révélations sur les activités de la maffya turque… aucune suite n'a été donnée au *baba* qui a fait alors l'objet d'une fiche TE au motif que « sa présence serait de nature à menacer gravement l'ordre public ».

On comprend mieux son entêtement au regard de la suite.

Après avoir séjourné clandestinement en Grèce, en Italie et en France, il a finalement été extradé d'Autriche en 2004 où il avait été arrêté en juillet sur une autoroute près de Graz par les Cobras, une unité spéciale de la police criminelle.

En décembre 2005, la justice turque l'a condamné à quatorze ans et neuf mois de prison pour avoir ordonné l'attaque d'un gang rival qui a fait quinze blessés dans un café en 2000. En février 2006, il a pris dix ans pour tentative de meurtre contre un courtier et, en novembre de la même année, dix-neuf ans pour le meurtre de sa femme qu'il avait fait tuer en 1995 dans une chambre d'hôtel de la station de sports d'hiver d'Uludag, parce qu'il la soupçonnait de le tromper avec un haut dignitaire de la police.

Et ce n'est pas fini : Alaatin Cakici est en attente d'autres procès, dont celui du meurtre de son bras droit tué en 1996.

# 10

## *À l'ombre des cartels colombiens*

L'héroïne fait son grand retour… et la cocaïne inonde la France. Et plus généralement l'Europe. Depuis les années 2000, le marché américain, nº 1 mondial, étant saturé, les producteurs colombiens se sont tournés vers le vieux continent où le produit, plus rare, se vend plus cher. Même si, face à cette déferlante, le prix a chuté en France de 50 % depuis 1995, entraînant dans son sillage blanc de plus en plus de consommateurs…

En gros, selon les estimations établies à partir des saisies, l'Europe absorberait entre 250 et 400 tonnes sur les 1 000 qui sont produites annuellement en Colombie (610), Pérou (280) et Bolivie (94)[1]. La moitié partirait aux États-Unis via les cartels mexicains devenus des acteurs incontournables depuis la fermeture de l'arc caraïbe par les Américains, et le reste serait consommé en Amérique du Sud.

Derrière ces tonnes de poudre se profile l'ombre des cartels colombiens, des organisations qui ont muté depuis les années quatre-vingt. La première génération

1. Selon les Nations unies.

de narcotrafiquants, née dans les années soixante-dix avec l'explosion de la consommation américaine, avait réussi à construire des superstructures qui maîtrisaient toute la chaîne, de la production à la distribution. Différents groupes placés sous l'autorité d'un *capo* formaient une chaîne commerciale, d'où le nom de « cartel » inventé par la justice américaine dans les années quatre-vingt afin de rassembler les procès dans un même dossier[1]. Deux cartels, celui de Pablo Escobar à Medellín et celui des frères Orejuela à Cali, régnaient alors sur le trafic qui, d'artisanal, était devenu industriel. Les petits bateaux ont vite été remplacés par les avions qui décollaient des pistes de la jungle pour rejoindre, dans le cas de Medellín, la plate-forme de distribution du cartel, l'île de Norman's Cay dans les Bahamas. Escobar l'avait achetée sur les conseils de Carlos Lehder, l'un de ses collaborateurs.

Au fil des années, les cartels ont été identifiés, et leurs *capos* sont devenus célèbres. Certains, tels Pablo Escobar et ses associés, traînaient une image de truand d'origine paysanne tandis que ses concurrents issus de la bourgeoisie avaient des airs d'hommes d'affaires. Bref, tout le monde a engrangé des centaines de millions jusqu'à ce que les Américains s'énervent. Concentrant sur lui l'attention de la police et des médias, Escobar a été abattu le 2 décembre 1993. Certains de ses associés ont suivi, d'autres ont été emprisonnés. Une fois cette première bande neutralisée, le tour est venu, dans les années quatre-vingt-dix, de ses concurrents de Cali, à

1. « Les organisations du trafic de drogue en Colombie », *Société et culture*, janvier 2008.

l'occasion de l'enquête dite « Proceso 8 000 » concernant le financement de la campagne présidentielle d'Ernesto Samper (1994-1998).

La production ne s'est pas arrêtée pour autant. Elle est seulement devenue plus discrète.

Une deuxième génération a succédé aux gros cartels disparus dans la première moitié des années quatre-vingt-dix. Les acteurs se sont multipliés et spécialisés, formant des réseaux de narcotrafic plus que des cartels. Les groupes, moins importants, sont indépendants les uns des autres et ne contrôlent bien souvent qu'une seule phase du trafic : achat des cultures auprès des paysans et production de la pâte, raffinage, transport, etc. D'autres petites organisations ont monté leur « parcours », en achetant des kilos au lieu de tonnes, qu'elles expédient par « mules », atomisant une partie du marché. En général, la taille des labos s'est réduite, les boss beaucoup moins extravagants sont anonymes... Mais, ne nous y trompons pas, les profits restent considérables, et l'organisation des filières demeure professionnelle. Bref, la production n'a pas chuté, elle a même augmenté, et ces nouveaux cartels — celui de la Côte, de Bogotá, de Cali, etc. — sont loin d'être des groupes de petits dealers amateurs. Surtout, comme nous le verrons, depuis la démobilisation des groupes paramilitaires, très impliqués dans le trafic. Ce qui a favorisé, ces deux dernières années, l'émergence de grandes organisations.

Jusque-là, une seule structure aurait maîtrisé l'ensemble de la chaîne, à mi-chemin entre les grands cartels et ces nouveaux opérateurs. Le « cartel » de Norte de Valle, né à la fin des années quatre-vingt dans la zone nord du département de Valle, a grandi dans l'ombre du cartel de Cali des frères Orejuela et a su se faire oublier lorsque ces derniers ont affronté Pablo Escobar. Dans les années quatre-vingt-dix, alors que les deux grands occupaient les Américains, cette coalition d'une vingtaine de groupes a grandi discrètement (grâce à sa structure flexible) en s'appuyant sur les milices paramilitaires des frères Castano. Mais, depuis quelques années, elle est à son tour dans la ligne de mire des Américains. Deux de ses plus grands *capos* ont été arrêtés en 2007, à quelques semaines d'intervalle.

Diego Montoya, 49 ans, qui figurait sur la liste des dix criminels les plus recherchés par les États-Unis, a été le dernier en date. Le 10 septembre, des commandos héliportés ont atterri dans une ferme du département du Valle del Cauca et serré don Diego, caché sous un tas de branches alors qu'il venait de fuir en sous-vêtements. L'homme aurait expédié des centaines de tonnes de coke depuis 1990 et commandité plus de 1 500 assassinats. Cet ancien éleveur de bétail était à la tête d'une milice, Los Machos, de 300 hommes. De 2002 à 2004, il avait fait à Wilber Varela dit Savon, un autre narco du Norte del Valle, assassiné au Venezuela le 1er février 2008, une guerre dans laquelle étaient tombés des centaines d'hommes[1].

Un mois avant lui, le 6 août, son collègue Juan Carlos Ramirez Abadia, surnommé Chupeta (« Sucette »), un fils de bonne famille diplômé en économie de 43 ans,

1. En février 2008, la Cour suprême de Bogotá a autorisé sa détention sur un navire de guerre pour limiter les risques d'évasion en attendant son éventuelle extradition vers les États-Unis.

avait été arrêté après deux ans d'enquête dans un luxueux appartement de São Paulo au Brésil. En janvier 2007, les policiers qui le traquaient avaient déjà mis la main sur 72 millions de dollars trouvés en liquide et en dizaines de lingots d'or cachés dans les toilettes d'un pavillon de Cali lui appartenant. Si les enquêteurs avaient été étonnés en tombant sur les millions de Sucette, ce n'était rien à côté de ce que laissait entrevoir son ordinateur. Les informations contenues dans plus de deux cents fichiers donnaient une idée de la fortune et du pouvoir du monsieur[1]. Abadia régnait sur un véritable empire qui donne une idée précise de la puissance des narcos colombiens.

L'homme tenait une comptabilité rigoureuse de ses activités. Toutes les dépenses et les bénéfices de son organisation de 400 membres étaient consignés dans des tableaux Excel sous des noms de code. On trouvait également les commandants paramilitaires qui avec leurs hommes protégeaient les cargaisons, etc. Chaque semaine, les collaborateurs de Chupeta envoyaient leur tableau Excel répertoriant les transactions. On y trouvait même sous la colonne « Paiement *charladas* », la rémunération des *sicarios*, les tueurs à gages. De janvier 2004 à mars 2005, le boss avait reçu 150 rapports de *charladas*…

Chupeta entretenait visiblement un rapport obsessionnel à la comptabilité. Aux côtés des frais généraux, figuraient les transactions de cocaïne. Ce qui donne une idée de la quantité produite : en 2004, une seule des filières qu'il contrôlait en avait vendu 122,7 tonnes…

1. *Semana*, 29 septembre 2007.

pour des revenus aussi impressionnants. D'après les estimations, Chupeta « ramassait » 49 millions d'euros par mois. Il était informé de l'état des stocks de chacun des entrepôts situés dans tout le pays et principalement dans les États du Valle, du Cauca et du Narino, mais également du Bolivar, de Buenaventura. Tant d'unités en stock, tant en fabrication, tant pour une commande à livrer dont une partie était déjà effectuée, etc. Les livraisons étaient également détaillées : sur 10 tonnes, 6 sont à lui, le reste à cinq personnes dont un chef paramilitaire qui a 50 kilos…

Dans l'ordinateur de Sucette, figuraient les noms des corrompus qu'il arrosait : des policiers, des agents des services, des juges, des salariés de sociétés de téléphonie, des procureurs… pour détourner une corvette ou influer sur un procès. Le tout pour une somme mensuelle de 2,8 millions d'euros.

Pour blanchir ses millions, Chupeta avait monté des dizaines de sociétés écrans (l'argent en provenance du Mexique et d'Espagne transitait par l'Uruguay avant d'atteindre le Brésil) et investi dans des supermarchés, des concessions automobiles, etc. Les policiers ont saisi plus de 332 propriétés (dont une île au large de Carthagène) et entreprises, évaluées à plus de 400 millions de dollars. Mais il lui restait un peu de liquide : six cachettes ont été découvertes contenant chacune 90 millions de dollars (63 millions d'euros).

Abadia, bien que tenu au courant des activités de son organisation, suivait surtout ses comptes. Des dizaines d'intermédiaires s'occupaient des clients. Du Brésil, il gérait sa dizaine de laboratoires produisant 200 tonnes annuelles, situé chacun dans des départements différents. Chacune de ces zones était sous la coupe d'un responsable qui s'occupait de sa protection en payant les guérillas locales, de son business et de ses clients par des intermédiaires, ainsi que de sa filière selon sa position géographique… vers le Mexique, le Brésil, le Venezuela, en Colombie… en passant là encore par des prestataires parfois rémunérés en nature. En résumé, Abadia prenait le blé, pour le reste chacun se débrouillait et gérait ses affaires en « touchant » dessus.

Les cartels colombiens travaillent évidemment avec d'autres narcos de la région. Notamment les Vénézuéliens, dont le pays est, avec le Brésil, la porte de sortie de la drogue destinée à l'Europe. Surtout depuis qu'Hugo Chávez a arrêté la collaboration avec la Drug Enforcement Administration (DEA) en août 2005 sous prétexte d'espionnage américain. Depuis, les saisies ont baissé de 40 %… Là, comme en Colombie et dans de nombreux pays de la zone, la corruption est plutôt répandue. Parmi les « personnalités » inquiétées, arrêtées et suspectées ces dernières années pour leurs complicités avec les narcos figurent le chef du bureau antinarcotiques de la police, le brigadier général qui dirigeait la garde nationale, l'ancien chef du renseignement de la garde nationale, le chef du bureau antinarcotiques de la garde nationale ; ce dernier est notamment soupçonné par les États-Unis d'avoir couvert l'envoi de 2 tonnes saisies à l'aéroport de Madrid en décembre 2005.

*Narcos et « beaux mecs »*

Pour expédier ces tonnes de coke en Europe, les cartels sont obligés de s'associer avec les opérateurs majeurs du trafic, les familles italiennes par exemple, ou des équipes hollandaises, anglaises, françaises capables de voir grand… Si un cartel comme le Norte de Valle, que l'on dit tourné vers le vieux continent, maîtrise toute la chaîne de fabrication ainsi que l'exportation, il n'assure pas jusqu'à la distribution dans les rues françaises. Le business ici est entre les mains de la pègre nationale, même si les trafiquants sud-américains ont des représentants en Espagne, en Italie, aux Pays-Bas, en France… Mais l'implication des cartels en Europe dépend du professionnalisme des clients.

Nombre de trafiquants français, voyous « tradis » ou mecs de cité, se fournissent dans les *hubs*, les plates-formes commerciales de la coke : aux Pays-Bas, en Belgique, en Espagne, ainsi qu'aux Antilles, au Maroc, en Afrique de l'Ouest… où grenouillent les trafiquants de tous niveaux et de toutes nationalités. Selon l'un d'eux : « Lorsque les flics arrêtent des gens en France, et saisissent entre 1 et 10 kilos, la came ne dépasse pas 20 % de pureté. À l'origine, elle est raffinée à 92 %… imagine la coupe et le circuit. »

Seuls les grossistes traitent avec les organisations sud-américaines. Des « beaux mecs » qui ont des réputations et des carnets d'adresses suffisamment épais pour négocier et vendre des centaines de kilos voire des tonnes. Encore faut-il avoir le contact pour acheter : « Au départ, tu peux passer par des Français qui vivent là-bas, des voyous installés pour leurs affaires ou en cavale en Bolivie, en Colombie, au Venezuela, au Brésil ou qui sont revenus et ont gardé des contacts, voire une belle-famille, etc. », explique ce professionnel. L'Amérique du Sud n'est pas une *terra incognita* pour le milieu français qui a tissé des liens depuis la fin du XIXe siècle et l'installation des premiers proxénètes et des bagnards évadés des bagnes guyanais. Ont suivi les truands collabos, les trafiquants d'héroïne de la Latino Connection dans les années soixante, les Corses spécialistes du jeu, etc.

« Mais pas mal de mecs, si je regarde autour de moi, se rencontrent en prison, confie le narco français. Des Sud-Américains qui sont en centrale en France pour dix, douze piges et qui sont plus ou moins élevés dans la hiérarchie de leur réseau. Ce sont eux qui t'amènent là-bas, qui te présentent. Soit lorsqu'ils sont dehors, sinon chacun des incarcérés se fait représenter à l'extérieur. » Et il n'y a pas qu'en France. Les prisons espagnoles favorisent également les échanges. Les « taules » ibériques abritent plus de 2 000 Colombiens de tous niveaux et 150 voyous français. L'Espagne, qui accueille 300 000 Colombiens, est la tête de pont des cartels en Europe, question de façade maritime, de liens historiques et linguistiques. « Les représentants des cartels sont installés à Madrid ou dans le Sud. Des gros patrons de cartel s'y sont mis au vert, d'autres ont investi, tiennent des restaurants, des bars, etc. Et comme, dans ce milieu, à un certain niveau, tout le monde se connaît, tu finis par les toucher. » À condition d'avoir tout de même un bon « papier ». Sur la Costa del Sol, des dizaines et des dizaines de voyous européens se croisent : des Anglais, qui comptent parmi les plus gros trafiquants, des Hollandais, des Italiens, des Belges, des Français, etc. « Dans les clubs, les restaurants, tu vois les mecs qui brillent, ensuite c'est via le contact du contact... c'est pour ça qu'ils se font tous infiltrer ! Il ne faut pas imaginer le truc super-structuré. Des mecs ont une touche, ils commencent par une livraison puis, si la filière tient, ils vont grossir. Des fois, même, sans le vouloir. Les mecs à qui ils ont vendu les sollicitent à nouveau, ils prennent plus et ainsi de suite. Le problème, c'est qu'ils ne savent pas arrêter. »

Ce « milieu » internationalisé qui se croise en Espagne accouche de montages à son image.

En février 2006, un renseignement venu de Colombie parvient dans les locaux de l'Office des stups à Nanterre : le cartel colombien de Norte del Valle traiterait une livraison de cocaïne avec des Français originaires de la banlieue est parisienne via un intermédiaire luxembourgeois. Le tuyau est accompagné de numéros de téléphones portables utilisés en Espagne par les « banlieusards ». Les écoutes désignent leurs propriétaires : six hommes âgés de 30 à 38 ans connus pour des vols à main armée, infraction à la législation sur les stupéfiants, recel, faux documents... Le groupe d'enquête en charge de l'affaire les surveille et assiste à des rendez-vous (ils ont lieu dans le secteur de la porte Maillot : ils parlent en marchant ou se retrouvent dans des bars) avec leurs « clients », des Anglais installés sur la Costa del Sol espagnole.

C'est à ces derniers que les voyous de Seine-Saint-Denis surveillés par l'OCRTIS projettent de vendre leur poudre : un Brésilien d'origine égyptienne et un Anglais, tous les deux membres de l'une des plus grosses organisations d'importation de cocaïne au Royaume-Uni et installés comme la plupart de leurs collègues à Málaga. Peu avant l'été, une surprise attend les enquêteurs. D'après un proche du dossier : « Lorsque du retard a été pris dans les négociations entre les Français et les Colombiens pour des problèmes de logistique, les frères H. (présentés comme les caïds du milieu parisien) sont apparus. Ils se sont portés garants de la transaction en région parisienne, qui est leur fief. » En juin, à Paris, les policiers observent l'aîné au contact des représentants sud-américains dans le quartier de la porte Maillot. Le mois suivant, c'est au tour du deuxième frangin de rencontrer les Anglais en Espagne sur la Costa del Sol.

Le 10 août, les policiers sont en poste à Orly, attendant l'arrivée par le vol Air France en provenance de Caracas d'un Vénézuélien et de ses quatre valises chargées de 120 kilos de cocaïne. La drogue est réceptionnée par un policier infiltré (issu du Service interministériel d'assistance technique — SIAT). Bien qu'il ne soit pas à l'origine de l'information, il a réussi à pénétrer le réseau. Outre la réception de la marchandise, il a notamment « servi » à identifier les interlocuteurs et à décrypter les écoutes téléphoniques.

Deux des frères ne sont pas loin, sécurisant la livraison, juchés sur des scooters. La marchandise atterrit dans un hôtel du secteur de Rungis. D'après les enquêteurs, les H. seraient venus alors chercher l'une des valises : « Ces 20 kilos sont un échantillon destiné aux acheteurs anglais, explique un policier. Mais le reste de la négociation échoue. Les Colombiens qui restent propriétaires des 101 kilos restants en ayant marre d'attendre, ils envoient depuis l'Espagne deux représentants à Paris pour proposer le tout à d'autres acheteurs. » Fin septembre, Rollo, un Colombien de 36 ans, et Francesco, un Vénézuélien de 28 ans, se font arrêter dans une chambre d'hôtel proche de la place Clichy avec un Français et les 101 kilos. Les H. n'étant plus dans le parcours, ils ne sont pas alertés par l'opération policière. Le 9 novembre, c'est leur tour. Au petit matin, les policiers de l'OCRTIS, assistés par leurs collègues du Raid et de l'Office central de la répression de la grande délinquance financière (OCRGDF), les arrêtent dans leur fief à Montreuil. Deux de leurs lieutenants sont également arrêtés : Franck, 33 ans, présenté comme leur chauffeur, et Abdel, 45 ans. En décembre, suivent les deux Anglais interpellés eux à Málaga et, en mars 2007, le courtier luxembourgeois.

Les affaires peuvent se finaliser en Espagne, mais il faut le plus souvent se déplacer pour discuter. Selon notre trafiquant : « Les gens se rencontrent dans des endroits privilégiés comme le Venezuela, Saint-Domingue… Si la came vient de Bolivie, tu peux faire la rencontre au Brésil à São Paulo, c'est une mégalopole, c'est tranquille. Parce que si tu vas à Santa Cruz directement, à peine sorti de l'avion, tout le monde sait que t'es là. La DEA y compris. De toute façon, de nombreuses filières sont infiltrées sur place, c'est le gros problème. »

Une fois la touche obtenue, il faut acheminer la marchandise. « Dans ce domaine, il n'y a pas de règle. C'est le grand bordel, il faut se chasser de l'esprit qu'il existe un schéma classique… Sur dix affaires, il n'y en a pas deux pareilles. Tout dépend du niveau de l'équipe, de la quantité achetée, du tarif, etc. », souligne un policier spécialisé.

Les producteurs bossent à la carte et en ont les moyens. En juillet 2007, dans le département du Choco, proche du Panama, la marine colombienne a intercepté un sous-marin pouvant embarquer 4 tonnes et capturé les quatre membres d'équipage. C'était le troisième submersible (qui navigue quelques mètres sous la surface à une vingtaine de kilomètres des côtes) découvert dans la région[1] depuis 2005 et qui livrait le marché américain, la traversée transatlantique étant plus périlleuse…

Le parcours dépend du « niveau » des clients et des vendeurs. Tous les modes de transport sont utilisés — des mules avec bas de contention chargées de 3 kilos chacune aux containers, en passant par les voiliers, etc. —, ainsi que tous les points de livraison : Colombie, Venezuela, Brésil, Guyane, Antilles, Afrique de l'Ouest, Europe… et toutes les combinaisons entre les deux sont possibles. Le grossiste détaille : « Ce ne sont que des exemples et tout change tout le temps mais… si le mec que tu vois appartient à une petite structure, ou que tu n'as pas assez d'oseille pour payer le kilo plus cher, ou que tu ne prends pas beaucoup, tu seras livré en Colombie par exemple. Si t'as de plus gros moyens, tu vas être mieux enquillé — soit t'as le contact direct, soit tes anciens fournisseurs ne pouvant pas suivre te brancheront —, tu peux demander à charger dans les Caraïbes, ou au Venezuela par exemple sur l'île de Margarita et tu traverses par voilier. » C'est la route empruntée par

1. En 2007, 13 submersibles ont été saisis par les marines colombienne et américaine. Les plus gros peuvent transporter dix tonnes de coke.

le Nantais P'tit Alain, 54 ans, une figure du milieu notamment croisé dans l'enlèvement de la fille de la chanteuse Kimera en Espagne en 1987. À la suite d'un tuyau des gendarmes de Nantes qui l'ont vu se profiler derrière l'achat d'une brasserie en centre-ville, sa filière est mise au jour. P'tit Alain traiterait avec des narcos vénézuéliens. Le 11 mai 2006, le *Spes nostra*, un voilier de 24 mètres battant pavillon britannique, arrive au mouillage de la marina Concorde sur l'île de Margarita. Le 26 août, il est arraisonné avec 3 tonnes et P'tit Alain à bord, au large des Canaries, après avoir vraisemblablement « chargé » en haute mer au nord-est d'Antigua. En Espagne, la police saisit les biens de l'équipe : treize voitures de luxe, neuf yachts de luxe, quatre villas, un restaurant, un club, des agences immobilières… Idem au Venezuela où les policiers mettent la main sur quatre luxueuses maisons, un appartement et deux bateaux.

« La difficulté, c'est le circuit. Si tu n'utilises pas de mules, ni de voilier, il faut que tu trouves un fret pour camoufler, et donc avoir une ligne », c'est-à-dire une société qui fait de l'import-export par container via les ports d'Anvers ou de Rotterdam, les autres grandes portes d'entrée en Europe.

« C'est rare de n'avoir qu'une ligne, parce que ça ne dure jamais longtemps. T'importes des briques de Bolivie, des tuiles, du bois… »

Le réseau de Dominique L. s'approvisionnait lui en carrelage. En juin 2007, l'Office des stups et l'antenne niçoise de la DIPJ de Marseille s'intéressent à ce « beau mec » de 50 ans, fiché au grand banditisme, qui navigue entre Perpignan et Paris, et a été libéré en septembre 2006 après quelques mois de prison, reliquat d'une condamnation à quatre ans pour complicité d'arrestation, enlèvement et séquestration. Selon leur tuyau, l'homme pourrait organiser, via une société écran, une importation massive de coke par container. Il serait aidé par Guy, dit Baba, 65 ans, installé en Belgique où il dirige une filiale d'une société française implantée dans le Pas-de-Calais. Un troisième larron, André, 66 ans, fils d'un chimiste de la French Connection tombé pour des labos en 1969 et 1978, ferait le lien avec les clients italiens, en l'occurrence la Camorra napolitaine. Le 27 novembre, les autorités colombiennes saisissent 320 kilos dans un camion rempli de carrelage destiné à la filiale belge, et qui aurait été négocié par Dominique. Pas découragée, l'équipe change de route, envoyant cette fois un container depuis le port de Callao au Pérou jusqu'à celui d'Anvers. Le 11 janvier 2008, un cargo accoste à Rotterdam et le container destiné à la Belgique est contrôlé. Après deux jours de fouille, les douaniers hollandais mettent la main sur 179,7 kilos de cocaïne au milieu d'un chargement de 20 mètres cubes de poutres en bois. Certaines d'entre elles étaient évidées pour contenir la « came ». Deux jours après, Guy, Dominique et André sont interpellés respectivement en Belgique, à Paris (où Dominique mène grand train avec sa compagne bulgare) et à Nice. Le 15, c'est Lester, 42 ans, gérant d'une société d'exportation de bois et figure de la politique et de l'économie de la région amazonienne d'Iquitos au Pérou, qui est arrêté par les policiers péruviens. Enfin, le 24 janvier, Umberto, présenté comme l'un des chefs de la Camorra et qui serait l'un des clients de la poudre, tombe à Naples. Il avait déjà été arrêté en 1989 en France avec le parrain camorriste Michele Zaza.

Un réseau démantelé en 2004 à Marseille mettait déjà aux prises un Hollandais de 35 ans et un Serbe de 54 ans qui avaient la touche avec les Colombiens, mais aussi des voyous français sexagénaires voire septuagénaires, anciens de la French et de l'importation de l'héro thaï dans les années quatre-vingt, chargés de relier l'Espagne à l'Italie où se trouvaient les clients de la Camorra. La coke arrivait en Espagne par containers qui abritaient des lots de 200 à 400 kilos, avant de gagner Marseille où une partie était vendue tandis qu'une autre poursuivait vers l'Italie — grâce à des voitures aménagées qui transportaient 24 kilos à chaque fois. Elles chargeaient à Barcelone et passaient la douane sur l'autoroute A9 lors de la relève des fonctionnaires à 3 heures du matin. L'équipe, dirigée par deux Marseillais, envisageait ensuite de faire venir la came à Marseille par container ou catamaran.

« Peu de Français disposent de structures légales pour importer, souligne le policier. Bien souvent ce sont les Colombiens qui livrent en Europe, à condition que ce soit du gros, de la tonne. » Dans ces cas-là, les « Sud-Am » envoient l'artillerie lourde, des cargos ou des bateaux de pêche. Pour les affréter, mieux vaut être organisé et posséder un peu de surface. Il faut monter des sociétés, par exemple en Jamaïque, obtenir un pavillon, recruter des équipages dont les membres sont souvent internationaux et donnent au navire des airs d'auberge espagnole. Dans certains navires, la cargaison est profondément dissimulée. Pour trouver les tonnes de came dissimulées dans le *Pitea*, un remorqueur togolais intercepté au large du Ghana début juillet 2004, les policiers de l'OCRTIS et les douaniers de la Direction nationale du renseignement et des enquêtes douanières (DNRED) ont passé deux jours à le découper à la scie électrique.

Les bateaux partent souvent du Venezuela, la plus grosse porte de sortie de la coke colombienne. Les deux pays possèdent une frontière commune de 2 200 kilomètres couverte de jungle. Les trafiquants traversent via les villes de Maicao et de Cucuta, ou passent en 4 × 4 par des pistes, ou suivent les cours d'eau. Une fois au Venezuela, la coke rejoint les côtes pour être embarquée, ou les aéroports locaux pour être chargée à bord de Beechcraft King Airs, des bimoteurs d'affaires qui décollent à destination du Surinam, du Guyana et de l'île caraïbe d'Hispaniola partagée entre la République dominicaine et Haïti. Cette dernière est moins surveillée que les îles anglo-saxonnes comme Sainte-Lucie, où la DEA et les Anglais sont présents, ainsi que les Antilles françaises qui abritent une antenne de l'Office des stups.

Pour livrer, la plupart des avions ne se posent pas, mais larguent leurs ballots en mer qui sont récupérés par des vedettes rapides, puis reconditionnés à terre avant d'être chargés sur les cargos.

Ces derniers prennent ensuite la direction de l'Espagne et des côtes de Catalogne qui auraient supplanté celles de Galice depuis 2002. Entre 2001 et 2005, l'Espagne, dont la façade maritime est très appréciée et où les cartels sont installés, a saisi en moyenne 39 tonnes par an. Longtemps considérée comme la porte d'entrée en Europe, elle est de plus en plus concurrencée par le Portugal qui en 2006 a saisi 34 tonnes. Et le 7 janvier 2008, 9 tonnes y ont été découvertes dans un chargement de poulpes.

Une fois au large des côtes, des petits bateaux viennent récupérer la marchandise auprès du transporteur.

C'est par ce biais qu'était livrée l'équipe de Michel dit « le Blond », 58 ans, en cavale depuis 1999 suite à la saisie d'une tonne et installé à Marbella — avec sa femme colombienne — où les policiers français l'avaient repéré en 2003. Le 20 novembre 2005, les flics portugais leur grillaient la politesse en serrant « le Blond » avec un Colombien et six Français dans un entrepôt de la banlieue de Lisbonne qui abritait… 6 tonnes. Cette cargaison était prévendue et sans doute destinée (mais les policiers portugais n'ont pas cherché les clients) à plusieurs pays européens dont la France, l'Espagne et/ou le Portugal comme l'atteste la découverte d'une voiture chargée de 300 kilos et prête à partir. Au regard du mode de transport employé, la destination en était forcément proche. La came fournie par des Colombiens et des Vénézuéliens avait été transbordée d'un bateau de pêche à celui d'un complice portugais venu le rejoindre au large. Mais, là encore, le point de départ du bateau de pêche n'a pas été établi : Venezuela ou Afrique ?

### *La plate-forme africaine*

Cette dernière est la destination en vogue, notamment l'Afrique de l'Ouest. Depuis 2001 et le renforcement du contrôle des eaux européennes, de nombreux bateaux déchargent dans cette zone où les tonnes sont fragmentées avant de gagner l'Europe par véhicule aménagé, filière de mules en avion ou par d'autres bateaux. Les Colombiens et leurs collègues ont d'abord visé le golfe de Guinée et le Nigeria avant de se déplacer dans un triangle formé par le Sénégal, le Cap-Vert et la Guinée-Bissau. Depuis deux ans, cette dernière destination explose. Ce dont le narco colombien rêvait, la Guinée-Bissau l'a fait. Le pays, grand comme la Bourgogne et parmi les dix plus pauvres au monde, connaît une instabilité politique depuis dix ans et la position du gouvernement y est très fragile. La police, qui compte 70 fonctionnaires pour tout le pays, ne possède que quatre voitures dont deux sont en panne et n'a de toute façon pas d'essence à mettre dedans. Il n'y a pas non plus de prison de haute sécurité, la dernière, celle de Bra, ayant été détruite pendant la guerre civile qui a déchiré le pays en 1998 et 1999. Sans parler de la corruption qui ronge les institutions. Personne ne contrôle donc les 350 kilomètres de côtes et plus particulièrement l'archipel des Bijagos et ses 80 îles dont certaines accueillent les pistes d'atterrissage des narcos qui relient aussi le pays par avion. Ces derniers peuvent également larguer en mer la coke, récupérée ensuite par les membres des cartels ou des équipes de sous-traitants africains.

Bref, le pays est présenté par tous comme un quasi narco-État où les Colombiens règnent à coups de dollars. La coke part ensuite par exemple par voilier vers le Sénégal, où 2,7 tonnes ont été saisies en deux fois en juillet 2007, et deux Colombiens, un Équatorien, un Vénézuélien et deux Français arrêtés. D'autres convois passent par la route vers le Mali, le Burkina-Faso… Des avions d'affaires type Cessna arrivent également en Sierra Leone ou en Mauritanie depuis l'Amérique du Sud après avoir décollé du Brésil. Pour parcourir les 4800 kilomètres — la plus courte distance transatlantique —, les sièges passagers sont remplacés par la coke et des jerricans d'essence reliés entre eux par un système de vase communicant pour éviter le grand plongeon.

Une fois dans la zone, la coke repart par tous les modes d'acheminement disponibles : dissimulée dans des voitures, par containers, par avion via des mules, ou par bateau.

L'Afrique de l'Ouest sert de plate-forme de distribution mais également de point de rencontre. Un certain nombre de voyous corses ainsi que de Libano-Français installés sur place jouent les courtiers entre trafiquants européens et notamment français et sud-américains.

L'Office des stups a eu la confirmation du rôle joué par la sous-région en 2001. En octobre, les Anglais les informent qu'un réseau togolais importerait de la coke en Grande-Bretagne. Une remise de marchandise doit avoir lieu dans le quartier de la gare de l'Est. Les policiers saisissent 6 kilos et interpellent plusieurs Togolaises, dont la femme d'un ancien ministre. L'organisateur du réseau serait un riche et influent homme d'affaires de Lomé, qui apparemment bénéficie de complicités au plus haut niveau, ce qui enterre de fait l'enquête. En 2004, le monsieur refait parler de lui. Cette fois, il serait sur le point de réceptionner 5 tonnes dissimulées dans du marbre à Lomé ou dans les environs. Dans le plus grand secret, une équipe de policiers français s'envole pour le Togo pour sa première mission africaine[1]. L'un d'entre eux appartient à la PJ de Meaux qui a démantelé

1. La vraie « première » africaine, programmée en république de Guinée en 2003, avait été annulée.

une filière de « mules » africaines alimentant la région via le même organisateur. Sur place, la mission tourne court. L'intéressé, grâce à ses amitiés, se met en cavale au Ghana, et les enquêteurs ne saisissent aucun gramme de poudre. En revanche, lors des perquisitions chez lui et dans plusieurs sociétés, ils découvrent des documents et des passeports colombiens, des documents de navigation, et, enterrés dans un jardin, des fûts en plastique de 100 litres destinés à stocker la came. Au passage, ils mettent au jour une structure colombienne permanente dont les animateurs se sont eux aussi envolés.

Au moins, les policiers ont la « preuve » que les Colombiens sont installés durablement en Afrique, avec une bonne logistique, des investissements économiques et autres liens « amicaux » avec des représentants de l'État.

L'année suivante, la filière africaine est de nouveau mise en évidence lors de l'arraisonnement, au large des Canaries, du *Winner*, un cargo battant pavillon cambodgien et qui faisait apparemment route vers le Sénégal. Même si seulement 80 kilos de poudre sont saisis, sur les 2 tonnes supposées, le reste ayant pris la mer sous forme de caisses en métal promptement larguées par les marins avant l'arrivée du bateau de la marine française.

### *Des montagnes de petites coupures*

Trafiquer la cocaïne par centaines de kilos ou par tonnes implique de brasser des dizaines de millions d'euros. Mais avant d'engranger les bénéfices de la poudre, il faut l'acheter. « Il y a plusieurs possibilités.

Si tu vas acheter quelques dizaines de kilos sur place et que tu n'as pas de circuit, et surtout que t'as des grosses c…, t'y vas avec ton oseille. Pour passer tes 200 000 à 400 000 dollars destinés à l'amorçage de ta filière, tu prends l'avion dans des coins choisis. À Lisbonne par exemple où la douane se passe à l'écart dans un hangar, et t'arrives au Brésil où personne ne te demande rien si tu séjournes comme "homme d'affaires". Mais une fois en Bolivie ou ailleurs, vaut mieux pas que ça se sache. Déjà que tu peux pas t'arrêter au feu… Ensuite, tu prends deux chambres d'hôtel : l'une dans laquelle tu dors avec l'argent, l'autre pour la transac. Si tu prends 50 kilos comptant, les mecs t'en donnent le double. Les 50 "confiés", tu les vends et dessus tu ne leur redonnes que le prix de gros qu'ils t'ont fait sur tes 50. La marge est pour toi. Le système a plusieurs avantages. Comme tu as de la marchandise à eux, ils ne vont pas te balancer et en plus t'es sûr qu'ils ne t'arnaquent pas sur la qualité. Pour leur remettre l'oseille, on passe par le système utilisé par tous les gros trafiquants. C'est-à-dire celui mis en place par les Sud-Américains en Europe. Pour leur rendre ce que tu leur dois, ils te donnent une adresse dans le pays de ton choix. Un bureau de change dans lequel tu te rends de la part d'Untel et où tu déposes la somme. La majorité se situent en Espagne, plus particulièrement à Madrid, mais aussi à Santander, Bilbao, Saragosse, Valence, etc., d'autres sont au Portugal, en Belgique, en Angleterre, en Suisse, en France… Généralement dans le pays de réception parce que le circuit sert bien sûr pour l'achat. Lorsque le trafiquant commande plusieurs tonnes, l'argent est déposé au préalable dans ces officines. Le trafiquant du cartel en est informé et déclenche l'expédition.

« Le gros problème de la came, ce sont les billets en retour. Des montagnes de petites coupures. C'est un vrai casse-tête, ne serait-ce qu'avoir 50 barres en billets de 20 euros. » Alors, lorsqu'on en récupère des montagnes…

Selon un rapport du Trésor américain cité par *El País*[1], les cartels colombiens installés en Espagne, qui abrite la majorité de leur business européen, utilisent des kyrielles de sociétés écrans pour blanchir leur argent. Il est ensuite viré sur des comptes ouverts un mois au maximum pour éviter les « descentes », avant de partir vers la Suisse puis dans un pays non signalé comme paradis fiscal et d'atterrir blanchi sur des comptes à Miami ou aux Caraïbes.

La France se situe également sur le parcours financier, comme le laisse entrevoir l'affaire des « semelles du banquier ». Le 22 août 2003, José Luis, 50 ans, est discrètement invité à suivre les douaniers de Roissy. L'homme, un ancien banquier espagnol, arrive de Saint-Jean-de-Luz et transite par Paris avant de s'envoler pour Caracas. Dans les semelles de ses chaussures, les douaniers trouvent 440 000 euros en billets de 500.

L'homme est un habitué des allers et retours au Venezuela, comme en témoigne son passeport, et l'un des maillons d'une vaste chaîne de rapatriement des capitaux qui aurait traité 10 millions d'euros entre 2000 et 2003. Les perquisitions dans sa maison de la région

1. 19 août 2007.

d'Hendaye révèlent l'existence de dizaines de comptes en banque dans le département et en Espagne. Ce sont des prête-noms qui les ouvrent pour faire du « schtroumphage », procédé qui consiste à multiplier les comptes et, ainsi, envoyer plus discrètement les petits dépôts et les virements vers l'étranger. D'autant que certaines agences complaisantes de la région se sont fait une spécialité de l'accueil des capitaux espagnols de sociétés désirant échapper au fisc. Les clients passent par des conseillers en gestion du patrimoine qui se chargent de tout et font la navette avec des espèces ou des chèques. En septembre 2004, dans le cadre de l'enquête, deux cadres de banques d'Hendaye spécialisés dans la fuite de capitaux espagnols ont été interpellés. Pour rapatrier l'argent, transporté en liquide ou transféré par virement, l'ex-banquier travaillait avec un trio espagnol pour le compte d'un cartel colombien. Ce dernier approvisionnait une famille de la N'drangheta calabraise par cargos ou voiliers via le Togo ou directement en Espagne (où 2 tonnes avaient été saisies en 2002) ou en Italie… Le 28 janvier 2004, les policiers de Naples saisissaient dans le port calabrais de Gioia Tauro 250 kilos appartenant à la même filière et cachés par paquets de quinze dans des blocs de marbre destinés à l'Allemagne, aux Pays-Bas, à l'Angleterre.

En 1999, les changeurs utilisés par le réseau n'étaient visiblement pas tous complices puisque l'un d'eux a dénoncé des transactions douteuses à Tracfin. De mai à juillet, un homme qui se présentait comme antiquaire et prétendait avoir besoin de liquide pour acheter des meubles anciens et des tableaux avait, en sept opérations, changé des pesetas et des francs suisses — pour 10 millions de francs — en dollars.

Grâce aux renseignements fournis par le changeur, l'OCRGDF chargée de l'enquête a identifié un Français marié à une Colombienne et connu pour trafic de stups. La voiture qu'il conduisait avait été louée par un Belge connu de la police de son pays, lui aussi marié à une Colombienne, et antiquaire à Medellín. Deux autres opérations de change suivaient, dont l'une contre 300 000 dollars et 475 000 francs, accompagnées de rotations entre Bruxelles, la France et la Colombie. En résumé, le duo travaillait comme « banquier » pour un Colombien condamné pour trafic de stups en France et rentré au pays d'où il envoyait la poudre cachée dans les meubles qui arrivaient par containers en Espagne. Là, un duo de Colombiens était chargé de collecter l'argent. Ces derniers y ont été finalement interpellés en même temps qu'Éric à Paris et Olivier à Bruxelles. Les deux premiers ont pris dix ans devant le TGI de Paris, les deux autres sept et huit. Le commanditaire colombien, qui n'a jamais quitté ses terres, a été condamné à dix ans par défaut.

Idem dans le dossier Margarita, jugé à Paris en décembre 1995, et dont le tribunal attend toujours de voir le commanditaire colombien du trafic. Une affaire où l'on tombe encore sur des bureaux de change, et qui scelle la première comparution de trafiquants devant une chambre financière, en l'occurrence la onzième du tribunal correctionnel de Paris. Elle apporte surtout la preuve que les narcos colombiens n'ont pas attendu la déferlante des années 2000 pour prendre pied en Europe et plus particulièrement en France. Malheureusement pour eux, le ver était dans le fruit…

L'affaire démarre avec l'opération Margarita déclenchée le 27 juin 1994. Parmi les interpellés (64 dont 30 feront l'objet d'un mandat d'amener et 22 seront prévenus) figurent les deux têtes de ce réseau implanté à Paris.

Jaime, 28 ans, étudiant à Paris qui loge dans un appartement du 8e arrondissement, est le neveu du *capo*, 44 ans, prénommé Gustavo et surnommé Marcos. Ce dernier dirige la filière depuis la Colombie en s'appuyant également sur Chemil, 29 ans, envoyé spécialement par cette famille liée au cartel de Cali pour gérer la vente et son produit. Lors de l'opération policière, il est arrêté chez lui avec 40 kilos.

La poudre arrivait par quatre voiliers battant pavillon de complaisance dont deux seront saisis (dont l'un de 17 mètres, le *Zepellin*) aux Antilles françaises. Les skippers étaient rémunérés 250 000 dollars, comme l'attestaient les sommes consignées dans la partie cryptée de l'agenda électronique de Jaime. La logistique était assurée entre autres par Jean-Claude, un Français résidant dans la Creuse, qui s'occupait de récupérer la marchandise depuis 1992. Celle-ci arrivait par exemple sur les côtes françaises, comme en 1993 où 600 kilos avaient ensuite été convoyés par voiture. Mais également en Espagne où Vincent, un autre logisticien français, chargé de louer les appartements et garages et d'acheter les dix voitures du réseau avec Jean-Claude, avait réceptionné de nuit en août 1993 1,1 tonne sur la plage de Cadix embarquée sur un voilier au large de l'île de Saint-Martin. Aidé de deux pêcheurs locaux, il avait chargé la marchandise dans deux camping-cars et l'avait remontée à Barcelone où il l'avait transvasée dans des voitures finalement conduites à Madrid. Là, le trio avait reçu 900 000 francs de salaire des mains d'Andrés, un Colombien.

L'argent du trafic était changé dans deux bureaux marseillais par l'intermédiaire de Vincent, ancien vendeur de canapés-lits et de cercueils. Il déclarera, lors du procès, avoir trouvé les officines (qui seront à peine inquiétées...) par hasard. Après avoir réalisé une première opération de change de 25 000 francs dans l'une, il aurait décidé d'en essayer une autre pour plus de discrétion. Le patron, qui aurait été le même, l'aurait reconnu et lui aurait alors proposé de passer dans l'arrière-boutique pour envisager l'avenir. Les masses de billets récoltés étaient blanchis pour partie par des petites mains, des « schtroumpfs » qui opéraient dans les régions de Marseille, Bordeaux, Montpellier, Limoges et Lille. Recrutés par les deux Français, ces artisans au chômage et autres commerçants endettés avaient ouvert des comptes pour transférer des petites sommes sur les comptes français de sociétés financières américaines. L'une, domiciliée en Georgie, avait été créée par les douanes américaines à l'origine de l'affaire. Les Américains, qui avaient infiltré le réseau, avaient averti leurs collègues français de l'OCRGDF de la présence des Colombiens et proposé de placer à la tête du bureau français de la société financière un infiltré. Un certain M. Paul, recruté par les policiers français, collaborait donc avec les Colombiens... dont les comptes avaient reçu plus de 20 millions de francs. De novembre 1993 à juin 1994, au moins 2,5 millions de dollars avaient ainsi été transférés aux États-Unis où ils étaient réceptionnés par Alejandro, un blanchisseur colombien, qui confiait ensuite les dollars à des personnes ou des sociétés qui lui rendaient des pesos, finalement destinés à Marcos.

Dans les années quatre-vingt-dix, les preuves des connexions franco-colombiennes se sont multipliées.

Le 24 septembre 1994, un mois après l'opération Margarita, c'est Jo Bertoncini, dit Jo le Petit Doigt, l'un des anciens ravisseurs du baron Empain, qui tombe. Serré dans sa maison du port finistérien de La Forêt-Fouesnant où il vient de réceptionner 100 kilos débarqués par le *Hijo*, un voilier en provenance du port colombien de Baranquilla. Jo s'était spécialisé dans le convoyage par voiliers (loués dans les Antilles françaises) sous la houlette d'un Italien nommé Paolo rencontré à la fin des années soixante-dix à Marseille où il faisait dans les machines à sous. Tandis que Jo était au trou pour l'affaire Empain, Paolo s'était mis dans la came, à tel point qu'évadé d'Italie, il s'était installé en Colombie en 1989. Là-bas, Pablo Escobar lui aurait confié un entrepôt (capacité 10 tonnes), à charge pour lui de vendre la coke. Interpellé en 1993 et extradé à Milan, il s'était repenti et avait balancé son vieux pote Jo qu'il avait chargé d'organiser les transports jusqu'en Italie et en Espagne.

Pour poursuivre dans le maritime, citons l'affaire des catamarans démarrée en 1993 sur une info de la DEA. Le Colombien José Castrillon, soupçonné d'être l'un des piliers du cartel de Cali chargé du transport (il régnait alors sur une flotte de chalutiers via des sociétés de pêche installées dans plusieurs pays d'Amérique centrale), s'était rendu en France sous des faux papiers pour acquérir auprès de chantiers navals en Vendée et en Charente-Maritime six très gros catamarans entre 1993 et 1995 pour une somme globale de 30 millions de francs. Cette dernière avait été versée via des prête-noms en provenance d'une multitude de comptes dispersés en Europe. Le temps que l'enquête financière remonte à José, les catamarans balisés par les policiers avaient fait du chemin. L'un d'eux avait d'ailleurs fait l'objet d'un flag en octobre 1995 au large du Panama ; 2,5 tonnes avaient été découvertes à bord. Et, en avril 1996, c'est l'arraisonnement d'un chalutier avec 12 tonnes qui avait valu à José d'être incarcéré au Panama.

Fin janvier 1996, soit deux mois après le procès Margarita, un autre réseau en lien cette fois avec le cartel de Cali tombe dans cinq pays. Notamment au Venezuela où est arrêté son principal animateur, un Français né en Italie, résidant en Colombie et débusqué dans un entrepôt avec un Français, un Colombien et un Vénézuélien. Les 650 kilos saisis en leur compagnie étaient prêts[1] à être expédiés en Roumanie où une société d'import-export avait commandé des fûts de graisse industrielle. La came faisait également le voyage transatlantique dans des valises à double fond, ou les ventres de bouletteux. Là encore, au moins 10 millions de francs ont transité dans un bureau de change de Cannes et une banque monégasque.

1. *Le Monde*, 13 mars 1997.

*Quand les paramilitaires débarquent à Paris*

En novembre 2002, la brigade des stups réalise une opération « stupéfiante » en démantelant un laboratoire de transformation de cocaïne-base et de coupage. Le local en préfabriqué, niché rue des Malmaisons dans le 13e arrondissement de Paris, est animé par deux Colombiens de 30 et 28 ans qui y vivent. Lorsque les policiers débarquent, ils viennent de réceptionner d'Espagne 20,4 kilos, cachés dans des ballons de football, qu'ils s'apprêtent à reconditionner après les avoir coupés. Trône également tout l'attirail du parfait « petit chimiste » : de l'acétone, de l'éther, de l'ammoniaque, 13 kilos de coupe…

Les cartels sont présents depuis « longtemps » en Europe et en France où ils travaillent main dans la main avec les trafiquants locaux. Mais, ces dernières années, plusieurs affaires marquantes réalisées en France ont mis au jour des tentatives d'installation plus pérennes. Même si, là encore, on retrouve des indigènes dans la boucle : « Leur problème, c'est qu'ils ne peuvent venir se poser ici de manière autonome. Même s'ils déploient leur propre structure, ils s'appuient pour des questions de connaissance et de discrétion sur des locaux », décrypte le policier spécialisé.

En 2004, ce sont carrément les paramilitaires des AUC (Autodéfense unifiée de Colombie), apparues en 1997 pour fédérer les milices d'extrême droite (elles-mêmes apparues dans les annécs quatre-vingt en réponse aux Farc), qui ont posé leurs *rangos* sur le territoire.

Début 2004, une information parvient à l'OCRTIS : un skipper perpignanais connu du service et qui sillonne l'Amérique latine apporterait ses connaissances à un cartel désireux de s'installer en France. L'enquête qui démarre est baptisée Fuchsia. Deux émissaires des AUC — José B. et Rafael H. — sont déjà à Paris où ils cherchent un logement. Les types, évoluant dans le 17e arrondissement qu'ils ne quittent jamais, doivent organiser l'arrivée de la poudre et sa livraison aux clients. Peu confiants, les patrons des AUC leur adjoignent un certain Nelson D. installé aux Pays-Bas et surnommé « El Flaco » ou « Dollar », qui les rejoint à Paris avec des fonds et pour superviser la remise de l'argent. Deux clients colombiens également ne tardent pas à se montrer dans le 17e : Tito, 45 ans, qui arrive d'Italie avec sa femme, ainsi qu'un certain Fabio, accompagné lui aussi de son épouse. Les deux couples s'installent dans le même quartier, près de la place Péreire. Un Français, Henri B. dit « le Chauve », est également identifié, chargé de récupérer la marchandise avec une voiture et de livrer ces messieurs. Les types ne sortant jamais des trois-quatre pâtés de maisons où ils logent, les surveillances sont difficiles… d'autant que les AUC sont de « bons professionnels » entraînés à la guérilla.

Le 4 mars, les écoutes signalent l'arrivée imminente d'une première livraison de 28 kilos en provenance de Caracas grâce à des complicités au sein de l'aéroport vénézuélien. Idem à Roissy où un certain César arrive à sortir la valise qu'il remet dans un parking souterrain de la porte Maillot à Rafael, superviseur de l'opération, et au Chauve envoyé par les clients. L'argent doit être remis un peu après lors d'un deuxième rendez-vous sur les Champs-Élysées avec El Flaco et José. À la sortie du parking, le Chauve, qui a repéré le dispositif de surveillance, démarre en trombe en direction de la porte Champerret et ses deux passagers s'arrachent avant qu'il ne soit finalement arrêté avec la came dans le coffre. Simultanément, les policiers qui étaient sur les Champs-Élysées n'ont pas vu Rafael sortir du McDo. Ce dernier, n'ayant pas de nouvelles de son acolyte, disparaît. Seuls El Flaco et une femme sont serrés avec 60 000 euros. Mais les deux émissaires des AUC — des pionniers sans structure — se retrouvent paumés en cavale à Paris. José téléphone d'une cabine de la Bastille vers un numéro écouté pour prendre des instructions. Il se fait serrer alors qu'il vient rappeler les parrains — qui doivent lui fournir une base de repli en Espagne — par une équipe de quatre fonctionnaires arrivés entre-temps à moto. À 18 heures, il est interpellé non sans mal après un pugilat qui fait voler les chaises et les tables d'une terrasse pleine de touristes stupéfaits.

Dans la nuit, c'est son pote qui commet l'erreur de téléphoner d'une cabine proche d'une zone hôtelière, ce qui conduit à son arrestation dans une chambre d'un Formule un après que les policiers ont passé au crible les différents hôtels du secteur.

Les clients de la coke ont eux disparu entre-temps.

Grâce à la collaboration américaine, l'enquête a permis d'identifier les paramilitaires restés aux pays — notamment le responsable de la zone de Cucuta — et de mesurer leur implication dans le trafic. Les Américains ont depuis pris le relais.

Les AUC qui contrôlent surtout la côte caraïbe et

Cucuta, ville frontière avec le Venezuela, assurent habituellement la protection des cartels. Ils touchent un impôt sur le transit de la coke (pistes d'atterrissage, voie terrestre) et sur l'implantation des labos dans les zones qu'ils contrôlent. Mais, au fil des ans, certains se sont transformés en narcotrafiquants. Parmi eux, beaucoup viennent des 30 000 démobilisés depuis 2003 dans le cadre du plan Justice et paix. Nombre d'entre eux auraient rejoint le business. En mars 2006, plus de 22 nouveaux groupes armés regroupant 4 000 hommes et connus sous le nom d'Aigles noirs étaient recensés à Cucuta et à Ocana dans le nord-est du pays. Commandés par d'anciens sous-chefs des AUC, leurs commandos mélangeant droits-communs et ex-paramilitaires règnaient par la terreur sur les territoires qu'ils contrôlaient en vue de trafiquer.

Cette même année 2006, en octobre, le quotidien colombien *El Tiempo*, citant un document confidentiel des services du procureur général de Colombie, affirmait que Rodrogo Tuvar Popo, dit Jorge 40, l'un des principaux commandants des AUC, envoyait, via des conteneurs de bananes, de la coke dans les ports français et belges depuis la côte atlantique colombienne. Depuis, les paras démobilisés ont encore renforcé leur emprise sur le trafic, conquérant les territoires laissés libres par les repentis et fédérant les petits groupes jusqu'à créer de véritables armées privées : les frères Munera surnommés les Jumeaux règnent sur la Costa (côte caraïbe) avec leur groupe de 600 à 1 000 hommes ; leur concurrent qui dominerait la filière caraïbe, Daniel Rendon dit Don Mario, et ses 600 hommes ; Daniel Barrera dit Daniel le fou, qui contrôle le transport vers le Venezuela avec son associé Pedro Guerrero dit le couteau et leurs 1 200 hommes…

À la fin de la même année, rebelote pour l'OCRTIS. Depuis octobre 2004, le TGI de Paris autorise pour la première fois l'infiltration de policiers sous le régime de la loi Perben II de mars 2004. Jusque-là, les rares infiltrés opéraient dans le cadre d'une procédure fermée. Seul le magistrat était au courant et ils n'apparaissaient pas dans le dossier. La méthode était embryonnaire du fait de son coût en hommes et en moyens. Grâce à la loi qui permet à l'infiltré de figurer dans la procédure de façon anonyme, le Service interministériel d'assistance technique (SIAT) s'est étoffé. À l'automne 2004, il rentre donc dans le jeu. Là, comme toujours, c'est un tuyau qui signale qu'un cartel aimerait s'installer en France où il n'a pas de touche. Du coup, il s'adresse à deux trafiquants internationaux notoires, le Hollandais Vito S. et surtout l'Italien Angelo B., avec qui il est en contact. Chargé entre autres de la logistique (voitures, etc.), le duo se tourne vers des Français… agents infiltrés. Selon leurs dires, de grosses quantités devraient arriver. Angelo se rend en Colombie en octobre pour s'assurer de la qualité de la poudre, dont 126 kilos sont livrés un mois après. Les Colombiens les remettent aux agents infiltrés chargés de les garder en attendant la livraison aux clients. À la dernière minute, ces derniers changent. L'équipe de cité ayant déclaré forfait, Angelo et Vito décident de la prendre. Mais les Colombiens préfèrent la céder à une équipe de compatriotes installés en Espagne, dirigée par José, 44 ans, en qui ils ont confiance et qui a la monnaie. Le contact se noue par l'intermédiaire d'une Colombienne installée en Espagne et proche de José. Ce dernier « monte » d'abord en Colombie pour discuter des conditions avant de se rendre à Paris avec 600 000 euros et accompagné de deux gardes du corps et d'un chauffeur. Il y a là Oscar, Colombien de 45 ans, chargé par l'organisation de contrôler l'opération, mais également d'assurer la sécurité de la transaction et de détecter d'éventuelles surveillances policières. Les deux autres sont espagnols : Enrique, 43 ans, chauffeur routier chargé du transport jusqu'en Espagne, et Manuel, 42 ans, connu pour vol à main armée et garde du corps attitré de José.

Au regard du professionnalisme de l'équipe, les discussions qui suivent mettent les nerfs des policiers qui y assistent à rude épreuve. Finalement, Angelo et Vito sont écartés de la transaction. Le 9 décembre, José doit verser leurs salaires, soit 600 000 euros, aux infiltrés dans un bar de la place d'Italie dans le 13e. Les flics sont dessus bien entendu, ainsi qu'au centre commercial Belle-Épine à Thiais où la came doit être remise à Oscar et à Enrique. Les routes étant jalonnées, des policiers cachés dans des véhicules et d'autres observant depuis des points hauts…, tout le monde est serré par les soixante fonctionnaires déployés. Excepté Vito et Angelo qui, écartés, ont déjà quitté la France. Vito tombera finalement quelques mois plus tard en Hollande.

### *Des airs de Scarface*

Loi des séries : cinq mois après, les infiltrés reprennent le collier pour l'affaire Stihl, du nom d'une marque de tronçonneuse. Le groupe visé se serait fait, comme dans *Scarface*, une spécialité de la découpe de ses adversaires à l'aide de cet engin. Il serait associé à un cartel bien installé, qui se profilait déjà derrière l'affaire précédente. C'est en tout cas ce qu'apprennent les policiers en recoupant leurs différentes informations. « Les cartels prospectent en permanence de nouvelles bases logistiques. Parfois, on l'apprend par Untel et Untel qui nous disent que ça tombe en Espagne, que c'est chaud en Angleterre, qu'ils sont déjà en Belgique et qu'ils cherchent une nouvelle entrée. »

L'affaire démarre donc avec un renseignement arrivé à l'Office des stups, précisant qu'une Brésilienne, restauratrice en Espagne et surnommée Soussou, réceptionnerait la marchandise et serait en contact avec les clients européens. Le 8 mars 2005, une enquête préliminaire est ouverte au TGI de Paris et les premières recherches permettent d'apprendre que, le 13, une valise avec 28 kilos a été interceptée à l'aéroport de Bogotá lors de son embarquement sur un vol Air France pour Paris. La source humaine au contact de l'organisation fournit de son côté les numéros de téléphone de certains des trafiquants. Ces derniers cherchent visiblement un soutien logistique en France. Qu'à cela ne tienne : le 13 avril, trois infiltrés du SIAT sont autorisés par le TGI de Paris à tamponner le réseau. Le 29, Samuel José, dit Andrés, débarque à Paris et les rencontre. L'organisation ayant des difficultés à réceptionner la came à l'aéroport, les policiers proposent leurs services… il faut d'ailleurs faire vite, des envois sont prévus prochainement. Le rôle de Soussou étant confirmé par les écoutes de l'Udyco (unité antistups) espagnole, les policiers des deux pays signent sous la houlette de la juridiction interrégionale spécialisée (JIRS) de Paris un accord le 11 mai, visant à créer la première équipe commune d'enquête (ECE) en Europe. Une première dans l'histoire de la PJ.

Samuel le Colombien rend visite en Espagne, du 24 au 30 mai, à Soussou qui là-bas est en contact téléphonique avec des patrons de cartel aux surnoms aussi évocateurs qu'El Loco (« le Fou »), et fréquente sur place deux autres Colombiens et un Polonais. Dix jours après, quatre valises arrivant de Caracas par avion sont réceptionnées par les infiltrés payés 300 000 euros. Plusieurs centaines de kilos doivent suivre, selon Samuel. Le 15 juin, cinq jours après leur arrivée, ce dernier retrouve le trio à Toulouse pour la remise des bagages. Ses amis devant le rejoindre, il veut en profiter pour conclure un accord pour les kilos à venir. Le 18, Samuel, rejoint par Soussou, deux Colombiens, le Polonais, récupère les valoches… sous la surveillance de deux Français, inconnus jusque-là, chargés de sécuriser la transaction. Celle-ci réalisée, les clients prennent la route de l'Espagne avec trois voitures (ouvreuse, porteuse, suiveuse) en multipliant les « coups de sécurité » pour déjouer les filatures. Ils sont néanmoins suivis par un hélicoptère de la gendarmerie, un avion des douanes, le groupe G1 de l'OCRTIS, la brigade régionale d'enquête et de coordination (BREC) de Toulouse et finalement arrêtés alors qu'ils bifurquent vers Montpellier. La porteuse est interceptée dans une station-service à hauteur de Béziers par deux fonctionnaires qui serrent l'un des Français, Diego, lequel transporte 74 kilos dans trois sacs de sport posés dans le coffre. Près de Montpellier, toujours sur une aire de stationnement, c'est au tour de Soussou et de deux amis, dont l'un adepte du free fight donne du fil à retordre aux policiers, d'être arrêtés. Enfin, la dernière voiture et ses trois occupants sont interceptés plus calmement au péage de Saint-Jean-de-Védas près de Montpellier. Le lendemain, Samuel est surpris dans sa chambre d'hôtel toulousaine où il patientait avec 70 kilos.

Les investigations sont alors lancées en Colombie, au Venezuela, en Afrique... mais, faute de collaboration internationale, les fournisseurs ne sont pas remontés. Selon le policier: «Dans les enquêtes, on n'a souvent que des surnoms et parfois des noms, comme Montoya [Diego Montoya, du cartel de Norte del Valle, arrêté en septembre 2007], ce serait mentir de dire que l'on sait quel cartel envoie en France ou est derrière tel réseau. Il y a tellement d'intermédiaires en plus, sans compter les mecs qui se réclament plus ou moins à tort de telle ou telle organisation.»

Pour travailler au plus près des sources, l'Office des stups a envoyé des officiers de liaison chargés de collecter des renseignements dans les pays sources, le Brésil, la Colombie et leVenezuela, et ouvert une antenne en Martinique.

«Il est très difficile pour les policiers français de travailler avec les Colombiens et les Vénézuéliens. Pour remonter les filières, il faut des "unités dédiées".»

C'est le cas chez les Américains qui, grâce à des accords intergouvernementaux, recrutent des flics locaux fiables et compétents à qui ils donnent des moyens et versent un complément de salaire pour qu'ils travaillent à leur profit. La France devait en monter une au Venezuela, mais le projet ne s'est pas concrétisé, et celui concernant la reprise d'une unité «anglaise» au Pérou et en Bolivie est en suspens.

En attendant, le Portugal accueille depuis 2007 un centre d'analyse maritime du trafic regroupant sept pays (Espagne, Portugal, France, Pays-Bas, Irlande, Italie, Royaume-Uni) qui collecte les renseignements et coordonne les interventions destinées à déjouer les importations transatlantiques et en provenance d'Afrique.

# 11

## *Filières nigérianes*

Le transit de la coke par le « continent noir » pourrait transformer le paysage criminel africain. Certains trafiquants locaux (Maliens, Togolais, Sénégalais…) ambitieux changent de statut, passant de petites mains des cartels à organisateurs de réseau. Quelques-uns commencent à trafiquer du très gros, comme on l'a vu, mais la majorité s'en tient encore aux expéditions par « mules » : des « bouletteux » (payés trois fois moins cher que les Sud-Américains, avec des emballages de moins bonne qualité) et des « porteurs de valises ». Depuis 2003, les arrestations dans les aéroports français se multiplient, en provenance de Lomé, Cotonou, Dakar…

« Derrière ces filières, il n'y a pas que des nouveaux venus. On aperçoit souvent des organisations nigérianes, très structurées et loin d'être amatrices », précise un policier. Les redoutés « rapaces », comme on les surnomme parfois, de Lagos et de Benin City (Nigeria) ont effectivement fait des nids en France.

Le Nigeria abrite sans doute les seules organisations criminelles structurées d'Afrique, là où les autres se « contenteraient » d'une pègre composée de gangs ou d'équipes. Selon Scotland Yard et le FBI, qui les premiers les ont traqués, ces « syndicats du crime » sont organisés à l'étranger en « cellules » étanches, chacune étant dirigée par un lieutenant qui supervise de six à vingt hommes de main. Europol précise que, bien qu'indépendantes les unes des autres, elles constituent des réseaux horizontaux de dimension internationale, obéissant à des structures hiérarchisées dont les patrons restent au pays. Au fil des années, ils y ont tissé des liens politico-économiques et investi dans des sociétés qui pour une part servent à leur business et de l'autre blanchissent les fonds.

L'implication des organisations nigérianes dans le trafic de stups remonte aux années soixante-dix et à la popularisation de la consommation d'herbe traditionnellement cultivée en Afrique de l'Ouest. À l'époque, les groupes commencent à exporter la production locale sur les marchés européens et américains. Puis, dans les années quatre-vingt, la concurrence d'autres zones de production les oblige à se reporter sur d'autres produits et notamment l'héroïne, dont le trafic devient à partir de 1983 leur principale activité. Non pas en tant que producteurs mais comme transitaires, grâce aux liens tissés dans les régions « sources ». En Inde, voisine du Pakistan, dont quelques ressortissants, forts d'appartenir au Commonwealth comme les Nigérians, sont venus travailler dans l'industrie pétrolière nigériane dans les années soixante — en retour une communauté nigériane s'est installée dans le sous-continent. Idem pour les Hongkongais (proches du Triangle d'or), arrivés à la fin des années quatre-vingt. Commerçants « dans l'âme », les Nigérians profitent également, pour accroître leur mobilité de trafiquants, des lignes internationales qui relient leur pays, très présent dans l'import-export, au reste du monde où se trouve une forte diaspora. Sans oublier la corruption endémique qui ravage la région, facilite l'obtention de papiers de toutes sortes et permet le transit de containers.

Bref, dès 1982, les arrestations de passeurs nigérians dans les aéroports européens (et bien sûr français) et américains se multiplient et, très vite, les « mafieux » locaux passent du statut de prestataires de services à celui d'organisateurs des trafics. Le business s'organise entre Karachi, Bombay et Delhi, avec de la dope en provenance de la région de Peshawar… L'héroïne est alors débarquée à Lagos qui présente l'intérêt de casser la route directe d'Asie très surveillée en Occident et permet de multiplier les portes de sortie vers l'Europe à partir des pays voisins en employant des Nigérians munis de faux papiers de ces pays ou en trouvant facilement des passeurs locaux (au Togo, Bénin, Burkina Faso, Tchad). Les « parrains » nigérians commencent alors à parader au pays au volant de belles voitures et à faire construire de grosses maisons plutôt kitsch à Victoria Island. Corollaire du trafic, les petites banques privées se multiplient.

À partir des années quatre-vingt-dix, les organisations se diversifient et passent à la cocaïne (qui va devenir leur produit phare) en provenance du Brésil qui abrite la plus grosse communauté hors du pays (300 000 Nigérians à São Paulo). Elles varient également les itinéraires et recrutent des passeurs d'autres pays africains — en 1995, plusieurs Tanzaniens sont interpellés à Paris

— mais aussi européens, américains, des pays de l'Est... En 1994 et 1995, des Hongrois et des Hollandais sont arrêtés à Paris. Pour faire venir les « mules », les organisations nigérianes utilisent des faux passeports ou des pièces volées et falsifiées dont elles sont devenues maîtres en la matière. D'après les services de renseignement américains, leurs spécialistes contactent les passeurs arrêtés pour analyser les erreurs commises et trouver une parade. Au milieu des années quatre-vingt-dix, l'ambassade de France à Lagos signale, elle, l'emploi de sociétés françaises pour obtenir des visas. En effet, les passeurs arrêtés à l'époque sont quasi tous en possession de vrais visas. Des Nigérians installés en France démarchent des entreprises pour qu'elles leur délivrent des invitations d'affaires en leur faisant miroiter de juteux contrats. Les entreprises, pensant tenir là de très bonnes affaires, présentent alors à l'ambassade de France à Lagos des dossiers irréprochables... Une fois qu'une « filière » économique est détectée, les démarcheurs changent de secteur : ils ont ainsi tour à tour écumé les négociants de textile du Sentier, puis les sociétés d'import-export parisiennes, les entreprises de démolition, les vendeurs de pièces détachées automobiles...

Ces dernières années, grâce à l'explosion du marché de la cocaïne, ces rois des réseaux internationaux ont donné leur pleine mesure. Leurs « mules » en provenance d'Afrique, du Brésil et d'ailleurs fournissent entre autres la Hollande, l'Angleterre où ils supplantent via leur réseau de distribution les Albanais qui avaient eux-mêmes chassé les Turcs, mais aussi l'Italie où ils se partagent le marché de rue avec les Albanais encore, et la France. « Leurs filières très organisées importent de petites quantités, mais en nombre. Chaque passeur — via des capsules ou des valises — transporte de 900 grammes à 1 kilo. À Paris, pas mal d'infos nous incitent à regarder du côté du 9e arrondissement et de certains salons de coiffure. » Quelques belles filières sont tombées ces dernières années… à Nice et Chambéry en provenance de São Paulo, à Paris en 2002 où les policiers ont trouvé de l'argent planqué dans les faux plafonds chez les trafiquants. Et en novembre 2007, encore dans la capitale. À la suite de l'arrestation d'un passeur à Roissy avec 6 kilos cachés dans les feuilles de carton qui rigidifient les chemises neuves, un patron et son réseau dégringolent. Depuis au moins un an et demi, des « mules » avec des chemises ou des valises modifiées rapportaient la coke de Guyane. « Mais, précise ce policier, il est difficile d'enquêter sur les filières nigérianes. Nous avons des problèmes pour trouver des interprètes. À cause du nombre de dialectes parlés dans le pays et face à la dangerosité des mecs, de la peur de travailler des traducteurs. »

*Réseaux et mamas*

La prostitution est une autre grande mamelle criminelle de ces groupes. Un secteur où ils sont particulièrement actifs en France, à tel point que leurs réseaux sont les plus nombreux à exercer sur le territoire : 8 d'entre eux ont été démantelés en 2006[1], ce qui les

1. Depuis 2006, 25 réseaux sont tombés, exploitant chacun six ou sept filles.

place devant leurs collègues des pays des Balkans (6 pour les Bulgares, le deuxième groupe) avec qui ils partagent le marché de la prostitution de rue. Dans le peloton du proxénétisme africain, dont 11 réseaux sont tombés contre 14 originaires des pays de l'Est, ils sont suivis par les Camerounais (en troisième position avec 2 réseaux) et les Ghanéens (1).

Ces derniers sont les historiques de la prostitution africaine. Les premières filles du Ghana sont arrivées en France à la fin des années soixante-dix, travaillant à Paris dans les studios de Barbès, des anciens hôtels de passe de la Goutte d'or fermés en 1978 et reconvertis en habitations. Au Ghana, la prostitution relève d'une pratique ancestrale, qui date d'avant la colonisation ; chez certaines ethnies, elle servait à constituer la dot. Bien avant de s'installer en Europe, les filles du pays vendaient leurs charmes dans les grandes villes de l'Ouest africain où ont les surnommaient les Two-Two, pour « *Two shillings, two pennies* ». Après s'être installées à Paris, les Ghanéennes ont essaimé en province, à Marseille, Toulouse, Bordeaux où, comme dans la capitale, elles pratiquaient des tarifs jugés déloyaux par les « traditionnelles ». Puis, dissuadées par les contrôles de police qu'elles ne connaissaient pas en Afrique, elles ont « levé le pied », avant de revenir au milieu des années quatre-vingt, notamment à Paris, rue de Budapest, où les contrôles avaient été quelque peu abandonnés pour des raisons administratives. Elles étaient alors plusieurs centaines à exercer dans l'artère, le long de la gare Saint-Lazare. Lorsque les policiers sont revenus les voir, elles ont migré dans le nord de la rue Saint-Denis. « Elles sont arrivées vers 1985, et trois ans plus tard on était envahis», raconte l'une des plus importantes propriétaires de studios de la rue à l'époque, tombée avec deux autres logeuses en 91 alors qu'elles en «hébergeaient» une soixantaine. «Elles sont venues nous voir pour louer, ce que l'on a accepté — enfin pas toutes les propriétaires — car c'était de bonnes payeuses. Sauf que lorsqu'on en prenait trois dans un studio, elles y bossaient à sept ou huit en se donnant les clés… Certaines squattaient également les studios fermés par les condés… elles y montaient à dix ou quinze ! Elles donnaient leur fric à une encaisseuse qui les dirigeait. Mais il y avait des mecs derrière — je le sais parce que deux sont venus me voir —, pas des proxos, mais sans doute des types qui leur filaient des papiers, en tout cas qui avaient des intérêts dans les filières…»

À l'époque, les enquêteurs n'ont démantelé aucun réseau, d'abord parce que les multiples dialectes employés rendaient vaines les écoutes téléphoniques et surtout parce qu'il n'y avait pas de proxos à arrêter. En effet, traditionnellement, cette prostitution africaine était dirigée par des réseaux de femmes, les *mamas*, elles-mêmes anciennes prostituées, qui, fortune faite, rentraient au pays recruter des nouvelles dont elles finançaient le départ. Une fois leur dette remboursée (environ 30000 dollars), les filles étaient libres de travailler à leur compte.

À la suite des Ghanéennes qui dans les années quatre-vingt-dix ont élargi leur champ d'action à la banlieue où elles officiaient dans les foyers d'immigrés, sont arrivées des Nigérianes. D'abord en Italie et en Espagne puis en France où, en 1997, un réseau était neutralisé et, l'année suivante, deux signalés, puis surtout à partir de 2001, qui a vu le démantèlement de quatre réseaux à Bordeaux, Marseille, Angers, Toulouse et Paris. En 2002, ils étaient trois à tomber dont l'un actif à Clermont-Ferrand, Dijon, Reims et Rennes, le deuxième également à Rennes et le troisième à Nancy. En 2003, ils étaient six.

Les réseaux nigérians, qui à leurs débuts étaient également sous la coupe de femmes, ont très vite fait appel aux hommes. Pour passer les frontières et faciliter les séjours, les *mamas* se sont tournées vers les groupes criminels nigérians qui, très mobiles, étaient devenus des spécialistes des faux papiers. Ces derniers ont fini par phagocyter entièrement le business. Selon un policier spécialisé : « Aujourd'hui, les réseaux africains — nigérians, camerounais, ghanéens — sont toujours féminins, mais en apparence seulement. Certes les *mamas* s'occupent de tout en Europe, mais elles jouent seulement le rôle de premières filles comme chez leurs collègues de l'Est. » En revanche, à la différence de ces derniers, nul besoin de menaces physiques pour contraindre les jeunes femmes à travailler. Dans leur cas, la pression est psychologique.

La majorité des femmes nigérianes sont originaires de Benin City dans la région Edo du centre-sud, la moitié chrétienne du pays. Une zone prospère dans les années soixante-dix grâce à son industrie du bois et ses terres fertiles, qui a connu un déclin économique dans les années quatre-vingt comme le reste du pays. En dehors de la pauvreté, mais qui ne touche pas seulement cette région, difficile de connaître l'origine de cette pratique. Dans l'État d'Edo, les familles sont polygames et l'homme subvenait traditionnellement aux besoins du foyer. Mais, avec la crise, le rôle des femmes s'est accru et chacune a dû trouver de quoi nourrir sa progéniture. Ce qui est sûr, c'est qu'au milieu des années quatre-vingt, certaines femmes de Benin City sont parties en Italie où elles se sont prostituées, avant de revenir au pays avec leurs économies, de servir de modèles et d'encourager les départs.

À Benin City, la population est certes chrétienne mais elle n'en est pas moins très attachée aux pratiques vaudoues. Des rites « juju » qui, détournés de leur sens originel, vont permettre d'asservir les candidates au départ. Les filles sont recrutées la plupart du temps avec le consentement de leur famille nombreuse qui voit là un moyen de subsistance et passe un « contrat » avec la « Madam », appellation locale de la trafiquante. Avant leur départ, les volontaires sont conduites devant un « prêtre », le Babalawo, qui va diriger une cérémonie (facturée cent dollars) censée les protéger… mais surtout permettre de les tenir. Lors de ces rites de magie noire, on leur prélève des ongles et autres poils pubiens qui vont être gardés précieusement. Et on brandit comme menace si elles ne remboursent pas le montant du voyage le mauvais sort qui s'acharnera alors contre elles-mêmes et surtout leur famille. « Le principe, c'est que le trafiquant "aide" uniquement les filles à venir s'enrichir en Europe. Il ne joue en apparence que le rôle de facilitateur et leur avance donc le prix du passage, mais sans en révéler le montant. Et à l'issue du remboursement total de la somme, la fille sera libre de bosser pour elle. Excepté que là où elles pensent que ça va durer quelques mois, elles en ont pour des années. » En effet, le montant de la dette tourne autour de 30 000 euros et les trafiquants s'arrangent pour en retarder l'apurement. Une fois celui-ci réalisé, les femmes rentrent au pays ou deviennent à leur tour *mamas*.

Lorsque les nouvelles arrivent en Europe, via les filières d'immigration clandestine pour un grand nombre, elles sont prises en charge par les *mamas* dont elles ont le contact. Ce n'est qu'une fois sur place que le montant de la dette leur est révélé, ainsi que la dure réalité du métier. Les filles, isolées, ne parlant pas la langue et vivant repliées sur elles-mêmes, sont totalement prises en charge par leurs mères maquerelles qui fournissent le logement, les habits « sexy », la nourriture, etc. Autant de dépenses annexes qui grèvent les bénéfices et diffèrent le remboursement total, dont les traites sont collectées par les *mamas*. Auparavant, celles-ci renvoyaient l'argent vers le pays où siègent les trafiquants par l'intermédiaire de Western Union. Depuis deux ans, pour plus de discrétion, elles passent par des intermédiaires qui rapatrient les fonds via des sociétés écrans et autres circuits financiers complexes. Pour tenter de faire parler les filles et conjurer la peur du juju, les policiers de l'OCRTEH songent à faire appel à l'ethnopsychiatrie. En attendant pour la première fois, un policier nigérian du NAPTIP (National Agency for Prohibition of Trafic in Persons) a assisté aux gardes à vue des quatre prostituées arrêtées avec, entre autres, leur *mama* le 12 février 2008 à Paris, en Seine-Saint-Denis et dans le Val-d'Oise. L'essai a été peu concluant, les Nigérianes ayant gardé le silence.

Avant d'arriver en France, la majorité des filles séjournent en Italie et en Espagne, des pays « réglementaristes » qui, en raison de leur législation, sont plus accueillants. À la différence de la France et de son système d'enquête proactif, on n'y poursuit que sur plainte d'une fille, ce que ne font quasiment jamais les Africaines.

Les réseaux étant d'envergure européenne, les filles tournent entre les pays et les villes au sein de chacun d'eux. En 2002, une affaire réalisée à Reims a laissé pour la première fois entrevoir en France l'organisation très structurée des filières. Deux hommes de main de 20 et 24 ans supervisaient le réseau depuis leur QG de Clichy-sous-Bois en banlieue parisienne. À leur arrivée en France, les filles étaient munies de faux papiers ou de récépissés de l'Office de protection des réfugiés et des apatrides (OFPRA) obtenus grâce à des documents contrefaits. Il leur suffisait de se rendre à la préfecture, munies d'une domiciliation — fournie par une association ou une simple adresse postale —, pour y faire une demande d'asile afin d'obtenir une autorisation provisoire de séjour. La délivrance de cette dernière pouvant prendre plusieurs mois, en attendant, les filles travaillaient en toute « tranquillité ». Tranquillité qui se prolongeait le temps que l'OFPRA, deuxième étape, étudie leur demande et statue, ce qui prenait quelques semaines, voire mois, supplémentaires. Puis, elles changeaient de pays et recommençaient.

Les réseaux nigérians sont présents en Allemagne, en Italie, au Royaume-Uni, en Espagne, en Belgique... Une opération initiée par la police néerlandaise en octobre 2007 a été menée simultanément en Espagne, en Belgique, en Grande-Bretagne et à New York. Et, le 15 janvier 2008, elle s'est poursuivie en Italie où l'unité anti-mafia de Naples a arrêté 66 personnes. Le chef du réseau[1] était installé à Amsterdam d'où il correspondait avec plus de 300 collaborateurs. Il faisait tourner une centaine de femmes qui officiaient au Royaume-Uni, en Italie, en Espagne, en Belgique et en France dans la région parisienne. Le groupe criminel donnait dans l'immigration illégale mais également dans les stups et le trafic de mineurs. Depuis plusieurs années, des jeunes Nigérians — dont certains se prostituaient ensuite — disparaissaient des centres pour mineurs isolés où ils étaient accueillis aux Pays-Bas en prétendant avoir perdu leurs papiers.

*Scams et wash-wash*

Les « syndicats du crime » nigérians se sont également fait une réputation mondiale grâce à leur sens de l'arnaque notamment sur Internet. Selon une étude de la société informatique hollandaise Ultrascan publiée en février 2008, les groupes nigérians — dont elle a dénombré 363 réseaux actifs dans 69 pays — seraient responsables de plus de 90 % des fraudes aux avances de paiement (arnaques aux sociétés, à la loterie, à l'héritage) et 5 % des affaires de phishing, même si les chiffres sont à manier avec précaution concernant des « affaires » par nature clandestines. Toujours selon ce recensement, ces spécialités seraient en augmentation dans plusieurs pays dont la France. La « fraude aux avances de paiement », pratiquée depuis des décennies, est connue sous le nom de 419, du numéro de l'article

1. *Le Monde*, 19 janvier 2008.

du Code pénal nigérian qui la réprime. Une escroquerie qui prend l'allure d'une proposition financière alléchante reçue jusqu'aux années 2000 par courrier — en France, selon un employé du consulat de Lagos cité dans *Le Monde* en mai 1997, les escrocs ont ainsi écrémé Paris, puis les villes de province, les Dom-Tom et enfin le moindre village — et depuis par mail. Contre un pourcentage important, la « cible » est sollicitée pour faciliter un transfert d'argent de plusieurs millions. À l'origine, les cadres d'entreprise (recensés via les annuaires des sociétés) étaient visés puis, pour des raisons d'efficacité, le système s'est élargi aux particuliers des quatre coins du monde. Si la majorité des sollicitations finissent dans les corbeilles virtuelles des ordinateurs, quelques pigeons croyant flairer la bonne affaire continuent de se faire avoir, malgré les mises en garde.

Pour plus de discrétion, les groupes nigérians se sont déplacés dans les pays du golfe de Guinée et jusqu'en Afrique du Sud pour lancer leurs vagues de scams via des *botnets*, les réseaux d'ordinateurs infectés à leur insu, déjà évoqués.

En voici un exemple… reçu en décembre 2006 en langue anglaise. Le mail était signé de Ruben Benson, *bill and exchange manager* chez ADB à Cotonou au Bénin… :

« Je fais partie du staff de Africa Development Bank (ADB) au service du département dossier informatique. J'ai découvert une somme de 20 millions de dollars abandonnée sur le compte d'un de nos clients étrangers, Mr. Edmund Miller qui est mort avec toute sa famille dans un accident aérien le 25 décembre 2003 »… Et de renvoyer via un lien informatique sur l'article du site de

CNN qui relate le véritable crash survenu au Bénin à cette date. «Bien sûr, nous avons attendu des nouvelles de ses ayants droit, mais malheureusement ils sont tous morts... Je peux vous aider à trouver un avocat qui vous fournira tous les documents légaux attcstant de cette situation. J'ai donc pensé à vous faire une proposition commerciale pour devenir officiellement héritier plutôt que cet argent ne profite à la banque. Je m'adresse à un étranger car le client l'étant également, un Béninois ne peut apparaître comme l'un de ses héritiers. 40 % de cet argent vous reviendra, 10 % seront réservés aux frais et 50 % m'échoueront (*sic*). Je viendrais vous voir dans votre pays pour les récupérer.

«Auparavant pour réaliser le transfert de l'argent sur votre compte, vous devez vous manifester auprès de la banque comme étant l'héritier et indiquer le nom de votre banque, vos numéros de téléphone et de fax afin de faciliter les communications et indiquer à quel endroit l'argent sera transféré. Dès réception de votre réponse, je vous enverrai par mail ou par fax le texte de la demande à présenter. Je vous précise que cette opération est sans problème et que vous ne devez nourrir aucune inquiétude car toutes les formalités de transfert sont claires...»

Seulement, une fois harponné, il va vous falloir débloquer quelques milliers d'euros nécessaires aux frais de l'opération pour jouir de vos futurs millions... Ces derniers peuvent également provenir d'un coffre-fort d'un dictateur déchu ou fraîchement décédé, ou de celui d'un gros négociant assassiné. L'un de ses héritiers aimerait en jouir, mais il lui manque la somme nécessaire pour financer l'opération de récupération (dédouanement, frais de dossier, etc.). Une première demande en entraîne une deuxième, puis une troisième, etc., jusqu'à ce que le gogo interrompe les versements. Pour plus de véracité, les propositions suivent l'actualité : par exemple, le « mort » est un diplomate décédé en Irak et son ayant droit une collaboratrice proche…

Au nombre des arnaques nigérianes, on compte également la « loterie espagnole », dont l'heureux gagnant doit — pour toucher son lot — contacter un obscur avocat qui lui demandera d'acquitter quelques frais de dossier.

Le culot étant le propre des escrocs, certains reviennent à la charge sous couvert de traquer les… arnaqueurs, sollicitant à nouveau les victimes pour couvrir certains frais (une « amélioration » détectée par Interpol en avril 1997)… Pas tout à fait le cas de Marcel[1], mais pas loin. Après avoir perdu 1 million de francs dans un « faux » contrat pétrolier au Nigeria à la fin des années quatre-vingt, ce garagiste du sud de la France a reçu un courrier l'informant que le gouvernement nigérian avait retrouvé son dossier et était prêt à payer, si ce n'est la somme au moins les intérêts. Mais Marcel de devoir acquitter pour ce faire diverses taxes tout en recevant des documents « officiels » de la Banque centrale nigériane, de la présidence, etc. En octobre 2003, il se rend même à Madrid[2] avec son avocat pour acquitter 4 500 euros de frais contre la

1. *Libération*, 15 septembre 2005.

2. Les escrocs nigérians sont de plus en plus présents physiquement en Europe. Pour éviter d'éveiller les soupçons en demandant aux victimes de se rendre en Afrique de l'Ouest.

promesse de repartir avec deux coffres pleins de billets qu'on lui présente sur place. Son interlocuteur lui confie d'ailleurs trois billets de 100 dollars pour qu'il vérifie leur authenticité avant d'embarquer le reste le lendemain. Ce que Marcel n'a pas fait puisque, les ayant portés dans une banque madrilène, il a pu constater qu'ils étaient faux. Entre-temps, tout le monde avait disparu… Dans les années quatre-vingt-dix, les faux contrats de pétrole comme celui qu'a souscrit Marcel ont donné lieu à de « belles arnaques », là encore de « fraude aux avances de paiement ». Dans les années quatre-vingt et quatre-vingt-dix, les hommes d'affaires occidentaux ont été démarchés pour signer des contrats aux conditions très favorables d'un montant de plusieurs millions de dollars, pour lesquels ils devaient au préalable engager quelques frais de dossier. Le 3 mars 1995, des policiers nigérians surprenaient un certain Udo Okoro en train de charmer trois hommes d'affaires européens à l'étage de la direction de la Société nationale du pétrole à Lagos, loué pour l'occasion à des employés subalternes. Une autre fois, c'est un riche Anglais qui est accueilli avec tous les honneurs à l'aéroport de Lagos et qui est reçu par un « faux » directeur de la Banque centrale du Nigeria, ou encore c'est un autre homme d'affaires qui lui est escorté par des motards jusqu'à la caserne de Doddan Barracks à Lagos — alors résidence du président — et à qui l'on fait rencontrer le « chef de l'État »…

Les plaintes d'internautes n'étant pas légion (par peur du ridicule sans doute), excepté si la somme est vraiment conséquente, il est difficile d'évaluer le nombre de victimes tombant dans le panneau. D'autant que l'OCLTIC ne tient pas un compte propre des « arnaques à la nigériane» (appelées ainsi car pratiquées depuis quelques années par d'autres escrocs africains) qui sont enregistrées dans la catégorie plus large des escroqueries.

Les voyous nigérians n'ont pas le seul 419 en rayon. Ils sont également passés à la postérité pour le *wash-wash*, l'arnaque aux «billets noirs». Là encore, comme pour la fraude à l'avance de paiement, ils n'ont pas l'exclusivité. Le milieu africain francophone présent à Paris compte quelques beaux spécialistes, appelés les *faymen*. Cette caste se réunit dans un petit café du 17e arrondissement parisien, où le quidam moyen n'a aucune chance de pénétrer, mais qui est facilement repérable. Devant, trônent de luxueuses berlines allemandes, gages de la crédulité d'un certain nombre de Parisiens, qui figurent parmi les cibles privilégiées, mais aussi de provinciaux, de Belges, etc.

Les Camerounais se distinguent particulièrement dans les «billets noirs», et Merlin est sans doute l'un des plus habiles d'entre eux. L'un de ses collègues et ex-associé raconte: «Il sort par exemple dans les boîtes "chics" parisiennes en compagnie d'une top model black. Il lui désigne un mec — la future victime que l'on appelle un *mugu* — qu'elle va draguer. Et à qui elle va présenter l'un de ses riches amis.» Arrive Merlin, sapé comme un milord, qui claque 3 000 euros en billets de 100 dans la soirée. Le manège se répète une ou deux fois, puis un soir Madame propose au *mugu* d'aller boire un verre dans la suite qu'occupe Merlin dans un luxueux hôtel parisien. Lorsqu'ils arrivent, ce dernier est en train de faire sécher des billets… Léger embarras de Merlin qui a l'air d'être pris en faute et fait mine d'esquiver les questions de son invité. « Je ne sais pas si je peux t'en parler, etc. » Bref, la mise en condition se poursuit jusqu'à ce que la proposition tombe. Les billets viennent noircis d'Afrique, et seule une solution chimique permet de leur redonner leur aspect originel. Justement, il n'en a plus, et comme elle coûte extrêmement cher, si le *mugu* veut s'associer à l'achat… L'argent provient de la réserve d'un gouvernement quelconque, ou du coffre d'un dictateur déchu, les billets sont rouges, ce sont des francs, des dollars, etc. Il existe de multiples variantes à l'arnaque bien sûr. Mais pourquoi les billets sont-ils noirs ? « On explique que les Américains expédient aux pays en voie de développement des containers de dollars qu'ils noircissent avec un produit pour éviter qu'ils ne soient détournés. Les services secrets US font ensuite parvenir lors d'un second envoi la solution miracle qui permet de les nettoyer… » Dans l'une des variantes, l'équipe a réussi à voler plusieurs millions d'entre eux et à récupérer une bouteille cassée du fameux produit chimique. Le coup, qui évidemment se mûrit pendant des jours, se joue toujours avec un intermédiaire qui présente le pigeon au *fayman*. Ce dernier propose « à l'amitié » d'associer le *mugu* à la bonne affaire. Il lui confie un billet noirci de 100 dollars dont on aperçoit vaguement le graphisme et lui demande comme un service s'il peut trouver un chimiste. Ce qui n'arrive jamais, bien entendu. En revanche, lui le recontacte dans les semaines qui suivent : il a trouvé la perle, le produit coûte cher… mais en se mettant à deux… Pour preuve, le chimiste lui a fourni un échantillon. Le *fayman* procède alors à une démonstration avec un vrai billet noirci qu'il nettoie. L'intermédiaire, qui doit bien évidemment prendre sa commission, est, lui, méfiant, et conseille à son ami de le porter à la banque pour voir s'il est bon. Ce qui est le cas… Ne reste plus qu'à apporter des dizaines de milliers d'euros pour acheter des valises complètes de billets noirs et les bouteilles de solution pour les laver…

*Des containers de voitures*

Pour les escroqueries à distance — comme dans le cas du « banquier » et de son client mort dans un crash d'avion —, les escrocs nigérians affectionnent particulièrement la ville de Cotonou au Bénin où ils sont installés en nombre, la stabilité socio-économique et la relative bonne santé économique offrant un profil idéal à leurs activités. Le pays, qui partage une longue frontière avec le Nigeria, abrite également d'autres trafics noyés dans l'important flux commercial entre les deux voisins. Particulièrement celui des voitures de luxe dont quelques pontes de la pègre nigériane organisent le business depuis Cotonou.

Le port du Bénin est l'une des principales plaques tournante de ce trafic de véhicules volés destiné à l'Afrique de l'Ouest. 95 % des voitures qui y débarquent prennent la route du Burkina Faso, du Mali, du Niger et du Nigeria. Pour la simple et bonne raison que les formalités administratives y sont réduites au strict minimum : seules les voitures destinées au pays sont dédouanées et soumises à un visa de police.

Le continent africain est l'une des principales destinations des véhicules et des pièces détachées volées en

France. Aux côtés d'un trafic artisanal vers les pays du Maghreb, s'agitent des filières structurées dirigées par des équipes d'Afrique de l'Ouest dont les organisateurs sont en France ou dans les pays acheteurs depuis lesquels ils passent leurs commandes.

Les 4 × 4 (BMW X5, Porsche Cayenne, Volkswagen Touareg, Land Rover, etc.) figurent en tête de liste des voitures les plus recherchées, ce qui se comprend aisément au regard de l'état des routes locales. Et si la majorité des véhicules expédiés sont en réalité des occasions et des milieux de gamme, les berlines allemandes de luxe constituent la deuxième catégorie la plus convoitée après les tout-terrain.

Pour s'en emparer, le crime organisé africain fait là encore la démonstration de ses talents pour l'escroquerie. Après avoir repéré une petite annonce, ils prennent rendez-vous avec le vendeur. Le jour convenu, ce dernier voit arriver un homme bien mis qui se fait passer pour un chef d'entreprise, un agent consulaire ou un diplomate. Après l'inspection et la discussion d'usage, et une fois d'accord sur le prix de vente, il fait part de son intérêt tout en soulignant qu'il n'est pas pressé. Dans les jours qui suivent, il dépose un chèque endossé ou un ordre de virement dans une succursale de la banque du vendeur. Entre un et trois jours plus tard, celle-ci appelle pour signaler que les documents sont faux, mais tellement bien imités que le banquier s'est sur l'instant laissé abuser. Comme c'est l'usage, il a crédité le compte avant de s'adresser à la banque émettrice pour faire virer l'argent. Entre-temps, le prétendu chauffeur de l'acheteur est venu récupérer le véhicule avec bien évidemment les clés et la carte grise…

La voiture a déjà quitté l'Europe, vingt-quatre heures après la transaction. Les truands l'ont immédiatement convoyée à Anvers ou à Rotterdam et chargée tout à fait légalement dans un container à destination de l'Afrique de l'Ouest. Vers Cotonou comme on l'a vu (où les voitures d'occasion destinées à être vendues en pièces détachées sont dépouillées dans la zone d'attente des formalités de sortie), ou vers Lagos au Nigeria, le plus grand port du golfe de Guinée.

Les voitures sont aussi acheminées vers Abidjan en Côte-d'Ivoire, bien que depuis 2004 et les événements locaux le port de Lomé au Togo lui soit préféré. Début 2006, une équipe d'Ivoiriens achetait des voitures en France, en Allemagne et au Royaume-Uni. Ces dernières étaient expédiées depuis l'Angleterre directement en Côte-d'Ivoire. Le 4 septembre de la même année, la saisie dans le port de Hambourg de neuf voitures en partance pour l'Afrique a conduit à l'arrestation en flagrant délit, à Neuilly-sur-Seine, de Djibril, un Sénégalais de 31 ans habitant Chatou et connu pour vols et violence, et d'Amadou, un Béninois de 26 ans, basé à Créteil et déjà tombé pour escroqueries et vols. Le duo, qui avait acheté 46 000 euros une Porsche Cayenne repérée dans la Centrale, était en possession d'un permis de conduire bidon et de trois faux chèques de banque tirés sur la BNP qui devaient servir à acheter le véhicule et à réaliser deux autres transactions prévues dans la soirée. Un troisième larron béninois de 30 ans, connu pour recel, a été serré un peu après dans une cité d'Aubervilliers. À leurs domiciles, les policiers ont mis la main sur des logiciels permettant de faire les faux chèques, des documents administratifs volés ou perdus et falsifiés, des timbres humides ainsi que des perruques et autres postiches et accessoires pour se transformer lors des achats. Le trio, qui faisait partie d'un réseau organisé, avait pour rôle de soulever les voitures (ils en avaient déjà fait au minimum une trentaine), et de les convoyer en Allemagne.

Depuis 2004, un réseau ivoirien aurait volé plus de 300 voitures en France. Selon les policiers de la BRB de Paris, il serait dirigé par un élu du FPI, le parti du président, d'une bourgade située entre Abidjan et Yamoussoukro, qui aurait le billet facile avec les autorités locales… Alors qu'il avait été arrêté non sans mal en novembre 2007 par les policiers français à Abidjan (ils accompagnaient la magistrate française en charge du dossier, munie d'une commission rogatoire internationale), le juge ivoirien a refusé de le placer en garde à vue et de saisir les quatre voitures garées devant chez lui et qui portaient encore les gravages de sécurité français[1]. Les fonctionnaires français ont également découvert que certains véhicules dotés de papiers en règle par l'administration avaient été revendus à des notables locaux.

Le mois suivant, c'est un Béninois de 30 ans, son adjoint ivoirien de 22 ans et six complices qui ont été serrés par la BRB de Paris après avoir escroqué une quarantaine de propriétaires de voitures haut de gamme achetées en province, qu'ils avaient repérées sur Internet ou dans des revues spécialisées. Jouant cette fois les hommes d'affaires pressés, ils envoyaient leur chauffeur

1. *Libération*, 19 février 2008.

avec un faux chèque pour en prendre livraison. Les transactions se déroulaient le week-end lorsque les banques sont fermées et les voitures étaient stockées dans des parkings publics parisiens en attendant leur départ…

Les véhicules plus simplement volés, par exemple par *carjacking* ou dans les agences de location, partent également par bateau. Par deux biais. Le premier en les habillant avec des faux papiers, et en les faisant passer par les ports anglais qui sont situés hors de l'espace Shengen. La police locale n'ayant pas accès au SIS, elle est obligée de passer par Interpol pour identifier l'origine de la voiture.

Pour se procurer les faux documents, les équipes font souvent appel aux voyous congolais installés en France qui sont reconnus comme étant de très bons faussaires. D'ailleurs, profitant de cette spécialité, les Congolais pratiquent l'escroquerie à l'assurance pour expédier des véhicules à Kinshasa en République démocratique du Congo, via le port de Matadi, seule porte maritime du pays. Grâce à des faux documents, ils obtiennent un crédit auprès d'une banque ou d'un organisme spécialisé pour l'achat d'une voiture haut de gamme neuve qu'ils assurent puis expédient légalement en Afrique. Puis ils la déclarent volée pour toucher l'assurance et disparaissent dans la foulée après avoir honoré une ou deux mensualités du prêt. Ils touchent ainsi deux fois.

La deuxième solution pour faire partir par container les voitures consiste à faire de fausses déclarations douanières quant à la nature de la marchandise convoyée. Anvers et Rotterdam ont dans ce cas la préférence des trafiquants. Le régime douanier y est simplifié et les contrôles peu fréquents. Le volume de marchandises expédiées y est tel qu'il est impossible de tout vérifier sans retarder l'appareillage des bateaux. Ce qui fait que, sur les 500 000 véhicules qui transitent chaque année par le port, à peine 5 % sont contrôlés.

## 12

## *Chine : l'empire du Milieu à Paris*

Le 22 mai 2006, vers 15 heures, deux hommes pénètrent à La Lanterne rouge, un petit salon de thé chinois situé rue de la Folie-Méricourt dans le 11e arrondissement de Paris. Quelques minutes plus tard, après une violente altercation, plusieurs coups de feu claquent, les deux hommes sautent dans la rue par une fenêtre du premier étage et s'enfuient à pied boulevard Voltaire. Dans la foulée, un homme sort et s'écroule sur le trottoir, touché au thorax. À l'arrivée des policiers, le patron de l'établissement ouvert quelques mois auparavant, et âgé de 43 ans, est mort. À l'intérieur, gît une seconde victime grièvement blessée au thorax par deux balles. Né dans la province de Wenzhou, l'homme de 29 ans, domicilié dans le 20e, connu pour association de malfaiteurs et séquestration dans la communauté, s'en tirera.

Le patron portait sur lui quatre cartouches de chevrotines. Une crosse de fusil est découverte dans le salon de thé, dissimulée sous des rouleaux de papier cellophane à côté d'un sac de cartouches. Les policiers ont surtout retrouvé une arme abandonnée sur place, un colt 45 de calibre 11,43, ainsi que quatre douilles sur le sol et une ogive de gros calibre. Le duo des tueurs identifié, ils alertent les autorités chinoises. Selon un indic, les deux hommes vont se réfugier au pays ; ils sont d'ailleurs en route pour Shanghai, l'un par les Pays-Bas et l'autre via l'Italie. En février 2007, Lin, né dans le Zhejiang, est arrêté à son arrivée en Chine à l'aéroport de Shanghai. Âgé de 30 ans, il a débarqué de Milan avec un faux passeport. Il avait déjà été arrêté en France pour dégradation de biens, refus d'obtempérer, travail clandestin, vol, atteinte à la vie… Auditionné par la crim', il reconnaît être le tireur. Ce qui « absout » le type qui l'accompagnait. Ayant gagné Shanghai en passant au travers des mailles du filet, celui-ci ne sera pas inquiété.

La Lanterne rouge était dans le collimateur de plusieurs services de police qui connaissaient l'existence de ce salon transformé la nuit tombée en tripot clandestin et que l'on évoquait dans des affaires de stups.

Alors, règlement de comptes entre triades, ces organisations pyramidales qui composent la fameuse mafia chinoise ? Non, plus sûrement flingage au sein du milieu chinois de Paris sur fond de dettes de jeu.

La criminalité asiatique est en effet protéiforme. Dans la grande famille mondiale des truands chinois, on trouve, aux côtés des triades de Hong Kong et de Taïwan, des groupes criminels « continentaux », mais également des gangs nés à l'étranger qui agissent au sein des diasporas. Avec un subtil distinguo entre les groupes qui rayonnent, par exemple, à l'échelle européenne et les équipes « nationales ».

Si la communauté est réputée discrète et fermée, c'est sans doute la présence des triades qui est la plus difficile à cerner. Considérées comme les plus grosses organisations criminelles au monde, elles sont aujourd'hui au nombre de cinquante à Hong Kong, mais seules quatre d'entre elles ont un rayonnement européen : la Sun Yee On, la 14K, le cartel Wo et ses douze gangs, et le cartel Luen qui en regroupe cinq. À Taïwan, il faut compter avec les Bambous unis et la bande des Quatre Mers. Ajoutons le Grand Cercle né en Chine continentale à la fin des années soixante.

Selon la légende, la Triade originelle serait une société secrète née pour résister aux empereurs mandchous qui ont conquis Pékin et pris la place des Ming sur le trône impérial au milieu du XVII^e^ siècle et jusqu'en 1911. La société secrète aurait été fondée par des moines bouddhistes du Fujian, au sud-est de la Chine, inventeurs du kung-fu. Siècle après siècle, la Triade aurait essaimé, ses loges se seraient transformées en bandes, et la société secrète se serait déclinée en associations diverses : politiques, ésotériques, etc. Bref, elle aurait fait des émules et certaines de ces sociétés secrètes auraient mué définitivement en organisations criminelles. Pourchassées en Chine après l'arrivée au pouvoir des communistes en 1949, les triades se sont réfugiées à Hong Kong, Macao, Taïwan et dans les communautés chinoises du Sud-Est asiatique. Puis à la faveur des réformes économiques des années quatre-vingt et de la rétrocession de Hong Kong et de Macao en 1997 et 1999, elles ont essaimé en Chine.

En France, qui abrite le plus grand Chinatown d'Europe, dominé traditionnellement par l'ethnie teochew à laquelle appartiennent également les membres des triades, c'est par le biais du trafic d'héroïne qu'a été détectée leur présence. À la grande époque du Triangle d'or, dans les années soixante-dix, elles étaient des acteurs majeurs du trafic d'héroïne dans le monde et fournissaient environ 70 % du marché de la revente à Paris. La drogue arrive alors de Bangkok ou de Hong Kong par passeurs, cachée dans des valises ou à même le corps, transite par Paris avant de gagner Amsterdam. De 1979 à 1983, alors que l'OCRTIS a installé un agent de liaison à Bangkok, plusieurs affaires de stups sont réalisées derrière lesquelles se profile la 14K. Les coups de boutoir policier l'auraient incitée à délaisser Paris et redéployer ses activités stupéfiantes à Amsterdam. Néanmoins, d'autres affaires apparaissent au cours de la décennie 90. En 1995, 150 kilos de poudre sont saisis, envoyés par la 14K dans des boutons de vêtements et des porcelaines via une société de l'avenue d'Italie dans le 13ᵉ, avant d'être distribués en Belgique, en Allemagne et aux Pays-Bas.

Aujourd'hui, les Chinois ne seraient plus dans la course. Ils ont été supplantés par l'héroïne afghane qui représente plus de 90 % de la production mondiale et qui depuis 2002 s'est envolée, battant ses dernières années des records de production. Les quelques affaires de stups réalisées renvoient vers le 13ᵉ arrondissement. « C'est une affaire sino-chinoise. Le trafic est destiné à la communauté, majoritairement aux jeunes qui consomment de l'ecstasy et de la coke et on trouve un peu d'héro, explique ce policier spécialisé. Ceux qui ont le marché sont dans le 13ᵉ arrondissement, et se fournissent en Hollande. Mais il n'y a pas de grosses saisies significatives. » C'est également du côté du sud parisien, des tours occupées depuis les années soixante-dix par les Chinois venus de l'ex-Indochine puis du Vietnam, des réfugiés du Cambodge et du Laos que les gangs de Belleville et de la banlieue nord-est, issus de la communauté Wenzhou comme nous le verrons, se procurent leurs armes : pistolets-mitrailleurs Skorpio, pistolets automatiques, etc. Mais difficile d'en savoir plus… les policiers manquent de « tontons » dans l'arrondissement.

En 1990, un homme a essayé d'y voir plus clair dans le 13e mais n'a pu aller bien loin dans ses investigations. L'un des animateurs de Radio Asie, une station FM créée en 1987, avait entrepris de dévoiler les liens tissés, selon lui, entre certains leaders de la communauté, et les triades. Il a dû démissionner sous la pression, mais les locaux de la radio ont été retrogradés et les annonceurs l'ont boycotté. De leur côté, les policiers notaient en 1996 que l'un des principaux contacts en France d'un des boss de la Sun Yee On de Hong Kong avait investi dans cinq sociétés d'immobilier, quatre boîtes de nuit, un restaurant et des sociétés de prise de participation dans d'autres entreprises.

### *Les Malaisiens font leurs courses*

Aujourd'hui, de nouveaux business sont aux mains de structures criminelles chinoises très organisées.

Depuis quelques années, les policiers constatent une évolution dans les escroqueries à la carte bancaire. Si, en 2002-2003, la contrefaçon était effectuée par des petits groupes, aujourd'hui ce sont des organisations sophistiquées qui envoient leurs équipes sillonner l'Europe. À l'inverse des Roumains et des Bulgares, les Chinois viennent en Europe utiliser les cartes piratées en Asie.

En juillet 2004, 800 cartes sont saisies à Paris à la suite de l'interpellation en novembre à Roissy de Chinois qui en détenaient. Sur ces 800, une trentaine avaient servi à acheter pour des centaines de milliers d'euros de produits de luxe. Le réseau, démantelé en avril 2005, avait au total fait entre 2 et 3 millions d'euros d'emplettes avec au moins 350 cartes, à raison de 10 000 à 15 000 euros par jour. Dans la planque de l'avenue de Versailles, les policiers mettent la main sur 950 cartes vierges. En novembre 2006, rebelote avec 1 000 cartes dont 300 prêtes à l'emploi et à la fin du même mois, un autre réseau est découvert qui en a 800 sous le coude.

En juillet 2007, de plus en plus fort, cette fois ce sont 3 000 supports et des milliers de numéros qui sont retrouvés dans un appartement de Pantin. L'affaire a débuté par l'interpellation d'un receleur chinois qui a reçu d'un Malaisien des ordinateurs et une montre de luxe. Cette dernière s'avère avoir été achetée à l'aide d'une carte de crédit piratée. De fil en aiguille, les policiers de la 2e DPJ remontent vers une femme de 39 ans dont le rôle semble important au sein de cette filière. Surveillée, elle est au contact d'équipes d'acheteurs qui sillonnent les magasins de luxe mais surtout d'un homme qui semble être le boss. Ce dernier, un Malaisien de 46 ans surnommé Sam, n'est en effet pas n'importe qui. Il serait la tête de pont en Europe de l'organisation. Qu'elle soit malaise n'est pas un hasard. Toutes les filières le sont. Ces triades chinoises installées en Malaisie[1] sont reconnues comme les spécialistes asiatiques de

1. Les plus grosses organisations criminelles d'Asie du Sud-Est sont quasiment toutes d'origine chinoise, nées au sein des diasporas de chaque

la contrefaçon de cartes. Avec généralement Hong Kong en arrière-plan.

Dans cette affaire, le dirigeant installé en Malaisie s'appuyait donc sur Sam, directeur européen basé à Paris, qui lui-même dirigeait des responsables nationaux aux Pays-Bas, en Grande-Bretagne, etc. En France, la fonction était occupée par deux femmes — dont l'une était sa maîtresse — en charge des équipes d'acheteurs. Le système était le suivant. Les cartes sont piratées en Asie et dans ce cas particulièrement en Thaïlande par des équipes spécialisées. En parallèle, l'organisation possède une structure située en Malaisie qui fabrique des cartes vierges aux couleurs de banques américaines. Les supports sont généralement si bien faits que le GIE cartes bancaires a du mal à les distinguer de ceux sortis d'usine. Des équipes d'acheteurs sont ensuite envoyées en Europe munies des supports et de papiers adéquats. Ces acheteurs sont au préalable formés localement pour se familiariser avec les us et coutumes des pays visités et acquérir quelques notions de leur langue. De leur côté, les têtes du réseau en France reçoivent via Internet des listings de numéros piratés. Les enquêteurs ont d'ailleurs retrouvé, dans l'officine de Pantin, un cahier comportant des milliers de coordonnées bancaires classées en deux parties : celles qui avaient déjà été utilisées et celles qui restaient à faire. C'est dans cette fabrique clandestine que les fausses cartes acheminées par les vendeurs étaient embossées et encodées. Lors des perquisitions, les policiers y ont mis la main sur cinq

pays. C'est le cas en Malaisie de la Sap Baat Chai ou « Dix-huit immortels », de la Gi Kin San singapourienne, de la Ka Ki Nang thaïlandaise…

ordinateurs, trois encodeuses, deux embosseuses, trois doreuses-argenteuses, une imprimante thermique, une lampe à UV pour les sécher…

Une fois les cartes prêtes à l'emploi, les acheteurs font leurs courses : montres de luxe, parfums, bijoux, vêtements, sacs à main, etc. Généralement ces équipes, qui font des séjours de plusieurs mois en Europe, restent trois semaines dans le pays avant de passer au suivant, en Espagne, en Italie, etc. Les achats sont ensuite regroupés et envoyés par colis à Hong Kong où ils sont écoulés. Variante possible : des étudiants ou des voyous chinois installés en France sont parfois enrôlés et rémunérés 10 % de la valeur des biens acquis. Ces derniers peuvent être regroupés et expédiés ou encore être vendus à Paris par des receleurs de la communauté. Dans la même structure, les deux profils — faux touristes et étudiants — peuvent se côtoyer.

Le réseau — qui pour l'instant est accroché sur 3 millions d'euros de préjudice — fonctionnait apparemment depuis au moins trois ou quatre ans, ce qui a sans doute causé sa perte, ses membres pris par la routine ayant baissé leur garde et un peu trop parlé au téléphone. Leur arrestation a permis de bloquer une vague à venir de plus d'une centaine d'acheteurs qui était prévue pour les fêtes de fin d'année.

### *La manne des clandestins*

Les organisations criminelles chinoises animeraient également les réseaux d'immigration illégale. Selon ce policier qui les combat : « Autant l'immigration qui arrive d'Afrique en France est artisanale, autant celle provenant d'Asie — la plus nombreuse — est organisée. Dans le "monde" de l'immigration clandestine, on rencontre de tout, du réseau artisanal à la structure sophistiquée. Et force est de constater que les secondes sont essentiellement le fait des filières asiatiques et particulièrement chinoises. » Si tous les observateurs s'accordent sur ce point, les opinions divergent ensuite quant au profil des acteurs qui les animent, les fameuses *chetou*, les « têtes de serpent » comme on les appelle localement, celles qui guident les « serpents humains », les migrants. Une minorité de chercheurs américains qui étudient ces questions estiment qu'elles sont pour partie aux mains d'hommes d'affaires qui ont saisi une opportunité extrêmement lucrative. L'écrasante majorité, autorités chinoises comprises, y voient la main du crime organisé. Là se situe le principal débat. Difficile de savoir si elles sont exclusivement mises sur pied par les nouveaux groupes de Chine continentale ou encore si elles sont le fait d'une association avec les triades traditionnelles : les continentaux organisant le trafic, les triades assurant une partie de la logistique.

Dès le début des années quatre-vingt, à la faveur de la politique de réforme et d'ouverture qui a suivi la fin de la révolution culturelle, les triades — qui pour certaines avaient entretenu des liens avec les autorités chinoises — ont réinvesti le continent. D'abord, par le biais des attaches familiales que leurs membres ont conservées dans leur région d'origine (le Sud-Est côtier du pays, le Fujian et le Guandong notamment) puis, au cours des années quatre-vingt-dix, de façon plus stratégique. Depuis leurs « bases côtières » — elles ont notamment investi dans le Guandong : immobilier, restaurants, etc. — elles ont essaimé vers le centre du pays ainsi que dans les grandes villes. Les patrons ont succédé aux simples membres et des liens avec des groupes criminels locaux se sont tissés. Peu à peu ces derniers ont pris de l'ampleur et de l'assurance, calquant leur développement et leur structure sur ceux de leurs cousins plus anciens. Jusqu'à devenir eux-mêmes de véritables organisations criminelles.

Bref, les acteurs ne manquent pas dans les régions du Sud-Est pour organiser le voyage des candidats à l'immigration. Mais le cloisonnement des cellules qui composent la chaîne qui relie la Chine à l'Europe occidentale n'aide pas à avoir une vision globale de ces organisations : les animateurs ne connaissent que leur maillon et les « clients », pris en main par des intermédiaires à chaque étape, sont tenus dans l'ignorance. Et dans les filières « haut de gamme », les passeports sont changés à chaque étape, ce qui empêche de reconstituer l'itinéraire emprunté. Sans compter que, pour remonter la filière, les enquêtes concernent plusieurs pays : « Il suffit que le travail soit mal fait à un moment de la chaîne policière, c'est-à-dire que des protagonistes arrivent à s'échapper et à prévenir leur contact… et le fil est rompu. » Les filières chinoises sont non seulement cloisonnées mais également très hiérarchisées avec une ou plusieurs têtes, des lieutenants et du personnel aux tâches bien définies (recruteurs, passeurs, logeurs, hommes de main, coursiers, etc.). Dirigées par une « tête de serpent », elles rayonnent via des têtes de pont dans toute l'Europe occidentale, entre Paris, Londres, Madrid, Milan, etc.

Ce qui est sûr, c'est qu'un tel business — très lucratif et moins risqué que le trafic de stups — nécessite une structure de type mafieux qui possède un bon capital de départ et entretienne des complicités dans le pays d'origine au sein des services administratifs, ainsi qu'avec des douaniers et autres membres des services de sécurité aux frontières, et qui possède des relais dans les pays de transit au sein de la diaspora locale, etc. Peuvent également y être mêlées des entreprises qui aident à « reprofiler » les candidats et des anciens migrants qui connaissent bien le pays d'accueil et y ont des contacts. Sans oublier des groupes criminels dans les Balkans, en Italie et ailleurs, qui collaborent localement avec les réseaux. « L'immigration illégale n'est plus une matière à part. C'est du crime organisé, dont les acteurs ont déjà une bonne formation criminelle. Les réseaux structurés ont les moyens de corrompre et d'entretenir des correspondants dans les pays de transit. Des gens qui attendent les clients dans les aéroports pour leur donner un nouveau passeport, etc. Avec des documents falsifiés de grande qualité. »

La majorité des migrants chinois qui atterrissent en France sont originaires de la province côtière du Zhejiang et plus particulièrement de la région de Whenzou, un port au sud de Shanghai fondé il y a plus de 1 600 ans, qui compte plus de 7,5 millions d'habitants. Entre 250 000 et 400 000 — mais les chiffres sont à manier avec précaution — en France, les immigrés Whenzou seraient plusieurs millions répartis dans plus de 80 pays, une situation qui aide les organisations à tisser leur toile. La ville est loin d'être pauvre, elle passe même pour être le paradis de l'initiative libérale.

« Aujourd'hui, les filières suscitent les départs. Elles vendent par exemple leur "produit" aux villageois peu touchés par le boom économique ou (particulièrement pour les Whenzou) aux familles dont certains membres sont déjà installés. » Le village ou la famille se cotise pour payer le voyage. Une partie de la somme est acquittée au départ, le reste à l'arrivée. Pour la France, il faut compter 20 000 euros. Mais en aucun cas, il ne sera fait crédit. « Le schéma qui veut que les clandestins travaillent dans des ateliers clandestins sous la coupe des filières n'est pas d'actualité. Les gens bossent dans les ateliers pour rembourser le voyage à leur famille ou au village, mais pas à la filière qui elle s'est fait payer. Elle ne va pas attendre cinq ou dix ans pour toucher son argent. » La famille ou des relations déjà installées en France fournissent également des garanties de remboursement aux filières.

Une bonne partie des migrants chinois prennent l'avion jusqu'en France. Ils sont dotés de papiers fournis aux organisations par des faussaires thaïlandais, ou par des complicités locales, ou encore voyagent avec des passeports volés en Corée du Sud ou au Japon (deux pays dont les ressortissants sont exemptés de visas) et se font passer pour des touristes. Avant leur départ, ils reçoivent des conseils pour faire illusion. On les habille avec des marques locales, on les équipe en bagages non chinois, on change leur physionomie, on leur coupe les cheveux. On leur donne des consignes de comportement en cas de contrôle policier. Et dans le cas de fausses invitations professionnelles, des réponses types sont préparées. Certains avions n'arrivent pas directement en France, ce qui rend plus difficile le ciblage des vols à risque. « L'imagination des passeurs est sans limite, comme pour le trafic de stups. Toutes les routes sont bonnes et elles changent souvent. »

Il y a ceux qui partent avec leur passeport à destination d'un pays africain avec un transit par Paris. Au cours du vol, leur accompagnateur leur remet un autre passeport muni d'un visa en règle et sur lequel a été apposée la photo du clandestin. Des pièces qui sont par exemple dérobées en France à des Chinois en règle, comme c'était la pratique du réseau démantelé en septembre 2004. Lors de « séminaires » organisés dans des hôtels — en région parisienne, à Brest, à Grenoble — destinés aux étudiants de la communauté en recherche d'emplois, les participants se faisaient dérober leurs passeports munis d'autorisation de séjour par des escrocs africains qui les revendaient 600 euros pièce à des intermédiaires. Ces derniers les envoyaient en Chine. Munis de ces papiers en règle, les clients du réseau pénétraient en France lors du transit à Paris.

Les candidats à l'exil peuvent également recevoir des papiers coréens ou japonais dans l'avion ou dans les toilettes de l'aéroport à leur arrivée. Mais, en 2003, des accords ont été signés avec Pékin : en théorie la police chinoise communique pendant le vol les identités des voyageurs afin de comparer les listes à l'arrivée, et les voyageurs en transit sont accompagnés jusqu'à leur vol. Mais depuis l'ouverture du terminal F de Roissy, le business aurait repris.

D'autres peuvent être envoyés vers un pays tiers dont les ressortissants voyagent en France sans visa, où ils attendent d'obtenir la nationalité locale. Ils peuvent aussi être munis de faux papiers comportant un visa

Shengen d'un pays de l'Union européenne. Une partie de ces migrants transiteraient par les pays de l'Est et les Balkans. Par exemple par la Serbie et l'aéroport de Belgrade. En vertu d'accords datant de l'ère communiste, les Chinois n'ont pas besoin de visas pour y séjourner. De là, ils peuvent gagner l'Union européenne et atteindre Paris par avion, par la route ou par le train depuis l'Allemagne, l'Italie... Lorsque les clients paient le prix fort, ils font tous les trajets en avion, moins exposé aux contrôles que la voie terrestre.

Une fois à Paris, ils sont réceptionnés par les têtes de pont de la filière et conduits dans un appartement ou un pavillon de banlieue, quelques jours, le temps que le reste du paiement soit effectué.

En 2003, l'une des plus grosses filières chinoises a été démantelée — ce qui a donné lieu à une guerre des polices entre le groupe Chine de la 2e DPJ et l'OCRIEST sur fond de contrôle d'un indicateur chinois. Elle acheminait des mineurs à Paris. Elle était animée non pas par un groupe criminel, mais par un ancien médecin ayant exercé en France (qui a depuis été condamné à la prison à vie en Chine), en association avec le directeur d'un centre linguistique installé à Troissy dans la Marne. De 2000 à 2002, 541 mineurs whenzou sont arrivés en France grâce à des visas de complaisance délivrés à l'invitation du centre. Moyennant des sommes comprises entre 18 000 et 20 000 euros, ils étaient censés séjourner quinze jours en stage linguistique avant de rentrer chez eux. Certains restaient directement en France, d'autres rentraient puis revenaient grâce au visa double entrée qu'on leur avait délivré au consulat de France de

Shanghai à la suite des visites de l'ancien prof de sport fondateur du centre français, lequel, lors de ses séjours en Chine, démarchait, plaquette publicitaire en main, les familles.

« En ce moment, il y a surtout des filières qui font transiter les clandestins par la France à destination de la Grande-Bretagne. Dans ce cas, ce ne sont pas des Whenzou, mais des migrants du Fujian dont la diaspora est installée dans les pays anglo-saxons. » Paris est alors une étape du voyage, où sont installés des relais logistiques. En octobre 2007, l'Ocriest est tombée sur une telle « plate-forme ». Un couple — lui clandestin et elle étudiante — réceptionnait les clandés et les logeait en attendant leur départ dans trois appartements de la région parisienne. Dans leur logement d'Ivry, les policiers ont découvert des faux passeports, des tampons d'aéroport, une fiche de conseils à prodiguer aux migrants pour affronter les contrôles… En deux ans, la filière aurait fait transiter 200 à 300 personnes.

Selon un observateur d'un service spécialisé : « Les "places" pour les immigrés sont prises à 90 % en France. Depuis 2005, on a plutôt affaire à du regroupement familial. Avant il n'y avait pas un mois où on ne faisait pas entre une et trois filières. »

Sur les dix-huit démantelées par l'Ocriest en 2007, quatre étaient chinoises. Seule l'une d'elles avait la France pour destination finale. Les autres — d'immigration fujian — visaient les pays anglo-saxons, Grande-Bretagne et Amérique du Nord[1]. Dans tous les

1. L'une d'elles, démantelée en décembre 2007, était associée à une filière turque (qui faisait également dans les stups) chargée de

cas, l'acheminement se faisait par voie aérienne. Pour deux d'entre elles par des compagnies régulières, pour les autres avec un mix de régulières, de *lowcost* et de charters, via l'Afrique, le Moyen-Orient — mais aussi parfois par les pays de l'Est, l'Amérique du Sud… —, avec une arrivée soit à Paris soit en province… « Ces filières structurées, très professionnelles, sont très réactives. Aucune n'a un itinéraire fixe, ça change tout le temps, dès qu'elles sentent la pression monter, explique un policier spécialisé. Tant que ça passe, le chemin est utilisé, mais ça ne dure pas six mois. Les migrants voyagent seuls ou par groupe de deux ou trois ; les organisateurs évitent de mettre quinze Chinois sur un avion qui vient d'Afrique. Ils connaissent tous les vols, étudient leur composition. Ils se calquent sur les déplacements d'hommes d'affaires chinois qu'ils imitent. Le but pour nous est de trouver par où ils vont arriver. C'est un perpétuel jeu du chat et de la souris. »

La Grande-Bretagne, avec ses conditions d'accueil nettement plus favorables, attire également d'autres nationalités : des Pakistanais, des Sri-Lankais, des Indiens, des Afghans, des Irakiens, des Kurdes… qui transitent par la France via des réseaux à la mesure de leurs moyens. En son temps, le centre de Sangatte dans le Pas-de-Calais servait de plate-forme logistique aux six filières irako-kurdes identifiées. De Turquie où les migrants pénétraient via la montagne, ils gagnaient les îles grecques et l'espace Shengen, passaient en Italie et

---

réceptionner les migrants en Europe (France, Belgique) et de les conduire en Angleterre pour les remettre au réseau chinois.

suivaient l'axe Vintimille-Calais. À Sangatte, ils s'en remettaient aux passeurs irako-kurdes qui détenaient le monopole. Depuis la fermeture du centre, les candidats au passage continuent d'affluer. En novembre 2007, c'étaient encore deux Irakiens, situation géopolitique aidant, qui organisaient les passages — lesquels pouvaient selon leurs lieutenants rapporter jusqu'à 16 000 euros par semaine —, depuis les parkings de l'A26 à hauteur de Saint-Omer. Rassemblés dans les bois, les candidats à la traversée qui montaient de nuit dans les camions à l'insu des chauffeurs étaient obligés à cause des contrôles de partir de plus loin. Les deux organisateurs installés en Belgique étaient en contact téléphonique avec des relais sur la route depuis l'Irak : en Grèce, en Italie, en Allemagne, aux Pays-Bas, etc.

C'est à peu près le chemin qu'empruntait la plus grosse filière d'immigration clandestine démantelée en décembre 2005 à l'initiative des policiers français, lors d'une opération (baptisée en France Pachtou) qui s'est déroulée simultanément en France, en Italie, en Grèce, en Turquie et en Grande-Bretagne avec le soutien d'Europol et d'Eurojust. La filière, dirigée depuis l'Angleterre et qui fonctionnait depuis cinq ans, aurait acheminé des centaines de clandestins afghans, irako-kurdes, mais aussi somaliens, éthiopiens et pakistanais, de Turquie en Grande-Bretagne. En France, le réseau, composé d'Iraniens, d'Irakiens et de Kurdes, structuré, comprenait une tête, des lieutenants, des passeurs, des logeurs, des accompagnateurs, etc.

La France est un pays de transit pour la Grande-Bretagne mais également pour le Canada et les États-

Unis. Avec parfois des complicités au sein même de l'aéroport de Roissy. Comme c'était le cas d'une filière tombée en 2005 et jugée en septembre 2007.

Trois passeurs sri-lankais récupéraient des compatriotes et des Chinois à leur arrivée en France, les hébergeaient le temps de leur fabriquer des faux papiers dans une officine où ont été retrouvés des dizaines de passeports français vierges et divers tampons administratifs, et les conduisaient à Roissy. Là, d'autres compatriotes en règle enregistraient à leur place, puis donnaient leur carte d'embarquement aux clandestins munis de faux papiers. Ce qui permettait d'éviter l'examen de leurs papiers de qualité moyenne voire mauvaise par les agents des compagnies aériennes. Ils avaient moins de difficultés à passer ensuite le contrôle réalisé par des employés de sociétés de sécurité privée… achetés par la filière. Ce qui n'était pas une première puisqu'une autre affaire concernant des agents de sécurité qui avaient aidé des clandestins chinois à se rendre en Grande-Bretagne et aux États-Unis avait été jugée au tribunal de Bobigny en décembre 2006.

### *Économie souterraine et immigration illégale*

À leur arrivée en France, les nouveaux exilés chinois vont rejoindre du côté d'Aubervilliers, de La Courneuve, les ateliers clandestins de la communauté, spécialisés dans la confection, ou les « laboratoires » qui fournissent certains restaurants notamment en raviolis. Tous ou presque savent avant de partir qu'ils vont y travailler plus ou moins longtemps pour rembourser le voyage au village ou à la famille. Avant de monter leur propre commerce, une fois qu'ils auront obtenu des papiers, se marier et faire des enfants qui seront priés de suivre de bonnes études.

Pour trouver du travail, certains ont déjà un contact dans la communauté, d'autres sont orientés par les passeurs qui les accueillent, sinon les petites annonces ou le bouche-à-oreille s'en chargeront.

Les ateliers de confection sont régis par des structures familiales de quatre ou cinq personnes, comme on en trouve à Aubervilliers et dans le 11e arrondissement. Celles-ci s'appuient sur un gérant de paille qui joue ce rôle pour plusieurs entrepreneurs. La manne de ces ateliers vient grossir l'économie grise de la communauté, nourrie déjà du travail au noir dans les entreprises qui ont pignon sur rue et des libertés prises avec la réglementation, et destinées à éviter — ou minimiser — certaines taxes et autres impôts. En 2005, une vingtaine de restaurants de Paris et sa région fraudaient le fisc par le biais des chèques de leurs clients. Ils étaient confiés à un Sino-Cambodgien de 45 ans — l'organisateur du trafic — qui les encaissait sur l'un de ses dix comptes en banque avant de leur rétrocéder le montant en liquide, moins ses 10 à 20 % de commission. Une arnaque estimée à près de 1 million d'euros.

En bout de chaîne, cet argent noir prendrait le chemin de la Chine. Il peut passer d'un pays à l'autre par la route : en juillet 2007, la police aux frontières du Perthus a ainsi interpellé quatre Chinois à bord d'une voiture immatriculée en Italie et qui détenaient 70 600 euros non déclarés. À la vue des policiers, ils avaient tenté de dissimuler les paquets sous leur chemise…

Plus sûrement, ce sont des banquiers clandestins qui assurent le transfert de l'argent vers la famille restée au pays. En juillet 2006, une filière était neutralisée par la BRIF de Paris après deux ans d'enquête. Une famille de commerçants d'Aubervilliers, dont le père présenté comme l'organisateur était en Chine, avait créé des associations caritatives destinées à « aider les compatriotes restés au pays ». Les commerçants clients de la « banque » déposaient leur argent en liquide sur les comptes bancaires des associations, et celui-ci était ensuite transféré d'un clic vers une banque chinoise qui les remettait à leur destinataire. Entre 2001, date du début de l'activité, et 2006, le système aurait permis à une centaine de commerçants de transférer 12 millions d'euros. Du début 1999 à juillet 2000, c'est 1,7 milliard de francs qui auraient transité en dix-huit mois par deux bureaux de change du 9e arrondissement à Paris. Provenant de commerçants fraudant le fisc, du travail clandestin dans les ateliers, de l'exercice illégal de la médecine, etc. L'argent était transféré électroniquement vers la Chine, Hong Kong et les États-Unis. Une fois blanchis en Chine, une partie des fonds de la communauté reviendraient en France pour y être investis dans l'immobilier et les commerces.

*Une déferlante de contrefaçons*

Lorsque l'on évoque l'économie grise de la communauté, difficile de faire l'impasse sur le marché de la contrefaçon. La Chine est le premier producteur au monde (dans les régions de Pékin, Shanghai et les provinces du Guandong et du Zhejiang autour de Hangzhou, Whenzou, Yiwu…), même si elle est suivie par ses voisins de l'Asie du Sud-Est : Vietnam, Laos, Cambodge, puis dans une moindre mesure par la Turquie, le Maroc, etc. L'Amérique du Sud s'y met également, mais à destination des États-Unis pour le moment.

Ces dernières années, le marché a explosé comme en témoigne l'augmentation des saisies, même si la mobilisation de la douane sur ce sujet y est sans doute pour beaucoup. En 2006, elles ont pour la première fois franchi la barre des 6 millions d'articles, trois fois plus qu'en 2003 (1 987 000). La hausse est constatée partout dans le monde. Pour l'Union européenne, les saisies ont augmenté de 80 % en 2006, et 86 % des articles étaient d'origine chinoise.

Surtout, la part des marchandises destinées au marché français est passée de 35 % en 2003 à 52,5 % en 2006.

Cette « déferlante » a évidemment un impact sur l'emploi et la survie des PME, plus fragiles que les grands groupes, mais également sur la sécurité des consommateurs et leur santé. La contrefaçon n'est en effet plus réservée au luxe, mais touche tous les domaines, et notamment certains secteurs sensibles comme les pièces détachées automobiles, même si les saisies dans le domaine ont récemment diminué. En mars 2005, la première prise de pièces automobiles destinées au marché français, et qui arrivaient de Taïwan, concernait 600 faux démarreurs antivol et commodos de clignotants. Le même mois, 400 phares et clignotants destinés aux marques françaises étaient également trouvés arrivant de Taïwan. En août suivant, on passait la vitesse supérieure avec 19 000 rétroviseurs, et des phares, des clignotants de « chez » Renault, Peugeot, Citroën, des Neiman… importés par une entreprise lyonnaise, et là encore en provenance de Taïwan. Enfin, en 2006, les douaniers de la Réunion confisquaient pour la première fois des pneus contrefaits fabriqués en Asie.

Mais le plus inquiétant concerne les faux médicaments. Le trafic qui touchait majoritairement les pays en voie de développement, Afrique en tête, débarque aujourd'hui en Europe. Les fabricants ont eux-mêmes involontairement tendu la perche aux producteurs en délocalisant la chimie lourde dans les pays où la main-d'œuvre est moins chère et ainsi aidé à la formation de chimistes locaux en Chine, mais également en Inde, au Nigeria… Au fil de la collaboration, ils leur ont confié des tâches de plus en plus sophistiquées, jusqu'à ce que les sous-traitants puissent travailler pour leur compte. Si la France semble encore peu touchée — notamment grâce au système de santé et au monopole des pharmacies[1] —, les commandes par Internet (pour l'instant beaucoup de faux Viagra) dans les e-pharmacies inquiètent les autorités. En août 2007, les douanes saisissaient tout de même 21 700 médicaments arrivés de Chine par colis postaux ou dans des valises de voyageurs débarquant à Roissy et, en septembre suivant, elles mettaient la main sur 100 000 doses diverses dans cinq herboristeries et magasins de diététique chinois des 3e, 11e et 20e arrondissements. En 2006, la France avait connu deux premières alertes : des copies de lentilles

1. Une partie de l'importation serait le fait du système d'importation parallèle : des grossistes autorisés à acheter moins cher des médicaments dans un pays de l'Union pour les revendre plus cher dans un autre.

qui provoquaient des infections… fabriquées à Hong Kong, importées par un homme d'affaires israélien et distribuées dans des pharmacies de la région parisienne ; et en octobre 2006, lors du Salon international des ingrédients pharmaceutiques, la police interpellait six Chinois qui vendaient une copie d'un produit fabriqué par un groupe français et non encore commercialisé[1].

D'après certains observateurs internationaux (notamment les services de sécurité des fabricants), les organisations criminelles seraient de plus en plus présentes sur le marché de la contrefaçon. Mais pas seulement. Pour d'autres, la contrefaçon de médicaments par exemple pourrait également être le fait de cadres de l'industrie pharmaceutique des pays sources, avides de se faire un « très gros billet ».

Là, et sans doute plus qu'ailleurs, la perception du phénomène de la contrefaçon sous toutes ses formes n'est pas très claire. Alors, groupes criminels mafieux ou hommes d'affaires qui utiliseraient les circuits commerciaux classiques pour exporter des marchandises illégales ?

Du côté des douanes, on y voit la main du crime organisé : « Il y a quelques années encore, on ne considérait pas la spécialité comme en faisant partie. Mais depuis… » Leur perception a changé, avec comme argument majeur l'ampleur qu'a prise le phénomène ces dernières années et l'apparition de filières structurées. « Depuis quelque temps, les saisies sont massives, on n'est plus seulement dans le trafic individuel ou le

1. *L'Express*, 17 mai 2007.

souvenir de vacances rapporté de Thaïlande. Les filières utilisent la falsification de documents, des relais dans des pays tiers où ils pratiquent la rupture de charge et où ils disposent de bases logistiques… Les importateurs passent par des kyrielles de sociétés écrans et pratiquent, pour certains, l'acheminement décomposé. Les étiquettes arrivent d'un côté, les emballages de l'autre, le produit fait l'objet d'une troisième cargaison, avant que le tout ne soit assemblé. »

On peut légitimement supposer que le crime organisé qui est à l'affût du profit et des failles du système s'est mis sur le créneau. Mais en France il n'y a pas de preuve de l'implication de groupes criminels de Chine continentale ou des Triades dans ces réseaux. On peut seulement supposer. En effet, selon les observateurs avertis consultés, aucune affaire n'a été réalisée qui permette de remonter la filière entièrement jusqu'à la production des marchandises dans le pays source. L'action des douanes, le plus gros intervenant, porte sur les produits et non sur l'identité et le profil des réseaux qui se cachent derrière. En plus, une telle enquête implique une coopération internationale avec la Chine et la question est évidemment délicate pour un pays dont une bonne partie de l'économie repose sur l'industrie du faux. Et puis, pour certains observateurs : « Ça peut être également un argument politique. Mieux vaut parler de crime organisé aux autorités chinoises que de dénoncer une politique commerciale agressive… »

Et pour parfaire le tableau, il n'existe pas de structure interministérielle PJ/Douanes/Gendarmerie pour centraliser et analyser le phénomène alors que la disposition était prévue et validée par le ministre de l'Intérieur (mesure 23 du plan de modernisation de la PJ). Ce qui signifie qu'il n'y a pas de stratégie globale, mais des saisies ponctuelles réalisées par chaque service…

En résumé, on ne sait pas qui est derrière, mais on constate que c'est très organisé. Mais à partir de quel stade, depuis l'usine ?

Du côté du renseignement policier, on penche pour une production classique. « Lorsque l'on constate que les produits contrefaits sont eux-mêmes en moyenne copiés deux fois, on peut penser que la production n'est pas aux mains du crime organisé. En revanche, parmi ceux qui détournent cette production — qui est souvent destinée au marché intérieur chinois (75 % de la production y serait écoulée) — pour l'exporter, il y a peut-être des organisations criminelles. On peut faire l'analogie avec le trafic de stups. Que ce soit les producteurs de haschich marocain ou ceux qui cultivent la coca en Colombie, au Pérou ou en Bolivie, ce ne sont pas des mafieux, mais des paysans. En revanche, ceux qui leur achètent, et l'exportent… Là, c'est encore plus compliqué parce que les produits sont en apparence légaux et se fondent dans un circuit commercial classique. Et puis surtout, tout dépend où l'on place le curseur sur l'échelle du crime organisé… Si on ne s'attache pas aux profils de ses animateurs, est-ce que le fait qu'une activité soit illégale et structurée suffit pour parler de crime organisé ? »

La contrefaçon arriverait dans les ports du Havre, de Fos-sur-Mer, ou d'ailleurs, noyée dans les milliers de containers en provenance chaque jour de Chine, mais également via des aéroports comme Roissy.

En Europe, l'Italie est le point majeur d'entrée dans

l'Union, principalement par le port de Naples. 93,4 % des saisies italiennes seraient d'origine chinoise. La péninsule, classée troisième producteur au monde, ne découvre pas le phénomène. Les ateliers de la Camorra napolitaine tourneraient à plein rendement. Aux côtés de ceux des contrefacteurs chinois qui produisent également dans la région de Naples, afin de réduire le nombre de frontières à franchir et donc les risques. Moyennant peut-être une contrepartie financière pour les collègues italiens.

La chaîne d'importation et de distribution en France serait traditionnellement commerciale avec des grossistes, des semi-grossistes… comme en témoignent les saisies réalisées. En janvier 2005, la brigade centrale de répression de la contrefaçon de la police parisienne découvrait un appartement à Belleville abritant des milliers d'articles, allant du sac de marque en passant par des ceintures, des foulards, etc. Un magasin clandestin où venaient se fournir les semi-grossistes et les revendeurs au détail.

Les grossistes, des commerçants qui disposent d'entrepôts, mélangent transactions légales et illégales. Au milieu des importations de marchandises claires se glissent des faux. Les articles sont ensuite écoulés dans les magasins de la communauté.

Le 1er février 2005, à la suite d'une saisie de la douane, l'antenne PJ de Meaux a ainsi mis au jour une filière animée par un commerçant et sa famille qui importaient, sans les payer, des vrais et des faux produits distribués dans ses points de vente, tandis que des avances de trésorerie étaient effectuées vers d'autres sociétés extérieures au groupe. En parallèle, l'entrepreneur confectionnait des fausses factures pour éviter les contrôles ou minorer les taxes douanières, employait des travailleurs clandestins, etc.

D'autres filières utilisent des vendeurs à la sauvette sur les marchés. En juin 2005, les gendarmes démantelaient une filière active sur les marchés d'Île-de-France avec jusqu'à trente vendeurs sur un site. Les produits — parfums, montres, maroquineries, chaussures, coques de téléphones portables… — venaient du Zhejiang, étaient entreposés à Aubervilliers, et écoulés par des clandestins en région parisienne, tandis qu'une partie prenaient le chemin de la Belgique. L'entreprise clandestine aurait généré un chiffre d'affaires de 3 millions d'euros en une seule année.

### *Clopes en stock*

La contrefaçon chinoise touche également les cigarettes. Elles représentent au moins 20 % des 47 tonnes de fausses cigarettes saisies en 2006. Un business à rapprocher de celui de la contrebande de tabac en général qui concerne pour la même année 240 tonnes. Selon un expert des douanes : « La contrebande de cigarettes est un phénomène en constitution. 2004 est pour la France l'année zéro du trafic. » Il s'est effectivement développé depuis 2003, année où la fiscalité a fait un bond. Selon les statistiques douanières, 1 % des saisies seulement sont le fait d'un trafic de grande ampleur… mais elles représentent 50 % de la totalité, soit 120 tonnes pour 2006. Un tonnage réalisé en vingt prises et dont une grosse partie était destinée à la Grande-Bretagne, marché traditionnel de la contrebande. Cent une tonnes ont par exemple été saisies dans le département du Pas-de-Calais.

« Le trafic se met en place. En France, certains gros intervenants appartiennent aux organisations britanniques qui tentent de pénétrer le marché. Leurs camions transitent par le territoire, pourquoi certains d'entre eux ne s'y arrêteraient-ils pas ? » Les filières chinoises — qui selon les spécialistes sont les plus difficiles à cerner — présentes dans ce trafic travailleraient en flux tendu. Lors d'une arrivée de camion à Aubervilliers, douze personnes déchargeaient et autant de camionnettes attendaient. Mais le grand banditisme qui est également sur le créneau serait lui plutôt opportuniste, prêt à réaliser un coup lorsque l'occasion se présente. Comme cette équipe de Parisiens arrêtés en juillet 2006. Leur container arrivait de Chine à Fos-sur-Mer. « Mais ils ne sont sans doute pas allés l'acheter en Chine. Ils sont plus sûrement passés par un intermédiaire qui le leur a proposé ici », précise un proche de l'enquête. Les douaniers ont détecté le container par ciblage : il était censé contenir des manteaux… en été. Et le dossier pour le récupérer n'était pas complet. Le reste était d'ailleurs tout aussi aléatoire : placé sous surveillance, le chauffeur venu chercher le container a tourné des heures, perdu, dans la zone de Vitrolles pour trouver un endroit où garer le camion qui a passé la nuit dehors. Le lendemain matin, les deux équipes présentes pour le déchargement ont ainsi pu être interpellées.

Selon un voyou français qui en achète par cartons : « Moi je me fournis en fausses auprès d'un autre Français qui achète en gros auprès des Chinois. Ce sont eux qui s'occupent de l'importation… mais entre le mec qui fait venir et celui que tu vois, on ne sait pas combien il y a d'intermédiaires pour faire la coupure. Les importateurs, tu peux difficilement les voir, eux ne veulent traiter qu'avec des mecs de chez eux… »

Les cigarettes arrivent de Chine par bateaux mais aussi d'Europe de l'Est, où les prix sont très attractifs, par camions. « Mais les routes changent tout le temps. Un port est choisi pour ses facilités de dédouanement puis, en cas de problème, on change[1]. Par exemple, il y a eu des saisies à Anvers, et dans les semaines qui ont suivi plus rien. Ensuite, c'est l'Espagne qui reçoit, etc. Ce qui est valable aujourd'hui ne le sera plus dans deux mois. » La réactivité des trafiquants est similaire vis-à-vis des ateliers de fabrication clandestins qui opèrent en Europe occidentale. Après le démantèlement d'une quinzaine d'entre eux depuis 2003 au sein de l'Union européenne (installés dans des zones industrielles en friche ou même dans des camions), aucun n'a pu être repéré en 2007. « Ils ont dû les reculer juste de l'autre côté des frontières », en conclut un spécialiste. En mars 2006, le plus beau d'entre eux est tombé à Cologne et un stock de 100 tonnes de cigarettes a été saisi à l'occasion. L'unité de production, qui sortait 1 500 cigarettes à l'heure, appartenait à une organisation bulgare. Celle-ci acheminait de Bulgarie par camions bâchés des ouvriers du tabac qui venaient bosser clandestinement pendant leurs congés. Ils passaient un mois à produire

1. En 2005, 24 containers ont été saisis lors d'une seule opération dans le port de Hambourg.

en dormant et mangeant sur place avant de rentrer avec l'équivalent de trois mois de salaire. Des sociétés légales fournissaient les différents composants à des entreprises officiellement clientes et situées par exemple, pour les filtres, au Kosovo. Les routiers venus chercher leur cargaison n'avaient qu'à faire un petit crochet par Cologne. Les « matières premières » arrivaient par des filières d'acheminement séparées : le tabac était acheté par une boîte du Kazakhstan à une société belge spécialisée qui l'importe d'Argentine ; les paquets étaient imprimés par une officine autrichienne en liquidation, etc.

À côté de ces gros trafics, chinois et autres, un trafic de fourmis par voie postale s'est également généralisé dans la communauté chinoise selon les RG. Il alimenterait principalement les restaurants asiatiques, ce qui expliquerait que leurs propriétaires se fournissent de moins en moins dans les débits. Ce qui prive de bénéfices d'autres entrepreneurs de la communauté : pour la seule année 2004, les douanes ont recensé l'acquisition par des Chinois de 600 bars-tabac en France. Les douaniers n'ont pu s'empêcher de faire le rapprochement entre ces achats et deux saisies de Marlboro contrefaites chinoises réalisées en Allemagne en 2004 (100 et 250 tonnes) dont les paquets comportaient une imitation parfaite des codes-barres, ce qui permettait de les revendre sur le marché officiel. Les RG, qui tentent de trouver une explication à ce subit engouement, y verraient plutôt des possibilités de blanchiment d'argent issu de l'économie grise.

### *Feuille de boucher et gangs whenzou*

La masse d'argent liquide en circulation attise les convoitises, notamment celle des gangs whenzou qui terrorisent la communauté depuis quinze ans. La grande vague d'immigration a drainé non seulement des travailleurs, mais également des voyous en délicatesse au pays. Leurs premières cibles ont été les clandestins qui, sans existence légale ici, se gardaient bien d'aller se plaindre auprès de la police. Un vrai régal pour ces équipes de sept ou huit personnes âgées de 20 à 40 ans, toujours dirigées par un chef, qui se sont mises à les racketter. Voire à les « lever » directement à leur arrivée à Paris. Les gangs travaillaient également « dans l'immigration illégale », chargés par la tête de pont en France de réceptionner les migrants à l'aéroport ou au train pour les uns et de les héberger le temps que le voyage soit réglé pour d'autres. Les voyous s'étaient fait une spécialité de la « chasse aux canards », comme sont surnommés les clandestins : ils débarquaient en lieu et place des « passeurs » prévus et les kidnappaient, les logeant parfois dans les mêmes pavillons ou appartements que les clandés arrivés par leur filière. Ils proposaient ensuite au passeur de les racheter au prix fort, le type n'ayant pas tellement le choix, vu qu'au pays le patron attendait qu'ils contactent leur famille pour être payé. En cas de refus, les kidnappeurs récupéraient le numéro des familles par la menace, voire la torture, et réclamaient une rançon qui devait être versée à un complice en Chine. Ou plus simplement à un complice à Paris. En 1998, trois clandestins « raptés » par un gang de passeurs concurrents avaient été contraints de contacter leur famille dans la capitale. L'une avait payé et récupéré son parent, un deuxième séquestré s'était enfui, tandis que le frère du troisième avait alerté la police. La remise de la rançon devait se dérouler près d'un fast-food de la porte de Clichy : la police était présente, mais l'affaire avait tourné à la bagarre, l'un des ravisseurs ayant dégainé un pistolet automatique et blessé deux policiers de la BRB qui tentaient de l'interpeller.

La chasse aux canards débouche plus couramment sur des règlements de comptes entre équipes. La crédibilité de la filière étant en jeu. Le 28 octobre 2001, vers 21 heures, une fusillade éclate au Palais d'Asie, un restaurant chinois de la rue de Flandres dans le 19ᵉ. Deux hommes ouvrent le feu sur une table de convives, tandis qu'un troisième brandit un hachoir de boucher. L'un des types visés riposte et tue l'un des assaillants. Une balle perdue finit dans le dos d'une cliente qui restera handicapée et une autre se loge dans le talon d'un serveur… Ce soir-là, Jin, 48 ans, qui serait la tête de pont d'un réseau d'immigration entre le Zhejiang et la France, dînait là avec trois subordonnés lorsqu'il avait vu entrer dans l'établissement une équipe qui leur avait soulevé un lot de clandestins quelques jours plus tôt à Roissy. Les quatre hommes s'étaient esquivés et avaient foncé chercher les calibres et le hachoir. Avant de revenir défourailler dans le restaurant.

La même année en mars, c'est un Chinois également soupçonné de détournement qui, attablé à une terrasse du 3ᵉ arrondissement, se fait entailler les membres à coups de hachoir. Dans le même coin, dix types en avaient découpé un autre en 2000.

Des chefs de gang se sont fait un nom dans la spécialité comme Li Feng abattu en 2002 dans un bar parisien ou encore Lao Fu dit « le Tigre », l'homme qui brandissait le hachoir lors de la fusillade du Palais d'Asie, le patron de l'équipe dominante du début des années 2000. Un homme qui, bien qu'apparaissant dans de nombreux dossiers, était insaisissable. « Était » car il a disparu, dénoncé par l'assassin qu'il avait envoyé, après avoir commandité un meurtre. Il serait réfugié en Grèce et ferait des voyages ponctuels en France.

L'expression « perdre la face » ne serait pas vaine au sein du milieu chinois parisien. Les règlements de comptes s'y succèdent année après année : en mai 2000, dans un bar de Bagnolet, un individu est liquidé d'une balle tirée dans sa bouche ; deux ans plus tard, en novembre, un voyou de 35 ans ramasse deux balles dans le thorax et dans un bras, tirées par des collègues lors d'une soirée asiatique dans une boîte du 10e arrondissement ; en juillet 2003, Raymond, un Sino-Laotien connu pour des affaires de stups et d'extorsion, est abattu au 9 mm dans un bar du même arrondissement ; en décembre 2003, un saucissonneur est assassiné par deux associés ; en mai 2005, un type est blessé par balles au-dessus du genou et dans le mollet alors qu'il sort du China Club rue Au Maire ; en juin 2007, c'est un homme de 44 ans qui prend du petit calibre dans les jambes à Aubervilliers…

Ces différends sont parfois liés à des dettes de jeu. Leur récupération vire à l'extorsion avec calibres et hachoirs. En avril 2004, la 2e DPJ découvre une salle de jeu clandestine dans le 10e arrondissement, hébergée dans le sous-sol d'un immeuble loué à une société. L'affaire a démarré avec l'appel d'une commerçante chinoise, dont le frère a été kidnappé pour une dette de jeu. Les ravisseurs menacent de lui couper le petit doigt si la frangine ne leur verse pas 6 000 euros. Présents lors de la remise de rançon place de la République, les policiers remontent jusqu'au tripot où ils mettent la main sur un listing qui comporte des dizaines de débiteurs, majoritairement commerçants, dont l'un à hauteur de 10 000 euros.

Le voyou chinois, comme beaucoup de ses compatriotes, aime particulièrement flamber[1]. À Paris, quatre à cinq tapis clandestins tournent : deux, dont l'un très gros, dans le 93, où la communauté s'est installée massivement après s'être implantée à Belleville et dans le 3e arrondissement ; un du côté de la République, un autre dans le 11e vers Voltaire… Fréquentés par les commerçants comme les truands, ils sont dans un appartement où ils peuvent accueillir cinq tables comme vingt, recouvertes de feutrine verte où l'on joue aux cartes et aux dominos. Des banquiers indépendants assurent les prêts aux joueurs et, dans les plus gros, le patron est secondé par un chef de partie[2].

1. En Chine, malgré l'interdiction officielle des jeux de hasard, plusieurs milliers de casinos clandestins accueilleraient les joueurs, dont certains, comme celui démantelé au Henan en 2005, comptent une centaine de machines à sous.

2. Concernant le jeu, les policiers du renseignement s'inquiètent de la montée en puissance des casinos en ligne chinois animés par des groupes criminels, dont les serveurs sont situés dans des places offshore, et qui à Hong Kong et Taïwan doublent les « PMU » locaux.

L'argent que les équipes chinoises claquent dans les clandés et dans les restaurants de la capitale a bien souvent été extorqué, non pas aux clandestins, mais plus sûrement aux commerçants. Ayant l'habitude de garder quelques liquidités, comme on l'a vu, ces derniers se transforment parfois en « saucissons », promptement et sauvagement ficelés. Depuis la fin des années quatre-vingt-dix, les gangs rackettent, enlèvent, ligotent leurs compatriotes pour leur soutirer leurs dizaines voire centaines de milliers d'euros d'économies. Aux voyous chevronnés se sont joints de jeunes clandestins parfois mineurs qui n'avaient aucune envie de perdre leur jeunesse derrière une machine à coudre.

Chaque année, les gangs chinois sont responsables d'une cinquantaine de vols avec séquestration à Paris et dans la petite couronne, c'est-à-dire principalement dans les 11e, 13e, 20e, ainsi qu'à Aubervilliers et La Courneuve. En 2007, le chiffre a légèrement baissé à 38 et encore compte-t-on quelques imitateurs : gangs tamouls qui tapent leur communauté et que nous retrouverons, ou équipes de cités qui frappent chez les Chinois.

Le modus operandi est quasi similaire dans chaque affaire[1]. Coup de sonnette matinal. Lorsque la porte s'ouvre, la victime se retrouve devant quatre à cinq types cagoulés, armés d'un calibre ou de couteaux, qui saucissonnent tout le monde au ruban adhésif ou avec

1. Il y a bien sûr des variantes observées au fil des années : enlèvements de bébés, séquestrations d'enfants laissés seuls à la maison, filatures d'enfants à la sortie de l'école pour pénétrer avec eux au domicile, saucissonnages d'étudiants, etc.

des Serflex, et retournent l'appartement à la recherche du liquide. Au passage, quelques sévices sont possibles, doigts coupés et autres joyeusetés. Au fil des années plusieurs victimes y ont même laissé la vie : en mai 2003, un restaurateur est torturé à mort sous les yeux de sa femme et de son fils de 11 ans ; le mois suivant, c'est un couple et leur fils qui décèdent ; en mars 2004, un autre restaurateur est tué de deux balles devant sa famille ; en juillet 2005, un commerçant est retrouvé égorgé par son fils… Plus d'une vingtaine de meurtres auraient ainsi été commis depuis 2003.

Face au phénomène, la communauté a commencé à parler. Mais ça n'a pas été sans mal pour les policiers. Les victimes étaient si terrorisées qu'elles n'osaient même pas regarder les photos de leurs présumés agresseurs. Seul le mot « mafia » leur sortait de la bouche… Au bout d'un an ou deux à leur expliquer qu'il s'agissait de gangs, elles ont consenti à déposer plainte. Mais pas encore vraiment rassurées… En Chine, les voyous ramassaient facilement quinze ans tandis qu'en France, ils étaient dehors au bout de quelques mois. Mais l'expérience aidant, les peines sont passées de la correctionnelle aux assises, et de dix-huit mois à neuf ou dix ans. Et, en une dizaine d'années, une cinquantaine d'équipes ont été démantelées et la coopération avec les policiers chinois s'est améliorée. Notamment depuis que certains d'entre eux sont en poste à l'ambassade à Paris.

Les voyous se sont adaptés, mettant aujourd'hui des cagoules là où ils tapaient à visage découvert et, après avoir élargi leur champ d'action à l'Île-de-France, vont jusqu'en province pour saucissonner. Dans des petites villes notamment où les victimes se sentent plus isolées.

Et surtout après une période d'ouverture, les victimes se seraient de nouveau réfugiées dans le mutisme. Mais, comme le confessent l'ensemble des services concernés, « beaucoup de choses nous échappent dans cette communauté ».

Depuis quelques années, les gangs whenzou ne sont plus les seuls à opérer dans l'extorsion, le racket et le braquage. Ils ont été rejoints par des collègues qui ont suivi d'autres vagues d'immigrés, du Fujian et de la communauté Donbei du Liaoning au nord-est, une région qui connaît des difficultés économiques. Ces derniers — arrivés depuis 2001-2002 — ont plus de 40 ans et se mélangent peu aux autres communautés. Les quelques interconnexions existantes passent par les cercles de jeu. Très actifs dans l'extorsion de leur communauté, les Donbei se sont également mis à racketter les prostituées de chez eux. Depuis 2003 et surtout 2004, nombre de femmes du Liaoning sont apparues sur les trottoirs des grands boulevards à la porte Saint-Martin, Saint-Denis, à Vincennes… Ces discrètes marcheuses, toutes âgées de 35 à 45 ans, ont commencé comme serveuses ou dans les ateliers avant de se prostituer. Sans réseau, ces indépendantes mutualisent leurs gains pour louer des appartements à des compatriotes dans lesquels elles officient. Les équipes *donbei* les rackettent violemment. L'une d'elles en particulier a mis en coupe réglée la quasi-totalité des professionnelles.

# 13

## *La main de fer des tigres tamouls*

Les Chinois n'ont pas l'apanage du phénomène des gangs ethniques. Une autre communauté asiatique, celle des Tamouls du Sri Lanka, a également les siens. Et, là encore, leur apparition dans la deuxième moitié des années quatre-vingt-dix serait en grande partie liée au développement des réseaux d'immigration clandestine vers la France[1].

Mais là où les équipes chinoises comptent quelques membres, les gangs tamouls en alignent des dizaines, voire beaucoup plus. Ils seraient huit à se partager le marché en Île-de-France où se concentrent entre 30 000 et 50 000 Tamouls, soit la majorité de la communauté. Le plus gros de ces gangs, le Mukkapola (ou Mukkala

1. En 2002, lors du démantèlement d'une filière organisée, les « structures clandestines sri-lankaises » étaient considérées par la DGPN comme « la première source d'immigration illégale ». Celui-ci — parmi d'autres — utilisait le système de l'Hawala pour rapatrier ses fonds. Succinctement : A remet des espèces à B qui en retour lui donne un mot de passe ou un jeton. Qu'il remet à C qui transfère alors l'argent sur son compte au pays. Ensuite, B paye C par jeux d'écriture comptable s'ils ont des rapports commerciaux, ou bancaires s'ils ne sont que financiers.

ou Mukkapulah), aurait, selon les services de renseignement policiers, 400 membres, plus une branche de jeunes, les Bad Boys, au nombre de membres inconnu. Il aurait aussi des liens structurels avec le Viluthu, autrement appelé New Boys, qui compte 50 affidés. Il y a ensuite le Minnale et ses 40 gangsters, le Vennila et ses 30 membres, le Shankar et le Tsunami dont on ne sait combien ils sont et enfin les Serpents qui compteraient 20 personnes.

À en croire les policiers, les gangs tamouls seraient impliqués dans le racket, les cambriolages et autres saucissonnages de clandestins ou de commerçants ainsi que dans le trafic de stupéfiants et le recel. Mais ce sont les liens que certains d'entre eux entretiennent avec la branche française du Liberation Tigers of Tamil Eelam (LTTE), la guérilla séparatiste sri-lankaise, qui inquiète le plus les services de renseignement. Les « Tigres » avaient en effet jusqu'à l'apparition des gangs le monopole des activités « mafieuses » au sein de la communauté. Avec en tête de liste le racket.

Fondé en 1976 au Sri Lanka dans le but de créer un État indépendant tamoul dans le tiers nord-est de l'île, le mouvement est considéré comme la guérilla la mieux organisée au monde. Il compte environ 15 000 combattants, dont les commandos des Tigres noirs chargés des attentats suicides (qui auraient conduit 168 opérations depuis 1987), et possède une marine de guerre (les Sea Tigers) ainsi qu'une branche aérienne qui a fait son apparition le 26 mars 2006 lorsque deux avions civils ont bombardé une base aérienne de l'armée sri-lankaise après avoir décollé d'une piste dissimulée dans la jungle.

Pour financer leurs troupes, les Tigres s'appuient principalement sur une diaspora disséminée aux États-Unis, au Canada, au Royaume-Uni, en Allemagne, en Suisse, en Australie et en France, devenue l'une de leurs plus importantes bases arrière. En effet, au début de l'insurrection et surtout après les émeutes antitamouls de 1983, nombre d'habitants du Nord et de Colombo ont fui le pays. Ce qui a d'abord posé un problème aux Tigres, qui redoutaient de ne plus pouvoir recruter de combattants, a tourné en leur faveur lorsqu'ils se sont mis à imposer leur impôt révolutionnaire à ces exilés. Pour ce faire, le mouvement a mis au point un système très structuré.

Leur secrétariat international, installé à Kilinochchi, leur QG du nord du pays, désigne dans chaque pays des représentants du « parti » qui opèrent via des associations écrans : les comités de coordination tamouls et les branches locales de la TRO (organisation tamoule de réhabilitation), une association humanitaire fondée en 1985. Ils mettent en coupe réglée la communauté locale, régissant entre autres les activités culturelles et sportives et jusqu'aux prêts pour monter un commerce. Sans oublier bien sûr la collecte de l'« impôt » via des percepteurs payés au pourcentage. Lorsque le « contribuable » s'est acquitté de la somme demandée, une carte d'identité de l'Eelam tamoul lui est attribuée, qui lui sert pour ses futurs rapports avec le mouvement, notamment lors des voyages au pays pour ceux qui ne sont pas clandestins.

Sur place, avant de pénétrer dans la zone contrôlée, ces « vacanciers » doivent en effet se présenter dans les centres Nandavanan (littéralement « Jardin des fleurs ») instaurés par les Tigres et qui rassemblent les informations sur les expatriés. Les «gardes-frontières» vérifient grâce au numéro de code que les «taxes» mensuelles ou annuelles ont bien été acquittées dans leur pays de résidence. Dans le cas contraire, le mauvais payeur est invité à signer une reconnaissance de dette avec mention de sa dernière adresse. Ces informations sont ensuite transmises au comité de coordination du pays concerné qui veillera à encaisser les sommes dues. Si le racketté persiste à ne pas payer, les membres de sa famille restés au pays en subiront les conséquences…

Le 1er avril 2007, la France a connu la première opération «antiracket» menée en Europe contre les Tigres qui sont inscrits depuis mai 2006 — avec la rupture de la trêve des combats instaurée en 2002 — sur la liste des organisations terroristes de l'Union européenne. Les policiers arrêtaient quinze membres des Tigres à Paris et en Île-de-France, dont le responsable de l'organisation en France, surnommé Parithi et âgé de 44 ans, son second Petit Jeya, 35 ans, le responsable financier, Metha le responsable de la propagande, 45 ans, ainsi que les responsables des collectes dans chaque département d'Île-de-France qui chapeautent les collecteurs de terrain. Excepté celui des Hauts-de-Seine, Muganathan, 35 ans, arrêté le lendemain alors qu'il revenait d'Allemagne. Surtout, lors des perquisitions, ils mettaient la main sur la comptabilité occulte du mouvement en France.

Au siège du comité de coordination tamoul France, installé rue des Pyrénées dans le 20e arrondissement à Paris, ils découvraient 67 400 euros (sur les 81 700 euros saisis lors de l'opération) dans le bureau du responsable financier et, plus intéressant, des centaines de récépissés de « dons » à présenter lors de l'entrée dans la zone tamoule, et des centaines de souches de carnets de reçus portant le sigle des LTTE, ainsi que des centaines de promesses de « dons » avec des montants variant de 100 à 6 000 euros. D'autres reçus de dons étaient découverts dans un commerce de la rue Louis-Blanc dans le 10e, au cœur de « Little Jaffna » (le QG de la communauté dans le quartier de la Chapelle, du nom de Jaffna, la « capitale » tamoule), ainsi que des dizaines de listes manuscrites et dactylographiées comportant les noms des « donateurs » et le montant versé, et de nombreux chèques sans ordre. Enfin, au siège de la façade humanitaire du mouvement, la TRO, située rue du Département dans le 18e, les enquêteurs découvraient des bijoux donnés, selon les aveux d'un responsable pendant sa garde à vue, par des familles dans l'incapacité de payer l'impôt révolutionnaire.

Et, cerise sur le gâteau, le responsable de la collecte pour le 77 confirmait que les deux dirigeants du mouvement en France avaient récemment exigé 2 000 euros de chaque famille de la communauté. Alors que selon les Renseignements généraux, le montant habituel était plutôt de 500 euros annuels et pour les commerçants de 5 000 euros. Selon les policiers, 6 millions d'euros auraient ainsi été collectés en 2006[1].

1. Le PKK kurde mène également une opération de collecte annuelle auprès de la communauté, appelée Kampanya, via ses trois associations de soutien à la cause installées en France. Des objectifs, définis par rapport à l'année précédente, sont ainsi fixés par le parti qui ponctionne les travailleurs comme les entreprises.

Alors que les quinze personnes étaient mises en examen — et quatorze déférées — pour, entre autres, association de malfaiteurs en relation avec une entreprise terroriste et extorsion de fonds en relation avec une entreprise terroriste, cinq collecteurs étaient ensuite arrêtés en septembre 2007.

Si l'argent collecté par le TRO transitait par le compte que possédait l'association à la Barclay's à Paris, le liquide prenait sans doute la route de la Suisse et de ses banques. Comme le laissent supposer les saisies réalisées sur des passeurs aux frontières. En février 2004, les douaniers d'Ottmarsheim dans le Haut-Rhin arrêtaient deux hommes de 44 et 35 ans accompagnés d'une femme et de deux enfants qui transportaient 200 000 euros en liquide dans leur voiture. L'un d'eux a reconnu qu'il avait déjà convoyé 5,4 millions d'euros dans une banque de Zurich lors de six voyages effectués en 2003.

### *Les gangs font de la «politique»*

Le racket de la communauté en France est apparu au début des années quatre-vingt, mais, jusqu'à la fin des années quatre-vingt-dix, il n'a pas provoqué de résistance de la part des victimes. La communauté, très discrète, était d'autant plus docile qu'elle figure parmi les plus mal intégrées de l'Hexagone avec de nombreux membres ne parlant pas le français. Depuis quelques années cependant, certains d'entre eux se rebiffent. Pour contrer cette rébellion, au tournant des années 2000, les Tigres, sous la houlette d'Elango, leur patron de l'époque en France, ont élaboré une nouvelle stratégie. Afin de resserrer les liens avec la communauté, ils se sont discrètement servis des gangs, faisant ainsi d'une pierre deux coups. En effet, l'apparition de ces derniers avait fortement contrarié l'organisation qui voyait là une atteinte à sa souveraineté et à son monopole des activités « mafieuses » dans la communauté : ils ont repris la main en confiant aux deux bandes Vennila et Minnale certaines actions où ils ne voulaient pas apparaître, tels que des cambriolages de membres de la communauté dont le butin finançait la cause. Ils ont ensuite doublement profité de la situation en alertant la communauté sur les actions nuisibles des gangs, en se gardant bien de désigner ceux qui en étaient responsables et en faisant savoir que leur neutralisation passait par une collaboration sans faille avec eux.

La manœuvre a encore eu l'avantage de monter les gangs les uns contre les autres, notamment le Mukkapola contre le Vennila et le Minnale, dont certains des membres ont été éliminés et d'autres incarcérés après de multiples affrontements. Le chaos confortait au passage le discours alarmiste des Tigres…

Mais cette belle stratégie a pris du plomb dans l'aile en novembre 2003, lorsque la direction des Tigres français a changé et qu'Elango a été remplacé par Parathi. Ce dernier a eu plus de mal à contrôler les rixes entre les gangs, en partie parce qu'il serait lui-même « lié » à titre personnel avec le Mukkapola dont certains membres de sa famille font partie. Bref, les conflits entre « gangsters » tamouls ont très largement augmenté, ce qui a eu pour effet d'inquiéter la communauté.

L'origine de la dégradation de l'ambiance remonte au

7 février 2002. Ce jour-là des membres du Mukkapola tuent un adversaire du Minnale. Sans faire dans la dentelle… À 22h30, une 205 déboule sur l'avenue Paul-Vaillant-Couturier à Bobigny, une route déserte bordée de bâtiments administratifs. Le Sri-lankais de 23 ans qui est à son volant est poursuivi par une dizaine de compatriotes répartis dans trois voitures. Peu avant qu'il arrive à la hauteur du tribunal de Bobigny, sa voiture est bloquée par celles de ses poursuivants. Ces derniers sortent, se jettent sur lui et le lacèrent à coups de tesson et de couteau, avant que l'un d'eux ne le finisse à coups de sabre. Un témoin conforte les soupçons des enquêteurs qui arrêtent trois hommes de 22, 20 et 27 ans à Stains et découvrent chez l'un d'entre eux un sabre. Dans les semaines qui suivent, les agressions avec séquestration se multiplient dans le département jusqu'à ce que, le 18 mars, plusieurs membres du gang Minnale tentent de tuer un adversaire du Mukkapola au Bourget. Quatre jours après, dix-sept personnes sont arrêtées en deux vagues, huit à Paris et neuf dans le 93. Ce qui ne décourage pas les voyous qui multiplient les rixes et autres enlèvements dans les mois qui suivent. Surtout, comme on l'a dit, après la nomination du nouveau patron des Tigres en novembre 2003.

Le 19 février 2004, à 22 heures, un membre du Mukkapola, bien connu des services de police, tente au volant d'une voiture dans laquelle se trouvent deux de ses associés de tuer un Minnale rue du Faubourg-Saint-Denis à Paris. Après l'avoir renversé, il recule et lui roule dessus. En vain. Son adversaire n'est que blessé à la tête. Match retour le 17 mai suivant lorsque Niranjan, le chef du Vennila, accompagné d'un membre du Minnale, tue un membre du Mukkapola dans le 18e à Paris. Arrêté, Niranjan est finalement libéré en avril 2005, ce qui a pour effet d'énerver le Mukkapola et ses alliés — le Vinuthu, et les Serpents, ces derniers étant également en guerre contre le Minnale mais aussi avec le Tsunami — qui attaquent leurs adversaires à Sarcelles dans la nuit du 24 avril. Il n'y a pas de victimes, mais, pour la première fois, les gangs tamouls ont joint aux armes blanches des armes à feu.

En parallèle, les gangs Minnale et Vennila n'ont pourtant pas rompu leur collaboration avec les Tigres. En juillet 2005, les Renseignements généraux signalent que lorsque d'importants responsables des Tigres se retrouvent dans un bar du Faubourg Saint-Denis qui leur sert de point de rencontre, certains affidés du Vennila surveillent les policiers du commissariat situé sur le trottoir d'en face, à quelques mètres. Et, toujours selon la même source, les deux gangs auraient perpétré une série de cambriolages très ciblés commis en 2005 chez des Tamouls à Sevran, le Bourget, le Blanc-Mesnil, Garges-lès-Gonesse, Sarcelles, La Courneuve et Le Thillay pour le compte de Tigres qui financeraient ainsi leur cause.

En même temps, les rivalités entre bandes ne cessent pas. Durant la deuxième quinzaine du mois d'août 2006, des affrontements ont lieu au Faubourg Saint-Denis, qui trouveraient leur origine dans le décès d'un Tamoul survenu en Belgique le 14 du mois. Et les Tigres trouveraient finalement leur compte dans ces violences qui focalisent l'attention des policiers et de la justice et les détournent de leurs activités. Au moins le croyaient-ils jusqu'en avril 2007 et l'arrestation de leur chef Parathi…

## 14

## *Et les Italiens ?*

Dans ce fourmillement de nouveaux venus, quid des traditionnelles mafias italiennes ? Elles sont les plus proches, parlent une langue plus familière aux oreilles des forces de l'ordre qu'un dialecte nigérian et leur réputation n'est plus à faire. Mais… personne n'y voit très clair.

Depuis vingt-cinq ans, la Cosa nostra sicilienne, la N'drangheta calabraise et la Camorra napolitaine sont apparues en filigrane dans de nombreux dossiers, principalement, et logiquement, concentrés sur la Côte d'Azur. Un mélange de mafieux — en cavale, au vert, en activité — plus ou moins recherchés, d'investissements immobiliers et commerciaux, de voyous franco-italiens en lien avec leurs « cousins » à Naples, Palerme ou Reggio de Calabre, de réunions au sommet dans des hôtels niçois, des villas d'Antibes ou de Cannes.

Les policiers et magistrats italiens prétendent alerter régulièrement leurs collègues français lors de réunions bilatérales et européennes sur cette présence mafieuse en France. En 1989, c'est d'ailleurs sous la pression exercée lors des réunions européennes par son homologue transalpin que le nouveau ministre de l'Intérieur Pierre Joxe avait incité le service action de la DCRG à travailler la question. Jean-Paul Musy, patron depuis 1984 du service régional des RG de Marseille, avait été choisi pour mener à bien la mission, avec à son tableau de chasse en 1991 l'affaire Sofextour, tentative avortée de reprise du casino de Menton par une association corso-napolitaine. Puis, selon un policier informé : « Au fil des années, l'activité est allée en s'étiolant. Ce qui fait qu'aujourd'hui nous avons peu d'informations et que nous sommes plus tributaires des Italiens… qui nous instrumentalisent. D'un côté, lors des réunions européennes, ils ne se privent pas de dire devant nos partenaires que le sud-est de la France est la base arrière de leurs mafias, histoire de souligner que nous ne faisons rien à leurs yeux ; de l'autre, lorsqu'ils ont un type en ligne de mire, ils passent par des mandats internationaux sans nous donner de renseignements — en pensant qu'ils leur colleront des peines plus lourdes que nous —, ce qui nous laisse sur notre faim. On ne sait pas à quelle grande famille appartiennent les suspects, etc. »

Une politique déjà déplorée en 1996 dans un rapport relevant que « les demandes d'arrestation provisoire en vue d'extradition sont peu propices aux enquêtes préliminaires. Avec l'accord du parquet de Nice, nous avons essayé le plus souvent possible d'obtenir l'ouverture d'une information judiciaire et de mener des surveillances ». Ou bien de se servir des faux papiers trouvés sur les intéressés pour déclencher une enquête incidente. Quatre ans plus tard, en 2000, ce ne sont d'ailleurs plus les activités des personnes physiques mais leurs moyens financiers qui laissent dubitatif le rédacteur du rapport : « En matière financière, les tentatives d'injection de fonds par les mafias ont été nombreuses et diverses. Le SRPJ de Marseille a traité et traite encore des CRI italiennes portant sur des opérations financières de mafieux interpellés en Italie. Ouverture de comptes, achat d'appartements ou de terrains. Les biens sont saisis, mais il n'y a pas d'affaires de blanchiment, les tiers n'étant pas informés de l'origine frauduleuse des fonds ou ceux-ci transitant par différentes places bancaires (Monaco, Suisse, Luxembourg, îles anglo-normandes…). » Et de conclure : « Les placements immobiliers italiens sont nombreux sur tout le département… une étude systématique de ceux-ci suppose des effectifs spécifiques… »

Sans compter les problèmes de coopération entre deux pays aux instruments répressifs multiples.

Malgré tout, quelques grandes lignes se dessinent. Par exemple que la mythique Cosa nostra a toujours cédé le pas sur la Côte à ses cousines calabraise et napolitaine. Mais surtout, quelques informations plus ou moins troublantes sont parvenues jusqu'à nous, la plupart du temps par la bouche des repentis italiens.

### *Les aventures françaises de la Pieuvre*

Les premiers à briser l'omertà furent les Siciliens. Selon leurs déclarations citées dans un rapport parlementaire en 1993[1], une « cellule de dix » (*decina*)

1. « Rapport de la commission d'enquête sur les moyens de lutter contre les tentatives de pénétration de la mafia en France », par François d'Aubert et Bertrand Gallet, 27 janvier 1993.

aurait été établie en France. C'est-à-dire une équipe de dix soldats, l'unité de base, dirigée par un *capodecina*, lui-même sous les ordres d'un boss de la famille. Lors de son audition par la commission parlementaire italienne en novembre 1992, Leonardo Messina signale, sans en dire plus, « l'implantation de Cosa Nostra à Grenoble ». Son collègue Antonio Calderone, arrêté en France, est un tout petit peu plus précis :

« J'ai entendu parler d'une cellule de dix qui pouvait se trouver en France.

LE PRÉSIDENT : À Marseille ?

— Non, je ne me rappelle maintenant plus de la localité. Il s'agissait en l'occurrence d'une cellule de la province d'Enna, mais je ne me souviens plus du nom du village. »

Selon le rédacteur du rapport parlementaire, « la famille installée à Grenoble, où vit une forte communauté sicilienne, serait rattachée à la famille de Sommatino dont le fief est le village du même nom (8 000 habitants), situé à proximité de Caltanisseta. Un certain Giacomo P., membre présumé de la famille de Sommatino et résidant en France, fait l'objet d'une enquête de la police italienne. La famille de Sommatino aurait des liens avec le clan de Caltanissetta dirigé par Giuseppe Madonia qui a été arrêté en mars 1992 ».

Giacomo P., 59 ans alors, installé depuis les années soixante à Grenoble (où vivaient en 1994 1 600 Sommatinais) avait été condamné en 1981 pour proxénétisme, recel et coups et blessures. Le 20 février 1993, soit moins d'un mois après la publication du rapport qui avait visiblement dérangé les autorités, il était interpellé à Cagnes-sur-Mer pour défaut de carte de séjour. À la suite de sa condamnation à quelques mois de prison, il avait fait l'objet d'un arrêté d'expulsion qu'il avait violé en revenant en France rejoindre sa femme en 1991. À Cagnes, Giacomo séjournait chez un lointain cousin, Emmanuele, 64 ans, lié au milieu marseillais et qui sera condamné en 1995 pour fausse monnaie. Les autorités le reconduisirent dans la foulée via une procédure d'urgence vers l'Italie où une enquête préliminaire aurait été ouverte à son encontre pour complicité mafieuse, dans le cadre de l'opération Leonardo, une affaire de trafic de stups entre l'Europe et les États-Unis. Mais une fois sur place, en fait de trafic de stups, Giacomo P. était laissé libre. Même si, en septembre 1993, l'étau se resserrait autour de lui : il faisait l'objet d'un mandat d'arrêt lancé par le procureur de Caltanisseta l'accusant d'« appartenance à une organisation criminelle appelée Mafia », extorsion, trafic de stupéfiants. Autorisé à se rendre en France pour y être entendu par un juge de Grenoble à la suite d'une plainte déposée contre *L'Express*, il faussait compagnie le 29 aux limiers de la PJ qui le filait : alors qu'il déjeunait avec son avocat dans un restaurant de la ville, il s'est éclipsé par la porte de service pour se réfugier chez sa belle-famille en Belgique où il a finalement été arrêté le 9 décembre dans un supermarché de la banlieue bruxelloise.

Quant à la région grenobloise, elle est revenue sous les feux de l'actualité le 7 juin 1994. Calogero Pulci, 34 ans, un ancien conseiller municipal sicilien destitué en novembre 1991 pour activités mafieuses, a été arrêté à Rives alors qu'il séjournait sous une fausse identité dans sa famille. Originaire de Sommatino, et soupçonné d'être le chef de la famille et le lieutenant de Giuseppe Madonia (alors présenté comme le numéro un de Cosa nostra), il était recherché pour « association de malfaiteurs, assassinats et extorsion de fonds ».

Depuis, la *decina* fantomatique de Grenoble n'a pas fait reparler d'elle.

Selon le repenti Calderone, s'il n'y a pas d'autres familles en France, c'est parce que, dans les années soixante-dix et quatre-vingt, les bandits marseillais traitaient d'égal à égal avec Cosa nostra.

Cette dernière entretient depuis longtemps des liens avec le grand banditisme français. Au moins depuis les années cinquante et soixante, lorsque les voyous français, principalement corses, se sont mis à faire tourner de grosses quantités d'héroïne. La came, dont les chimistes français étaient devenus des spécialistes, partait ensuite aux États-Unis, au Canada, destinée aux familles italo-américaines. L'association franco-mafieuse s'est poursuivie dans les années soixante-dix et quatre-vingt, notamment lorsque, pour échapper à la police française, les labos ont migré en Italie et jusqu'en Sicile.

Dans les années quatre-vingt, certains voyous corses, nous le verrons plus loin, ont tissé des liens avec des camorristes. En revanche lorsque des Siciliens ont tenté de s'implanter dans l'île de Beauté à la même époque, ils ont manqué de contacts fiables. Selon le rédacteur d'un rapport concernant « L'implantation de la criminalité étrangère en France et plus particulièrement dans le ressort du SRPJ d'Ajaccio » daté de juin 2000 : « La mafia sicilienne, accoutumée à traiter avec les chefs par la corruption ou la terreur, n'a pas pu déterminer, dans le monde fragmenté de la violence clandestine corse, politique ou de droit commun, qui étaient les chefs et "à qui payer". »

Le rapport concerne ici l'île de Cavallo, située au large de Bonifacio entre la Corse et la Sardaigne, et surnommée l'« île aux milliardaires » et sur laquelle un Italien nommé Lillo Lauricella s'est implanté dans les années quatre-vingt.

En avril 1976, après quelques années d'urbanisation sauvage faute de plan d'occupation des sols sur la commune de Bonifacio, la gestion des lieux a été confiée à la CODIL (Compagnie des îles Lavazzi), créée par Jean Castel en association avec une filiale suisse de la banque Paribas, avant qu'il se retire quatre ans plus tard en cédant l'affaire à des Italiens. Jusqu'en 1987, le conseil d'administration de la compagnie était présidé par l'époux de Stéphanie de Monaco puis, en 1988, un Italien de Palerme en odeur de mafia, Lillo Lauricella, né en 1945, a été nommé directeur général de la CODIL. Sous sa houlette, 500 millions ont transité sur les comptes de la société entre 1988 et 1992, dont un tiers considéré d'origine douteuse. Lauricella aurait servi de prête-nom à Joseph Calo dit Pipo présenté comme le patron de la famille de Porta Nova. Selon la justice italienne, une autre partie de ces fonds provenait d'un trafic de stups animé par un voyou romain de la bande de la Magliana, Fausto Pelegrinetti, dit Franco, pour lequel Lauricella, installé à Rome, jouait les blanchisseurs. Franco a été arrêté en juin 1992 pour trafic de stupéfiants avant de s'évader l'année suivante. En 1997, selon le ministère public italien, il aurait importé d'Amérique du Sud 900 kilos de coke en Italie et échoué sur une autre livraison de 5 tonnes[1].

À la tête de la CODIL, Lillo Lauricella, que l'on a dit ensuite lié au clan Santa Paola de Catane, s'est rapproché d'Alain Orsoni, l'un des dirigeants du FLNC puis créateur du MPA après la scission de 1990. Avec la multiplication des divisions au sein du mouvement nationaliste, Lauricella a multiplié les interlocuteurs et les embauches de nationalistes. Après son incarcération en mars 1995 à Bastia[2] pour abus de biens sociaux dans la gestion de la Codil (pour lesquels il sera condamné à cinq ans en 2000 par le tribunal de Bastia), il a passé la main à un compatriote qui a racheté ses parts. Ce dernier a traité (avec réticence) avec François Santoni, membre de l'exécutif de la Cuncolta, jusqu'à l'incarcération de ce dernier en décembre 1996. Ce qui aurait aggravé les retards, puis les non-paiements de salaires (pour 12 millions de francs entre 1992 et 1997) des dix-sept « employés » en relation avec Santoni. Finalement, le successeur de Lauricella a déposé plainte pour extorsion de fonds en juin 1997 contre François Santoni et trois de ses amis. La CODIL a été elle mise en liquidation judiciaire en 2000. Depuis, selon une note des RG,

1. En fuite, il sera condamné en Italie à quinze ans en mars 2001 pour blanchiment des bénéfices de son trafic de cocaïne avec la Colombie — peine ramenée à huit ans en appel —, en compagnie de Lillo qui prendra lui sept ans, puis trois en deuxième instance. L'argent était placé à Cavallo, mais aussi investi dans des machines à sous en Amérique du Sud où l'on retrouve des Corses, et dans l'immobilier en Suisse et au Luxembourg.

2. Relâché, il est incarcéré à Rome en 1998 pour blanchiment et, un an plus tard, devient repenti pour la justice. Lauricella, qui a quitté le programme, est abattu le 31 octobre 2002 à Caracas.

l'île aurait reçu des visites de (fort) douteux ressortissants russes…

Depuis les années quatre-vingt, la Côte d'Azur est régulièrement le théâtre d'arrestations « mafieuses », une dizaine par an tout au long des années quatre-vingt-dix, dont celles de quelques Siciliens. Si on ne sait pas toujours qui se cache derrière les mandats d'arrêt, quelques exemples laissent entrevoir qu'il s'agissait de gros poissons.

En juillet 1995, Giuseppe Conigliaro, 59 ans, qui fait l'objet de deux mandats internationaux émis en 1994 par les tribunaux de Palerme et Cisterna pour trafic de stups, est arrêté à son domicile de Berre-l'Étang à une vingtaine de kilomètres de Marseille. Membre de la famille Ragusa, celui que l'on surnomme Joe a vécu un temps à New York. D'après les polices italiennes et américaines, il était l'un des organisateurs d'un trafic de plusieurs tonnes de coke colombienne destinées au sud de l'Italie via les États-Unis et démantelé en septembre 1994 lors de l'opération américano-italienne Project Onig. Pour le loger, les RG de Marseille ont surveillé pendant plusieurs semaines le domicile de son fils à Marignane.

Deux ans après, en juin 1997, la PJ arrête Francesco Paolo Albamonte, 35 ans, à Toulon. Le Palermitain, muni de faux papiers, serait membre du clan de Corso dei Mille, un quartier de Palerme, et figure sur la liste des trente plus gros mafieux italiens. Francesco, soupçonné de s'occuper plus particulièrement du trafic de stups et des rapports avec les producteurs colombiens, serait — selon les Italiens — impliqué dans une affaire de 250 kilos de cocaïne saisis à Felixtown en Afrique du Sud. En fuite depuis 1993, il est recherché pour association de malfaiteurs et trafic de stups. Dans la foulée de son arrestation, il est condamné en France à quatre mois de prison pour usage de faux papiers.

En mai 2000, les stups du SRPJ de Marseille travaillent cette fois avec leurs collègues de Palerme sur Antonino, 56 ans, qui habite Toulon et est soupçonné de trafic de cocaïne.

Francesco Albamonte serait un proche de Toto Riina, l'ancien patron de Cosa nostra incarcéré depuis janvier 1993. En mars 2005, on retrouve la trace du légendaire successeur de ce dernier à La Ciotat. Légendaire car policiers comme juges n'ont plus vu depuis quarante ans le visage de Bernado Provenzano, 72 ans à l'époque. Ce n'est que grâce à un cliché datant de septembre 1959 et un portrait-robot actualisé par un repenti que le personnel de la clinique de la Licorne à La Ciotat a pu mettre son nom sur l'énigmatique Monsieur Gaspard qui a séjourné une semaine en octobre 2003 dans l'établissement. En fouillant dans les paperasses de mafieux arrêtés le 25 janvier 2005, les policiers italiens avaient retrouvé la trace d'une hospitalisation du parrain, ce qui leur a permis de remonter jusqu'à lui. Il avait utilisé l'identité d'un boulanger à la retraite — agent de liaison de la famille arrêtée — pour se rendre en France par la route dans une BM, jusqu'à La Ciotat où il avait été opéré de la prostate au frais du contribuable italien. Il était déjà venu pour analyses au mois de juillet précédent. Deux voyages organisés par son lieutenant Nicola Mandala condamné à treize ans et quatre mois de prison en novembre 2005. Après l'arrestation de Provenzano en avril 2006 dans son village de Corleone en Sicile, policiers et magistrats ont eu la confirmation de ces séjours en comparant l'ADN du boss avec celui prélevé dans la clinique.

*Un milieu bien français*

La plupart du temps, les arrestations de *latitante* (« recherchés ») restent « sèches », comme le soulignent les fonctionnaires. Le type est généralement arrêté dans un appartement loué pour l'occasion ou chez des membres de sa famille biologique, sans plus de conséquences pour celle-ci. À quelques exceptions près…

En septembre 1993, les policiers italiens signalent à leurs collègues français que Pietro Aglieri, né le 9 juin 1959 à Palerme et présenté comme un membre de la mafia appartenant au clan palermitain de Santa Maria di Gesu, séjournerait dans une propriété située aux Pennes-Mirabeau dans les Bouches-du-Rhône. Aglieri fait l'objet d'un mandat d'arrêt international émis par le tribunal de Palerme en octobre 1992 pour association de malfaiteurs, trafic de stups et meurtres, dont l'un en rapport avec l'assassinat de Salvatore Lima, le maire de Palerme. Les premières investigations de la PJ de Marseille débouchent sur l'identification du propriétaire de la villa. Elle appartient au cousin de Pietro, Franco Aglieri, né en 1952 à Cernobbio, « défavorablement connu », qui s'est installé en France en novembre 1984 après avoir été entendu comme témoin lors du maxi-procès de Palerme qui s'est tenu la même année et durant lequel son cousin a été condamné pour association de type mafieux. Les surveillances ne permettent pas de déceler la présence du cousin. En revanche, elles placent Franco qui n'avait rien demandé dans le collimateur des policiers. Selon ces derniers, le monsieur a « une activité professionnelle très relâchée (...) eu égard au train de vie confortable de sa famille »...

Entre septembre et février 1994, les policiers (saisis d'une commission rogatoire en août) ont un aperçu de ses activités. L'homme travaille avec son frère et un ami italien, lui aussi connu des services de police, selon la formule consacrée, à la vente de sept toiles de maître (six signées Van Gogh dont *Les Enfants à la campagne* et *Les Harengs*, et un Raphaël, *Le Jugement de Pâris*) dont il escompte 10 000 000 francs qui doivent être versés sur un compte en Suisse ou en Italie. Sur cette somme, Franco Aglieri a prévu de rétrocéder... un millier de francs à l'homme qui lui a apporté l'affaire. Ce dernier, connu pour menace de mort et escroquerie, est le sous-traitant d'un autre mandaté par les deux propriétaires des tableaux — le mandant officiel n'ayant pu traiter l'affaire lui-même puisqu'il est alors incarcéré à la maison d'arrêt d'Angers pour escroquerie.

Quant à l'acheteur, c'est un Iranien demeurant à Cannes, considéré comme un vendeur d'armes international. Franco Aglieri l'aurait connu à la suite d'une transaction avortée de lires qu'il devait réaliser avec lui en septembre 1993. Aglieri lui avait proposé 112 millions de lires avec un rabais de 30 % sur leur cours officiel par l'intermédiaire d'un Marseillais. L'affaire avait finalement tourné court à cause de l'intervention inopportune d'un autre larron, alors que l'Iranien avait déjà fait virer son argent dans le bureau de change marseillais devant servir à la transaction. Ce dernier, prudent, avait refusé que l'échange se fasse dans un hôtel et exigé que l'opération soit réalisée via un établissement financier. Il est en effet courant que sur ces opérations de blanchiment, les fonds — en francs comme en lires — soient braqués, les propriétaires pouvant difficilement porter plainte. D'ailleurs le courtier sous-traitant dans l'affaire des tableaux faisait l'objet d'une plainte pour une affaire de ce genre à Lyon. En décembre 1993, ce dernier a également dû rendre à la république de Guinée-Équatoriale le passeport diplomatique qu'elle lui avait attribué au titre de conseiller financier, et qu'elle l'accusait d'avoir employé indûment. En août, il avait en effet, sous couvert de cette fonction, proposé à un maire d'une ville de la Côte de prêter de l'argent à sa commune en prise avec des ennuis financiers.

Franco Aglieri a aussi de multiples projets notamment en compagnie d'Italiens. Début 1994, il a été très impliqué dans une escroquerie dans laquelle a trempé un membre de sa famille et qui concernait la vente de livrets d'épargne italiens. Des livrets à taux d'intérêt très élevé, dont les fonds déposés sont bloqués pendant plusieurs années en contrepartie, sont parfois revendus avant la date de remboursement par leurs propriétaires en mal de liquidités. Pour que l'acheteur y trouve son compte, ils sont cédés à perte, permettant ainsi de gagner non seulement sur la somme déposée mais également sur les intérêts à venir. Franco Aglieri et ses associés démarchaient des clients pour leur revendre de… faux livrets, soi-disant émis par une banque napolitaine dont le directeur, de mèche, rassurait les futurs acheteurs qui téléphonaient. En février 1994, ils avaient vraisemblablement trouvé un pigeon en la personne d'un riche Canadien qu'ils avaient rencontré à Genève et à qui ils proposent 7 millions de dollars à la condition qu'il obtienne l'aval d'une banque italienne, car la fameuse caisse mutuelle n'est pas reconnue par la Banque centrale italienne. Le patron de la caisse a rapidement trouvé un banquier milanais prêt à avaliser la transaction en 48 heures, délai suffisant pour commettre l'escroquerie, moyennant 1,5 million de dollars de commission.

Enfin, Franco Aglieri serait également associé dans un biz typiquement mafieux d'escroqueries aux subventions européennes via des sociétés italiennes produisant des fausses factures pour dix semi-remorques d'huile, pour du vin, pour un chantier fictif d'extraction de marbre… Finalement, en juin 1994, il est arrêté avec quatre présumés associés… et relâché quelque temps plus tard faute de « biscuits » judiciaires à se mettre sous la dent.

S'il n'est apparemment pas membre de Cosa nostra, Franco entretient pourtant des liens avérés avec diverses organisations italiennes. Il aurait notamment participé sans être inquiété à une vaste escroquerie internationale menée par des mafieux qui a fait l'objet le 12 mai 1993 d'une opération de police baptisée Mare verde sur la Côte d'Azur et en Italie et sur laquelle nous reviendrons. Il fréquente également un certain Marco, très proche d'un mafieux notoire de Reggio de Calabre. Il a jusque-là réussi à passer au travers de toutes les investigations policières, mais il n'aura jamais l'occasion de s'expliquer. Le 26 juin 1996, il est abattu d'une balle en pleine tête aux Pennes-Mirabeau où il vit.

Si, lorsque l'on parle de mafias italiennes, on a l'habitude de tourner la tête vers la Côte, ou pendant un temps vers Grenoble, on ne regarde pas souvent du côté de l'est de la France. Une zone frontalière de l'Allemagne et de la Belgique, deux pays où la présence mafieuse est pour le premier confirmée, et pour le second fortement soupçonnée.

La communauté italienne localement implantée y accueille quelques fugitifs siciliens — notamment en cavale depuis l'Allemagne —, mais aussi quelques spécimens plus ambigus. En janvier 2001, la cour administrative d'appel de Nancy a confirmé l'arrêté d'expulsion d'un Sicilien condamné le 29 juin 1996 par la cour d'assises de la Moselle à treize ans de réclusion pour association de malfaiteurs, violences volontaires, complicité d'assassinat et complicité de vols avec armes. L'homme est arrivé à l'âge de 1 an en France où il habite avec sa femme et sa fille et il effectue des séjours réguliers en Italie où ses parents vivent la moitié de l'année. Jusque-là… Mais Matteo a aussi fait l'objet d'autres condamnations dans le passé, notamment par la cour d'assises de Palerme le 22 septembre 1989 : trois ans de réclusion pour association de malfaiteurs appartenant à la mafia…

*La diaspora calabraise*

Plutôt que des Siciliens, la France, et particulièrement la Côte d'Azur, accueille des Calabrais de la N'drangheta. Une mafia animée à l'origine par des bergers des montagnes de l'Aspromonte, longtemps qualifiée de rustre et considérée comme mineure comparée à

Cosa nostra et à la Camorra napolitaine. Jusque dans les années soixante, ses clans pratiquaient majoritairement l'enlèvement contre rançon, ainsi que l'extorsion, l'usure et la spéculation immobilière en menaçant les propriétaires qui refusaient de leur vendre maisons et terrains à prix réduit.

Elle va prendre de l'ampleur dans la décennie suivante, grâce au trafic de cigarettes en association avec la Camorra, et surtout dans les années quatre-vingt avec l'explosion de la construction. Les clans vont alors s'immiscer dans les appels d'offres et toucher sur tous les chantiers de la région Calabre.

Depuis, les « bergers » poursuivent leur ascension criminelle en investissant dans les stups, d'abord l'héroïne puis la cocaïne dont ils sont aujourd'hui considérés comme les plus gros trafiquants d'Europe. Au fil des années, ils ont tissé des liens étroits avec les cartels colombiens, et n'ont plus besoin, comme à leurs débuts, de laisser en « garantie » leurs correspondants locaux pour se faire avancer la poudre.

Le désintérêt dont elle a fait l'objet de la part des autorités et des médias a permis à la N'drangheta de grossir dans l'ombre des projecteurs braqués sur ses collègues napolitains et siciliens. Notamment à l'international, où, profitant de la diaspora calabraise, les clans se sont implantés en Australie, au Canada, en Allemagne… mais aussi en France.

En août 2007, dans un rapport sur la N'drangheta, les services secrets italiens concluaient : « Elle se confirme comme l'acteur criminel le plus compétitif et en mesure d'exprimer les plus fortes potentialités en termes de ramifications dans les pays centraux de l'Europe : Allemagne, Hollande, France et Belgique. »

Des magistrats italiens évoquent des investissements dans l'immobilier et les commerces à Clermont-Ferrand, à Dijon et sur la Côte d'Azur, bien sûr.

Lorsqu'on y regarde de plus près, cela n'est pas vraiment un hasard. Le département d'Imperia, limitrophe des Alpes-Maritimes, de par son importante communauté calabraise passe pour être le « 4e département d'une Calabre qui n'en compte que trois », comme le soulignent les policiers italiens. La plus pauvre région d'Italie a généré une forte émigration notamment vers l'Italie du Nord, en Ligurie et dans le Piémont partie travailler comme « petites mains » dans le bâtiment, l'industrie et l'agriculture. Des familles regroupées névralgiquement dans quelques villes de la région comme Vintimille, Vallecrosia, Camporosso dont certains quartiers sont exclusivement « calabrais ». Avec une extension en France, où la communauté qui entretient de forts liens avec la terre natale s'est ancrée à Menton et Nice.

En 1995, deux repentis calabrais (cités par une note italienne transmise aux policiers français) qui n'étaient jamais venus en France déclaraient qu'à Reggio de Calabre « tout le monde savait qu'en cas de problème on pouvait aller à Nice où on est comme chez nous ».

Effectivement, les fugitifs calabrais ne manquent pas sur la Côte. Depuis 1985, ils constituent la moitié des mafieux « rattrapés » en France.

Voici quelques exemples pris au hasard des années : en mars 1995, c'est Francesco recherché par l'Italie pour blanchiment de fonds de la mafia calabraise au travers d'opérations de change portant sur des devises russes qui se fait serrer. En janvier 1997, un autre, recherché depuis un an pour un trafic d'héroïne entre 1993 et 1995, est arrêté près de Cannes, une ville qui plaît visiblement aux Calabrais en fuite. En août 2002, Luigi Facchineri, 36 ans, présenté comme l'un des trente mafieux les plus dangereux d'Italie, et le chef de la région de Cittanova près de Reggio de Calabre, est appréhendé à Cannes dans un luxueux appartement situé au rez-de-chaussée d'un immeuble en front de mer près du Palm Beach. Il « possédait » également un studio au cinquième étage de l'immeuble par le balcon duquel il a tenté de fuir. Lors de son arrestation en compagnie d'un autre Italien également recherché, les policiers découvrent trois pistolets automatiques dont un 7,65 PKK, deux fusils et une carabine. L'Italie le réclame pour extorsion de fonds, trafic de stups, homicide, association mafieuse… bref, l'homme à qui l'on reproche des séquestrations dans les années quatre-vingt-dix et une fusillade avec la police en 1994 fait l'objet de treize mandats d'arrêt. Il se cachait en France depuis trois ans et habitait l'appartement depuis trois semaines. En février 2005, toujours à Cannes, c'est au tour de Domenico Nasso, 35 ans, présenté comme un membre du clan de Belloco di Rosarno près de Reggio et recherché depuis 1998 pour une condamnation à six ans de prison.

Selon les policiers, certaines familles calabraises de la région accueillent délibérément les recherchés, avec qui elles sont plus ou moins liées, par devoir d'assistance. Mais, en contrepartie, ceux-ci ne doivent pas avoir d'activités susceptibles de leur nuire. Les repentis précisent que les fugitifs, outre qu'ils ont plutôt intérêt à se faire discrets, ne peuvent attirer l'attention sur leur hôte lorsqu'ils sont placés sous l'autorité d'un chef local. Une information a priori uniquement valable pour la Calabre ou les pays accueillant notoirement des *'ndrine*, des familles mafieuses, en résumé, où leur implantation serait pérenne. Ce qui encore d'après les Italiens serait le cas de la France…

En avril 2003, selon Mariano Gagliano, le procureur de San Remo, principal responsable des opérations anti-criminelles, la criminalité calabraise serait responsable des attentats qui se multiplient alors dans la région de Vintimille. Des incendies criminels et des bombes visant des supermarchés, des restaurants, des clubs, etc. Et Gagliano de déclarer devant la presse italienne : « Je pense à la France voisine et à la pègre calabraise qui depuis des années s'y est établie. »

L'un des premiers repentis calabrais à avoir évoqué la présence de la N'drangheta en France, en 1993, n'a pas dit autre chose. Mais ils sont peu nombreux à avoir parlé (une quarantaine à nos jours), ce qui a permis d'entretenir le mystère autour de la mafia calabraise. La structure de cette dernière, très repliée sur elle-même, ne facilite pas les confessions. La N'drangheta comporte plus ou moins 160 clans gérant chacun son territoire de manière autonome et au sein desquels les liens familiaux sont très étroits. La structure est composée d'un *locale*, une entité territoriale qui regroupe des *'ndrine* ou *cosca*, c'est-à-dire des « familles », ou clans, souvent biologiques. Au sein de chacune, un boss règne sur un chef opérationnel et un « comptable ».

Que dit le repenti au sujet de la situation française ?

Que, dès 1980, deux boss calabrais — Domenico Libri et Paolo De Stefano — avaient décidé l'implantation d'une *'ndrina* sur la Côte.

De Stefano est loin d'être un inconnu. Sa famille aurait fait table rase de la vieille garde calabraise dans la deuxième moitié des années soixante-dix. À l'époque, Antonio Macri régnait sur la côte ionienne, Mico Tripoddo sur la région de Reggio et Momo Pirelli sur la côte tyrrhénienne. Les frangins De Stefano, subordonnés aux Tripoddo, ont alors décidé de s'affranchir de la hiérarchie. La guerre qui a démarré en 1974 a vu tomber Macri, Tripoddo, puis un frère Stefano en 1977... ensuite le calme est revenu... jusqu'en 1983, date à laquelle se sont alliés deux prétendants qui menaçaient le nouveau trône des De Stefano. Une nouvelle guerre a éclaté dans laquelle est mort l'autre frère De Stefano et qui a pris fin en 1991 avec un bilan de 700 morts.

Paolo De Stefano, vraisemblablement réfugié sur la Côte et recherché pour un trafic de stupéfiants, arrêté en France en 1982 dans sa luxueuse villa d'Antibes, est lui-même tombé finalement en 1986 à Reggio de Calabre, victime présumée des nouveaux prétendants.

Toujours à en croire le repenti, il aurait participé en 1981 à une stupéfiante réunion tenue à l'hôtel Negresco de Nice et qui aurait rassemblé, outre son associé Domenico Libri, un Calabrais membre d'un important clan installé à Milan, mais également le boss de la Camorra Michele Zaza, l'un de ses collègues réfugié en Allemagne, un représentant de la famille Gambino de New York et un jeune talent du grand banditisme corse issu de la Brise de mer bastiaise. Rien que ça !

L'homme va plus loin, il décrit ensuite la structure

qui se serait installée dans les Alpes-Maritimes et la partie orientale du Var. Elle aurait pour base Nice, dont la « famille » aurait la responsabilité de la *zona de controllo*, et superviserait les *'ndrine* d'Antibes, de Grasse, Vallauris… laquelle aurait une projection à Juan-les-Pins, Ollioules et La Seyne-sur-Mer. Il désigne un Calabrais comme étant membre de la famille d'Antibes, un homme effectivement implanté dans la ville où il possède un commerce et qui a déjà été condamné en 1978 et 1984.

Selon des notes policières de 1995, certains éléments rapportés « lui donnent raison ». Durant l'été 1995 en effet, un autre repenti dévoile que ce Calabrais d'Antibes donnerait refuge à Nice au chef mafieux Orazio de Stefano qui a repris les rênes depuis que Dominico Libri a été extradé à son tour en 1994.

Selon notre premier repenti de 1993, l'intérim entre 1992 et 1994 aurait été assuré par l'un des fils Libri et un Calabrais mêlé à l'affaire Sofextour, la tentative de reprise du casino de Menton, dont nous reparlerons.

Domenico Libri a été arrêté en septembre 1992 à Marseille où les policiers l'avaient localisé depuis juillet. Il faisait l'objet de deux mandats d'arrêt pour association mafieuse. En France, il menait selon les RG « une activité commerciale importante y compris au plan international avec des intérêts dans les pays de l'Est, tout en poursuivant ses activités en Calabre » et possédait de nombreux biens immobiliers de Lisieux à Villeparisis. Ses subordonnés et autres contacts d'affaires lui rendaient régulièrement visite dans sa villa d'Antibes baptisée *Tacita Giorgina*, « l'Harmonica muet ».

Déjà en 1994[1], les policiers avaient remarqué un *capo* calabrais débarqué à l'aéroport de Nice qui s'était rendu à Antibes pour déjeuner avec le chef présumé de la famille de Vallauris ainsi qu'avec un beau voyou corse, un collègue à lui beur et un Français installé en Californie et faisant du business avec Milan.

D'autres indices existent encore de la présence calabraise sur la Côte. Le repenti de 1995 précise qu'une certaine famille S. contrôlerait la *'ndrina* de Nice. L'un de ses membres a effectivement été mêlé à un « kidnapping à l'italienne » qui s'est déroulé en janvier 1980 à Vallauris.

Alors qu'il rejoint son domicile, l'homme d'affaires Guy Pitoun est enlevé sur la route de Vallauris. Peu après, les policiers appréhendent un homme venu récupérer la rançon de 5 millions de francs que devait déposer le beau-père du rapté. Il lâche aux policiers que Pitoun serait détenu dans une cabane de Vallauris. Lorsqu'ils arrivent sur place, les antigang de Nice abattent par mégarde un des gardiens de la paix du commissariat central d'Antibes qui planquent sur place dans le cadre d'une enquête parallèle. L'homme d'affaires est finalement libéré le 11 février à Tignet où un couple le retrouve dans une maison en construction. En 1993, les policiers arrêtent un Calabrais de la Côte présenté comme l'un des instigateurs de l'enlèvement. Selon un repenti calabrais qualifié de crédible, cette opération aurait été pilotée par une association entre le grand banditisme français et deux membres de la N'drangheta de

1. Jean-Louis Bianchini, *Mafia, argent et politique*, Le Seuil, 1995.

la côte appartenant à deux familles dont les S. Et surtout, elle aurait été la première d'une longue série d'enlèvements que le scandale provoqué par la mort du policier (sa veuve s'est ensuite suicidée après avoir tué leur fils de 4 ans avec l'arme de service du collègue de son mari qui l'hébergeait) a stoppé. Ce qui effectivement correspond au moment où les clans calabrais ont exporté cette spécialité en Italie du Nord où elle a touché nombre d'industriels italiens jusqu'en 1989.

En novembre 1994, la police croit de nouveau déceler la patte calabraise derrière l'assassinat d'un fortuné marchand de biens de la Côte. L'homme a disparu alors qu'il avait rendez-vous avec deux Italiens pour réaliser une juteuse opération de change et d'achat de devises américaines. Il est retrouvé assassiné au Plan-du-Var quelques jours plus tard par la gendarmerie. La PJ soupçonne deux tueurs de la N'drangheta, Cesare D. et Carmelo R., qui lors d'écoutes en Calabre ont évoqué un « mauvais coup » exécuté à Grasse aux mêmes dates.

La famille S., comme on l'a vu, contrôlerait la *'ndrina* de Nice dirigée par Domenico, un Calabrais résidant dans la ville. En 1995, les services italiens indiquent sa présence à la frontière française et précisent qu'il aurait repris contact avec les boss de la famille de Vintimille, « historiquement importante et responsable des affiliés installés sur la Côte d'Azur ». Si Domenico est ainsi signalé, c'est qu'il est recherché par la justice française après sa condamnation par défaut à quinze ans de réclusion dans une affaire de trafic d'héroïne, commencée à Bangkok en novembre 1987. Un passeur a été interpellé avec 43 kilos destinés à la région niçoise. Selon l'accusation, les organisateurs du trafic seraient les principaux chefs de clan calabrais, cinq hommes dont Antonio Palamara présenté comme le chef de la N'dranghеta de Vintimille. Selon les informations recueillies dans les années suivantes auprès de sources calabraises, ces hommes auraient tenté là la première importation de drogue en association de clans, une technique qui s'est vite répandue et pratiquée à grande échelle. En 1994, les policiers italiens ont ainsi mis la main sur 5 tonnes de poudre dans le Piémont appartenant à un consortium calabrais.

Dans l'affaire de l'héro thaïlandaise, les Italiens étaient associés avec deux beaux mecs français, dont Jacques C., visiblement très proche des mafieux italiens. En 1994, deux ans après être sorti de prison pour cette affaire, il replonge dans un trafic de fausse monnaie. Entre-temps, en janvier 1994, il a joué pendant quinze jours le chauffeur et l'interprète pour le fils d'un camorriste important venu se faire opérer à l'hôpital de la Timone à Marseille. En 1996, une note de police le signale proche d'un certain Michele qui navigue entre Menton et Paris depuis qu'il a été mis à l'écart de ses fonctions de responsable n'dranghetiste de la région ligure.

Une partie de l'héroïne saisie à Bangkok était destinée à la région niçoise, via Antonio Palamara surnommé Luppo (« le Loup »). Dix mois d'enquête plus tard, les policiers niçois démantèlent le réseau — qui fournit également de la coke —, arrêtant quinze personnes et saisissant 30 kilos d'héroïne à la mi-juin 1988. La came était écoulée dans des bars de la région niçoise auprès de petits dealers par trois distributeurs : deux voyous locaux qui tenaient certains des bars et un Calabrais de

Juan-les-Pins, que nous avons déjà rencontré puisque c'est lui qui accueillait les présumés patrons de la Locale azuréenne, De Stefano et Libri. Le trio dépendait d'un autre Calabrais, filé lui depuis avril 1987, soit sept mois avant la saisie thaïlandaise. L'homme était en cavale après s'être évadé en 1982 de la prison italienne de Carrare où il purgeait une peine de quinze ans pour vol à main armée et association de malfaiteurs. Selon la justice, l'homme secondait Antonio Palamara : né en 1940 à Sinopoli, expulsé d'Italie en 1979, et arrêté le 10 novembre 1983 à Nice, recherché par la justice italienne pour association de malfaiteurs et placé sous écrous extraditionnels. Cinq ans plus tard, au moment de son arrestation, ce père de trois enfants séjourne par intermittence dans un hôtel de Juan-les-Pins. Inscrit aux Assedic en France, il reconnaît lors de son procès[1] en 1990 « s'occuper d'une société d'import-export de viande en Italie ». Les écoutes réalisées pendant dix mois laissent penser qu'il a une activité plus large. Antonio négociait par téléphone « 800 kilos de pâtes », « des semis et fleurs rares difficiles à placer », « 600 milliards de lires de parmesan » ainsi que du ciment, du café[2]... Et ses fréquentations étaient un peu orientées. Parmi elles : De Cicco, surnom du boss de la N'drangheta à Toronto, un Mexicain dont les enfants ont été enlevés par ses fournisseurs sud-américains en attente de paiement, etc.

1. Il sera condamné à quinze ans de réclusion criminelle. Pour la petite histoire, ses deux frères Giuseppe et Salvatore ont été condamnés à huit et cinq ans de prison pour association mafieuse après leur arrestation en 2002 en Calabre.

2. *L'Humanité*, 3 octobre 1990.

Palamara plaçait ses gains dans une banque suisse par l'intermédiaire d'un compatriote qui jouait les passeurs et logeait dans le même hôtel que lui à Juan-les-Pins.

Dans la deuxième moitié des années quatre-vingt-dix, force est de constater que des familles de Nice, Antibes, Cagnes-sur-Mer, Juan-les-Pins, La Colle-aux-Loups entre autres figurent souvent dans les enquêtes policières, apparaissant comme proches de la N'drangheta, quand certains de leurs membres ne sont pas carrément désignés comme affiliés. La plupart sont en apparence insérés socialement, travaillant comme cafetiers et artisans.

Pour les observateurs, ce tissu calabrais constitue une base arrière sûre. Ce que confirmerait l'aisance avec laquelle les Calabrais réceptionnent la cocaïne dans les Alpes-Maritimes[1].

Comme en témoignent plusieurs affaires… et la « saga » des frères M. de Vallauris dont le nom était déjà cité en 1995 par un repenti.

Les M., ce sont huit frères nés entre 1947 et 1961, originaires du port calabrais de Gioia Tauro, dont trois sont particulièrement connus depuis des années en France et en Italie pour trafic de stupéfiants.

1. Il n'y a d'ailleurs pas que sur la Côte que la poudre circule… En février 1991, la PJ de Nancy saisit 27 kilos d'héroïne turque, destinés à la revente locale, dans un village des Vosges chez un recherché calabrais. L'opération a été déclenchée à la suite de la saisie en Italie de 37 kilos détenus par un groupe turco-lombard lié au clan calabrais de Milan d'un certain Franco Coco Tovato.

En juillet 1991, les stups de Paris arrêtent à Paris trois mafieux, sous la coupe d'un certain Bruno Criaco, porteurs de 15 kilos d'héroïne. Deux ans plus tard, le chef de clan Giacomo Lauro qui a viré repenti déclare que Criaco est son neveu et que la came était pour lui.

En 1992, le plus jeune a plongé pour 10 kilos de shit. Trois ans plus tard, le numéro du bar qu'il exploite — très défavorablement connu des services de police — apparaît sur le listing d'appel d'un présumé blanchisseur, où il côtoie — le monde est petit — le numéro de l'Iranien vendeur d'armes et candidat à l'achat des tableaux du Sicilien Aglieri. En 2000, les M., qui détiennent toujours leur bar, sont suspectés d'importer du cannabis et de la cocaïne d'Espagne. Une partie de la cocaïne serait ensuite dirigée vers l'Italie avec la complicité de clans de la N'drangheta. Une femme leur servirait de prête-nom pour leur société destinée à blanchir l'argent. Des informations recoupées par les policiers à plusieurs reprises grâce à des notes italiennes.

En 2002, rebelote… Les trois frères M. sont soupçonnés de blanchir l'argent d'un trafic de coke entre la Côte d'Azur et la Calabre auquel participeraient des Marseillais. C'est Marcello, le gendre de l'un des M. — dont nous reparlerons bientôt —, qui ferait le lien entre les deux pays. Selon les écoutes, Hippolito, l'aîné des frères (aujourd'hui recherché par les Italiens pour trafic de stups), chef apparent de la fratrie, projetterait d'acheter pour 700 000 euros une plage de la Côte et serait le porte-parole des organisations calabraises. Il est effectivement en contact avec des criminels de haut vol tel que Dominico de Torianova en Calabre, né en 1969, et connu pour de nombreux trafics de stups. Quant à ses deux frères, ils chercheraient à blanchir la monnaie en investissant dans l'immobilier et en déposant une partie des sommes dans des banques françaises et monégasques.

En 2006, ils sont de nouveau dans le collimateur des

Italiens qui, lors d'une enquête en Calabre, mettent au jour des liens entre des mafieux calabrais et certains de leurs compatriotes installés sur la Côte.

Trois trentenaires italiens installés à Vintimille, dont l'un est en relation avec des personnages importants de la N'drangheta, s'approvisionneraient en coke « espagnole » auprès d'une famille installée en France dans la région de Vallauris. L'homme au contact des mafieux, âgé de 34 ans et calabrais de naissance, est officiellement employé à Vintimille par la société familiale de BTP qui possède un certain nombre de chantiers en France. L'un de ses deux associés, 33 ans, est né à Vintimille et a été extradé de Monaco en février 1994 à la suite d'une condamnation du tribunal de Gênes à cinq ans de prison.

Au fil des mois d'enquête, le schéma se dessine.

Dans la boucle, on voit également apparaître deux multirécidivistes, Brunello et Luciano, des cinquantenaires de Vintimille et Triora (province d'Imperia) connus pour être impliqués dans un trafic de drogue international avec des Italiens résidant en Amérique du Sud. Les deux hommes ont été aperçus lors d'une réunion chez les M. à Vallauris en septembre 2006 en présence de l'un des frangins et de deux Calabrais dont le gendre déjà croisé, Marcello, 37 ans, connu entre autres pour association de type mafieux dont le but est le trafic de drogue. Il a été arrêté en France en octobre 1993, après un an de fuite, suite à un mandat émis par le parquet de Reggio de Calabre. Extradé vers l'Italie en juin 2003, il a été libéré en 2004 et s'est installé à San Remo où il est astreint à un contrôle judiciaire. Autorisé à voir sa fille à Vallauris, il s'est mis en cavale en avril 2006. Alors que les multirécidivistes se sont fait arrêter le 26 novembre dont l'un avec 2 kilos de coke par la gendarmerie française, et l'autre en Italie, Marcello a rejoint à nouveau les bureaux des M., c'est-à-dire le chantier de restauration d'une bâtisse qui a reçu 200 000 euros de subventions par les autorités françaises eu égard à son intérêt historique. La boîte de BTP qui s'en charge appartient à l'un des frères M., associé à l'un des participants aux réunions. D'autres contacts suivent entre les Italiens de Vintimille à l'origine de l'affaire, les M., Marcello et un autre larron qui se fait arrêter avec 57,5 kilos de shit à Vintimille alors qu'il arrive de France avec une voiture que lui aurait confiée Marcello. L'interpellé, né à Sinopoli, Calabre, en 1933 est connu pour port et détention d'armes, extorsion, usure et détention de stupéfiants. Sur lui, les policiers trouvent le numéro de portable d'un sexagénaire originaire de Reggio de Calabre connu pour association mafieuse dédiée au trafic de stups. Finalement ce sont les policiers français des stups qui vont faire tomber les M., en menant une enquête parallèle, sans lien avec celle de leurs collègues italiens. En surveillant deux truands niçois, les stups mettent au jour un trafic de coke organisé par des voyous français bien connus (le Grand Jean, l'Indien, etc.) qui importeraient la came (sans doute via le port de Marseille) et la dispatcheraient à plusieurs équipes dont celle des M. qui faisaient l'intermédiaire avec la N'Drangheta.

Deux des frères M., déjà suspectés en 2002, ainsi que dix autres personnes sont arrêtés le 24 février 2007. 33,5 kilos de coke (et 350 kilos de cannabis) sont saisis dans deux sacs lors d'un rendez-vous entre les trafiquants au centre commercial de la Valentine à Marseille.

*La Camorra entre casinos et cigarettes*

Des trois cousines mafieuses italiennes détectées en France, la Camorra est sans doute celle dont on a le plus entendu parler. Même si, d'après les policiers français et italiens, elle est sans doute moins présente que sa collègue calabraise.

En 1989, les policiers arrêtent Mario Iovine, 51 ans, à son domicile de Solliès-le-Pont (où il s'était installé huit mois plus tôt) dans le Var, présenté comme un chef de premier plan de la « Nouvelle Famille », une coalition de clans camorristes. Son arrestation fait suite à l'interpellation à Millery dans le Rhône d'un autre membre de son clan, Francesco Schiavone, 35 ans, soupçonné par les Italiens de trafic de cocaïne. Considéré comme l'un des mafieux les plus redoutables, il s'était réfugié chez une famille napolitaine de la région.

Libéré peu après par les autorités françaises, Mario Iovine, qui sera assassiné en mars 1991 en Italie, aurait dirigé depuis le Var la redoutable famille de Casale di Principe, qui selon les policiers sera présente dans le département français jusqu'en 1990.

Selon un repenti, une réunion camorriste de haut niveau aurait été organisée chez lui à Solliès en 1989. Iovine, comme certains membres de la famille Schiavone (du nom de l'interpellé dans le Rhône), aurait été allié à un clan camorriste ayant des liens avec deux voyous français, un Varois et un Marseillais, avant que le clan ne parte s'installer en Andalousie.

À la même époque, une autre présence camorriste est signalée : celle de Michele Zaza, présenté comme l'un des grands boss napolitains. Et il serait l'un des premiers à s'être installé sur la Riviera française. Selon le repenti de 1993, il aurait été présent lors de la réunion qui s'est déroulée au Negresco à Nice en 1981. Quoi qu'il en soit, Zaza s'installe au grand jour à Villeneuve-Loubet en 1986. Après avoir gravi toutes les marches du podium camorriste.

Fils de pêcheur né en 1945, et devenu orphelin à 6 ans, Zaza a commencé sa carrière en revendant des cigarettes de contrebande dans les rues de Naples, plus précisément dans le quartier portuaire de Santa Lucia. Au fil des années, le petit vendeur s'est transformé en trafiquant (depuis la « fermeture » du port de Tanger en 1961, Naples est devenue la plaque tournante du trafic) puis en camorriste. Surnommé O'Pazzo (« le Fou ») pour sa propension à sortir le calibre pour défendre ses cargaisons de blondes, il est arrêté en 1974 pour association de malfaiteurs puis port d'arme. À la même époque, il devient correspondant de Cosa nostra à Naples et membre de la Coupole, son organe suprême. En 1977, Zaza vend 5 000 tonnes de cigarettes par an, dont le trafic est la grande spécialité de la Camorra.

Dans les années soixante-dix, sous l'influence des Siciliens qui veulent utiliser leurs réseaux, certains camorristes se sont mis aux stupéfiants : cocaïne et héroïne. L'or blanc va ébranler la Camorra, qui, au contraire de son homologue sicilienne, n'est pas organisée en fédération mais constituée de plusieurs dizaines de clans indépendants contrôlant chacun leur territoire[1]. En 1970, un chef de famille napolitain, Raffaele Cuttolo, a fondé la Nuova Camorra Organizata (NOC) qui est devenue une superstructure comparée aux clans traditionnels qu'elle tente à la fin des années soixante-dix de racketter. En 1978, Zaza contre-attaque en fondant l'Honorable Fraternité — une réunion de familles, transformée après le tremblement de terre de novembre 1980 en Nuova Famiglia. Cette camorra-entreprise se tourne vers les affaires (immobilier et construction) en recyclant les profits du trafic de cigarettes et de stupéfiants dans la réalisation de marchés publics. Elle truste les appels d'offres au profit d'entreprises amies et met la main sur les milliards de la reconstruction engendrée par le séisme. En parallèle, elle affronte la NOC de Cuttolo.

Entre 1977 et 1983, plus de 1 500 assassinats sont commis. En 1984, la NOC est démantelée et ses chefs emprisonnés.

La Nuova Famiglia n'a plus de raison d'être. C'est la fin des coalitions et le retour aux clans. Celui de Zaza s'est transformé en véritable organisation. Sa fortune est alors estimée à plusieurs centaines de millions de dollars. Le trafic de blondes n'étant puni que d'amendes, Zaza affiche un casier quasiment vierge. Et, depuis 1980, si les autorités l'inculpent de contrebande de stupéfiants et d'association de malfaiteurs, elles n'en apportent jamais la preuve.

En décembre 1983, une fois encore poursuivi, il est détenu dans une clinique romaine à cause d'un cœur

1. Aujourd'hui, ils seraient 111 dans la région Campanie, 66 dans la province de Naples et 22 dans la ville même. Regroupant 6 500 membres affiliés dans la province napolitaine.

fragile. Il s'en évade et se réfugie en France où il fait des séjours fréquents depuis quelques années. Arrêté à Paris en avril 1984, Zaza est extradé en août suivant. Il a été repéré en téléphonant à sa famille à Naples pendant la mi-temps d'un match de football. Il voulait connaître le score de Napoli contre la Juventus.

Jugé grabataire, il est hospitalisé chez lui et ne tarde pas à revenir s'installer en France en 1986. Marié à une Lyonnaise, il mène une vie de paisible rentier dans sa villa de Villeneuve-Loubet, entouré de ses trois enfants. Ces derniers sont scolarisés dans une école privée américaine trilingue et gardés par une nurse. Zaza, passionné de montres de prix, jouit de la vie au volant de ses voitures de luxe : Rolls-Royce corniche, BMW décapotable, Jaguar, Jeep Cherokee… jusqu'à son arrestation chez lui le 15 mars 1989 pour trafic de cigarettes.

L'affaire a « officiellement » démarré le 18 octobre 1988, au rond-point du Villier à Arles, lorsque les agents de la DNRED ont demandé à un poids-lourd immatriculé en Hollande de se ranger sur le côté de la route. Dans la remorque, dissimulés derrière une rangée de cartons de chaussures, les douaniers mettent la main sur 471 000 paquets de cigarettes de contrebande. Le lendemain, ils investissent des entrepôts situés face au port de Marseille qui abritent pour plus de 9 millions de blondes américaines et arrêtent une dizaine de personnes. Dans les semaines qui suivent, l'enquête, menée par le juge Sampieri, du tribunal de grande instance de Marseille révèle un trafic mondial de cigarettes.

Elles arrivaient par containers SNCF dans l'entrepôt marseillais en provenance de Belgique et de Suisse. A priori le circuit était légal. Les cartons étaient achetés à Anvers et Bâle par un client panaméen fictif qui les faisait transiter par la gare de marchandises de Marseille avant de les expédier à Saint-Martin aux Antilles. Sans avoir à acquitter les 80 % de taxes. En réalité, les cartons prenaient la route de Milan ou de Barcelone, dissimulés derrière des cartons de chaussures à bord de 38-tonnes. Les chauffeurs étaient munis de faux documents douaniers et des voitures ouvreuses équipées de radios sécurisaient le passage des frontières. Au poste de Menton, l'aveuglement d'un des douaniers français facilitait encore le travail. Mais que devenaient les containers censés partir à Saint-Martin ? Ils y allaient réellement, mais vides de toute cargaison.

Le magistrat instructeur soupçonne un autre négoce derrière l'écran de fumée des cigarettes. La logistique du réseau servirait également à un trafic international de stupéfiants dont Marseille serait le centre. Selon un repenti français, cinq des Français interpellés seraient installés en Colombie en liaison avec le cartel de Medellín et fourniraient les Napolitains via Marseille. La Criminal Pol de Naples et le juge anti-mafia Giovanni Falcone vont encore plus loin. Ils sont persuadés que la poudre est raffinée dans des laboratoires installés sur la Côte d'Azur et en Corse. Pour le démontrer, il leur faudra suivre la ronde des containers qui servent également à transporter les cigarettes. L'enquête ne mettra cependant jamais au jour ce présumé trafic de drogue. En revanche, elle va placer le clan Zaza dans la ligne de mire des policiers français.

Selon les informations reçues des Italiens par le juge Jean-François Sampieri, l'équipe tente une véritable implantation sur la Côte en intriguant notamment dans les casinos français. Certains « casingues » français parleraient avec un accent italien depuis 1975 au moins, lorsque le Ruhl de Nice a ouvert ses portes. Son PDG Dominique Fratoni, un ami du maire Jacques Médecin, détient 51 % des parts de l'établissement avec sa famille et ses amis. Les 49 % restants appartiendraient aux banquiers romains, une branche de la mafia italienne selon la Guardia di finanza qui désigne Fratoni et deux Italiens figurant au conseil d'administration comme étant ses représentants. Tout ce petit monde aurait souhaité utiliser l'établissement comme lessiveuse, et au passage réaliser une OPA sur les jeux de la Côte.

En 1975, Fratoni et ses patrons se sont attaqués à la concurrence la plus proche : le Palais de la Méditerranée, propriété de la famille Leroux. C'est le début de la « guerre des casinos niçois » qui a mis aux prises Fratoni et Renée Le Roux dont la fille a disparu durant le week-end de la Toussaint 1977. En juin, Fratoni avait racheté à Le Roux ses deux parts du Palais de la Méditerranée pour un montant de 3 millions de francs. Jean-Do avait également dans sa ligne de mire le casino de Menton. Il en est devenu propriétaire en 1975, après avoir — selon les policiers — fait sauter la banque de l'établissement pour mieux le sauver. En 1978, le fisc a porté plainte contre lui, lui réclamant plus de 6 milliards de centimes pour les trois exercices de 1974 à 1977 (en juillet 1980, il sera assigné en liquidation de biens par la Cornec Bank de Lugano et condamné à payer 1 600 000 dollars). Ruiné, Fratoni s'est enfui en Italie et le Ruhl a fermé en novembre 1979. Après plusieurs tentatives de réouverture via des prête-noms, le casino accueillera de nouveau des joueurs en avril 1987. Et en 1989, il fera l'objet d'une nouvelle enquête qui mettra au jour un système de blanchiment au sein du casino fondé sur le change des chèques des joueurs italiens. Moyennant une commission, une société fiduciaire suisse garantit le paiement de ces derniers.

Les Italiens, qui constituent pourtant la majorité des joueurs de la Côte (en Italie, il n'y a que quatre casinos : Saint-Vincent, Venise, San Remo et Campione), ne peuvent émettre des chèques à l'étranger. En revanche, leur législation permet l'endos. Ce qui fait que les casinos « tolèrent » le recours aux « prêteurs sur les marches » : des Italiens liés à la mafia et qui pratiquent le prêt usuraire. Seule la mafia, en cas de perte de son « client », a suffisamment d'arguments pour récupérer les sommes avancées. Les prêteurs-changeurs font ensuite parvenir ces dernières au casino concerné contre une commission de 10 %. L'intérêt pour les prêteurs est double : engranger des bénéfices et blanchir de l'argent.

L'un des changeurs identifiés au Ruhl est également responsable de l'une des sociétés écrans apparaissant dans l'affaire des cigarettes, laissant supposer que Zaza blanchit ses gains par ce biais.

Selon l'enquête, l'organisation des changeurs-prêteurs ne concerne pas seulement le casino de Nice, elle s'étendrait à plusieurs établissements de la Côte[1].

1. En 1998, les courses et jeux démantèlent une société à Menton dont les gérants — en lien avec des camorristes — seront par la suite condamnés pour abus de biens sociaux et exercice illégal de la profession de banquier. Comme d'habitude, via leurs agents disposés aux abords du casino, ils encaissaient les chèques de joueurs italiens contre des devises.

Derrière se profile l'ombre de Francesco Chamonal, 48 ans, originaire du Val d'Aoste, interdit de jeux en France depuis sa condamnation en 1988 à cinq ans de prison pour escroquerie au casino de Saint-Vincent (confirmée en appel en 1991).

En novembre 1983, la police italienne déclenche une vaste opération anti-mafia au casino de Saint-Vincent-d'Aoste (le seul casino entièrement privé toléré par l'État italien), faisant tomber une bonne partie des politiques de la vallée et quelques dirigeants du casino : le directeur général et l'administrateur Francesco Chamonal... qui doivent s'expliquer sur des mouvements de fonds suspects qui ressemblent fort à du blanchiment de l'argent de la drogue.

Lors de l'opération, les policiers mettent la main sur la rançon versée lors du rapt en 1983 d'un homme d'affaires italien qui a été tué malgré tout. Et s'intéresse à Chamonal qui a des intérêts dans les jeux en France.

Francesco a démarré comme croupier à Saint-Vincent. En compagnie d'un collègue, il a quitté son employeur en 1979 pour racheter le casino de Chamonix. Puis il a étendu ses participations aux établissements de Beaulieu-sur-Mer et de San Remo. Jusqu'à ce que le duo finalement s'associe avec son ancien employeur au sein de la SITAV, la société de jeux qui exploite Saint-Vincent. Avec une interrogation majeure des observateurs : d'où vient l'argent permettant ces nombreuses acquisitions et participations ?

Selon les enquêteurs italiens, Jean-Dominique Fratoni n'aurait pas dételé. Depuis son exil zurichois, il aurait participé à la constitution du nouvel « empire » des jeux en s'« associant » au dynamique trio. Ce dernier est à la tête d'une kyrielle de sociétés dont certains des actionnaires apparaissent dans les sociétés candidates à la reprise du Ruhl : des industriels italiens dont les fortunes subites laissent place à toutes les suppositions. Mais le crime organisé italien apparaît tout de même en filigrane. Selon la justice italienne, le casino de Beaulieu (fermé en 1984), dont Chamonal figure au conseil d'administration, était en fait tenu depuis 1981 par deux mafiosi jugés pour avoir transféré illégalement des États-Unis en Suisse au moins 40 millions de dollars issus du trafic de drogue[1].

Bref, toutes ces histoires où l'on croise toujours les mêmes têtes vont griller Francesco Chamonal, qui perdra son agrément en 1984 et sera interdit de jeu en France après sa condamnation en 1988.

Chamonal va réapparaître dans l'affaire Sofextour[2], du nom de la société créée par les troupes de Zaza en 1990 pour reprendre le casino de Menton. L'opération est menée par Giovanni Tagliamento, considéré comme

1. En décembre 1994, un Italien associé avec trois hommes d'affaires français dans la reprise du casino de Beaulieu-sur-Mer, qui a fermé ses portes le 2 novembre, est arrêté dans les locaux du ministère de l'Intérieur. Alors qu'il avait déjà été reçu par le sous-directeur de la section courses et jeux des RG, un inspecteur scrupuleux a entre-temps consulté le fichier des personnes recherchées où figure l'Italien, qui fait l'objet d'un mandat d'arrêt international émis par un juge d'instruction de Lugano à la suite de sa condamnation à cinq ans de prison… Il serait l'un des trésoriers de la Camorra napolitaine. Lors de sa fouille, les policiers trouvent 25 millions de lires en chèque au porteur ainsi que son carnet d'adresses dans lequel ne figurent que des croupiers de casinos frontaliers avec l'Italie. Le lendemain matin, le camorriste est extradé vers la Suisse.

2. Voir à ce sujet *La Guerre secrète des casinos*, du même auteur, avec Christian Lestavel, Fayard, 2007.

le bras droit de Michele Zaza, associé pour l'occasion à des voyous corses dirigés par Jean-Gé Colonna, le présumé «parrain» de la Corse du Sud. Les Corses apportaient l'affaire et leur savoir-faire dans les jeux ainsi que la prétendue bienveillance du maire, les Italiens la mise de fonds, le dossier de reprise par la Sofextour était élaboré par Alain Verbyst, un ex-avocat très sulfureux (un temps proche entre autres du clan de Tany Zampa, le caïd de Marseille décédé en 1984) et propriétaire d'une pizzeria à Menton appelée Le Golfe de Naples. Tandis que Christian Lestavel, un infiltré de la DCRG, se faisait fort d'obtenir les autorisations ministérielles nécessaires.

Dans ce montage, Chamonal aurait été sollicité pour mettre en place le système des prêteurs-changeurs dans les établissements visés. En effet, l'enquête démontrera que les Napolitains voulaient mettre la main sur le casino de Menton mais cherchaient également d'autres établissements à reprendre. L'opération, qui mettait en scène des capitaux mafieux dissimulés derrière des prête-noms italiens et transitant par Monaco, ainsi qu'un juge du tribunal de commerce de Nice corrompu, le tout sur fond de menaces, n'aboutira pas. Le consortium ayant été infiltré, la DCRG, aidée de la PJ, saute tout le monde le 17 avril 1991 lors de la première opération anti-mafia en France. Parmi la vingtaine de personnes arrêtées dans le dossier du casino de Menton figure le Napolitain Giovanni Tagliamento, présenté comme le bras droit de Michele Zaza et le chef d'orchestre de l'opération.

L'affaire ne tiendra pas judiciairement et les protagonistes français écroués seront relâchés après deux mois de détention provisoire. Les Italiens arrêtés en France seront assignés un temps à résidence.

Pierre Joxe, alors ministre de l'Intérieur, résumera la situation d'une phrase : c'est un succès sur le plan du renseignement et un échec sur le plan judiciaire.

Michele Zaza, incarcéré depuis 1989, sera finalement condamné à trois ans de prison en juillet 1991 pour la seule contrebande de cigarettes. Libéré en novembre (il a déjà effectué vingt-sept mois de détention préventive), il est assigné à résidence à Villeneuve-Loubet en décembre avec obligation de se présenter quotidiennement au commissariat.

Le 12 mai 1993, le boss de la Camorra sera de nouveau interpellé chez lui à la demande de la justice italienne qui veut l'entendre, notamment pour un double homicide commis en 1977 et qui l'a surtout condamné en 1992 à six ans de prison pour association mafieuse en vue de contrebande de tabac. Finalement extradé en mars 1994, Michele Zaza succombera à 50 ans d'une crise cardiaque dans un hôpital romain où il a été transféré depuis sa prison quelques heures plus tôt. Et, comme le souligneront les policiers, Zaza n'ayant jamais voulu devenir repenti, il a emporté ses secrets. Avec sa mort, une chance unique — selon les fonctionnaires — de connaître les liens unissant le grand banditisme français et les mafias italiennes s'est envolée[1].

En s'installant dans la région niçoise, Zaza avait

1. En décembre 2004, Vincenzo Mazarella, son neveu, est arrêté sur le parking d'un hôtel proche d'EuroDisney. Âgé de 48 ans, il dirigerait l'un des plus importants clans de Naples. Placé sous contrôle judiciaire, il s'était mis en cavale — visiblement bien renseigné — un mois avant une vaste opération policière prévue début décembre pour mettre fin à

« aspiré » un certain nombre de Napolitains dans son sillage, dont le beau Gianni.

*Le veau et la petite araignée*

Avec sa mort, Giovanni Tagliamento installé avec sa famille dans une superbe villa sur les hauteurs de San Remo va rester seul en piste. Né en avril 1956 à Naples, Tagliamento, surnommé « Petite Araignée » par les policiers italiens, est alors officiellement commerçant en maroquinerie. C'est effectivement un commerçant en cuir, mais sa spécialité c'est la contrefaçon dont il dirige une grande partie de la revente à San Remo, où il est installé. Avec les trafics de cigarettes et de stups, l'industrie du faux est l'autre grande source de revenus de la Camorra. Et elle ne se contente pas de produire les articles dans ses ateliers du sud de l'Italie, elle en assure également la commercialisation tous azimuts. Ses entrepôts de la zone industrielle et ses boutiques en ville proposent alors une quantité hallucinante de faux sacs à main et autres articles contrefaits. Achetés par des négociants indépendants, ils finissent sur les marchés en plein air des villes frontalières de San Remo et de Vintimille, pour le plus grand bonheur des touristes.

Le 12 mai 1993, le même jour que Zaza, Tagliamento est interpellé à San Remo dans le cadre de l'opération Mare verde dirigée par la direction des enquêtes antimafia de Gênes.

---

la guerre des clans qui ravageait Naples à l'époque. En 2004, elle avait fait 120 morts.

Cette fois, il est mêlé à une opération internationale portant entre autres sur le commerce en gros de viande entre la France, la Belgique, l'Allemagne et l'Italie.

En France, plusieurs Napolitains font l'objet de mandats d'arrêts internationaux pour escroquerie et extorsion de fonds. Les policiers arrêtent notamment Antonio Sarnataro, qui dirige les affaires depuis un yacht ancré au Cap-d'Ail — l'équipe en possède trois qui lui servent de base arrière et « sillonnent » la Côte. Son groupe, lié à deux familles camorristes de Naples et Salerno, jouait les usuriers dans les cercles de jeux, trafiquait les stups, pour financer une série d'arnaques à grande échelle. Lorsqu'ils ont été arrêtés, Sarnatoro et ses associés venaient de passer commande de grosses quantités de viande à plusieurs éleveurs français en utilisant les crédits alloués par des banques italiennes en contrepartie de prétendues garanties financières et immobilières. L'équipe aurait également joué avec des faux titres de crédit afin de mettre la main sur une petite banque privée belge. Les escroqueries liées au commerce de la viande sont l'une des grandes spécialités des mafias italiennes.

Déjà, à la fin de l'année 1991, la cellule anti-mafia des RG avait repéré des fraudes sur la viande, perpétrées par deux hommes proches de la Camorra, installés dans le nord de l'Italie. Via des sociétés écrans, ils achetaient des veaux sur pied au cours et surtout au-dessus, qu'ils payaient en liquide. Après deux opérations de ce type, ils proposaient que la troisième se fasse à moitié en liquide et en chèque. La quatrième fois, n'ayant pu avoir de liquide, ils réglaient la totalité par chèque… en bois. Une vingtaine d'éleveurs s'étaient fait ainsi escroquer, dont l'un à hauteur de 1,1 million de francs.

Pendant que les premières victimes déposaient plainte, la société italienne continuait de sévir et, lorsque la procédure atteignait l'Italie, elle était mise en faillite. D'autres clients proches de la Camorra et de Cosa nostra auraient également escroqué des éleveurs un peu partout en France.

À la même époque, en décembre 1991, le service de renseignement alerté par les serviccs secrets italiens surveille un membre du clan Nuvoletta installé à Paris et qui dirige un grand nombre de sociétés. Il aurait été chargé par son clan d'organiser depuis la France le commerce de la viande, mais aussi de cigarettes, de ciment et de produits agroalimentaires vers les pays de la CEI.

Le négoce de la viande bovine — notamment de veaux dont les Italiens sont de gros importateurs — fait l'objet d'un certain nombre d'arnaques de la part des mafias italiennes. Des fraudes aux subventions européennes agricoles et à la TVA. Dans les années quatre-vingt-dix, la viande bovine (dont les deux marchés principaux sont allemand et français) figurait dans le quarté gagnant des produits subventionnés par l'Union européenne avec les céréales, les matières grasses et les produits laitiers, et bénéficiait d'aides diverses : primes à l'élevage de toutes sortes, restitutions à l'exportation, etc.[1]. En 2002, un prospère négociant en bestiaux des Deux-Sèvres, d'origine sicilienne, était arrêté, poursuivi en Italie dans

1. Pour encourager la vente hors Europe de la surproduction agricole, l'Union européenne verse des primes destinées à compenser le faible prix de vente. Là où une marchandise est cédée 5 euros dans l'Union, elle peut l'être moitié moins cher à l'étranger. Le producteur encaisse alors la différence de prix sous forme de « restitution à l'exportation ».

le cadre d'une procédure de fraude aux subventions agricoles européennes et de fausses factures, en lien avec un clan palermitain.

Selon un rapport policier daté de 1995, Cosa nostra et la Camorra auraient également conduit des escroqueries à la TVA colossales au préjudice de l'État italien sur le marché bovin français. Le système est simple : un négociant italien achète de la viande à un producteur français via un courtier sans payer de TVA puisque la négociation est intracommunautaire. Puis le client italien revend sur son marché intérieur en facturant la TVA, qu'il ne rembourse pas et se partage avec le courtier et parfois le producteur, avant de disparaître. Depuis, la fraude à la TVA « intracom » est devenue l'une des occupations favorites des mafieux italiens, comme nous le verrons.

Après son arrestation dans la nébuleuse affaire Mare verde, Tagliamento est placé en détention préventive pendant quatre ans avant d'être libéré en 1998. De nombreux témoins s'étant rétractés lors du procès en 1996, les camorristes (tous extradés vers l'Italie pour ceux arrêtés en France) ne sont poursuivis que pour fraude fiscale et trafic de stups. Puis, grâce aux subtilités de la procédure italienne, ils sont placés en résidence surveillée. Tagliamento prend alors la poudre d'escampette.

Entre-temps son nom est apparu dans un dossier instruit à Grasse concernant l'escroquerie d'un antiquaire anglais. Une lettre anonyme l'incrimine dans deux affaires[1] ainsi que l'un des témoins entendus dans le dossier de Grasse.

En 1992, le témoin en question, un homme d'affaires

1. *Le Canard enchaîné*, février 1996.

franco-libanais, aurait fait la connaissance[1] d'un généreux italien nommé Giovanni Tagliamento, lequel aurait couvert de cadeaux les femmes de la famille, fait livrer une Mercedes que l'homme d'affaires aurait refusée, etc. Le Franco-Libanais accepte toutefois de s'occuper d'une affaire pour le compte de Tagliamento : l'achat de mille vignettes d'assurance suisse auprès d'une société genevoise pour 6 millions de francs. Tagliamento lui aurait présenté alors son associé Gian Pasquale Grappone, qui lui remet, en garantie de la transaction, des montres qui se révéleront être fausses et des chèques volés. Selon les confidences de Gian Pasquale, l'achat des vignettes devait permettre de les contrefaire et ainsi d'inonder le marché.

En parallèle, Tagliamento et plusieurs associés auraient mené des tractations avec les autorités libériennes pour relancer une raffinerie de pétrole fermée depuis trois ans. Un business qui aurait pu se doubler selon les mauvaises langues d'un éventuel trafic de diamants entre la France et le Liberia.

Bref, toujours est-il que Gianni n'est pas plus inquiété et que, en 1998, revenu en France, il résiderait à Roquebrune-Cap-Martin où il posséderait des parts dans un restaurant. Le 7 août, il est interpellé et expulsé de Monaco où il s'est installé comme apporteur d'affaires pour une société de placements financiers — qui sera radiée des registres après que ses « dirigeants » officiels auront été incarcérés pour diverses escroqueries.

Tagliamento est finalement interpellé à la mi-août 1999 alors qu'il sort d'un hôtel de Beaulieu-sur-Mer. Depuis

1. *Le Monde*, 28 juin 1996.

son expulsion de Monaco, il aurait séjourné dans la région où il a été localisé grâce à des écoutes italiennes. La justice de son pays le réclame après sa condamnation à treize ans de prison pour association de malfaiteurs, trafic de stupéfiants, jeux clandestins, détention d'armes et extorsions de fonds. Des faits commis à San Remo et en Ligurie jusqu'en mars 1994 et pour lesquels le tribunal de Gênes a condamné quelques hommes présentés comme ses séides dans la région. L'un notamment, déjà impliqué dans le dossier du casino de Menton et qui apparaît dans une transaction de un kilo de cocaïne en 1991 à San Remo, sa ville d'origine. En 1995, alors qu'il est réfugié à Nice, les policiers italiens observent ses parents qui lui amènent — pour son week-end de garde — ses enfants nés d'un premier mariage.

De nouveau recherché depuis 2005, le Napolitain Giovanni Tagliamento aime décidément la Côte d'Azur, sa patrie d'adoption. Une note de la police italienne d'août 2007 signale aux collègues français son retour à Menton où il vit dans le centre-ville. Il faut dire que le climat italien ne lui est pas particulièrement chaleureux ces derniers temps. En mai 2007, ses nombreux comptes bancaires et ses investissements financiers via des sociétés milanaises ont été bloqués et ses biens italiens ainsi que ceux de sa famille séquestrés : un appartement à San Remo, une voiture, trois sociétés dont l'une de BTP, ainsi qu'un magasin de téléphonie. Pourtant, selon les policiers italiens, il ne serait pas complètement démuni… il lui resterait au moins un yacht ancré dans le port de Menton. Sur la Côte, il serait (toujours selon les Italiens) en contact avec un camorriste du clan Caldarelli dans le but présumé d'investir de grosses sommes d'argent dans l'immobilier et de mettre en place des entreprises. M. Tagliamento a cependant toutes les apparences — comme d'habitude — de l'honnête homme.

Il est officiellement employé par une SARL de construction de Beausoleil dont il serait le propriétaire via un prête-nom, une société créée à Monaco par le directeur d'une très grosse entreprise de bâtiment qui l'aurait transférée à son actuel propriétaire en juin 2005. Un repenti lui attribue également le projet d'ouvrir une torréfaction à Monaco. Cet homme propriétaire d'une société de distribution de café dans le département frontalier d'Imperia devait le fournir par l'intermédiaire du neveu de Tagliamento qui habite le même village que lui.

### *Au bon beurre*

Comme on l'a vu avec les arnaques bovines, les pieuvres italiennes peuvent déployer leurs tentacules depuis leur territoire nourricier. Ces dernières années, elles ont massivement investi le marché de la fraude intracommunautaire. Une arnaque qui inquiète de plus en plus Europol. Perpétrées par de petites structures légales sur un temps très court, elles causent néanmoins d'énormes dégâts. En particulier, les carrousels de TVA qui se jouent dans deux ou trois pays. Le système est similaire à celui appliqué au marché bovin, excepté qu'il concerne des «produits» moins encombrants et moins périssables que des veaux. Les composants électroniques et les téléphones portables de faible volume et à forte valeur ajoutée sont aujourd'hui les outils privilégiés de ces arnaques.

Une fois que le dernier maillon de la chaîne s'est fait rembourser la TVA, la marchandise est revendue au Luxembourg, par exemple, pour « noyer le poisson », et repart pour un tour de piste. Jusqu'à sa vente définitive à un prix inférieur au marché lorsqu'elle risque de devenir obsolète et de trop se déprécier. Parfois, l'arnaque dure le temps d'un « coup ».

De 1998 à 2000, date du démantèlement du système par les gendarmes, un Italien (« connu » dans son pays et qui a réussi à s'échapper) installé en Belgique avait monté une fraude « unitaire » à la TVA en créant une entreprise en Belgique et des sociétés taxis en France qu'il gérait via un complice. La société belge achetait des mobiles à leurs fabricants. Elle les vendait ensuite aux sociétés taxis françaises qui elles-mêmes les cédaient aux magasins détaillants. Les taxis achetaient donc hors taxe et vendaient TTC. Le portable était vendu 100 par les Belges, puis 125 (la marge de 5 plus les 20 de TVA) par les taxis aux détaillants qui eux revendaient 130 dont 22 de TVA sur lesquelles, recevant 20 du client, ils devaient acquitter 2 à l'État pour être en règle. Les taxis, elles, engloutissaient les 20 qu'elles auraient dû rembourser en présentant des factures falsifiées mentionnant que les produits avaient été achetés TTC en France.

Le business était florissant car les taxis, empochant déjà 20, vendaient les appareils moins cher que la concurrence.

Outre les Italiens, des équipes de Pakistanais installés en Belgique seraient les grands maîtres d'œuvre de ces arnaques. Elles pratiquent également la fraude via des minutes de téléphone achetées hors taxe à des opérateurs et officiellement destinées à être vendues dans un autre pays de l'Union. Celles-ci sont écoulées en fait dans des «phone-shops» locaux en encaissant la TVA au passage. Un business que les autorités belges soupçonnent d'être mis en place également de l'autre côté de la frontière[1]…

Les fraudes des mafias italiennes peuvent parfois avoir des conséquences plus inquiétantes que la dilapidation des deniers publics. C'est ce qu'a laissé entrevoir l'affaire du beurre frelaté qui a éclaté en juillet 2000 lors d'une opération policière menée en Italie et en France, après avoir démarré un an plus tôt du côté de Carinaro, dans la région de Naples.

Alors que les policiers italiens enquêtent sur des meurtres survenus dans l'entreprise Italburo, ils découvrent une vaste fraude au beurre conduite par la Camorra. Grâce à cette dernière, et à son art de l'intimidation, cette entreprise italienne de fabrication de produits

1. Les minutes de téléphone font l'objet d'un vaste trafic dans les communautés pakistanaise, sri-lankaise et indienne. Sans que l'on sache très bien s'il s'agit de droit commun ou de financement du terrorisme. Par exemple, en novembre 2006, la BRIF arrêtait des Sri-Lankais revendant (en espèces au prix de cinq euros) à des grossistes des cartes prépayées qu'ils achetaient vingt centimes.

L'argent partait avec des passeurs aux Pays-Bas, en Allemagne, en Suisse. L'un d'eux a reconnu 17 voyages avec 200 000 à 300 000 euros chaque fois.

En décembre 2004, un Indien est arrêté pour une escroquerie de 5,7 millions d'euros aux cartes téléphoniques. Il achetait des minutes de communication à des sociétés et confectionnait des cartes qu'il vendait à très bas prix en évitant de payer les factures. Il montait des petites sociétés à la chaîne pour ne pas être repéré.

laitiers — dirigée par deux familles — a racheté tous ses concurrents locaux jusqu'à avoir le quasi-monopole de la filière dans sa région.

Lors de l'enquête italienne, le frère d'un des dirigeants se « repent » et parle à la justice. Cet amour des produits laitiers cacherait une fraude aux subventions européennes, dont la filière est une des grands bénéficiaires[1].

Le beurre sortant de chez Italburo n'en serait pas. Il serait composé de produits interdits achetés via des intermédiaires. Ainsi, de 1997 à 1999, l'entreprise a fabriqué 16 000 tonnes d'un ersatz composé de graisse d'équarissage provenant de déchets bovins (cervelle, colonne vertébrale, moelle épinière) interdits à la vente pour cause de présence possible du prion responsable de la maladie de la vache folle. On trouve également de l'huile de coco (pour 4 000 tonnes en comprenant les déchets bovins), des hydrocarbures et autres produits chimiques (4 000 tonnes également) pour amalgamer le tout. Avec parfois tout de même un peu de beurre. Et encore… l'entreprise belge Corman, premier fabricant de beurre industriel en Europe, qui a analysé ses lots, n'y a pas trouvé trace de produits laitiers… et, selon l'un de ses dirigeants, tous les certificats sanitaires émis par les services vétérinaires italiens étaient en règle. En plus, les Italiens versaient des pots-de-vin à un certain nombre de fonctionnaires des services antifraude locaux. En résumé, si l'entreprise belge n'avait pas fait les contrôles de qualité que personne ne lui imposait, le

1. Sur 1 900 000 tonnes produites annuellement, 700 000 sont subventionnées.

beurre aurait fini dans le ventre des consommateurs. Ce qui est arrivé en France. En effet, au moins 5 000 tonnes sur les 16 000 ont pris le chemin de l'Hexagone, première destination de la production italienne devant la Belgique et l'Allemagne.

Italburo fabriquait massivement du « beurre » anhydre, c'est-à-dire liquide et à usage industriel. Un produit peu couru en Italie et qu'il fallait donc exporter vers d'autres marchés, notamment en France dont les entreprises laitières sont clientes.

Les entrepreneurs napolitains en cheville avec des hommes d'affaires du nord de l'Italie expédiaient leur production aux plus grands fabricants de produits laitiers français, notamment par l'intermédiaire d'un courtier installé à Nogent-sur-Marne. Il avait également pour gros client un fabricant de beurres spéciaux et de feta installé dans l'Orne.

Une partie du « beurre » était transformée en huile destinée à l'exportation... et donc bénéficiait des restitutions à l'exportation. L'autre était utilisée dans la pâtisserie industrielle, sous forme de biscuits, glaces, croissants... et encaissait des aides directes. Sans que l'on sache très bien, dans cette longue enquête qui a duré six ans, qui a mangé quoi. Pour déterminer le circuit des tonnes, les magistrats doivent retrouver la trace d'achat du produit incriminé (nombre de tonnes importées, dates) chez les importateurs, comparer les informations avec les archives de la société italienne, lorsqu'elles existent, et enfin trouver la trace de sa transformation en produits finis...

En première instance en octobre 2007 (la présomption d'innocence subsiste donc), le tribunal de Créteil, qui ne poursuivait que le courtier et l'entreprise de l'Orne (au motif que les grands groupes avaient été abusés), les a relaxés du chef d'escroquerie en bande organisée mais a condamné les deux responsables de la société laitière à une amende de 23 millions d'euros à rembourser à l'Office français de l'élevage chargé de verser les subventions européennes. Quant aux consommateurs, mieux vaut pour leur appétit qu'ils oublient toute cette histoire…

## *Conclusion*

A priori, la France en est au premier stade criminel. Des mafieux, des gros trafiquants et autres gangsters s'agitent, pillent, blanchissent, nouent des contacts, hument le fond de l'air, mais ils ne sont pas encore implantés. Le produit des crimes commis sur le territoire est rapatrié et réinvesti dans le pays d'origine, alimentant au passage la corruption locale. L'Espagne en est déjà à l'étape suivante: ces nouvelles «mafias», au sens large, ont posé leurs bagages, investi durablement, organisé leurs affaires et corrompu certains décideurs locaux. Pourquoi pas en France demain? Europol évoque déjà un crime organisé international de deuxième génération dans l'espace européen. En pleine composition, il n'est pas encore homogène. S'y mêlent des groupes «intermédiaires», dont les affaires dépendent encore pour beaucoup de «la maison mère» ou en tout cas de leur pays d'origine, et d'autres qui «coupent» les liens au fur et à mesure, se développant de façon plus autonome, d'abord en parasitant leur communauté ethnique (où l'on recrute, trouve des soutiens logistiques, et qui constitue bien souvent le premier

« marché » des prédateurs) le temps de l'intégration puis en s'en émancipant peu à peu et en s'intégrant à la vie socio-économique du pays d'accueil.

Alors sans être alarmiste, il convient d'être attentif, d'observer la situation, de suivre son évolution… ce qui n'est pas le plus aisé.

« En France, nous n'avons pas de culture du renseignement en matière de crime organisé. Seuls (et surtout) le terrorisme et les menaces économiques sont jugés déstabilisateurs », disent en chœur les acteurs qui luttent contre lui. La primeur va à l'opérationnel. « Nous avons la culture du court terme, celui de la police judiciaire. Il n'y a pas d'objectifs déterminés, pas de hiérarchisation des priorités. On est dans le tout-venant tout le temps. »

Bref, les services opérationnels ont la tête dans le guidon en permanence et pas le temps de se consacrer à la détection des menaces. Une politique qui peut porter ses fruits — et encore — lorsque la matière est connue. Le milieu français, les enquêteurs en connaissent les acteurs, la psychologie, les spécialités, et ils ont des « tontons » pour les éclairer. Les cités, ils s'y sont mis après avoir longtemps dédaigné la matière par méconnaissance et parfois mépris. Le jour où les forces de l'ordre ont ouvert les yeux, les caïds de banlieue étaient déjà en place. Pour prendre le seul exemple des Go Fast, ces convois à grande vitesse par lesquels une partie du shit remonte d'Espagne, il a fallu cinq ans aux policiers pour découvrir le phénomène en 2000.

« Les phénomènes criminels, on ne les voit que lorsqu'ils sont devenus stables, c'est-à-dire lorsqu'ils sont suffisamment courants et pérennes… Par définition, on ne détecte que ce que l'on connaît. Si on veut anticiper, il faut se renseigner. » Surtout avec une « matière » qui ne fait pas beaucoup de vagues, qui se révèle souvent comme on l'a vu par des signaux faibles prompts à endormir la méfiance du chasseur. Jusqu'à ce que l'on se réveille avec des types à la maison. La mission d'analyse du crime organisé à la Direction centrale de la police judiciaire (au sein du Pôle de coordination et d'analyse des supports opérationnels qui a remplacé en décembre 2005 l'Unité de coordination et de recherche anti-mafia) est assurée principalement par deux hommes, un policier et un gendarme, certes compétents, mais...

Là où la SOCAR (Serious Organised Crime Agency and Research) britannique accueille plus de 4000 personnes... Pour moitié des policiers dont une majorité de retraités et pour l'autre moitié des spécialistes dans tous les domaines, sous contrats privés.

La différence d'effectifs tient aussi au fait que celle-ci a des capacités d'investigation très importantes. Les magistrats anglais n'interviennent que beaucoup plus tard dans la procédure, ce qui laisse une grande latitude à la SOCAR qui ne fait appel à eux dans la phase renseignement qu'en cas de mesures attentatoires aux libertés individuelles. La Socar fait essentiellement du renseignement, bien qu'elle possède, en matière de stupéfiants, ses propres équipes de filature et d'interpellation.

En résumé, pour espérer y voir clair et préparer l'avenir, il faut investir durablement... tout le contraire de la politique du résultat qui guide la police française. « On a du mal à franchir l'objectif annuel du chiffre, on jette les filets, et on ramasse sans sélectionner la pêche par rapport à d'autres pays. Pour être efficace dans cette matière, il faut investir sur deux, trois, quatre ans jusqu'à la "judiciarisation" des individus surveillés. Parce qu'il ne suffit pas de faire du renseignement, il faut le traduire en actes judiciaires. » À l'image des Espagnols qui ont traqué Tariel Oniani et déclenché l'opération Avispa en 2005 après de longues surveillances, sans hésiter par exemple à filmer un mariage en le truffant de caméras, histoire de parfaire l'identification de ce petit monde.

Mais ce n'est pas la seule révolution à opérer. Qui dit criminalité internationale induit une coopération à la même échelle pour la combattre. Face à la mondialisation du crime, il faut changer les procédures. Pour faire circuler le renseignement à l'échelle planétaire, les polices peuvent s'appuyer sur Interpol qui développe également des groupes de travail thématiques (crime organisé asiatique, etc.), mais… les policiers français comme d'autres rechignent parfois à lui communiquer leurs informations sensibles. Certains États membres n'étant pas fiables, ces dernières pourraient atterrir entre les mains des objectifs…

Concernant le vieux continent, Europol (créé en 1992) se charge d'échanger des renseignements à partir des fichiers (objectifs, affaires réalisées et sélectionnées etc.), nourris par ses membres et reliés entre eux par un index qui permet les recoupements. Si l'Office européen de police détecte un hit sur un sujet précis, il met en relation les pays concernés qui éventuellement mènent une opération conjointe. Certes les europoliciers mettent le nez dans les dossiers et font de l'« initiative », mais ils ne peuvent qu'inciter les États à démarrer des investigations et en aucun cas les contraindre à le faire.

Pour le moment, la coopération prend la forme d'une *task force* européenne ponctuelle sur certains sujets ou de Cospol, un projet de stratégie policière réunissant différents pays volontaires qui travaillent ensemble, comme sur la prostitution roumaine (huit pays). Avec Eurojust (créé en 2002 afin de faciliter les échanges entre magistrats) pour mettre en musique et coordonner les poursuites.

« On aboutira lorsque l'on aura pris conscience que la coopération doit être multilatérale. Que le bilatéral ne peut être que ponctuel, sur un dossier à un moment précis. Il faut créer des plates-formes d'échange entre pays concernés. » « Nous devons faire un travail nouveau. Installer le bouclier le plus loin possible, le plus près des sources. Ce qui signifie qu'il faut travailler à l'envers, en amont avec nos partenaires locaux au cœur de leurs pays. Certains d'entre eux manquent de moyens et de savoir. Il faut inventer une nouvelle forme de coopération, dépêcher des experts, aider à la procédure et faire des dons de matériel. Et surtout promouvoir les unités dédiées en sélectionnant des flics fiables et en leur payant un complément de salaire. » Et à l'avenir aller encore plus loin.

« Dans les années qui viennent, Europol devra dépasser le stade du renseignement pour faire de l'opérationnel avec par exemple un super office des stups… Ce qui induit forcément l'abandon d'une partie de la souveraineté des États. »

Outre changer les mentalités, mettre en place une police supranationale signifie qu'il faut une procédure européenne pour l'accompagner : définir des infractions européennes, mettre en place des procureurs, des tribunaux, des prisons, à l'image du Tribunal pénal international.

Tout en préservant le quotidien et les affaires intérieures, puisque les petite et moyenne délinquances restent du domaine des États.

« On le fait de manière empirique, on travaille de plus en plus ensemble. Mais pour aller plus loin, il nous faut des pouvoirs de coercition comme le FBI. Excepté que les Américains ont l'avantage d'avoir une langue commune. Sans oublier l'aspect physique des flics qui compte beaucoup en termes d'infiltration et de surveillances… »

Bref, tout est à penser et selon les différents interlocuteurs : « On va y venir petit à petit, mais c'est long. Une fois que l'on sera d'accord, il faudra encore établir les textes, les voter, etc. Ça a l'air lointain et lourd comme processus, mais on évolue quand même. Il y a vingt ans, qui aurait pensé qu'un coup de fil d'un magistrat à son collègue suffirait pour planquer à Amsterdam ou effectuer des livraisons surveillées à travers toute l'Europe avec des droits de poursuite… »

Vingt ans, le temps d'une génération.

*Introduction* 7

Ces milliards qui viennent de Russie 11
Le puzzle caucasien 105
La méthode balte 141
Le laboratoire roumain 167
Filières bulgares et *grupovkas* 198
Serbie : des mafieux en battle-dress 226
Les arsenaux bosniaques et croates 249
La toile albanaise 264
Une *maffya* sur le Bosphore 276
À l'ombre des cartels colombiens 288
Filières nigérianes 327
Chine : l'empire du Milieu à Paris 351
La main de fer des tigres tamouls 388
Et les Italiens ? 398

*Conclusion* 451

## DU MÊME AUTEUR

MAFIAS, GANGS ET CARTELS, La criminalité internationale en France, *Denoël*, 2008 (Folio Documents nº 51).

GANGS DE PARIS, *Parigramme*, 2007.

LA GUERRE SECRÈTE DES CASINOS (avec Christian Lestarel), *Fayard*, 2007.

LA MAFIA DES CITÉS, *Denoël*, 2006.

UNE VIE DE VOYOU (avec Michel Ardouin dit Porte-avions), Fayard, 2005.

YAKUSA, enquête au cœur de la mafia japonaise, *Flammarion*, 2005.

LES VRAIS, LES DURS, LES TATOUÉS (avec Éric Guillon), *Éd. Larivière*, 2005.

LES GARS DE LA MARINE (avec Éric Guillon), *Éd. Larivière*, 2004.

UNE HISTOIRE DU MILIEU, *Denoël*, 2003.

LES HOMMES ILLUSTRÉS, *Éd. Larivière*, 2000.

*Composition UTIBI*
*Impression Novoprint*
*à Barcelone, le 12 août 2011*
*Dépôt légal : août 2011*

ISBN 978-2-07-030483-7/Imprimé en Espagne.

170858